Eva Geßner wurde 1968 im Rheinland geboren und wohnt in Köln. Ihre erste Kurzgeschichte schrieb sie bereits als 10-jährige. Der Plot und die Bilder von Jeff Waynes *War of the worlds* hatten sie so verängstigt, dass ihr Vater kurzerhand eine Gegengeschichte mit freundlichen Außerirdischen erfand, die die beiden zusammen weitergesponnen und aufgeschrieben haben.

EVA GEßNER

SEELEN
KALT

Erstausgabe September 2023

Seelenkalt

ISBN 978-3-98778-316-6
E-Book-ISBN 978-3-98778-295-4
Hörbuch-ISBN 978-3-98778-293-0

Covergestaltung: Anne Gebhardt
Umschlaggestaltung: ARTC.ore Design
Unter Verwendung von Abbildungen von
shutterstock.com: © Aggie 11, © Nik Merkulov,
© benntennsann
Lektorat: Claudia Wuttke
Satz: dp DIGITAL PUBLISHERS GmbH
Druck und Bindung: Books on Demand GmbH, Norderstedt

Sämtliche Personen und Ereignisse dieses Werks sind frei erfunden. Etwaige Ähnlichkeiten mit real existierenden Personen, ob lebend oder tot, wären rein zufällig.

Prolog

Oktober 2019

Sie schlug die Augen auf und wusste sofort, dass etwas nicht stimmte. Sie versuchte, sich aufzusetzen, aber ihr Körper gehorchte ihr nicht. Nicht mal einen Finger konnte sie krümmen. Es dauerte einen Moment, bis sie begriff, dass sie an Hand- und Fußgelenken auf einem Stahltisch fixiert war.

Sie befand sich in einem Raum, dessen Dimensionen sie nicht ermessen konnte. Das meiste lag im Dunkeln. Vor dem Stahltisch war eine Kamera aufgebaut. Ein blinkendes rotes Lämpchen signalisierte, dass sie aufzeichnete. Daneben stand ein Wagen mit Werkzeugen, Zangen, einem Skalpell und ein paar anderen Gegenständen, deren Zweck sie nur mit Grauen erahnen konnte.

Die Panik attackierte sie mit voller Wucht. *Das kann nicht sein. Ich träume. Bitte, lieber Gott, mach, dass ich träume.*

Sie versuchte zu schreien, aber ihre Stimme war nicht mehr als ein heiseres Krächzen. Ihre Lippen fühlten sich taub an und die Worte kamen nur undeutlich heraus. „Finn?“

Niemand antwortete.

Sie suchte fieberhaft einen Ankerpunkt in ihrer Erinnerung, der ihre Situation erklären konnte. Das Letzte, woran sie sich erinnerte, war der Fernsehabend mit

Finn. Danach Blackout. Vielleicht war das nur eins von seinen Spielchen. Sie hatte sich falsch verhalten auf dem Parkplatz vom *Paradies,* das wusste sie. Er war so sauer gewesen. War das jetzt ihre Strafe? „Tut mir leid“, wimmerte sie. „Bitte, hör auf damit.“

Niemand antwortete. Sie hörte nur ihr eigenes Herz, das gegen ihren Brustkorb hämmerte.

Die Minuten verstrichen und nichts geschah.

„Bitte“, flehte sie. „Bitte, ist da jemand?“

Statt einer Antwort wurde eine Tür geöffnet. Sie spürte den kalten Luftzug und hob den Kopf. Als ihr Verstand begriff, wer da hereingekommen war, gefror ihr das Blut in den Adern.

Kapitel 1

Das Klingeln des Handys riss Claire aus ihren Gedanken. Seit acht Tagen war sie im Dauereinsatz, ein Freier nach dem anderen. Dazwischen kaum Zeit für eine Verschnaufpause, zu wenig Schlaf, weil sie von den Drogen und dem ganzen Alkohol zu aufgeputscht war. Aber nüchtern war dieser Marathon nicht zu ertragen. Sie musste sich betäuben, um das durchstehen zu können. Sie brauchte das Geld.

Die letzten beiden Kunden hatten sich an Widerlichkeit übertroffen. Der eine war krankhaft übergewichtig, mit einem sehr kleinen Penis, der von einem monströsen Haufen Fett verdeckt wurde. Er verlangte, dass sie ihn mit der Hand befriedigte, wozu sie sich durch seine Fettschwarten wühlen musste. Der Gestank seiner Genitalien war ekelerregend und es hatte sie einiges an Mühe gekostet, den Brechreiz zu unterdrücken. Gott sei Dank hatte er keinen Blowjob gewollt und während er unter Stöhnen und Grunzen zum Höhepunkt kam, summte sie stumm eines der Kinderlieder, das ihre Mutter ihr früher vorgesungen hatte.

Der andere war ein Sadist, der einen Haufen Kohle springen ließ, um seine Vergewaltigungsfantasien an ihr auszuleben. Einzige Bedingung: keine sichtbaren Verletzungen. Sie hatte ihn schon öfter getroffen und jedes Mal wurde es schlimmer. Aber fünfhundert Euro für zwei Stunden waren ein schlagendes Argument.

Und wenn der Kunde zufrieden war, steckte er ihr ein paar Scheine extra zu, die sie heimlich zur Seite legte für ihren großen Traum. Dana hatte ihr erklärt, dass niemand sie zwingen konnte, sich misshandeln zu lassen. Nicht einmal Nick. Aber Dana hatte gut reden. Sie war frei in ihren Entscheidungen. Claire hingegen musste tun, was ihr Zuhälter verlangte.

Die Prügel und die schmerzenden sexuellen Handlungen des Freiers bekam sie nur wie durch einen Schleier mit. Ihr Trick bestand darin, in Gedanken einen anderen, einen schönen und friedvollen Ort aufzusuchen. Sie nannte diesen Ort Elysium. Den Begriff hatte sie mal irgendwo aufgeschnappt und nachgeschlagen, weil ihr der Klang des Namens so gut gefiel. Die Insel der Glückseligen aus der griechischen Mythologie. Auf Claires Insel gab es dieses Tal, umringt von hohen Bergen. Auf den Wiesen blühten Sommerblumen, Hummeln summten, der Himmel war blau und in der Nähe gurgelte ein kleiner Bach. Dorthin zog sie sich in schwierigen Momenten zurück und tauchte erst wieder auf, wenn alles vorbei war.

Der letzte Job hatte ein paar Probleme gelöst. Sie konnte Nick ihren Mietanteil geben und die Schulden bei ihrem Dealer bezahlen. Aber Prügel blieb Prügel. Und *nicht sichtbar* hieß nicht, dass sie keine Verletzungen davontrug. Ihre Blutergüsse am Rücken und im Bauchbereich waren schmerzhaft und Claire wünschte sich nichts sehnlicher, als ein paar Tage einfach mal auszuspannen. Einmal hatte ein Freier sie überwältigt und missbraucht, ohne zu bezahlen. In dieser Nacht hatte sie sich wie ein nutzloses Stück Scheiße gefühlt und kurz darüber nachgedacht, sich das Leben zu nehmen. Eine Vergewaltigung blieb eine Vergewaltigung, auch in ihrem Job.

Sie nahm das Gespräch trotzdem entgegen und nach wenigen Minuten war die Verabredung mit einem weiteren Kunden gesetzt. Angeblich handelte es sich um einen Teddybären. Das war der Code für den Typ Mann, der selten vögeln, sondern oft nur reden wollte. Über Probleme bei der Arbeit, mit der Ehefrau oder, was häufig vorkam, mit seiner Mutter. Die meisten Teddybären waren harmlos und ihnen war es egal, dass alles – Claires Verständnis, ihr Mitleid, ihre Orgasmen – gespielt und aufgesetzt war. Sie waren einsame Menschen, auf der Suche nach Intimität und emotionaler Wärme. Dafür gab es zwar keine fünfhundert Euro, aber es war leicht verdientes Geld.

Claire strich ihr Minikleid glatt, das mit den glitzernden Pailletten, überprüfte ihr Make-up und gönnte sich noch eine Nase Pep gegen die Müdigkeit. Vor dem Spiegel rückte sie ihre schwarze Perücke zurecht. Dann machte sie sich auf den Weg.

Die Adresse war die Hotelbar des Hotel *Zeitlos* in der Nähe vom Eigelstein, einem Viertel, das früher mal eins der bekanntesten Rotlichtviertel von Köln gewesen war. Davon übriggeblieben waren nur noch ein paar Anbahnungskneipen und schmuddelige Hinterzimmer. Das Hotel war allerdings High Class. Für viele Stars der Medienbranche war es die erste Adresse. Claire hatte dort schon öfter Kunden getroffen. Sie freute sich auf ein paar leckere Drinks.

Ein Mann mittleren Alters saß an der Bar und hatte die gelbe Rose als Erkennungszeichen neben sich liegen. Claires siebter Sinn schlug leise Alarm. Irgendwas stimmte nicht und sie dachte kurz darüber nach, ob sie wieder gehen sollte. Irgendwo hatten sie den Typen schon mal gesehen, aber ihr fiel beim besten Willen nicht ein, wo. Sie ignorierte den Alarm in ihrem Kopf, zupfte sich das hautenge Kleid ein letztes Mal zurecht und begrüßte den Mann, der sich ihr als Richard vorstellte, was sicher nicht sein richtiger Name war.

Er war attraktiv, maskulin, mit einer tiefen, angenehmen Stimme. Alles an ihm wirkte selbstbewusst und cool. Sein blondes kurzgeschnittenes Haar, das an den Schläfen langsam grau wurde, der gepflegte Vollbart, der modern geschnittene braune Anzug, mit blauem Hemd und italienischen Schuhen. Seine Körpersprache und sein Auftreten hatten etwas von einem Wolf. Der Typ war kein Teddybär, so viel stand fest. Er bestellte Claire ihren Lieblingsdrink, einen Cosmopolitan, und sie sprachen über belanglose Dinge.

„Ich würde mit dir gerne woanders hingehen", eröffnete ihr Richard nach wenigen Minuten. „Ich wohne gleich um die Ecke. Da sind wir ungestörter. Ich fühle mich hier, ehrlich gesagt, nicht so wohl. Zu viele Menschen."

Als Claire nicht sofort antwortete, zog er dezent ein Bündel Geldscheine aus der Tasche und legte sie ihr in die Hand.

„Das sind dreihundert mehr als vereinbart. Was sagst du? Wir sparen uns das teure Hotelzimmer. Du kannst die Kohle doch sicher gebrauchen."

Diese Stimme. Wo hatte sie die bloß schon mal gehört? Claire kramte in ihren Erinnerungen. Sie sah dem Mann in die Augen, erkannte dort aber nichts Hinterhältiges oder Brutales.

Ach, was soll's, dachte sie, steckte das Geld in ihre Handtasche und nickte.

Im Stavenhof hieß die kleine Seitenstraße vom Eigelstein, und der Hauseingang befand sich versteckt in einem Hinterhof. Richard öffnete die Tür und ließ sie eintreten. Claire hörte, wie hinter ihr die Tür wieder verriegelt wurde. *Nicht gut,* dachte sie, folgte ihrem Kunden aber dennoch durch einen schmalen Flur ins Wohnzimmer.

Mann und Ambiente passten überhaupt nicht zusammen. Das Zimmer sah aus wie aus einem Fünfzigerjahre-Film. Eine Rautentapete in Ocker- und Grüntönen, Holzvertäfelung an der Decke, ein braunes Sofa, Perserteppich, ein Nierentisch und zwei kleine Sessel, einer rot, einer grün. In einer Ecke stand sogar noch ein alter Fernsehschrank.

„Setz dich, bitte", sagte Richard und deutete auf die Sessel.

Claire wählte den roten. Sie kramte ihr Handy aus der Tasche, um Dana die neue Adresse durchzugeben. Das war ihre Vereinbarung, damit sie stets voneinander wussten, wo die andere gerade war. Aber der Bildschirm blieb schwarz.

Scheiße. Sie hatte vergessen, es aufzuladen. *Nicht zu ändern.* Sie verfluchte sich für diese Nachlässigkeit und steckte das Handy wieder in ihre Handtasche.

„Nett hast du es hier", sagte Claire, um das Schweigen zu brechen.

„Hm", brummte Richard. „Gehörte meiner Mutter."

Claire war aufgestanden und stand ihm jetzt direkt gegenüber.

„Sag mir einfach, was du gern magst." Sie lächelte verführerisch und streichelte seine Wange.

Richard schob sie weg. „Ich will nur mit dir reden."

„Okay. Kein Problem." *Lass mich raten. Du willst über deine verstorbene Mutter reden, die in dieser angestaubten Filmkulisse gewohnt hat.*

„Ich brauche Informationen über das *Paradies*."

Claire starrte den Mann an. Für einen Moment stand ihr die Überraschung ins Gesicht geschrieben.

Das *Paradies* war ein Bordell oder, eleganter ausgedrückt, ein Saunaclub, in dem sie hin und wieder arbeitete. Nick, ihr Zuhälter, hatte das arrangiert. Den Club gab es noch nicht lange, aber das Konzept hatte eingeschlagen wie eine Bombe. Todschick, alles neu und edel, teuer und sauber. Das Ambiente gefiel ihr. Besser als in den Laufhäusern oder Bordellen, in denen sie sonst arbeiten musste. Die Kunden waren wohlhabend und gepflegt, kein Abschaum von der Straße, der für fünf Euro einen Blowjob erwartete. Normale Typen aus der Mittel- und Oberschicht, die sich nach Feierabend oder an den Wochenenden eben mal was anderes gönnen wollten als die übliche Hausmannskost. Dagegen war nichts einzuwenden, fand Claire. Sie bekam Drinks spendiert und das Essen war fabelhaft. Außerdem hatte sie dort Dana kennengelernt.

Sie schüttelte den Gedanken an ihre Freundin ab und konzentrierte sich wieder auf das Hier und Jetzt. Ganz gleich, was dieser Richard von ihr wissen wollte, sie würde auf keinen Fall irgendwelche Interna aus dem

Club ausquatschen. Es spielte keine Rolle, ob er ihr wehtun würde, um an Informationen zu kommen. DIE würden ihr noch viel mehr Schmerzen zufügen.

„Leute wie ich haben im Paradies keinen Zutritt. Unsereins ist eher für die unteren Etagen gebucht“, sagte sie daher ausweichend.

Statt einer Antwort schubste Richard sie in den Sessel zurück.

„Hey, was soll das?“, rief Claire überrascht. „Was ist denn mit dir los?“

„Bleib sitzen“, blaffte er. Er stand vor ihr und blickte auf sie herunter.

Irgendwas stimmte nicht und sie hatte es von Anfang an gewusst. *Warum höre ich auch nicht auf meinen Instinkt.* Sie schaute zum ihm hoch.

„Hör zu“, versuchte sie es in einem neuen Anlauf und zog sich die Jacke aus. Darunter trug sie nur das paillettenbesetzte kurze Schwarze mit dem tiefen Ausschnitt. „Sag mir einfach, worauf du stehst. Ich mach so ziemlich alles, nur keine Schläge ins Gesicht, bitte. Das ist schlecht fürs Geschäft.“ Sie lächelte ihn an. „Soll ich mich ausziehen? Oder ein bisschen für dich tanzen?“

„Ich suche jemanden und du wirst mir helfen, sie zu finden“, war die Antwort.

Claire sah Richard an und ihr Puls beschleunigte sich. Das Verhalten des Mannes hatte sich auf gefährliche Weise verändert. Vorhin war er cool und überlegt gewesen, distanziert, jetzt war seine Körperhaltung bedrohlich, bereit zum Angriff. Er starrte sie aus zusammengekniffenen Augen an. So hatte ihr Vater ausgesehen, bevor er seinen Gürtel auszog.

„Wen suchst du denn?“, fragte sie eingeschüchtert und kauerte sich instinktiv tiefer in den Sessel.

„Meine Tochter, sie heißt Antonia oder Toni und sie arbeitet im *Paradies*. Oder hat dort gearbeitet.“

Also daher wehte der Wind. *Scheiße*.

„Ich weiß nicht, wer das ist“, antwortete Claire und sie hatte wirklich keinen blassen Schimmer, wovon der Mann redete. Sie kannte keine Antonia. Aber seine Stimme. Wo hatte sie die schon mal gehört? Es war keine angenehme Situation gewesen, das stand fest. Aber sie kam nicht drauf. Normalerweise vergaß sie nie ein Gesicht. Das war überlebenswichtig in ihrem Job. Und Stimmen konnte sie sich eigentlich auch gut merken. Es war zum Verrücktwerden.

„Kann ich was zu trinken haben?“, fragte sie ausweichend. „Ein Glas Sekt vielleicht?“

„Erst, wenn du mir gesagt hast, wo Toni ist.“

„Ich hab wirklich keine Ahnung.“ Claire versuchte, ihrer Stimme den entsprechenden Nachdruck zu verleihen. „Hör zu“, schlug sie vor. „Ich gebe dir die Kohle zurück und wir vergessen die ganze Sache.“ Sie machte Anstalten aufzustehen, aber Richard drückte sie wieder in den Sessel.

„Du gehst nirgendwo hin“, befahl er. „Erst will ich wissen, was mit meiner Tochter passiert ist.“

„Wieso fragst du ausgerechnet mich das?“, rief Claire. „Ich kenne deine Tochter nicht.“

„Du lügst“, schrie Richard in einem plötzlichen Gefühlsausbruch und er holte aus, um sie zu schlagen. Claire riss instinktiv die Arme hoch, um sich zu schützen, aber der Schlag blieb aus. Richard ließ den Arm wieder sinken. Er sah auf sie herunter.

„Ich muss wissen, wo sie ist und ob es ihr gut geht. Ich weiß, dass du sie kennst. Ich habe euch zusammen gesehen."

Claire stutzte. „Wann denn?"

„Am 28. September, das war ein Samstag. Auf dem Parkplatz hinter dem *Paradies*."

Mit einem Schlag war die Erinnerung an die Situation zurück, in der sie dem Mann schon einmal begegnet war. Sie hatte wieder alles klar vor Augen, versuchte aber, sich nichts anmerken zu lassen. Der Bart. Das war es. Er hatte damals keinen Bart getragen. Deswegen hatte sie ihn nicht wiedererkannt.

„Da gehe ich immer zum Rauchen hin", erklärte sie, um Zeit zu gewinnen. „Ich steh da bestimmt zehnmal am Tag. Keine Ahnung. Ehrlich, ich kenne keine Antonia. Ist wahrscheinlich auch nicht der Name, den sie im Club benutzt."

Richard packte sie und zog sie aus dem Sessel. „Du lügst", knurrte er wütend. Sie standen sich jetzt ganz nah gegenüber. Sie konnte seinen Atem riechen. Er roch noch Lakritz. „Ich habe nichts mehr zu verlieren. Meine Tochter ist alles, was mir noch geblieben ist. Und wenn es sein muss, werde ich dir wehtun, um an Informationen zu kommen."

Raus hier, hau ab. Claire zog panisch ihr rechtes Bein hoch und rammte dem Mann mit voller Wucht ihr Knie in die Eier. Er ließ sie los, krümmte sich und schnappte nach Luft. Dann schubste sie ihn zur Seite und rannte durch den Flur zur Haustür. Verzweifelt rüttelte sie an der Klinke, aber die Tür war ja verschlossen und er hatte den Schlüssel. *Was für eine verdammte Scheiße.* Sie sah sich um. Richard stand bereits wieder fest auf zwei Beinen. Nochmal würde er sich nicht überrumpeln lassen.

„Musste das sein?“, keuchte er. „Ich will doch nur ein paar Antworten.“

Claire schrie ihn an. „Ich habe keine Antworten für dich. Und ich will jetzt gehen.“

„Lass uns was trinken“, schlug Richard vor. „Bitte, setz dich wieder. Es tut mir leid.“

Claire sah sich um wie ein gehetztes Tier. Der Ausgang war versperrt also ging sie zurück ins Zimmer. Ihr Kunde verschwand in der Küche. Als er mit zwei Gläsern Sekt zurückkam, entspannte sie sich etwas und setzte sich wieder hin.

„Ich bin das Ganze falsch angegangen“, entschuldigte er sich. „Du hast vollkommen Recht. Antonia ist sicher nicht der Name, den sie verwendet, aber einen anderen kenne ich nicht. Vielleicht hilft dir das hier auf die Sprünge.“

Er zog eine Fotografie aus seiner Geldbörse und hielt sie ihr unter die Nase. Das Foto war ganz verknittert. Er trug es sicher schon länger mit sich rum. Claire warf einen Blick darauf und erkannte das Mädchen sofort. Das schmale Gesicht, die dunklen Augen, die braunen Korkenzieherlocken. Das war Momo. Eins von Finns Mädchen.

Sie schüttelte den Kopf. „Kenn ich nicht. Ehrlich.“ Sie sah Richard fest in die Augen und hoffte, dass ihr schauspielerisches Talent ausreichte, um ihn zu überzeugen.

„Das ist schade“, sagte Richard, aber in seiner Stimme schwang kein Ärger mehr mit. Es schien, als hätte er endlich eingesehen, dass er mit ihr nicht weiterkam.

Claire trank den Rest von ihrem Sekt aus. „Sorry, dass ich dir nicht helfen kann“, sagte sie. Sie hatte fast ein bisschen Mitleid mit dem Mann. Er hatte seine Tochter an Finn verloren und die Verzweiflung darüber stand ihm ins Gesicht geschrieben. Aber sie konnte nichts für ihn tun, nicht ohne sich selbst oder Dana in Lebensgefahr zu bringen. Finn war unberechenbar. Ein Zuhälter und Schläger, jemand, der bereit war, für Geld über Leichen zu gehen. Mit dem wollte sie sich wirklich nicht anlegen. Sie hatte die Kleine auch schon ewig nicht mehr im *Paradies* gesehen. Nicht seit dem Vorfall. Claire wusste nicht, wo sie jetzt war. Oder ob sie überhaupt noch lebte. Dana hatte ihr erzählt, dass Finn kalte Füße bekommen hatte, dass es da einen Typen gab, der Geld für sie bezahlt hat ... warum drehte sich das Zimmer ... *Dana*, war ihr letzter Gedanke. Dann verlor Claire das Bewusstsein.

Kapitel 2

Kriminalhauptkommissarin Franziska Frey saß am Frühstückstisch und hielt sich an einem heißen Glas Latte Macchiato fest. Sie hatte miserabel geschlafen, pochende Kopfschmerzen und fühlte sich matt und ausgelaugt. Toller Urlaub.

Sie beobachtete die Aspirin, die sich langsam in einem Wasserglas auflöste und wünschte sich, dass Tochter Jenny und Ehemann Heiner endlich ihre nervtötende Debatte über Recycling beendeten.

„Bei einer Glasflasche hängt die Ökobilanz nur von zwei Faktoren ab“, erklärte Jenny, „nämlich, wie oft du sie verwendest und über welche Strecke sie transportiert wird. Bei den Tretrapacks kommt zusätzlich hinzu, wie hoch der Plastik- und Aluanteil ist, ob das Papier aus nachhaltiger Forstwirtschaft stammt und ob der Karton später sachgemäß entsorgt wird.“

„Das Institut für Energie- und Umweltforschung hat aber ermittelt, dass bei Milch die Tetrapacks besser sind, weil wir in Deutschland kaum Mehrwegsysteme für Milchflaschen ohne lange Transportwege haben.“ Heiner goss sich Orangensaft ein.

Jenny grinste ihren Vater an. „Das ist ein Test, oder? Diese Studie ist stark umstritten und ich bleibe dabei. Die Produktion von Kunststoff und Aluminium für die Kartons ist eine riesen Umweltsauerei.“

„Bitte, ihr beiden“, flehte Franziska. „Könnten wir heute mal über was anderes reden?“

Seit Jenny im letzten Schuljahr einen Pro- und Contra Aufsatz vergeigt hatte, übte Heiner mit ihr das Debattieren. Im Hause Frey wurden seitdem alle relevanten politischen Themen durch die Mangel gedreht. Über das Thema Recycling redeten die beiden jetzt schon fast vier Wochen. Manchmal wünschte Franziska sich insgeheim ihre alte Tochter zurück. Die Maulfaule, die auf ihr Handy starrend ihr Müsli verschlang und sich ohne ein Wort in ihr Zimmer zurückzog, um den Nachmittag im abgedunkelten Raum mit ihren Freundinnen zu chatten.

„Du bist mich ja bald los, Mama“, ätzte Jenny und sah ihre Mutter wütend an. „Dann hast du deine Ruhe.“

Franziskas Herz verkrampfte sich. In ein paar Tagen würde ihre Kleine für ein Jahr nach Kanada fliegen. Schüleraustausch in ein abgelegenes Kaff in der Mitte von nirgendwo. Ihr graute vor diesem Tag, seit sie gemeinsam den Entschluss gefasst hatten.

„Ach Süße“, flüsterte sie und versuchte, die Hand ihrer Tochter zu greifen. „So war das doch nicht gemeint.“

Jenny zog die Hand zurück.

„Bitte“, flehte Franziska. „Lass uns nicht streiten. Ich habe etwas Kopfweh, das ist alles.“

„Dann sauf nicht so viel, wenn du es nicht verträgst.“ Jennys Augen verengten sich zu Schlitzen.

„Was ist denn los mit dir? Es war so ein schöner Abend.“

Sie hatten eine kleine Abschiedsparty für Jenny gegeben. Nur die engsten Freunde und Familie. Es wurde mit Sekt auf Jennys bevorstehendes Abenteuer angestoßen und danach waren sie zu Rotwein übergegangen, den Heiners Vater mitgebracht hatte. Aus der Toskana, wie er immer wieder betonte.

„Du warst voll peinlich, Mama."

Franziska war wie vor den Kopf geschlagen. „Wie meinst du das?"

„Du hast mich vor all meinen Freunden total blamiert."

„Wie das denn?"

„Du hast dich volllaufen lassen. Und dann ständig das mit den Babyfotos. Mega ätzend." Jenny rollte mit den Augen.

Franziska wurde wütend. „Ich habe zwei Gläser Wein getrunken, Jenny. Das ist nicht *volllaufen* lassen. Ich verbitte mir diesen Ton."

Jenny holte Luft für eine Erwiderung, aber Heiner ging dazwischen. „Es reicht", befahl er. „Ich wünsche mir, dass ihr zwei euch die letzten Tage nicht ständig zankt. Reißt euch zusammen! Alle beide."

Franziska konnte es nicht leiden, wenn ihr Mann sie wie eine seiner Schülerinnen maßregelte. Schon gar nicht vor ihrer Tochter. Was bildete er sich ein? Sie hatte das Bedürfnis aufzuspringen und irgendwas zu zerschlagen. Stattdessen atmete sie tief durch und nickte. Sie wollte vor dem Kind keinen Streit anzetteln. Für den Moment würde sie nachgeben und das Gespräch mit ihrem Mann vertagen. Auch Jenny lenkte ein. Wie immer, wenn ihr Vater ein Machtwort sprach.

Franziska betrachtete die beiden. Vater und Tochter. Ein Herz und eine Seele. Sie als Mutter war schon länger abgemeldet, was zum Teil auch ihre Schuld war.

Wechselschicht- und Bereitschaftsdienste hatten in den vergangenen sechzehn Jahren den Besuch so mancher Schulaufführung oder Basketballspiele verhindert. Nur Heiner war immer da gewesen. Jenny himmelte ihren Vater an und er vergötterte seine Prinzessin. Nur, dass Baby Jen, wie er sie hin und wieder noch nannte, nicht mehr das kleine Mädchen mit den geflochtenen Zöpfen war. Sie war ein Teenager und hatte es faustdick hinter den Ohren. Als Heiner vor ein paar Wochen auf Klassenfahrt war, war Jenny betrunken und bekifft nach Hause gekommen. Franziska hatte ihr beim Kotzen den Kopf gehalten und feierlich versprechen müssen, ihrem Vater nichts davon zu erzählen.

Sie hatte zugestimmt, denn er hätte Jenny an die kurze Leine genommen. Aber Franziska hatte Vertrauen zu ihrer Tochter und entschieden, dass fast siebzehn das Alter ist, in dem man sich ausprobieren muss. Es gab bisher keine Anzeichen von besorgniserregenden Veränderungen. Alles war normal und ein Auslandsjahr würde ihr guttun.

„Sorry, Mama", lenkte Jenny ein und ergriff jetzt doch die Hand ihrer Mutter. „Es war ein schöner Abend gestern und es tut mir leid, dass es dir heute Morgen nicht gut geht." Sie lächelte ein falsches Lächeln, was Franziska mehr verletzte als die frechen Antworten. „Ich geh mal packen", sagte sie und verschwand in ihrem Zimmer.

Heiner goss sich Kaffee ein und kaute schmatzend auf seinem Brötchen. „Dass ihr immer so aneinandergeraten müsst. Das ist wirklich anstrengend."

„Es ist anstrengend für mich, Heiner. Nicht für dich. Dich vergöttert sie. Mich hasst sie."

„Jetzt übertreibst du aber.“ Heiner legte sein Brötchen auf den Teller und nahm seine Vortragshaltung ein. Gerader Rücken, erhobener Zeigefinger. „Sie hasst dich nicht. Sie ist sechzehn und sehr verwirrt. In der Pubertät spielen die Hormone ...“

Franziska fiel ihm ins Wort. „Ich weiß, was Pubertät ist. Spar dir deinen Vortrag.“ Ihre Wut war zurück und sie hatte Lust, ihrem Mann den Zeigefinger zu brechen.

Heiner schüttelte den Kopf. „Gib mir nicht die Schuld für deinen Kater. Mach doch mal einen Spaziergang. Das wird dir guttun.“

Franziska starrte ihn an. *Wann war er zu so einem Arschloch mutiert?* Aber sie sagte nichts, stand auf, verließ den Raum und knallte die Tür hinter sich zu.

Sie fuhr zum Präsidium. Auf ihrem Schreibtisch lagen haufenweise unerledigte Berichte. Wenn ihre Familie sie nicht dahaben wollte, konnte sie genauso gut etwas Nützliches tun. Sie parkte und blieb noch einen Moment im Wagen sitzen. Ihre Wut war so schnell verraucht, wie sie gekommen war. Sie dachte an die zugeknallte Tür. Was war nur mit ihr los? Ihre Emotionen fuhren in letzter Zeit in der gleichen Achterbahn wie die von Jenny. Vielleicht war das sowas wie Co-Pubertät. Eine Art Solidarität unter Frauen. So wie der parallele Zyklus, der für den Familienfrieden auch nicht gerade zuträglich war. Armer Heiner. Ihr Mann tat ihr fast ein bisschen leid. Eine Woge der Sympathie für ihren Ehemann spülte das letzte Körnchen Wut weg. Sie stieg aus dem Auto.

Vor der Eingangstür stand eine junge Frau mit Lammfellmütze, braunen langen Haaren und großer Sonnenbrille. Sie war elegant gekleidet. Beige

Marlenehose, schwarzer Rollkragenpullover, teurer Wollmantel, Handtasche von Gucci, kirschrote manikürte Fingernägel. Sie rauchte und wirkte sehr nervös.

„Brauchen Sie Hilfe?“, fragte Franziska, der ein Veilchen am linken Auge auffiel, das von der Sonnenbrille nicht ganz verdeckt wurde.

Die Frau schüttelte den Kopf. „Sind Sie von der Polizei?“

Der Akzent war definitiv slawisch.

„Kriminalhauptkommissarin Frey“, stellte Franziska sich vor.

Die Frau trat ihre Zigarette aus, schaute sich um, als hätte sie Angst, beobachtet zu werden und atmete tief durch. „Ich suche meine Freundin. Sie ist verschwunden.“

Das war jetzt eigentlich ein Fall für die Vermisstenabteilung. Aber irgendwas am Verhalten der Frau hatte Franziskas Interesse geweckt.

„Kommen Sie mit“, sagte sie und ging voran in ihr Büro. Auf dem Weg dorthin begegneten sie keiner Menschenseele. Die Abteilung war wie ausgestorben. Nur Beimer hockte hinter seinem Schreibtisch in eine Akte vertieft. Er bemerkte sie nicht.

„Setzen Sie sich, bitte.“ Franziska bot ihrem Gast einen Stuhl an. „Möchten Sie etwas trinken?“

Die Frau nickte und Franziska stellte Gläser und Mineralwasser auf den Tisch.

„Haben Sie was Stärkeres?“

Franziska ließ sich ihre Überraschung nicht anmerken, zog eine Schreibtischschublade auf und förderte eine Flasche Rum zutage.

Die Frau legte Mütze, Mantel und Handtasche ab, setzte sich und nahm die Sonnenbrille ab. Franziska erschrak, als sie das große Veilchen sah. Da hatte jemand richtig zugeschlagen und das war noch nicht sehr lange her.

„Sind Sie sicher, dass es Ihnen gut geht?"

Die Frau versuchte ein Lächeln. „Sie meinen das hier?" Sie zeigte auf ihr Auge. „Kein Problem. Ich habe zurückgeschlagen." Dann griff sie nach dem Rum, goss sich einen großen Schluck ein und leerte das Glas in einem Zug.

„Gut", sagte sie und lächelte. „Nicht so gut wie Wodka, aber gut."

„Sie können Anzeige erstatten. Ich kann Ihnen helfen, wenn Sie wollen."

Die Frau schüttelte den Kopf. „Mein Name ist Dana Markow. Ich suche meine Freundin. Sie ist seit ein paar Tagen verschwunden."

Franziska notierte mechanisch die Informationen, die sie erhielt. „Wie alt ist ihre Freundin?"

„Dreiundzwanzig. Ihr Name ist Clarissa Müller, aber alle nennen sie Claire."

„Und wann haben Sie Claire zum letzten Mal gesehen?"

„Am Montag. Sie hatte einen Kunden im Hotel *Zeitlos* und seitdem habe ich nichts mehr gehört."

„Einen Kunden im *Zeitlos*?", fragte Franziska.

„Ja, wir arbeiten als Escort." Dana Markow sah Franziska direkt in die Augen. Selbstbewusst und auffordernd. Diese Frau stand zu dem, womit sie ihr Geld verdiente.

„Warum kommen Sie erst jetzt? Eine Woche ist lang."

„Zuerst habe ich gedacht, sie ist bei einem ... *Bekannten.* Aber seit vorgestern weiß ich, dass sie da nicht ist." Sie lächelte schief und zeigte auf ihr Auge. „Dann habe ich im *Zeitlos* gefragt, aber die wissen nichts. Dann musste ich nachdenken und jetzt bin ich hier."

Wahrscheinlich musste sie entscheiden, ob sie den Schritt wagen sollte, zur Polizei zu gehen, überlegte Franziska.

„Wer ist dieser *Bekannte*? Hat er einen Namen?"

„Der Name ist nicht wichtig. Er weiß nicht, wo sie ist, und ich glaube ihm."

„Ist er euer Zuhälter?"

„Ich arbeite auf eigene Rechnung", erklärte Dana Markow mit Stolz in der Stimme.

„Haben Sie ein Foto von Claire?"

Dana kramte in ihrer Handtasche und zog eine Fotografie heraus. Darauf war eine schmale junge Frau mit kurzen blonden Haaren und einem sympathischen Lächeln zu sehen. Sie wirkte etwas verloren, aber glücklich.

„Das war vor zwei Monaten an ihrem Geburtstag. War schöner Tag."

„Wenn eine erwachsene Person verschwindet, ist das oft geplant", erklärte Franziska. „Vielleicht braucht Claire eine Auszeit oder versteckt sich vor ihrem ... *Bekannten.*"

Dana schüttelte energisch den Kopf. „Niemals. Wenn sie abgehauen wäre, hätte sie sich gemeldet."

„In Ordnung", sagte Franziska. „Ich nehme die Daten Ihrer Freundin jetzt auf. Sie werden dann in ein europaweites Computersystem eingespeist. Wir können auch versuchen, ihr Handy zu orten. Sie hat doch eins?"

Dana nickte. „Ist ausgeschaltet. Hab' ich schon versucht."

„Geben Sie mir einfach die Nummer", bat Franziska. „Vielleicht haben wir ein paar mehr Möglichkeiten. Und Ihre Kontaktdaten lassen Sie mir bitte auch da." Sie schob der Frau einen Block und einen Stift hin.

„Ich danke Ihnen vielmals", sagte Dana und notierte alles. „Ich bin sehr in Sorge. Ihr ist etwas zugestoßen. Das weiß ich."

„Machen Sie sich nicht verrückt. Die meisten Vermissten tauchen nach kurzer Zeit wieder auf. Hier", Franziska gab Dana ihre Karte. „Rufen Sie mich an, wenn Ihnen noch was einfällt. Ihre Telefonnummer haben wir ja jetzt. Wir melden uns."

Dana stand auf und zog ihren Mantel an. Dann sah sie Franziska an. „Sie sind eine sehr nette Frau", sagte sie. „Ich war in Sorge, dass niemand sich kümmern wird um Claire. Aber Sie sind anders. Ich hatte Glück, Sie zu treffen."

Du hast Glück, dass ich überhaupt hier bin, dachte Franziska, nachdem Dana Markow gegangen war, und nahm sich vor, sich für das Türenknallen zu Hause zu entschuldigen. Vielleicht konnte sie Heiner und Jenny ja mit einem Besuch im Sushi Restaurant bestechen. Dem guten und teuren am Zülpicher Platz. Sie entschied, die beiden einfach damit zu überraschen, und griff zum Hörer, um einen Tisch zu reservieren. Anschließend machte sie eine Personenabfrage in POLAS, dem Polizei Auskunftssystem. Eine Clarissa Müller oder Claire Müller war zwar als Sexarbeiterin offiziell gemeldet, aber es lag nichts gegen sie vor. Sie schloss das Programm und wendete sich ihren Berichten zu.

Kapitel 3

Die Aktion mit Claire war gründlich schiefgelaufen. So hatte er sich das nicht vorgestellt. Er war davon ausgegangen, dass sie schlau sein, das Geld nehmen und ihm alles erzählen würde. Aber sie war stur geblieben. Er hatte die Panik in ihren Augen gesehen und verstanden, dass sie mehr Angst vor dem Zuhälter hatte als vor ihm. Daher musste jetzt Plan B herhalten. Das gefiel ihm nicht, aber es war nicht zu ändern. Er brauchte Informationen und sie würde sie ihm liefern.

Als er sie in den alten Luftschutzkeller trug, konnte er spüren, wie zart und zerbrechlich sie war. Und als er ihre Kleidung wechselte, fielen ihm die Blutergüsse auf.

Was sind das für Männer, die sich Frauen kaufen, um sie zu schlagen? Er hatte das im Laufe seines Lebens schon oft erlebt. Früher war er selbst ein Freier gewesen. Als er noch auf Montage in der Welt unterwegs war. Als Single ist man niemandem Rechenschaft schuldig. Eine Baustelle ist wie die andere. Keine festen Bindungen, keine tiefen Freundschaften. Für sexuelle Befriedigung sind die Prostituierten zuständig. Die stellen keine Ansprüche und keine Fragen. Es ist ein Geschäft mit einem Vertrag. Geld wechselt den Besitzer und dafür bekommt man ein paar entspannte Stunden. Aber man misshandelt die Frauen nicht.

Eine Szene mit einem deutschen Kollegen hatte sich in sein Gedächtnis gebrannt. Zu Hause war er ein braver spießiger Saubermann mit Eigenheim, blonder Vorzeigfrau und zwei Kindern. Aber fernab der Heimat war sein moralischer Kompass abgeschaltet. Er war nicht nur fast täglich im Bordell, sondern behandelte die Prostituierten dort wie den letzten Dreck. Ein Widerling. Einmal hatte er eins der Mädchen durch den ganzen Puff gejagt, ihr immer wieder ein Bein gestellt und sie an den Haaren hinter sich her geschleift. Alle hatten gejohlt und ihn angefeuert. Außer ihm. Er war dazwischen gegangen und hatte dem Typen ein paar aufs Maul gehauen.

Als er Corinna kennenlernte, änderte sich sein Leben. Er suchte sich einen festen Job in Köln, wurde sesshaft, und es verging kein Jahr, da war sie schwanger. An dem Tag, an dem er sein Baby in den Armen hielt, durchströmte ihn ein unbeschreibliches Gefühl von Glück und Zufriedenheit. Er war endlich angekommen. Aber da war noch etwas anderes. Etwas, dass ihm kalt das Rückgrat hochkroch. Panische Angst davor, dass diesem zerbrechlichen Wesen irgendetwas zustoßen konnte. Und in dem sterilen Kreißsaal schwor er einen heiligen Eid: dass er für den Rest seines Lebens alles tun würde, um seine Tochter und ihre Mutter zu beschützen.

Vor der Geburt hatte er keine genaue Vorstellung davon gehabt, was es bedeutete, Vater zu sein. Er wusste nur, dass er es besser machen wollte als seine eigenen Eltern. Aber die Realität übertraf alles. Da war dieser kleine Mensch, mit winzigen Fingerchen, einem niedlichen Stupsnäschen und braunen Augen. Von wegen, alle Babys kommen blauäugig zur Welt. Seine Tochter jedenfalls nicht. Sie hatte vom ersten Atemzug an die Augen ihrer Mutter, tiefgründig dunkel und wunderschön. Sie konnte mit ihrem Lächeln sein Herz erwärmen und ihre bedingungslose Liebe zu ihm war sein Lebenselixier. Der Tag, an dem sie zum ersten Mal Papa zu ihm sagte, war, abgesehen von ihrer Geburt, der schönste Tag in seinem Leben.

Dieses Kind großzuziehen, war sein größtes Abenteuer. Sie umarmte ihn, wenn er nach Hause kam, rannte mit ihm um die Wette und entdeckte lachend auf seinen Schultern die Welt. Er brachte ihr das Radfahren bei, das Schwimmen, er verpasste kein Hockeyspiel. Er verarztete Knieschrammen und trocknete Tränen. Sie lasen zusammen Momo, die Brüder Löwenherz, Harry Potter und Asterix. Er zeigte ihr, wie man einen Fisch ausnimmt und wie man aus einem Haufen Restholz einen Kaninchenstall baut. Für sie war er eine Art Superheld. Sechzehn Jahre waren sie eine glückliche Familie.

Bis vor drei Jahren der Teufel in ihr Leben einbrach und das Kind stahl. Von einem auf den anderen Tag war sie weg. Kontakt zu halten war schwierig, ihr Handy war meistens abgeschaltet und ihre Nummern wechselten ständig. Am Anfang kam sie ab und zu noch zu Besuch, aber das hörte irgendwann auf.

Nachdem er endlich verstanden hatte, was passiert war, fuhr er wochenlang herum, auf der Suche nach ihrem Roller. Immer einen Brief an sie in der Tasche, in dem stand, dass er und ihre Mutter nicht böse seien, sie sich nicht schämen müsse und sie zu Hause jederzeit willkommen sei. Das hatten die in der Selbsthilfegruppe empfohlen.

Jahrelang taten sie so, als wäre es nur eine Phase, die vorbeigehen würde. Sie redeten sich ein, dass sich alles wieder einrenkte. Dass ihre Tochter eines Tages zurückkäme. Sie malten sich diesen Tag in den tollsten Farben aus. Wie sie sie in die Arme nehmen, ihr keine Fragen stellen würden, froh darüber, dass sie zurück war. In ihrer Vorstellung war dieser Tag hell und strahlend. Ein Glückstag.

Den Roller hat er nie gefunden. Vielleicht hat sie ihn gar nicht mehr. Stattdessen fand er *sie*. Und hat alles versaut. Jemand hatte ihm einen Tipp gegeben, dass Antonia im *Paradies* anschaffte. Also war er hingefahren, hatte den Eintritt bezahlt und sich umgesehen. Und tatsächlich. Da war sie. Sie saß halbnackt bei einem Mann auf dem Schoss, der ihr gerade etwas ins Ohr flüsterte und dabei seine feisten Hände über ihre Oberschenkel gleiten ließ. Sie war so dünn, so zerbrechlich. Sein Herz drohte beim Anblick seiner geliebten Tochter, die im Begriff war, mit diesem Mann auf eines der Zimmer zu gehen, zu zerspringen. Und als er den Gedanken zu Ende dachte, brannte ihm die Sicherung durch. Anstatt behutsam vorzugehen, war er wie ein Elefant durch den Laden getrampelt und hatte das ganze Porzellan zerschlagen. Er zerrte Antonia von dem Mann runter und ihre Blicke trafen sich. Verwirrung, Erkenntnis, panische Angst. Das alles spiele sich im Bruchteil einer Sekunde in ihrem Gesicht ab und er verstand, dass er einen Fehler gemacht hatte.

Dann schrien plötzlich alle durcheinander und bevor er wusste wie ihm geschah, hatten starke Hände ihn gepackt, nach draußen auf den Parkplatz gezerrt und er wurde mit Schlägen und Fußtritten übel zugerichtet.

Der Blick seiner Frau, als er ihr von seinem Versagen berichtete, hat sich auf seiner Netzhaut eingebrannt. In dem Moment hat sie aufgegeben. Drei Tage später schnitt sie sich die Pulsadern auf. Während er sie in den Armen hielt und auf den Notarzt wartete, war er kurz in Versuchung, sich ebenfalls einen Schnitt zu setzen und sich neben sie zu legen.

In diesen Minuten auf dem kühlen Kachelboden, während das Leben aus dem Körper seiner wunderbaren Frau entwich, verstand er, dass er ein Eisbär auf einer schmelzenden Eisscholle war. Nur er konnte Antonia noch retten und diejenigen zur Rechenschaft ziehen, die ihnen das angetan hatten. Vor neunzehn Jahren im Kreißsaal hatte er einen Eid geschworen und den würde er nicht brechen. Er war jetzt als Einziger übrig.

Kapitel 4

Claire erwachte mit einem Schlag aus der Bewusstlosigkeit. Es fühlte sich an, als hätte sie lange die Luft angehalten und sie nahm einen tiefen Atemzug, um ihre Lungen mit Sauerstoff zu füllen. Sie richtete sich auf und schaute sich um.

„Oh Scheiße", murmelte sie, als ihr Verstand begriff, in welcher Situation sie sich befand.

Sie lag zugedeckt auf einer Pritsche in einem fensterlosen Raum, der von einer Glühbirne nur spärlich beleuchtet wurde. In der Mitte standen ein Tisch und zwei Stühle, an der linken Wand ein Regal mit Wasserflaschen, Kekspackungen und ein bisschen Obst, daneben ein Plastikeimer mit Deckel. Ansonsten war der Raum leer. Es roch muffig und es war kalt.

Sie stand auf, schlurfte zur Tür und versuchte, sie zu öffnen. Natürlich verschlossen. Eine massive Stahltür. Sie hämmerte mit den Fäusten gegen das Metall und schrie um Hilfe, bis sie erschöpft aufgab.

Claire hatte jegliches Zeitgefühl verloren. Sie wusste nicht, wie lange sie bewusstlos gewesen war. War es Tag oder Nacht? Sie schleppte sich zum Regal, öffnete eine der Wasserflaschen und leerte sie in einem Zug. Dann setzte sie sich auf die Pritsche und umschlang ihre Beine gegen die Kälte. Wie gerne hätte sie sich jetzt eine Nase Pep gegönnt oder eine geraucht. Aber sie konnte ihre Handtasche nirgendwo entdecken.

„Fuck“, fluchte sie.

Der falsche Teddybär hatte sie betäubt und eingesperrt. Nur weil sie seine scheiß Fragen nicht beantworten wollte. Außerdem hatte er sie umgezogen. Sie trug nicht mehr ihr Kleid, sondern einen Trainingsanzug. Und die Perücke, die ihr diesen Schneewittchen-Look gab, auf den die Kerle so standen, war auch weg. Reflexartig unterzog sie ihren Körper einer kurzen Untersuchung. Fühlte sich nicht so an, als hätte er sie vergewaltigt. Sie war erleichtert. Für den Moment zumindest.

„Hey Mann?“, rief Claire. „Ist hier jemand?“

Keine Antwort.

„Ist das ein beschissenes Spiel?“, schrie sie. „Wenn ja, ist es nicht besonders witzig.“

Sie zog die Beine an und legte den Kopf auf ihre Knie. Ihr war hundeelend zumute, sie fror und sie hatte Angst.

Die Stille um sie herum dröhnte in ihren Ohren. Claire konnte sich nicht erinnern, jemals von so vollkommener Ruhe umgeben gewesen zu sein. Das Leben in einer Großstadt war erfüllt von ewigem Lärm, der auch nachts niemals ganz nachließ. Irgendwas war immer los, wenn hunderttausende von Menschen auf engstem Raum lebten, arbeiteten und ihrer Freizeitbeschäftigung nachgingen: Hupende Autos, vorbeifahrende Züge, eine Fahrradklingel, Sirenen, ein Streit, ein Lachen, ein Hund, der bellte. Die Abwesenheit von Geräuschen kam ihr eigenartig vor. Sie dachte darüber nach, wie oder wo man so einen Zustand erreichen konnte und als der Groschen fiel, blieb ihr das Herz stehen. Ihr Gefängnis war außerhalb der Stadt oder lag weit unter der Erde in einer Art Bunker oder der Raum war schallisoliert. Oder alles zusammen.

Der Teddybär war ein Psycho. Und sie saß in einer Falle, aus der sie sich selbst nicht würde befreien können. Eine Reihe schrecklicher Folterszenarien rasten durch ihren Kopf, bis sie vor lauter Panik kaum noch Luft bekam.

Hör auf mit dem Mist, ermahnte sie sich. *Reiß dich zusammen. Du hast keine Wahl, als abzuwarten.* Weiter um Hilfe rufen würde nichts bringen. Wenn von außen kein Geräusch hereinkam, ging auch keins heraus. Sie versuchte, sich zu beruhigen. *Er will Informationen und er wird kommen und sie sich holen.*

Wie aufs Stichwort gab es ein metallenes Klicken. Ein Riegel wurde zurückgeschoben, die Tür ging auf. Richard betrat den Raum und verschloss die Tür wieder mit einem Schlüssel, den er in seine Hosentasche steckte.

„Du bist wach. Wie schön", sagte er. „Ich hab' uns was zu essen besorgt." Er hielt einen Pizzakarton hoch. Die heiße Pizza roch verführerisch und obwohl die Situation alles andere als entspannt war, merkte Claire, dass ihr Magen knurrte.

„Hab' keinen Hunger", sagte sie aus Angst vor weiteren Betäubungsmitteln.

„Ich schulde dir ein Abendessen", entgegnete Richard, stellte den Karton und eine Flasche Cola mit zwei Pappbechern auf den Tisch und setzte sich auf einen der Stühle. „Keine Sorge. Da ist nichts drin." Und zum Beweis nahm er ein Stück, rollte es zusammen und biss davon ab. „Hmm lecker", sagte er genüsslich kauend.

Claire beobachtete ihn von ihrer Pritsche aus, wie er langsam die Pizza verspeiste, bis nur noch zwei Stücke übrig waren. Danach goss er sich einen Becher Cola ein. Erst als er alles ausgetrunken hatte, knickte sie ein.

„Kann ich vielleicht doch was haben?“, fragte sie kleinlaut.

„Klar“, sagte er, schob ihr den Pizzakarton über den Boden und rollte ihr die Colaflasche zu. Sie hob beides auf und machte sich gierig darüber her.

„Und jetzt reden wir.“

„Worüber denn?“, fragte Claire kauend.

„Über das, was im *Paradies* passiert ist.“

Sie starrte ihn an. „Ich weiß nichts.“

Richard lachte verächtlich. „Ich glaub dir kein Wort. Erstens war deine Reaktion auf das Foto eindeutig und zweitens“, er machte eine kurze Pause, „habe ich dich mit Toni gesehen.“

Claire schüttelte trotzig den Kopf. „Dann verwechselst du mich“, beharrte sie. „Viele von uns sehen sich ähnlich. Der gleiche Look und so.“

Richard sah sie an. „Wir machen es so. Du bleibst eine Weile hier unten und denkst nach. Wenn du zur Besinnung kommst und mir hilfst, meine Tochter zu finden, werde ich dich laufen lassen. Wenn nicht, dann ist das heute der erste Tag vom Rest deines jämmerlichen Lebens.“ Er zeigte auf die Wasservorräte an der Wand. „Das ist alles, was ich dir zuteile. Danach wirst du langsam verdursten. Überleg es dir.“

Claire blickte auf das Regal. Zwei Liter Wasser. Das war nicht viel. Das würde höchstens für drei oder vier Tage reichen, wenn sie sparsam war. Sie starrte

Richard an. Seinem Gesichtsausdruck nach zu urteilen, war es ihm bitterernst.

„Wenn ich sterbe, erfährst du erst recht nichts“, sagte sie trotzig.

„Mal sehen, wer länger durchhält. Der Entzug wird dich durstig machen.“

Claire starrte ihn an.

„Das Zeug war in deiner Handtasche. Amphetamine. Das ist nicht gut für dich.“ Richard stand auf und verließ den Raum. Die Tür wurde abgeschlossen. Dann ging das Licht aus.

„Hey, was soll das?“, schrie Claire. Die plötzliche Dunkelheit erschreckte sie.

„Betrachte es als Übung für die Hölle, mein Engel“, hörte sie ihn dumpf von der anderen Seite. Dann wurde es still.

Sie tobte und schrie, aber ihr Entführer ließ sich nicht blicken. Irgendwann schlief sie vor Erschöpfung ein.

Als sie aufwachte, musste sie sich erst zurechtfinden. Sie hatte pochende Kopfschmerzen und großen Durst. *Scheiße.* Sie rappelte sich auf und suchte nach der Cola. Ein Rest musste noch drin sein. Ihre Finger waren so klamm, dass sie die Flasche kaum aufdrehen konnte. Dann stand sie auf und tastete sich vorsichtig in Richtung des Eimers und pinkelte hinein. Sie kroch zurück zu ihrer Pritsche.

Als das Licht anging, schreckte sie hoch. Wie viel Zeit war vergangen? Sie hielt sich schützend den Arm vor die Augen, setzte sich auf und starrte auf die Tür.

Richard kam herein und stellte ein Tablett mit ein paar Sandwiches und einer neuen Flasche Cola auf den Tisch. Er bot ihr einen Stuhl an.

Claire stand zögernd auf und bewegte sich langsam auf den Tisch zu, setzte sich und verschlang gierig die beiden Brote. Als sie nach der Cola greifen wollte, zog Richard die Flasche weg.

„Die bekommst du, wenn du mir Informationen lieferst."

Claire verzog das Gesicht. „Macht es dir Spaß, Frauen zu quälen?"

„Die blauen Flecken hast du nicht von mir", brummte er. „Wer war das?"

Claires Miene verfinsterte sich. „Berufsrisiko."

„Tut mir leid für dich."

„Hab schon Schlimmeres erlebt."

Sie schwiegen beide für einen kurzen Moment.

„Ich weiß nichts über deine Tochter ", brach Claire das Schweigen.

„Und ich weiß, dass du lügst. Ich habe gesehen, wie du ihr ein Brett über den Kopf gezogen hast."

Claire starrte ihn überrascht an. Ihr war nicht klar gewesen, wie viel Richard damals mitbekommen hatte. Sie hatte draußen auf dem Club-Parkplatz vom *Paradies* eine geraucht, als plötzlich die Tür aufflog, Mike und Finn einen Mann rauszerrten und ihn zwischen den Müllcontainern in die Mangel nahmen, bis er keinen Mucks mehr von sich gab. Momo kam hinterhergelaufen und fing an panisch rumzuschreien. Claire hatte der Szene ungerührt zugesehen, bis Finn sie aufforderte, die Kleine ruhigzustellen. *Stopf ihr das Maul.* Sie versuchte zuerst, Momo wegzuziehen, aber die riss sich wieder los und dann war da dieses Brett und bevor sie nachdenken konnte, lag Momo am Boden.

„Hast du sie umgebracht?", fragte Richard.

Claire schüttelte den Kopf. „Nein, das habe ich nicht, ehrlich. Nur eine kleine Gehirnerschütterung."

„Wo ist sie jetzt?"

„Hab sie seitdem nicht mehr gesehen."

„Du lügst!", schrie Richard.

„Nein, ich lüge nicht" schrie sie zurück. „Sie ist im *Paradies* seit dem Tag nicht mehr aufgetaucht. Ich schwöre."

„Wer kann wissen, wo sie ist?"

Claire schüttelte den Kopf. „Keine Ahnung."

Richard schlug mit der Faust auf den Tisch.

Claire zuckte zusammen. Sie starrte Richard ängstlich an. Noch hatte er sie nicht geschlagen. Aber sie war nicht sicher, wie lange das so blieb, wenn sie ihm nicht die richtigen Antworten lieferte. Sie spielte ihre Optionen durch. Wenn sie weiter schwieg, würde sie in diesem Kellerloch verrecken. Wenn sie die Namen der Männer preisgab, die ihr Kidnapper wissen wollte und das rauskam, war sie ebenfalls geliefert. Hassan würde sie töten. Es war sein Club und er achtete streng darauf, dass alle, die dort arbeiteten, die Regeln einhielten.

„Du hast doch keine Ahnung." In ihrer Stimme schwang die nackte Angst mit. „Die bringen mich um, wenn ich quatsche. Du weißt nicht, wie die sind."

Richard zeigte sich unbeeindruckt. „Du hast deine Situation noch immer nicht ganz verstanden. Aber du bist ein schlaues Mädchen. Finde den Fehler und dann reden wir weiter." Er stand auf. „In ein paar Stunden komme ich zurück."

„Nein, bitte", flehte Claire. „Bitte lass mich hier nicht wieder im Dunkeln sitzen."

„Dann rede. Ich bin ganz Ohr."

Claire überlegte kurz, dann setzte sie alles auf eine Karte. „Wenn ich dir was erzähle, will ich eine Gegenleistung."

„Du bist eigentlich nicht in der Position, um Forderungen zu stellen."

„Bitte", bettelte sie und die Verzweiflung stand ihr ins Gesicht geschrieben. „Es ist kalt hier unten und ich habe Angst im Dunkeln."

Zu Claires großer Überraschung nickte ihr Entführer. „Wenn mir gefällt, was du zu sagen hast, bekommst du Vergünstigungen. Das ist fair. Also? Wo ist mein Kind?"

Claire überlegte, was und wie viel sie Richard erzählen konnte. Sie wusste nicht, wo seine Tochter sich momentan aufhielt. Aber sie hatte eine Information, die ihm helfen würde, das Mädchen zu finden. Claire entschied sich, ihm den Namen zu geben in der Hoffnung, dass das reichen würde.

„Als Erstes solltest du davon ausgehen, dass deine Tochter noch lebt. Dein Auftritt im *Paradies* war zwar gefährlich für sie, aber das Geschäft mit ihr ist zu lukrativ, um sie einfach aus dem Weg zu räumen. Ich habe Gerüchte gehört, dass sie verkauft wurde.

„An wen?"

„An Immanuel", log Claire. Sie wusste zwar nicht, wer Momo gekauft hatte, aber Immanuel ganz sicher nicht. Dafür war er einfach nicht der Typ. „Er ist ihr Stammfreier. Der hat sie regelmäßig gebucht." Auch das war eine Lüge. Momo hatte ihr erzählt, dass immer ein anderer Mann auf sie wartete, wenn sie von Immanuel privat gebucht wurde.

Richard wich alle Farbe aus dem Gesicht. „Sie hat einen Stammfreier?"

„Ja", antwortete Claire, „so einen haben wir fast alle. Hat Vor- und Nachteile. Der redet sicher. Er ist ein braver Bürger. Wenn du ihm ein bisschen Druck machst, knickt der ein. Jede Wette."

„Warum kauft jemand eine Frau?", fragte Richard.

„Vielleicht, weil er sie retten will? Was glaubst du denn, wie viele Typen sich in eine Prostituierte verknallen?", Claire lachte höhnisch. „Dann träumen sie von Heirat und Kindern und einem bürgerlichen Leben."

„Aber in dem Fall hätte sie sich doch längst gemeldet", widersprach Richard.

„Und wenn sie nicht will?", fragte Claire. „Vielleicht schämt sie sich zu sehr und ist jetzt glücklich mit ihrem Retter."

„Weißt du, wo ich diesen Mann finden kann?"

Claire nickte. „Klar. Ich kenne die Adresse, zu der er uns bestellt, wenn wir ihn nicht im Club treffen. Aber die Info kostet dich was."

„Was willst du haben?"

„Licht, einen Radiator und Zigaretten."

Richard nickte und stand auf.

„Ach, und noch was", sagte Claire. „Sie heißt in der Szene Momo. Wegen der Locken, du weißt schon."

Oktober 2019

Er war es. Ihr allerschlimmster Albtraum war Wirklichkeit geworden, nur dass sie aus diesem Traum nicht mehr aufwachen würde.

„Hallo, meine Schöne“, sagte er und lächelte.

Er trug wie immer den Latexoverall und den schwarzen Kapuzenumhang. Sie hatte ihn noch nie ohne diese Verkleidung gesehen.

„Endlich bist du da. Ich habe lange darauf gewartet.“

Er setzte sich auf einen Drehhocker und seine kalten Augen ruhten auf ihrem Gesicht. Er strich ihr sanft über die Wange. Als sie den Kopf zur Seite drehen wollte, hielt er sie mit hartem Griff davon ab. Er atmete schnell und sie roch Alkohol.

„Wir werden viel Spaß miteinander haben“, flüsterte er und als sie das Messer sah, hielt sie den Atem an und starrte ihn angsterfüllt an.

Er lachte und fuhr mit der Klinge über ihren Nasenrücken, ihr Kinn, ihren Hals hinunter bis zu ihrer Kehle. „Du bist so schön“, flüsterte er. Dann zerschnitt er ihr Oberteil, ihren BH, ihre Trainingshose und zum Schluss ihren Slip. Langsam und bedächtig zog er sie aus, bis sie vollkommen nackt war. Dann umkreiste er mit dem Messer ihre Brüste, berührte mit der Spitze ihre Brustwarzen, die rechte, die linke, wanderte weiter hinunter zu ihrem Bauchnabel und zeichnet die Konturen ihrer Vagina nach. Sie spürte die kalte, scharfe Klinge und wartete auf den Schmerz, der nicht kam.

„Ich kann es kaum erwarten", sagte er.

Sie wusste, was mit ihr passieren würde. Er hatte es ihr ins Ohr geflüstert, jedes Mal, wenn er sie missbraucht hatte. In der Kanzlei, in dem Raum mit der Rosentapete.

Kapitel 5

Der Anruf vom Präsidium kam um 08:43 Uhr. Kriminalhauptkommissarin Franziska Frey spürte die Vibration in ihrer Manteltasche, bevor das Handy anfing zu klingeln. Sie schaute auf das Display, dann schuldbewusst zu ihrem Mann und ihrer Tochter.

„Ich muss da kurz ran", sagte sie.

„Echt jetzt Mama", ätzte Jenny, „das Boarding beginnt doch gleich."

„Dauert nur eine Minute, Liebes." Franziska drückte den grünen Hörer und ging ein paar Meter zur Seite.

„Ich bin am Flughafen, Horst", sagte sie ohne eine Begrüßung. Sie war genervt. Sie hatte den Urlaub schon vor Monaten eingereicht, damit sie in der Woche des Abflugs genug Zeit mit ihrer Tochter verbringen konnte. Ihr Chef, der Leiter der Kriminalinspektion 1, Horst Rabenmacher, den alle nur den Raben nannten, wusste also, wie wichtig ihr das war – und rief trotzdem an. Genau in dem Moment, vor dem sie sich die letzten Wochen am meisten gefürchtet hatte. Jenny auf dem Weg in ein weit entferntes fremdes Land. Abschied für ein Jahr. Sie hätte England oder Frankreich besser gefunden, aber Jenny hatte sich für Kanada entschieden. Franziska lauschte in den Hörer, dann schaute sie kurz auf ihre Armbanduhr, sagte „in einer Stunde ungefähr" und legte auf.

„Was war denn?“, wollte ihr Mann Heiner wissen, als sie wieder zu ihrer Familie stieß.

„Nichts, was uns jetzt belasten müsste“, antwortete Franziska und versuchte sich an einem tapferen Lächeln. „Hast du auch wirklich an alles gedacht, Liebes?“

„Mensch Mama, jaaaa“, Jenny verdrehte genervt die Augen. „Ich habe mein Ticket, den Pass, Personalausweis, die ganzen Unterlagen“, sie klopfte auf ihre Tasche, „und die tausend Notfallnummern, die du mir gegeben hast, sind auch eingespeichert.“

In dem Moment wurde der Flug aufgerufen und Franziskas Herz machte einen Satz. Jetzt war es soweit. Sie warf ihrem Mann einen Blick zu, der sich mit der rechten Hand über seine Glatze strich. Das machte er immer, wenn er nervös war. Dann umarmten sich alle und Franziska musste zusehen, wie ihre Sechzehnjährige hinter einer Schranke in einem Gang verschwand. Sie winkte ein letztes Mal, dann war Jenny außer Sichtweite.

Sie schaute ihren Mann an. „Ich hab' nicht geweint“, sagte sie grinsend und Tränen liefen ihr über die Wangen.

Heiner nahm sie in den Arm und drückte sie fest an sich. Sein neuer Bart war überraschend weich. „Wird schon alles gut gehen“, flüsterte er. „Sie ist klug und mutig und sie brennt darauf, auf eigenen Füßen zu stehen.“

„Ich weiß“, schniefte Franziska, „ich weiß nur nicht, ob ich bereit bin, sie loszulassen. Das kam so plötzlich.“

„Wir planen das seit anderthalb Jahren“, sagte Heiner lächelnd. „Sooo plötzlich ist das jetzt auch nicht.“

„Für mich schon." Franziska schnäuzte in ein Taschentuch. „Ich finde es so traurig, dass sie Weihnachten nicht zu Hause ist."

„Das war ja auch nicht geplant, aber dass sie mit ihrer Gastfamilie in den Skiurlaub fahren kann, ist doch toll."

„Ich weiß", sagte Franziska und stellte sich mit Grauen vor, wie ihr Töchterchen eingeschneit in einer Blockhütte festhing und von hungrigen Eisbären bedroht wurde. „Ich hoffe, die passen gut auf die Kinder auf."

„Was hältst du davon, wenn wir jetzt hier verschwinden und irgendwo was Leckeres frühstücken gehen."

Franziska sah ihren Mann schuldbewusst an. „Geht leider nicht. Ich muss arbeiten."

„Das kann doch nicht wahr sein", polterte Heiner los. „Ausgerechnet heute. Kann Frank nicht für dich einspringen?"

„Der ist in Rente? Schon vergessen?" Franziskas Puls beschleunigte sich. Frank Bermann, ihr ehemaliger Mentor und langjähriger Partner hatte überraschend den Dienst quittiert. Ein für Franziska einschneidendes Ereignis, das auch zu Hause für ein paar Wochen Dauerthema war.

„Ich dachte erst ab Januar?"

„Resturlaub. Frank ist weg. Ich habe nur freibekommen, wenn ich im Ernstfall zur Verfügung stehe. Das wusstest du." Und in etwas versöhnlicherem Ton schob sie hinterher: „Ich bin froh, dass wir noch ein paar schöne Tage hatten. Das hätte alles ganz anders laufen können."

„Ja, ja, schon gut", brummte Heiner und zog einen Schmollmund.

Franziskas Herz zog sich zusammen. Sie enttäuschte ihn. Mal wieder. Sie hatten den Tag eigentlich anders verbringen wollen. Jenny zum Flughafen bringen, danach ein gemeinsames Frühstück, Schwelgen in schönen Erinnerungen, Kochen, Sekt trinken auf den Abschied und den neuen Lebensabschnitt zu zweit und vielleicht sogar mal wieder Sex. Franziska überlegte, wann sie das letzte Mal miteinander geschlafen hatten? Vor sechs Wochen, oder waren es acht? Wahrscheinlich noch länger, wenn sie sich nicht daran erinnern konnte. Aber es war nicht zu ändern. Der Rabe hatte sich deutlich ausgedrückt. Vier weitere Kollegen krank und niemand da, außer der Neuen. Sie hatte keine Wahl, sie musste los. Eine Leiche am Eigelstein.

„Es tut mir leid", sagte sie traurig. „Ich mache, so schnell ich kann und dann kochen wir heute Abend was Schönes zusammen. Okay? Nur das Frühstück fällt aus."

„Wir werden sehen", antwortete Heiner. „Nimm du den Wagen. Ich fahre mit der S-Bahn zurück, geh einkaufen und warte zu Hause auf dich." Er küsste sie zum Abschied auf die Wange, dann drehte er sich um und war nach kurzer Zeit in der Menge verschwunden.

***

Als Franziska bei der angegebenen Adresse ankam, herrschte dort bereits hektisches Treiben. Der SUV der KTU parkte im Innenhof, daneben ein schwarzer E-Roller. Ein Beamter stand frierend vor der Eingangstür.

„Guten Morgen“, begrüßte er sie.

Franziska erwiderte die Begrüßung mit einem knappen Nicken „Wo muss ich hin?“

„Hier durch und dann gleich rechts“.

Sie machte sich auf den Weg ins Innere des Gebäudes. Die Kanzlei des Opfers, ein Steuerberater, lag im Souterrain eines alten Backsteinhinterhauses. Von der Eingangstür aus betrat man einen großen Empfangsraum mit einem langgezogenen Tresen, dahinter standen ein Schreibtisch und mehrere Aktenschränke. Zur Rechten gab es zwei Büros und zur Linken eine Küche und die Toilette. Rechts neben dem WC führte eine Wendeltreppe nach unten. Wahrscheinlich in ein Archiv.

„Moin, Franzi.“ Die näselnde Stimme von Heribert Wallmann, dem Leiter der KTU, hätte sie überall herausgehört. Er reichte Franziska Überzieher für die Schuhe und ein paar Handschuhe.

„Danke, Wallmann“, antwortete sie knapp. Sie mochte den Mann nicht. Sie hielt ihn für einen Macho und Klugscheißer, der keine Gelegenheit ausließ, um sich wichtig zu machen. Nächstes Jahr würde er endlich in Pension gehen.

„Was haben wir?“

„Ne ganze Menge“, sagte Wallmann und grinste breit. „Du hast echt was verpasst. Die neue Maus ist spitze.“

„Die neue was?“ Es waren Äußerungen wie diese, die Franziska auf die Palme brachten. Sie würde diesem Idioten keine Träne nachweinen.

„Achten Sie einfach nicht auf den“, sagte eine angenehm tiefe weibliche Stimme hinter ihr. „So reden nur Typen mit ganz kleinem Schwanz.“

Wallmanns Grinsen fror ein und Franziska drehte sich um. Sie starrte den Neuzugang an. Jung, schlank, hochgewachsen, verdammt attraktiv. Haare dunkelbraun, kurzgeschnitten, Lederjacke, Jeans, Stiefel. Franziska erinnerte sich an den Roller vor der Tür.

„Kriminalkommissarin Tessa Anders, Ihre neue *Maus*", stellte sich die Kollegin vor und strahlte Franziska aus grünen Augen an. „Sie müssen Frau Frey sein." Sie streckte ihre Hand zur Begrüßung aus. „Ich freue mich auf die Zusammenarbeit."

Ein einsilbiges *Ja*, war alles, was Franziska über die Lippen kam. Sie war überfordert. In Gedanken war sie noch bei ihrer Tochter und es fiel ihr schwer, sich auf die neue Situation einzustellen. Aber Tessa Anders schien das nicht weiter zu stören. Sie machte eine Kopfbewegung Richtung Büro.

„Kommen Sie, ich bringe Sie auf den aktuellen Stand. Ich bin froh, dass Sie endlich da sind. Die letzte Stunde war ganz schön heftig."

Dann erzählte sie, dass sie, abgesehen von den zwei Streifenbeamten, die Erste am Tatort gewesen war. Die Sekretärin Gabriele Kramer hatte ihren Arbeitgeber tot aufgefunden und den Notruf gewählt.

„Als ich ankam, war die Frau völlig aufgelöst und kaum ansprechbar. Also habe ich sie in der Obhut des Kollegen gelassen und mir erstmal das Büro von dem Herrn Koch vorgenommen. So heißt der Steuerberater, dem die Kanzlei hier gehört. Der lag auf dem Teppich in seinem Büro und überall war Blut. Und Sie sehen ja selbst, hier hat definitiv ein Kampf stattgefunden."

Franziska sah einen umgekippten Bürostuhl, einen heruntergerissenen Vorhang und verstreut liegende Gegenstände und nickte.

„Aber es sieht nicht nach einem gewaltsamen Eindringen aus“, erklärte Tessa Anders. „Keine Einbruchsspuren, nichts durchwühlt, Geldbörse ist auch noch da. Der Mann ist verheiratet. Da“, sie zeigte auf eine Fotografie, die neben der Blutlache auf dem Boden lag. „Die Frau ist bestimmt fünfzehn Jahre jünger und die Tochter ist ein Teenager, zumindest auf dem Foto, aber er trägt keinen Ehering, hab' auch keinen gefunden. Auf jeden Fall kam mir das alles gleich spanisch vor.“

Franziska starrte die Kollegin fragend an und versuchte, aus dem Wust von Informationen schlau zu werden, die auf sie einprasselten.

„Wieso?“, fragte sie einsilbig.

„Der sah einfach nicht ... tot aus. Also habe ich den Puls gefühlt und bingo!“ Tessa strahlte triumphierend.

„Bingo?“

„Na, der war noch am Leben, das glauben Sie nicht. Ganz schwacher Puls, aber eben Puls. Damit hat ja keiner mehr gerechnet. Die Sekretärin ist sogar in Ohnmacht gefallen vor Schreck. In dem Moment kam der KTU-Dino mit seinen Leuten und ich habe den RTW gerufen. Notarzt war ja schon auf dem Weg.“

KTU-Dino. Die Bezeichnung für Wallmann gefiel Franziska. „Wo ist denn der Herr Koch jetzt?“, fragte sie.

„Uniklinik. Hier, ich hab' Fotos gemacht!“ Tessa Anders kramte ihr Handy aus der Jackentasche, öffnete die Foto-App und hielt Franziska die Bilder unter die Nase.

„Nicht so schnell, bitte“, bat Franziska, als Tessa anfing, durch die Fotos zu blättern. „Zeigen Sie mal her.“ Sie nahm der Kollegin das Handy aus der Hand, setzte ihre Lesebrille auf und studierte die Bilder in Ruhe.

Der Körper eines Mannes um die Sechzig liegt rücklings vor dem großen Schreibtisch auf einem blutdurchtränkten weißen Teppich. Der linke Arm ist unnatürlich abgewinkelt. Die nächsten Fotos sind Nahaufnahmen des Opfers von seiner gebrochenen Nase, dem eingeschlagenen Jochbein, einer Verletzung am Hinterkopf. Dann folgen Aufnahmen des Familienporträts mit Frau und Tochter. Die Frau ist definitiv um einiges jünger als ihr Mann, Anfang Mitte vierzig vielleicht, attraktiv. Die Tochter ein Teenager in Jennys Alter, sieht ihrer Mutter sehr ähnlich. Es ist eine dieser gestellten Hochglanzfotografien, auf denen alle ordentlich gekleidet sind und lächelnd in die Kamera blicken.

„Und die Sekretärin hat ihn gefunden?“, fragte Franziska. „Die arme Frau. Wie geht es ihr und wo ist sie?“

„Sie wollte nach Hause.“

„Wir müssen sie befragen.“

„Ich weiß. Sie ruht sich aus und kommt heute Nachmittag zu uns ins Präsidium.“

Franziska nickte beeindruckt. Die junge Kollegin war auf Zack. Sie redete viel und schnell, aber sie hatte die Situation hervorragend gemeistert.

„Sie haben ein gutes Auge. Das Foto, der Ehering. Sie hatten ja nur ein paar Minuten Zeit, bevor sich die Ereignisse überschlagen haben. Das war gute Arbeit. Sie haben dem Mann vielleicht das Leben gerettet.“

„Das will ich hoffen“, sagte Tessa sichtlich erfreut über das Lob.

„Was ist Ihr erster Eindruck vom Tatmotiv?“

Tessa dachte kurz nach. „Das war was Persönliches, würde ich sagen.“

Franziska nickte. „Das ist auch mein Eindruck. Jemandem das Gesicht einzuschlagen, ist persönlich. Dafür spricht auch, dass auf den ersten Blick nichts entwendet wurde. Die Verletzung am Hinterkopf. Woher stammt die?“

„Wallmann sagt, der ist auf die Kante vom Schreibtisch geknallt.“

„Während des Kampfes?“

„Wahrscheinlich. Auf der Kante finden sich Blutspuren und dann lag der Mann ja genau vor dem Schreibtisch.“

„Fragt sich jetzt, wer das getan hat.“

„Man sollte die Ehefrau dazu befragen“, meinte Tessa.

„Wieso genau?“

„Das Foto. Die haben keine gute Ehe. Er sagt an, wo es langgeht, und sie fügt sich. Das ist mein Eindruck.“

„Anhand eines einzigen Fotos?“, fragte Franziska. „Sie gehen automatisch von einem Machtgefälle aus, weil der Mann zwanzig Jahre älter ist als seine Frau?“

„Ja, was denn sonst?“

„Ich würde das nicht so eindimensional sehen“, widersprach Franziska. „It takes two to tango. Sie ist jünger, aber keine fünfundzwanzig mehr, und sie sieht gut aus. Darin liegt auch eine gewisse Macht. Er selbst ist ja nicht gerade der Attraktivste. Und wir wissen noch gar nichts über die Frau. Vielleicht ist sie eine erfolgreiche

Geschäftsfrau. Außerdem passt ein Kampfszenario dieser Art nicht zu einer so zierlichen Person, oder?“

Tessa zuckte mit den Schultern. „Da können Sie Recht haben, aber wer weiß, vielleicht kann ihre erfolgreiche Geschäftsfrau irgendeinen Kampfsport. Kickboxen oder so.“

Franziska betrachtete die junge Kollegin. „Ist das Ihre Sportart?“

„War es mal“, Tessa grinste. „Aber einen Mann wie Andreas Koch würde ich immer noch mit links umhauen.“

„In Ordnung. Gut zu wissen“, sagte Franziska und überlegte, wann sie zuletzt im Fitnessraum gewesen war. Das Training hatte sie in den letzten Monaten schleifen lassen und das sah man ihr an. Um ihre Hüften hatte sich ein unschöner und hartnäckiger Rettungsring gebildet, den sie nicht mehr ignorieren konnte und der Trizeps an den Unterarmen verkümmerte langsam zu royalem Wackelpudding. „Wir werden ja sehen, wer Recht behält“, sagte sie. „Wir suchen die Familie auf und sprechen mit Frau und Tochter. Gibt es sonst noch was?“

Tessa nickte. „Oh ja. Wir haben eine Zeugin. Ich habe zwei Streifenbeamte losgeschickt, die Nachbarn zu befragen, und eine alte Dame gegenüber hat was gesehen. Was genau, will sie aber nur dem Kommissar sagen.“

Franziska nickte. „Kommt auf die Liste.“ „Wie viele Steuerberater arbeiten hier?“, fragte sie.

„Auf dem Schild draußen steht nur ein Name“, und ohne Luft zu holen, fügte Tessa hinzu: „Wir haben übrigens einen Treffer ..." Sie wurde von Wallmann unterbrochen, der im Türrahmen erschien und übers ganze Gesicht strahlte.

„Das müsst ihr euch ansehen", rief er aufgeregt. „Kommt mal mit nach unten. Ihr glaubt das nicht."

„Was habt ihr denn gefunden?"

„Seht selbst und staunt", orakelte Wallmann.

Die beiden Frauen folgten ihm die schmale Wendeltreppe hinunter in den Keller der Kanzlei. Der Raum war rechteckig und vollgestellt mit Regalen, in denen die Mandantenakten eines Steuerberaterlebens lagerten. In der Mitte stand ein kleiner Schreibtisch mit zwei Stühlen und einer Schreibtischlampe.

„Das ist das Aktenarchiv", erklärte Wallmann unnötigerweise. „Kommt mit. Hier entlang." Er zeigte mit der Hand ans hintere Ende.

Die Kommissarinnen folgten ihm bis zu einer Stahltür, die den Blick in einen weiteren Raum freigab.

„Die ist aber teuflisch gut versteckt", sagte Tessa. „Ich war eben schon mal kurz hier unten, da hab' ich diese Tür nicht gesehen."

„Eins der Regale hat einen Mechanismus. Es stand etwas vor, das hat mich stutzig gemacht", erklärte Wallmann stolz. „Und jetzt", er machte eine dramatische Pause, „tadaa ..."

Franziska und Tessa betraten den verborgenen Raum.

„Na sieh mal einer an", entfuhr es Tessa.

„Das habe ich auch gedacht, als ich ankam", grinste Wallmann. „Ganz schön schwul, was?"

„Sie kennen sich offenbar aus." Tessa Anders schlug Wallmann anerkennend auf die Schultern.

Franziska stand hinter den beiden und grinste zufrieden. Endlich mal jemand, der den dümmlichen Sprüchen von Heribert paroli bot. Aber sie ärgerte sich auch. Eigentlich hätte sie dem Leiter der KTU Einhalt gebieten müssen. Typen wie er waren keine Seltenheit bei der Polizei. Offen frauenfeindlich, homophob und rassistisch. Als Franziska vor fast 30 Jahren direkt nach dem Abitur den dualen Studiengang *Kriminalpolizei* antrat, war sie eine der wenigen weiblichen Studentinnen gewesen. Und obwohl sie alles mit Bestnoten absolvierte, hatte es lange gedauert, von den männlichen Kollegen akzeptiert zu werden. Einige weigerten sich am Anfang sogar, mit ihr zusammenzuarbeiten mit der Begründung, sie könne sie nicht unterstützen, wenn es mal Ernst werde. Andere betrachteten sie schlichtweg als einen Fremdkörper, der bei der Kriminalpolizei nichts zu suchen hatte. Polizei war eben Männersache und männliche Attribute wie Kraft, Stärke und Durchsetzungsvermögen wurden höher bewertet als Einfühlungsvermögen oder analytisches Denken. Viele ihrer damaligen Kommilitoninnen waren längst wieder aus dem Beruf ausgeschieden, weil sie die Ablehnung nicht ausgehalten hatten. Franziska hatte durchgehalten, sich durchgeboxt, war immer ein bisschen besser gewesen als ihre männlichen Mitstreiter, was gerade mal gut genug war, um trotz Kind Karriere zu machen. Frank Bermann hatte ihr beigebracht, wie sie das Spiel spielen musste, um akzeptiert zu werden und voranzukommen. Er hatte ihr empfohlen, wegzuhören, wenn die Kollegen ihre Sprüche zum Besten gaben und ihr auch geraten, auf eine Anzeige wegen sexueller Belästigung zu verzichten. Sie hatte damals auf ihn gehört, was sie heute zutiefst bereute.

Und jetzt stand hier diese junge Kollegin, frisch von der Hochschule und spielte das Spiel so gar nicht mehr auf die Bermannsche Art. Die #MeToo-Welle, die über die Welt gerollt war, hatte in kurzer Zeit viel verändert. Wenn Wallmann Tessa Anders noch einmal *Maus* nannte oder weiter so despektierlich über sexuelle Minderheiten herzog, riskierte er eine Anzeige wegen Diskriminierung.

Aber Wallmann zeigte sich unbeeindruckt. „Das ganze Plüschzeugs und alles in rot und rosa. Wenn das nicht schwul ist."

„Heribert, bitte." Franziska war genervt.

„Sie meinen im Ernst", fragte Tessa, „dass wir es hier mit dem Liebesnest eines nicht geouteten homosexuellen Mannes zu tun haben?"

Wallmann nickte. „So kann man das auch ausdrücken."

„Ist nicht ganz von der Hand zu weisen", gab Franziska zu bedenken. „Viele sind heutzutage noch vorsichtig. Vor allem die älteren Semester. Sind nicht alle so tolerant wie wir, nicht wahr, Heribert?"

Sie nahmen die Einrichtung des Zimmers genauer in Augenschein. Der Raum wurde dominiert von einem Doppelbett mit zartrosa Laken, dunkelroter Überdecke und Kissen in der gleichen Farbe. Die Wand hinter dem Bett zierte eine Rosenmuster Tapete, alle anderen Wände waren weiß. Als einziges weiteres Möbelstück stand ein rotes Schminktischchen in einer Ecke, davor ein roter Plüschhocker. Dunkelrote Wandvorhänge und ein billiger Glaskronleuchter rundeten das Bild ab. Fenster gab es keine.

Scheußlich, dachte Franziska, *aber schwul?*

„Könnte auch der Versuch sein, die Atmosphäre in einem Bordell nachzubilden“, sagte sie laut. „Ich finde den Raum sehr feminin. Die Farben, die Rosen, der Schminktisch. Das wurde so eingerichtet, damit sich Frauen hier wohlfühlen.“

Tessa nickte zustimmend. „Das hier ist eher ein Klein-Mädchen-Traum, ein Raum für eine Prinzessin.“

Alle starrten sie an und als ihr die Tragweite ihrer Worte bewusst wurde, hielt sie sich erschrocken die Hand vor den Mund.

„Kamera?“, fragte Franziska mit einem besorgten Blick auf ein Stativ in der Ecke.

Wallmann nickte. „Das ist für eine Handykamera, aber kein Handy. Dafür haben wir einen Laptop sichergestellt. Wir haben auch Kondome gefunden, ein paar Sexspielzeuge, Handschellen, Dildos. So'n Zeug halt.“

„Ein Laptop?“

Er nickte. „Aber passwortgeschützt.“

„Ab damit zu Susanne“, entschied Franziska. „Sie wurde uns zugeteilt. Und den Bürocomputer von oben bitte auch.“

Susanne Schachtner war IT-Spezialistin und ein echtes Ass. Franziska hatte in ihrer ganzen Zeit bei der Polizei niemanden getroffen, der so gut und schnell recherchieren konnte. Sie war erst seit einem Jahr mit dabei, aber die Ermittlungserfolge, die sie seitdem erzielt hatten, konnten sich sehen lassen. Susanne war eine Digital Native, anders als Franziska, die zwar versuchte, mit der Technik Schritt zu halten, aber immer wieder an ihre Grenzen stieß. Susanne hatte Informatik studiert. Auch in der heutigen Zeit kein typischer Studiengang für eine Frau. Aber das war *ihr Ding*, wie sie es ausdrückte. Mit ihren guten Abschlüssen hätte sie in der freien Wirtschaft viel Geld verdienen können. Aber Susanne war Idealistin und stellte ihre Fähigkeiten lieber den Strafverfolgungsbehörden zur Verfügung, eine Entscheidung, die Franziska bewunderte.

„Brauchen wir dafür nicht einen Beschluss?", fragte Tessa. „Der Mann ist ja nicht tot."

„Und wenn der hier Kinderpornos gedreht hat?", stellte Franziska die Gegenfrage und zeigte auf das Stativ in der Ecke. „Wir gehen auf Nummer sicher."

„Geht klar", sagte Wallmann und packte den Laptop in eine Hülle und dann in eine Kiste.

„Was ist mit Kinderpornografie? Meinten Sie das ernst?", hakte Tessa nach.

Franziska zuckte mit den Schultern. „Definitiv können wir das erst sagen, wenn wir mit den Inhalten der Festplatte durch sind. Aus dem Bauch heraus würde ich sagen, nein."

„Warum?"

„Kein Kinderspielzeug weit und breit. Teddys, Puppen, Malstifte, Sie wissen schon. Was man Kindern geben würde, um sie zu beruhigen."

Tessa nickte. „Guter Einwand. Hoffen wir das Beste."

„Wir überlassen euch jetzt mal das Feld", entschied Franziska. „Wie lange braucht ihr?"

„Wir geben Gas", versprach Wallmann. „In ein paar Tagen habt ihr alles."

„Geht's nicht ein bisschen schneller?", fragte Franziska.

„Grippewelle“, war die einsilbige Antwort.

„Kannst du mir dann wenigstens so ein Fingerabdruck-Dings dalassen, Heribert. Wir sprechen heute noch mit ein paar Leuten, die hier ein- und ausgehen.“

Wallmann nickte, kramte in seiner Tasche und beförderte einen Fingerabdruckscanner zu Tage.

„Wiedersehen macht Freude“, sagte er.

Die beiden Kommissarinnen verließen den geheimen Archivraum und gingen wieder nach oben.

„Ob Frau Koch Kenntnis von diesem Raum hat?“

Tessa Anders sah Franziska stirnrunzelnd an. „Das kann ich mir kaum vorstellen. Oder meinen Sie, das hier ist der heimliche Treffpunkt der Eheleute Koch. Bisschen Spannung zurück in den Ehealltag bringen, Sie wissen schon.“

Franziskas Puls schoss in die Höhe. *Sie wissen schon.* Was sollte das denn heißen? Was wusste sie? Dass man nach 20 Jahren Ehe nicht mehr sofort aus dem Höschen sprang, wenn der Ehemann in ausgeleierten Boxershorts und mit Waschbärbauch auf der Bettkante hockte und seine Fußnägel knipste? Dass man das eigene Spiegelbild nicht mehr leiden konnte? Die ersten Falten und grauen Haare, die Pölsterchen um die Hüften, die Wackelarme, die nächtlichen Schweißausbrüche, die dunklen Ringe unter den Augen vom ständigen Schlafmangel. Wie sollte man sich da denn sexy fühlen? Diese durchtrainierte Amazone hatte gut reden. Franziska atmete tief durch und hoffte, dass man ihr die Aggression nicht anmerkte.

„Ich glaube es ehrlich gesagt nicht, aber wir müssen Frau Koch danach fragen. Die Sekretärin auch.“

„Sind Sie sauer auf mich?“, fragte Tessa und blickte Franziska aus grünen Augen fragend an.

Die Hauptkommissarin schüttelte den Kopf. „Nicht Ihre Schuld“, antwortete sie ausweichend. „Was wollten Sie mir eigentlich eben sagen, als Wallmann uns unterbrochen hat?“, wechselte sie das Thema.

Tessa sah sie fragend an, dann erinnerte sie sich. „Wir haben Fingerabdrücke von einem Bordellbesitzer.“

„Es gibt bereits identifizierte Fingerabdrücke? Das ist ja großartig. Wer ist es?“

„Ein gewisser Martin Seifert. Leitet einen Saunaclub im Bergischen.“

„Was denn nun? Bordell oder Saunaclub?“

„Ist doch das gleiche“, sagte Tessa. „Für mich zumindest.“

Franziska schwirrte der Kopf. Jemand hatte einen Steuerberater krankenhausreif geschlagen und damit nicht genug, hatte der Mann in seinem Keller auch noch ein Geheimzimmer, in dem er weiß Gott was getrieben hatte. Theorien hatten sie bereits genug.

„Ich find’s irre aufregend“, unterbrach Tessa ihre Gedanken. „Ich bin echt gespannt, was es mit diesem Raum da unten auf sich hat.“

Franziska nickte. Sie kannte den Nervenkitzel, der sich bei jedem neuen Fall einstellte, wenn alles gerade erst anfing und tausend Eindrücke und Fragen auf einen einprasselten. Das war wie ein kleinteiliges Puzzle. Am Anfang hatte man nur einen Haufen winziger Teile, aber wenn man den Einstieg mal geschafft hatte, wenn nur zwei Steinchen ineinander passten, dann ergab sich der Rest oft wie von selbst. Nur die ersten beiden Steinchen zu finden, das war das Schwierigste.

„Wir befragen jetzt die Zeugin gegenüber, dann schauen wir mal, wo wir Frau Koch und diesen Seifert finden, und anschließend ist die Sekretärin an der Reihe."

Tessa nickte. „Was essen zwischendurch wäre auch gut", sagte sie.

„Gute Idee. Aber erst die Zeugin. Ich hoffe, sie ist zu Hause. Dann gehen wir frühstücken. Ich kenne ein gutes Café hier um die Ecke."

Kapitel 6

Richard saß in dem roten Sessel, in dem vor ein paar Tagen Claire gesessen hatte, und starrte abwechselnd auf eine fast leere Flasche Wodka in seiner Hand und das Geld auf dem kleinen Beistelltisch. Im Haus war es totenstill. Die alte verstaubte Uhr auf der Anrichte zeigte zwanzig vor zehn am Morgen.

„Ich habe dich getötet", flüsterte er und strich zärtlich mit dem Finger über den Flaschenhals.

Seit es passiert war, wartete er auf die Schuldgefühle. Aber die kamen nicht.

„Du hast den Tod verdient", schrie er die Flasche an. „Du verdammte Drecksau."

Erst hatte der Steuerberater alles abgestritten, aber als er ihm vor Wut einen Schlag in den Magen verpasste, war das Weichei schnell eingeknickt. Hatte ihm 50.000 Euro angeboten und rumgejammert, dass er Momo nicht gekauft hatte und auch nicht wüsste, wo sie jetzt sei und dass er Finn fragen sollte, ihren Zuhälter.

Dann hatte Richard das Familienfoto in die Hand genommen. „Du wusstest genau, was ich verloren habe. Hattest doch selber eine Tochter in dem Alter."

Und dann war alles so schnell gegangen. „Bist auf mich los wie ein Verrückter. Was sollte das? Ich wollte doch nur reden."

Die Flasche gab keine Antwort.

Er hatte sich verteidigt. Einen Schlag. Dann noch einer zweiter und der alte Mann lag am Boden. Aber dann konnte er nicht mehr aufhören. Er genoss es, den Mann zu verprügeln, der seine Tochter missbraucht hatte. Jeder Fausthieb ein Befreiungsschlag. Er war erst wieder zur Besinnung gekommen, als der Mann tot am Boden lag.

Er dachte an seinen Vater. War das in ihm vorgegangen, wenn er ihn schlug? Befriedigung? Wenn er den Rohrstock auspackte, um seinem Sohn *Manieren beizubringen* oder die Mutter bestrafte, weil das Essen nicht schmeckte? Richard schob den Gedanken an seinen Vater angeekelt zur Seite. Er war nicht wie er. Er hatte sein ganzes Leben gegen die Wut angekämpft und ihr nur in Ausnahmesituationen freien Lauf gelassen. Wie damals in dem Puff in Buenos Aires. Aber das war richtig gewesen. Er hatte einen Menschen beschützt, so wie er jetzt versuchte, das Leben seiner Tochter zu retten.

„Warum hast du mir nicht einfach gesagt, wo sie ist? Warum nicht? Du dämliches Arschloch.“ Richard schüttelte die Flasche, bis Wodka über den Boden spritzte.

Nichts hatte er erreicht. Der Steuerberater war tot und er keinen Schritt weiter. Die 50.000 Euro hatte er mitgenommen.

Also Finn hieß der Mann, der seine Familie zerstört hatte. Das war die Bestätigung, denn auf dem Parkplatz hinter dem Saunaclub, hatte Antonia immer wieder diesen Namen gerufen, bis Claire sie zum Schweigen brachte.

Wo er diesen miesen Wichser finden konnte, hatte der Steuerberater ihm verraten. Aber wie sollte er es anfangen? Bei seinem letzten Zusammentreffen mit den Jungs aus dem Club, hatte er ziemlich Prügel einstecken müssen. Er musste sich was einfallen lassen.

Er trank den Wodka aus und warf die leere Flasche gegen die Wand.

Kapitel 7

Franziska Frey drückte auf den Klingelknopf. Es dauerte zwar ein bisschen, aber dann hörten sie schlurfende Schritte.

Eine alte Dame öffnete die von innen mit mehreren Ketten verriegelte Tür einen winzigen Spalt.

„Ja bitte?“, fragte sie und wenn Franziska ein zartes oder brüchiges Stimmchen erwartet hatte, wurde sie eines Besseren belehrt. Etliche Jahre Zigarettenkonsum hatten die Stimme der Frau tief und rau werden lassen.

„Guten Tag, Frau Hermsen. Kripo Köln. Die Kommissarinnen Frey und Anders“, stellte sie sich vor und zeigte ihren Ausweis.

„Kann die andere sich auch auswiese?“, fragte Frau Hermsen in breitem Kölsch und beäugte Tessa mit kritischem Blick. Diese kam der Aufforderung schmunzelnd nach.

„Wir haben Fragen zu ihrem Nachbarn, dem Herrn Koch. Sie erinnern sich? Er wurde letzte Nacht in seiner Kanzlei überfallen.“

Die Tür wurde geschlossen, die Ketten eine nach der anderen entriegelt und dann wieder geöffnet. „Kommen Se“, schnarrte die Alte. Sie sah aus wie ein verwittertes Hippie Girl, mit rot gefärbten Haaren, falschen Wimpern und einem wallenden Gewand. „Et jibt Kaffee un Kooche.“

Die beiden Kommissarinnen folgten ihr in ein Wohnzimmer, in dem sich seit den späten Sechzigern nichts mehr verändert hatte. Auf einem Kaffeetischchen war eingedeckt und Frau Hermsen schenkte jeder eine Tasse *Jakobs Filterkaffee* ein, wie sie nicht ohne Stolz in der Stimme verkündete. Dazu reichte sie Kekse, deren Verfallsdatum sicher schon überschritten war. Es roch nach abgestandenem Qualm und Patschuli.

„Haben Sie uns etwa erwartet?", fragte Franziska überrascht über das Arrangement.

„Junge Frau", schnarrte die alte Dame und zündete sich eine Zigarette an. „Ich bin alt, aber nit dumm. Der Beamte von vorhin war ja noch ganz grün hinter den Ohren, deswejen wollt ich auch, dat hier jemand von Rang auftaucht." Sie blies den Rauch ihrer Zigarette Tessa direkt ins Gesicht, die ihn mit der Hand wegwedelte.

Franziska nippte an ihrem Kaffee, der grauenhaft schmeckte. Sie hasste aufgebrühten Filterkaffee.

„Ich leite die Ermittlungen in dem Fall", erklärte sie. „Sie haben von hier aus einen guten Blick auf die Kanzlei. Kennen Sie den Herrn Koch persönlich?"

„Nä, man sieht sich und grüßt. Mehr nicht." Die Hermsen blies Rauch aus, wieder Tessa direkt ins Gesicht.

„Sie haben ausgesagt, dass Sie gestern Abend etwas beobachtet haben, das Ihnen verdächtig vorkam. Uns interessiert, was Sie genau gesehen haben und um welche Uhrzeit."

„Einen Mann mit Bart."

„Aha", sagte Franziska. „Können Sie den näher beschreiben?"

Die Frau zuckte mit den Achseln. „Nä. So juht kann man dat von hier nich sehen. Jünger wie der Koch und größer. Und blond war der."

„Was haben die beiden gemacht?", wollte Tessa wissen.

„Die haben sich unterhalten."

„Nicht gestritten oder sich geprügelt?"

„Dat hätt ich doch jesaat, oder?"

„Kannten Sie den Mann? Haben Sie den vorher schon mal gesehen?"

„Nä. Noch nie." Die alte Frau nahm einen letzten Zug von ihrer Zigarette, blies den Rauch wieder Richtung Tessa und drückte den Stummel in einem Aschenbecher aus.

„Wann war das ungefähr?"

Leni Hermsen dachte nach. „Nach elf. Ja, genau. Nach den Tagesthemen."

Franziska nickte und notierte die Uhrzeit.

„Wie geht es dem denn?"

„Dem Herrn Koch? Der ist im Krankenhaus."

„Dat darf nit wahr sein!" Leni Hermsen presste sich theatralisch die Hand vor den Mund.

„Ist das üblich, dass um diese Uhrzeit dort drüben noch Betrieb ist?", fragte Franziska.

„Kommt drauf an, wat Sie unter Betrieb verstehen." Frau Hermsen grinste süffisant. „Normal is da um sechs Uhr Schluss, spätestens um sieben."

„Und nicht normal?", fragte Franziska.

„Wenn die Nüttchen kommen, geht's manchmal die ganze Nacht."

Franziska sah die alte Frau überrascht an. „Die Nüttchen?", wiederholte sie, um sicherzugehen, dass sie sich nicht verhört hatte.

„Ja, leichte Mädchen. Prostituierte." Beim letzten Wort hatte sie jede Silbe betont. „Sie wissen schon."

„Und wann kommen die Prostituierten?"

„Immer mittwochs."

„Nie an einem anderen Tag?", fragte Tessa.

„Ich führ dadrüber nit Buch", antwortete Frau Hermsen. „Ich weiß nur von dem Tag."

„Und gestern?", übernahm Franziska. „Gestern war ja Mittwoch."

Frau Hermsen nickte. „Gestern auch. Eine habe ich rausgehen sehen."

„Wann war das?"

„So um halb elf."

„In Ordnung", sagte Franziska und versuchte, die Informationen einzuordnen. „Nochmal kurz zurück zu dem großen Mann mit dem Bart. Sie sind ganz sicher, dass Sie den noch nie gesehen haben?"

„Janz sicher. Sonst ist da immer der Andere."

„Der Andere?", fragten Franziska und Tessa wie aus einem Mund.

„Der, der kütt, wenn die Nüttchen da sind."

„War der denn gestern auch da?"

„Kann ich nicht sagen, ich denke aber nicht."

„Also kommt der Andere nicht immer, wenn die Prostituierten da sind."

Leni Hermsen schüttelte den Kopf und zündete sich eine neue Zigarette an.

„Wissen Sie denn, wer das ist?"

„Nä."

„Können Sie den Mann vielleicht beschreiben?“ Franziska verlor allmählich die Geduld mit der Zeugin. Ihr alles aus der Nase zu ziehen, war mühselig.

Die Alte nickte. „Der sieht dem Koch sehr ähnlich, fast wie ein Bruder. Ungefähr gleich alt sind die. Und der hat ne Nickelbrill.“

Franziska notierte alles in ihrem Notizblock.

„Und die Damen, die dann dabei sind ...“

„Damen.“ Leni Hermsen kicherte heiser. „Die *Damen* sind vom horizontalen Gewerbe. Dat dürfen Sie ruhig so sagen.“

„Sie sind da ganz sicher?“, fragte Tessa Anders.

„Liebelein, ich war lang jenug im Geschäft. Ich erkenne eine Prostituierte, wenn ich sie sehe.“

Die beiden Kommissarinnen starrten die alte Frau an. Franziska fand zuerst ihre Sprache wieder.

„Was meinen Sie damit, Sie waren lange genug im Geschäft?“, fragte sie. Ihre Neugierde war geweckt.

„Als ich jung war, hab ich selbst als Dirne gearbeitet. Hier auf dem Eijelstein. Für Schäfers Nas. Kennt ihr den noch?“ Sie lachte ein kehliges Lachen. „Sicher nit. Is schon so lange her. Dat waren noch Zeiten. Da war hier noch richtig wat loss.“

Franziska war für einen Moment sprachlos. Diese uralte Eule eine ehemalige Prostituierte? Wie alt war sie? Um die Achtzig? Dann hatte sie die Nachkriegszeit miterlebt, die zerbombte Stadt, die Wirtschaftswunderjahre. Der Zuhälter, von dem sie sprach, war auf jeden Fall in den 60er Jahren in Köln aktiv gewesen, in einer Zeit, als man die Domstadt noch das Chicago vom Rhein nannte. Sein richtiger Name war Heinrich Schäfer, aber aufgrund seiner enorm großen Nase hatte er den Spitznamen Schäfers Nas bekommen. Der Mann und sein damaliger Rivale Anton Dumm, genannt Dummse Tünn, waren bis heute Legenden im Kölner Rotlichtmilieu.

„Dat muss euch nicht peinlich sein“, lachte die alte Frau. „Ich schäm mich nicht, dann müsst ihr dat och nich. Aber ich weiß, wann eine ’ne Dirne ist und wann nich. Dat könnt ihr mir glauben.“

„Nur noch mal zur Sicherheit“, versuchte Franziska die Aussagen zusammenzufassen. „Mittwochs trifft sich Herr Koch in seiner Kanzlei mit Prostituierten. Aber nicht allein, sondern da ist dann ein anderer Mann dabei.“

„Nit immer“, korrigierte Frau Hermsen.

„In Ordnung“, sagte Franziska genervt. „Also manchmal ist bei diesen Treffen ein zweiter Mann dabei. Das ist aber nicht derselbe Mann, den sie gestern hier gesehen haben.“

Die alte Frau nickte. „Jenau. Den Mann kannte ich nicht.“

„Fällt Ihnen vielleicht sonst noch was ein?“, fragte Franziska. Aber zu ihrer großen Enttäuschung schüttelte Leni Hermsen den Kopf.

Dann hatte Franziska eine Idee. „Sagt Ihnen der Name Martin Seifert was?“

Leni Hermsen lachte. „Botzendresser Martin. Ja sicher. Der kütt ooch manchmol.“ Als sie die Blicke der beiden Kommissarinnen bemerkte, übersetzte sie ins Hochdeutsche. „Hosenscheißer Martin. Der kommt auch hin und wieder. Den kenn ich noch von früher. Der war nur ein Laufbursche. Und laufen konnte der,“ sie lachte. „Vor allem, wenn et Ärger gab.“

„Hat der auch was mit den Prostituierten zu tun?", wollte Tessa wissen. Aber Frau Hermsen schüttelte den Kopf. „Der Herr hat jetzt seinen eigenen Club", sagte sie mit näselnder Stimme in reinstem Hochdeutsch.

Franziska legte ihre Karte auf den Tisch. „Frau Hermsen, vielen Dank, dass Sie mit uns gesprochen habe. Wenn Ihnen noch was einfällt, egal was es ist, rufen Sie mich an."

***

„Eine interessante Person", sagte Franziska, als sie kurze Zeit später im Café Schneider saßen und auf ihre Bestellung warteten.

„Ein Biest", antwortete Tessa.

„Sie mögen Sie wohl nicht." Franziska lachte. „Hat Ihnen immer den Rauch ins Gesicht geblasen. Aber haben Sie die ganzen Fotos gesehen? Alles Kölner Milieu-Größen aus den 60er und 70er Jahren. Ich werde Susanne bitten, die Dame mal für uns zu durchleuchten. Leni Hermsen. Irgendwas klingelt da bei mir. Aber ich komm nicht drauf."

„Ich habe auch ein bisschen gebraucht", sagte Tessa grinsend.

Franziska sah sie fragend an.

„Leni Hermsen, besser bekannt als Madame Rose ..."

Franziska schlug sich mit der Hand vor den Kopf. „Verdammt, wann haben Sie es gemerkt?"

Tessa lachte. „Als sie erzählte, dass sie eine Professionelle war. Mein Bruder hat letztes Jahr ein Interview mit ihr geführt über ihren legendären Nachtclub, den

Rosenpalast. Da waren auch Fotos dabei. Ich habe sie nur nicht gleich erkannt."

„Warum haben Sie nichts gesagt?", fragte Franziska.

„Sie ist mir auf die Nerven gegangen mit ihrer blöden Zigarette. Ich wollte da schnell wieder raus. Die läuft uns ja nicht weg."

Franziska holte Luft für eine Erwiderung, als sie drüben auf der anderen Straßenseite ihren Mann Heiner stehen sah, mit einer blonden und sehr jungen Frau angeregt in ein Gespräch vertieft. Die beiden warteten, dass Grün wurde und Heiner sagte irgendwas, was die Blondine erheiterte. Sie lachte und strahlte ihn an. Der Blick ihres Ehemanns ließ Franziska Herz stolpern. Dann sprang die Ampel um und die beiden verschwanden aus ihrem Blickfeld. Sie dachte für einen Moment darüber nach, ihrem Mann hinterherzulaufen, entschied sich dann aber, nichts dergleichen zu tun. Sie war verwirrt. Wer war die Frau? Eine Kollegin oder Referendarin? Hatte sie ihren Mann gerade mit seiner Affäre erwischt oder war sie Zeugin einer harmlosen Alltagssituation geworden?

Ihre innere Alarmglocke läutete. Ganz leise, aber sie läutete. Heiner war schon seit ein paar Wochen so komisch. Er lag ihr ständig in den Ohren, dass sie wieder *mehr machen* müssten. Damit waren mehr Sport, mehr Theater, mehr klassische Konzerte gemeint und eine Ernährungsumstellung. Aber sie hatte nur müde abgewunken, auch wenn sie ihm tief in ihrem Inneren Recht gab.

Also fing er alleine an zu joggen, Zucker und Kohlehydrate zu reduzieren, und hatte tatsächlich einige Pfunde verloren. Dann der Bart. Früher hatte Heiner

Männer mit Bärten belächelt. Dabei stand ihm das. War ein guter Kontrast zu seiner Glatze. Und die Theaterabende? War er da wirklich mit seinem Freund Niklas hingegangen? Das war eigentlich nicht Niklas' Ding, genauso wenig wie ihres. Die klassischen Bildungsideale. Heiners Dauerthema. Für ihn als Deutschlehrer war es vollkommen unverständlich, dass sie sich nicht für seine Themen erwärmen konnte. Seit Jahren kritisierte er sie dafür. Dass er sich im Gegenzug auch nicht für ihre Themen interessierte, blendete er aus. Die Anzeichen waren deutlich. War sie wirklich so dumm gewesen, das alles zu übersehen? Sie würde ihn später zur Rede stellen. Oder erstmal abwarten? Wie ging man vor in so einer Situation? Am liebsten hätte Franziska jetzt eine Zigarette geraucht, aber sie hatte vor zwei Jahren aufgehört.

„Erde an Frey", rief Tessa und fuchtelte mit ihrer Hand vor Franziskas Gesicht. „Ist mit Ihnen alles in Ordnung?"

Franziska sah die Kollegin irritiert an.

„Sie sehen aus, als hätten Sie gerade ein Gespenst gesehen."

„Sowas in der Art", antwortete Franziska.

Sie atmete tief ein und aus, schob den Gedanken an ihren Ehemann zur Seite und wendete sich ihrem Frühstück zu, das gerade serviert wurde.

Kapitel 8

Eine halbe Stunde später fuhren Franziska Frey und Tessa Anders ins Krankenhaus.

„Geht es Ihnen wirklich gut?", fragte Tessa mit einem Seitenblick.

„Ja, wieso?"

„Sie wirken verändert."

„Ich weiß nicht, was Sie meinen."

„Schweißausbruch, erweiterte Pupillen", erklärte Tessa. „Das sind klassische Angstsymptome."

Franziska krampfte ihre Hände um das Lenkrad. „Ich wäre Ihnen sehr dankbar, wenn Sie nicht versuchen würden, mich zu analysieren, okay? Mir geht es gut und damit Ende der Diskussion."

Tessa zuckte mit den Schultern, dann schwiegen beide, bis sie das Krankenhaus erreicht hatten.

Auf der Station erklärte man ihnen, dass die Ärzte Andreas Koch noch operierten, sie seine Ehefrau und Tochter aber im Wartezimmer finden würden.

Zwei sind eine zu viel, entschied Franziska, als sie um die Ecke bogen und sie die beiden Frauen mit hängenden Schultern auf den Plastikstühlen sitzen sah. Der Staat gegen Andreas Koch, treusorgender Familienvater, Steuerberater, keine Vorstrafen. Für den Moment das Opfer eines brutalen Überfalls.

„Ich mache das allein", entschied sie daher. „Versuchen Sie bitte, einen Arzt zu finden."

Tessa nickte. „Von mir aus. Und sorry, wenn ich Ihnen eben zu nahe getreten bin. Manchmal gehen die Pferde mit mir durch."

„Machen Sie einfach Ihren Job", riet Franziska der jüngeren Kollegin.

Die Ehefrau von Andreas Koch sah genau so aus wie auf dem Foto. Eine zierliche Person mit langen schwarzen Haaren, das sie zu einem Pferdeschwanz gebunden hatte. Die junge Frau neben ihr war ihr wie aus dem Gesicht geschnitten. Unverkennbar die Tochter. Beide waren blass.

„Frau Koch?", fragte Franziska.

Zwei Paar blaue verweinte Augen schauten erwartungsvoll in ihre Richtung.

„Kriminalhauptkommissarin Franziska Frey." Sie streckte der Frau ihre Hand zur Begrüßung entgegen. „Ich leite die Ermittlungen im Fall Ihres Mannes. Ist es möglich, dass ich Ihnen ein paar Fragen stelle? Das würde uns sehr helfen."

Frau Koch ignorierte Franziskas Hand und sah sie verwirrt an. „Sie operieren noch. Es ist nicht klar, ob er überlebt."

„Natürlich wird Papa überleben", rief die Tochter empört.

„Schon gut, Liebes. Du hast ja Recht." Die Mutter griff nach der Hand ihrer Tochter.

Franziska schluckte. Wie würde es ihr gehen, wenn sie hier mit Jenny sitzen und um das Leben von Heiner bangen müsste? Eine grauenhafte Vorstellung.

„Wissen Sie schon, wer das getan hat?" Frau Koch sah Franziska erwartungsvoll an. „Es ist so furchtbar."

„Nein, tut mir leid“, antwortete Franziska. „Wir stehen noch ganz am Anfang.“

„War es ein Raubüberfall?“

„Wie kommen Sie darauf?“

„Ich habe ihm immer gesagt, dass die Gegend nicht gut ist. Die Bahnhofsnähe, die Junkies“, Frau Koch schluchzte laut auf, „die Prostituierten.“

„Zurzeit gehen wir nicht davon aus, dass es sich um einen Raubüberfall handelt“, antwortete Franziska. „Aber die Befragung von Frau Kramer ...“

„Oh Gott, Gabriele!“ Frau Koch hielt sich erschrocken eine Hand vor den Mund. „Hat sie ihn gefunden?“

Franziska nickte. „Sie sind mit der Frau per Du?“

„Sie arbeitet schon so lange für Andreas. Das hat sich einfach irgendwann so ergeben.“

„Können Sie sich vorstellen, wer Ihrem Mann das angetan haben könnte?“

„Nein“, antwortete Frau Koch. „Jeder mochte Andreas.“

„Er hatte also keine Feinde? Oder gab es jemanden, mit dem Ihr Mann vielleicht im Streit lag?“

„Feinde?“ Frau Koch starrte Franziska verständnislos an. „Sind Sie verrückt geworden? Nein. Das ist absurd. Wieso fragen Sie sowas?“ Tränen kullerten über ihre Wangen und sie schnäuzte in ein Taschentuch.

„Reine Routine“, antwortete Franziska. „Vielleicht ein unzufriedener Mandant? Hat Ihr Mann irgendwas erzählt?“

„Papa hat nie mit uns über seine Arbeit geredet.“

Frau Koch bestätigte die Aussage. „Da war er sehr genau. Außerdem ...“, sie schluchzte, „außerdem habe ich mich, ehrlich gesagt, nicht sonderlich für seine Arbeit interessiert. Ich bin Innenarchitektin und froh, wenn ich mich nicht um steuerliche Angelegenheiten kümmern muss."

Franziska konnte das nachempfinden. Sie selbst war eine notorische Steuerverdrängerin. Es war wie eine Behinderung. Sie konnte das Thema monatelang ausblenden und war jedes Mal überrascht, wenn die Steuerberaterin anrief und sie an die Abgabe der Unterlagen erinnerte.

„War ihr Mann in letzter Zeit vielleicht irgendwie anders?"

„Wie meinen Sie das?"

„Besorgt, verschlossen, ängstlich?"

Frau Koch schüttelte den Kopf.

„Hatten Sie das Gefühl, dass etwas nicht stimmte?"

„Papa war wie immer", antwortete die Tochter. „Er hat sich voll auf Weihnachten gefreut und schon seit Tagen ein riesen Geheimnis um unsere Geschenke gemacht."

Franziska hatte Mitleid mit den beiden. Wenn ein naher Verwandter Opfer eines Verbrechens wurde, war das für die Angehörigen traumatisierend. Und so kurz vor Heiligabend war es besonders schrecklich.

„Wann ist Ihnen aufgefallen, dass Ihr Mann nicht nach Hause gekommen ist?" Trotz aller Empathie war es an der Zeit, die heikleren Fragen zu stellen.

„Als die Polizei anrief", antwortete die Tochter. „Wir haben noch geschlafen."

„Andreas arbeitet manchmal länger. Er hat gestern Abend angerufen, dass es spät wird. Ich habe bis ungefähr zehn Uhr am Computer gesessen und bin dann ins Bett. Wir schlafen getrennt."

„Wann hat er sie angerufen?"

„Das muss so gegen sieben Uhr gewesen sein. Oder etwas später."

„Und Sie?", fragte Franziska die Tochter.

„Ich war auf einer Geburtstagsparty und gegen Mitternacht zu Hause. Aber ich kontrolliere ja nicht die Schlafzimmer meiner Eltern."

„Hat Ihr Mann öfter länger gearbeitet?", fragte Franziska.

Für den Bruchteil einer Sekunde verengten sich die Augen von Frau Koch zu Schlitzen. Dann war der Moment vorbei. „Manchmal", antwortete sie einsilbig.

„Vielleicht war er gestern in der Sauna", überlegte die Tochter. „Das macht er mittwochs schon mal."

Franziska bohrte nicht weiter nach. Sie war sich sicher, dass Frau Koch über die Aktivitäten Ihres Mannes im Bilde war, und sie würde darüber zu gegebener Zeit auf jeden Fall mit ihr sprechen. Aber nicht vor der Tochter.

Sie wechselte das Thema. „Wir haben das Handy Ihres Mannes nicht gefunden. Könnte es vielleicht noch bei Ihnen zu Hause sein?"

„Ich check das", antwortete die Tochter, als ihre Mutter nicht reagierte. Frau Koch war in sich zusammengesunken und starrte auf ihre Schuhe.

„Das wäre nett", sagte Franziska und reichte der jungen Frau ihre Karte. „Bevor ich Sie in Ruhe lasse, würde ich gerne Ihre Fingerabdrücke nehmen. Wenn Sie einverstanden sind."

Frau Koch, hob den Kopf. „Verdächtigen Sie uns etwa?", fragte sie müde.

Franziska schüttelte den Kopf. „Wir brauchen das, um Sie beide auszuschließen, das ist alles. Wäre wirklich hilfreich und könnte unsere Ermittlungen beschleunigen."

Das war ein überzeugendes Argument. Beide Frauen willigten ein und wenige Sekunden später waren die Fingerabdrücke auf dem Weg zur KTU.

„Wenn Ihnen noch was einfällt, egal was es ist, können Sie mich jederzeit anrufen. Auch mitten in der Nacht", sagte Franziska. Dann stand sie auf und verabschiedete sich.

Die Ehefrau hat kein Alibi, notierte sie sich in Gedanken.

***

Tessa Anders wartete bereits ungeduldig auf sie und zusammen machten sie sich auf den Weg nach draußen.

„Kein Arzt, weit und breit, die operieren noch. Ich habe unsere Kontaktdaten dagelassen, die rufen uns an, wenn es was Neues gibt."

Da Franziska nichts erwiderte, sprach Tessa weiter. „Was sagt denn die Frau zu dem Pornozimmer? War sie geschockt?"

„Darüber hab' ich mit ihr nicht gesprochen."

„Was?", rief Tessa verwundert. „Warum nicht?"

Franziska blieb stehen. „Sie schalten jetzt mal einen Gang runter. Frau Koch und ihre Tochter bangen gerade um das Leben ihres Ehemanns und Vaters und das kurz vor Weihnachten. Wir wissen rein gar nichts über den Mann, seine Ehe, sein Liebesleben. Wir werden die

Frau jetzt in Ruhe lassen und erstmal unsere Arbeit machen. Dann können wir sie immer noch damit konfrontieren. Verstanden?"

„Ja, ist ja gut", schmollte Tessa beleidigt.

„Die zwei stehen total unter Schock. Andreas Koch war angeblich überall beliebt, keiner von beiden ist eine Veränderung an ihm aufgefallen und sie können sich überhaupt nicht vorstellen, wer ihm das angetan haben soll."

Sie waren wieder am Auto angekommen und stiegen ein.

„Susanne hat sich gemeldet", wechselte Tessa das Thema. „Hat die ersten Infos zu dem Saunaclub Heini durchgegeben."

Sie ist wirklich schnell, dachte Franziska. „Was hat sie rausgefunden?"

Tessa scrollte auf ihrem Handy. „Martin Seifert, Jahrgang 1955, mischt seit den Siebzigern im Kölner Milieu mit. War aber tatsächlich nur ein kleines Licht. Eher ein Mitläufer. Von 1985 bis 1987 und von 1993 bis 1995 saß er im Gefängnis. Das erste Mal wegen Zuhälterei, das zweite Mal wegen Verstoßes gegen das Betäubungsmittelgesetz. Dann verschwindet er für Jahre von der Bildfläche und taucht erst 2014 wieder auf, und zwar als Mitbetreiber eines Bordells im Friesenviertel. Seit letztem Jahr leitet er einen Saunaclub in der Nähe von Odenthal. Den *Temple of Love*."

„Hört sich wild an", sagte Franziska.

„Eine Wellness-Oase speziell für den Mann", antwortete Tessa. „Eine sogenannte Kontaktsauna. Da geht es hauptsächlich um den sexuellen Kontakt zwischen männlichen Gästen und weiblichen Bediensteten. Wobei letztere sogenannte Sexualdienstleisterinnen sind, die dort ihren erotischen Service anbieten."

Franziska musste über Tessas trockene sachliche Sprache schmunzeln.

„Susanne hat auch einen Link mitgeschickt, Adresse und Telefonnummer. Hier", Tessa hielt Franziska ihr Smartphone unter die Nase. „Das ist der *Temple of Love*."

Franziska nahm ihr eigenes Handy aus der Tasche, setzte ihre Lesebrille auf, öffnete die WhatsApp von Susanne und klickte sich auf die Webseite der Anlage. „Schick, alle Achtung. Das sieht ja wirklich aus wie ein Tempel. 5-Sterne-Wellness", las sie. „Und wie läuft sowas ab?"

„Man zahlt Eintritt und der Rest wird dann mit den Frauen vor Ort verabredet." Tessa scrollte runter zu den Preisen und Konditionen.

„45 Euro für drei Stunden, Softdrinks und Badeutensilien frei. Ab 22 Uhr kostet es 65 Euro, dann aber inklusive Buffet und Warsteiner Pils Flat."

„Nicht so teuer, wie ich dachte", sagte Franziska.

„Die sexuelle Dienstleistung kommt natürlich obendrauf", gab Tessa zu bedenken.

„Was kostet das?"

„Das steht nicht auf der Seite. Susanne ist dran."

„Und das Ganze ist auch noch legal", sagte Franziska mit zynischem Unterton.

„Solange die Damen selbstständig und auf eigene Rechnung arbeiten, ordentlich angemeldet sind und kein Zuhälter mit im Spiel ist", ergänzte Tessa. „Dem Prostitutionsschutzgesetz sei Dank. Für Vater Staat ist das kein Problem. Selbstständiges Gewerbe ist steuerpflichtig und Prostitution ist eine nicht zu unterschätzende Einnahmequelle."

Franziska gähnte. Sie war früh aufgestanden, um für Jenny noch ein letztes Frühstück zu machen. Außerdem hatte sie vor Aufregung nicht viel geschlafen und die Sache mit Heiner zerrte an ihren Nerven.

„Was machen wir denn jetzt?" Tessa Anders blickte sie fragend an.

„Wir trennen uns", entschied Franziska. Sie brauchte Zeit für sich. „Sie fahren ins Büro und unterstützen Susanne bei den Recherchen. Ich kümmere mich um diesen Martin Seifert. Um vier treffen wir uns und legen zusammen, was wir haben."

Tessa war deutlich anzusehen, dass ihr diese Entscheidung nicht passte, aber sie nickte. Dann fuhr Franziska sie zurück zum Eigelstein, damit Sie ihren Roller abholen konnte, der noch immer im Hof der Kanzlei stand.

Kapitel 9

Franziska hatte Martin Seifert telefonisch erreicht und er war bereit, sich mit ihr im *Temple of Love* zu treffen. Also fuhr sie ins Bergische und parkte eine Dreiviertelstunde später ihren Wagen vor der Anlage. Um diese Uhrzeit war nicht viel los. Auf dem Parkplatz standen außer einem orangenen Sportwagen nur drei weitere Autos.

Edel geht die Welt zugrunde, dachte Franziska beim Anblick des stuck- und marmorverzierten Eingangsbereichs, der von einem gigantischen Kronleuchter dominiert wurde. 5-Sterne Wellness, das war keine Übertreibung.

Am Empfangstresen saß eine junge Frau, die sie freundlich lächelnd begrüßte. „Sie sind bestimmt von der Kriminalpolizei", flötete sie. „Ich bin Linda. Martin hat Bescheid gesagt, dass Sie kommen. Hier entlang bitte." Sie stöckelte voran durch eine große Flügeltür, einen Gang runter, dessen himmelblaue Wände mit lauter kleinen Amorputten bemalt waren. Dann bog sie links ab in einen weit weniger schmuckvollen Bereich.

„Wo geht es da hin?", fragte Franziska und deutete auf verschiedene Türen rechts und links.

„Hauptsächlich Technik", antwortete Linda. „Überwachung, Sicherheitsdienst, Umkleiden für das Personal, Kaffeeküche, sowas eben."

Eine dieser Türen öffnete sich und ein blonder Mann Mitte, Ende zwanzig, mit gefütterter Lederjacke, Bluejeans und Sneakern kam ihnen entgegen.

„Hi Finn", trällerte Linda.

Finn grüßte mit einem Kopfnicken zurück und fixierte dabei Franziska mit wachsamem Blick.

Vor einer schwarzen Tür hielten sie an. Linda klopfte und drückte die Klinke.

Franziska unterdrückte ein verwundertes *Wow!*, als sie das Büro des Clubbetreibers betrat. Sowohl das Zimmer als auch der Mann darin, waren das Kurioseste, was sie seit langem gesehen hatte. Der Raum war groß, mindestens 40 Quadratmeter. Die hintere Wand zierte Michelangelos *Die Erschaffung Adams* aus der Sixtinischen Kapelle, davor ein gigantischer Schreibtisch im massigen Kolonialstil. An der linken Wand hingen die vergoldeten Köpfe eines Einhorns, eines Nashorns und eines Hirsches, darunter ein rotes Kunstledersofa mit passenden Sesseln und Tisch. Bodentiefe Fenster, flankiert von violetten Samtvorhängen und Blick in den Garten der Anlage, sorgten für ausreichend Tageslicht, dazwischen ein Teppich mit arabischen Ornamenten. Franziska fragte sich, wer für diesen Kitsch der Innenarchitekt gewesen war. Sie musste sich ein Grinsen mühsam verkneifen.

Martin Seifert erhob sich hinter seinem Schreibtisch. Alles an ihm war ambivalent, so als konkurrierten verschiedene Lebensalter miteinander. Er war klein, aber kräftig gebaut und es sah aus, als wäre er gut in Form. Ein ehemaliger Boxer vielleicht. Der Bizeps, der sich unter seinem Hemd spannte, war jedenfalls nicht zu übersehen. Er hatte volles pechschwarzes, wie frisch gefärbtes Haar. *Entweder gute Gene oder ein Toupet*, überlegte Franziska, denn der Mann war immerhin 64 Jahre alt. In seinem braungebrannten Gesicht spiegelte sich der Widerstreit am deutlichsten. Um die Augen herum, die unruhig hin und her flatterten, lag ein Netz zerfurchter Falten, was eher zu einem Achtzigjährigen als zu einem Sechzigjährigen passte, aber seine Wangen waren glatt wie ein Kinderpopo. Um den Hals hing eine goldene Kette mit breiten Gliedern und an der rechten Hand protzte ein ebenso goldener Siegelring. Seifert trug einen teuren Anzug. Franziska tippte auf Boss oder Armani und unter dem Ärmel seines Jacketts blitzte eine Rolex.

„Mach uns doch mal Kaffee, Engelchen", sagte er freundlich mit rheinischem Singsang. Linda nickte und entfernte sich wieder.

„Setzen Sie sich, bitte." Er zeigte auf das Sofa. „Einen Drink? Ach nein, Sie sind ja im Dienst. Wat dagegen, wenn ich mir einen genehmige? Kommt ja nicht alle Tage vor, dass die Kriminalpolizei vorbeischaut."

Seifert drückte einen schwarzen Knopf neben dem Sofa, und wie aus dem Nichts öffnete sich eine Nische in der Wand, direkt unter dem Einhorn. Zum Vorschein kam eine prall gefüllte Hausbar.

„Nicht schlecht, oder?", strahlte er über das ganze Gesicht und zeigte makellose, aber falsche Zähne. Er mixte sich ein Getränk und fläzte sich in die rechte Ecke des Sofas, die Beine übereinandergeschlagen.

Franziska nahm auf einem der Sessel Platz.

„Wat kann ich denn für Sie tun?" Seine unruhigen Augen taxierten die Kommissarin von Kopf bis Fuß und verharrten ein wenig zu lang auf ihren Brüsten.

„Es geht um Andreas Koch", sagte Franziska.

„Das haben Sie ja schon am Telefon jesagt. Wat is mit dem Andi? Hat der was ausgefressen?" Martin Seifert zog fragend die Augenbrauen zusammen und nippte an seinem Drink.

Er ist sehr gelassen, dachte Franziska. „Herr Koch wurde letzte Nacht in seiner Kanzlei zusammengeschlagen."

Die Reaktion auf diese Information war echtes Erstaunen und Erschütterung.

„Dat is ja furchtbar! Wer macht denn sowas?"

„Das wollen wir herausfinden. Ihre Fingerabdrücke waren am Tatort. Können Sie mir dazu was sagen?"

„Der Andi is mein Steuerberater."

„Für den Club?", fragte Franziska.

Seifert schüttelte den Kopf. „Privat. Ich kenn den von früher. Für den Club macht das jemand anderer." Er nippte an seinem Drink. „Ich bin am Dienstag noch bei dem gewesen." Er machte eine Pause. „Ich glaub das nicht. Is et schlimm?"

„Das wissen wir noch nicht."

Seiferts Gesicht drückte ehliche Anteilnahme aus. „Wat für 'ne Scheiße", sagte er.

„Haben Sie eine Idee, wer das getan haben könnte?"

Seifert überlegte kurz, dann schüttelte er den Kopf. „Ne, kein Schimmer. Also der Andi, dat ist ein ganz feiner Kerl." Er kratzte sich am Kinn. „Ne, hab' ich keine Idee."

„Wo waren Sie denn am Mittwochabend zwischen 21 Uhr und Mitternacht?“

„Hier“, kam es wie aus der Pistole geschossen. „Wir hatten Dance Night mit verschiedenen DJs. Ich war den ganzen Abend auf der Party, da können Sie jeden fragen.“

„Das mache ich, danke“, sagte Franziska. „Ich bräuchte die Namen aller Angestellten, die an diesem Abend gearbeitet haben. Auch die der Mädchen, wenn das möglich ist.“

Linda kam mit dem Kaffee zurück.

„Engelchen, mach mir doch schnell ’ne Liste mit allen, die am Mittwoch hier waren.“

„Geht klar, Chef“, zwitscherte Linda. „Liegt gleich vorne für Sie am Empfang.“

„Die Linda studiert Mathe.“ Er grinste. „Hätten Sie nicht gedacht, was?“ Er strahlte die Kommissarin an. „Meine Girls sind sowas von exklusiv.“ Dann erinnerte er sich an den Anlass des Gesprächs und wurde wieder ernst. „Also das mit dem Andi ist echt ein Schocker.“

„War Herr Koch regelmäßig Gast bei Ihnen?“, fragte Franziska.

„Na klar, der hat ja Sonderkonditionen hier. Kein Eintritt, frei essen und trinken. Nur die Girls, die muss er natürlich bezahlen. Dat geht mich ja nix an.“

„Hatte Herr Koch vielleicht spezielle Vorlieben?“

„Wie meinen Sie das?“

„Na, Girls, die er bevorzugt hat, zum Beispiel.“ Franziska hatte die Bezeichnung „Girls“ übernommen, weil ihre kein besseres Wort einfiel. Redete man von Prostituierten oder Sexarbeiterinnen? Noch hatte sie keine klare Vorstellung davon, was in einem Saunaclub eigentlich so alles vor sich ging. Sie brauchte jemanden, der für sie Mäuschen spielte. Am besten einen Mann, denn Frauen waren als Gast hier sicher nicht willkommen.

Martin Seifert zögerte etwas zu lange mit einer Antwort. „Weiß ich nix von."

Franziska war lange genug im Geschäft, um zu merken, wenn jemand sie belog oder etwas verheimlichte. Beides war hier gerade der Fall. Seifert war ein ausgekochtes Schlitzohr. Er mischte seit vierzig Jahren im Kölner Milieu mit und hatte zweimal gesessen. Und jetzt nannte er ein Edelbordell sein Eigen. Der Mann war mit allen Wassern gewaschen. Und ganz sicher wusste er über die sexuellen Vorlieben seiner Kunden Bescheid. Franziska überlegte, ob sie mit einer offizielleren Art der Befragung drohen sollte, entschied dann aber, sich dieses Mittel für später aufzusparen.

„Wenn ich mich bei Ihren *Girls* umhöre, was werden die mir dann erzählen?" Franziska fixierte ihr Gegenüber.

„Die werden gar nicht mit Ihnen reden." Seiferts Tonfall war um eine Nuance tiefer geworden und er hielt dem Blick von Franziska stand. „Das sind Betriebsgeheimnisse, wenn Sie so wollen. Das steht im Vertrag von denen."

Das war ganz sicher auch eine Lüge, aber mit einem hatte der Mann recht. Vertrag hin oder her, die Sexarbeiterinnen oder Girls, wie er sie nannte, würde nicht mit der Polizei sprechen. „Also gut. Können Sie mir sonst noch was über Herrn Koch sagen?"

„Wat denn zum Beispiel?"

„Wie ist er so als Mensch, als Gast, als Steuerberater? Hatte er Freunde, gab es Ärger mit einer der Frauen oder einem anderen Gast?"

„Hab ich ja schon gesagt, der Andi dat is ein ganz Lieber. Also menschlich. Immer höflich und freundlich zu den Girls. Da hab' ich nie was Negatives über den gehört. Und als Steuerberater bin ich auch mit dem zufrieden. Immer ganz genau. Aber was der in seinem Privatleben so treibt, keine Ahnung. Ich weiß, dass der verheiratet ist. Aber dat sind viele hier." Seifert lachte.

„War Herr Koch immer alleine oder war er auch schon mal in Begleitung hier?"

„Kann ich nicht sagen. Ich bin meistens hier im Büro. Aber die Linda weiß da vielleicht was. Fragen Sie die einfach."

„Mach ich. Gehört Ihnen der Club eigentlich alleine?"

Martin Seifert zögerte kurz, dann nickte er. „Der ist mir. Warum fragen Sie?"

„Sie haben ihn erst im letzten Jahr eröffnet. Woher hatten Sie das Geld, wenn ich fragen darf?"

„Ach, daher weht der Wind", rief Seifert und lachte. „Sie denken, woher hat ein Ex-Knacki so viel Kohle?"

Franziska ließ die Frage unbeantwortet.

„Ich hab' vor ein paar Jahren im Casino 'ne Stange Geld gewonnen. Alles ganz legal. Können Sie überprüfen. Bad Neuenahr." Seifert grinste. „Und ich bin nicht mehr der Idiot wie früher. Immer alle Kohle zum Fenster rausschmeißen und den dicken Molli machen. Ich habe das Geld angelegt, ne Weile bescheiden gelebt und als ich die Gelegenheit hatte, hab' ich zugeschlagen."

„Alles bar bezahlt, nehme ich an?", fragte Franziska.

„Mir gibt keiner Kredit, Frau Hauptkommissar."

„Ich überprüfe das“, sagte Franziska und stand auf. Sie reichte Martin Seifert ihre Karte. „Wenn Ihnen zu Andreas Koch noch was einfällt, dann melden Sie sich bitte.“

„Aber sicher“, versprach Seifert und gab ihr zum Abschied die Hand.

Als Franziska zum Empfang zurückkam, hatte Linda die Liste mit den Namen aller Angestellten, die auf der Party waren, wie versprochen ausgedruckt, und überreichte sie lächelnd.

„Kannten Sie den Andreas Koch?“

Linda schüttelte den Kopf. „Nicht persönlich. Ich arbeite nur hier am Empfang.“

„Aber Sie wissen schon, um wen es geht?“

Linda nickte. „Ein lieber älterer Herr. Er war regelmäßig hier.“

„Auch schon mal in Begleitung?“

„Sie meinen mit seiner Frau? Nein.“ Linda lächelte. „Frauen sind hier als Gästinnen nicht erwünscht.“

„Ich dachte eher an einen Freund. Gleiches Alter, eine gewisse Ähnlichkeit.“

Linda schüttelte den Kopf. „Sorry. Soweit ich weiß, nein. Ich bin aber auch nicht jeden Tag hier.“

Franziska gab ihr ihre Karte. „Wenn Ihnen noch irgendwas einfällt, rufen Sie mich an. Bitte!“

Im Auto ging sie die Liste auf der Suche nach einem Namen durch, der herausstechen würde. Leider ohne Ergebnis. Aber dafür war es auch noch zu früh. Sie wusste ja nicht einmal, wonach sie eigentlich suchte. Erstmal brauchte Susanne Zeit, um den Laptop zu untersuchen, und dabei würde hoffentlich irgendwas herauskommen, was sie weiterbrachte.

Kapitel 10

Um halb vier öffnete Franziska Frey die Tür zu dem Büro, das sie sich jahrelang mit Frank Bermann geteilt hatte. Sein Schreibtisch war so chaotisch wie eh und je, als wäre er nicht im Ruhestand, sondern würde jeden Moment durch die Tür kommen, in die Hände klatschen und loslegen. In seinem Kaffeebecher war sogar noch eingetrockneter Bodensatz. Franziskas Puls beschleunigte sich. Das war so typisch Frank. Er hatte vor drei Wochen versprochen vorbeizukommen, um seine Sachen abzuholen. Bisher Fehlanzeige. Jetzt musste sie seinen Dreck wegräumen. Mal wieder. Sie atmete tief durch, leerte einen Karton Druckerpapier, packte alle Unterlagen und die wenigen Habseligkeiten von Bermann dort hinein und stellte den Karton in die Ecke hinter der Tür. So würde es gehen.

Der Lamellenvorhang zum Nebenraum war halb geschlossen. Alle waren versammelt. Nur Wallmann fehlte. Von ihm hatte Franziska nichts mehr gehört und sie war darüber nicht unglücklich. Der würde schon auftauchen, wenn er Ergebnisse hatte. Vielleicht war er auch immer noch beleidigt, weil Tessa Anders ihm heute Morgen Paroli geboten hatte. Die neue Kollegin war nicht auf den Mund gefallen und hatte eine beängstigend gute Intuition, wie sie bereits in der Sache Heiner unter Beweis gestellt hatte.

Ihr vermeintlich untreuer Ehemann ging Franziska nicht mehr aus dem Kopf. Was sie vor allem beschäftigte, war die Frage, warum sie so misstrauisch war. Sie hatte ihren Mann mit einer anderen Frau auf der Straße gesehen. Na und? Das konnte tausend Gründe haben. Warum also vermutete sie gleich das Schlimmste?

Um nachzudenken, war sie vom *Temple of Love* aus nicht direkt zurück nach Köln gefahren, sondern hatte einen Spaziergang durch das winterlich verschneite Altenberg gemacht, den Dom besichtigt und in einem gemütlichen Café ein vorzügliches Stück Apfelkuchen mit Sahne verspeist. Und als sie zwischen den alten Damen mit ihren Rollatoren saß, wusste sie es. Es war sein Blick gewesen, der bei ihr den Alarm ausgelöst hatte. So, wie er die Blondine angeschaut hatte – entzückt, vernarrt, vielleicht verliebt – so hatte er sie schon lange nicht mehr angesehen. Seit Jahren nicht, wenn sie ehrlich war.

Franziska hatte entschieden, der Sache fürs Erste nicht zu viel Raum zu geben. Eine zwanzigjährige Ehe zerbrach nicht einfach so von heute auf morgen. Da stand einiges auf dem Spiel. Das wusste auch Heiner. Vielleicht ergab sich ja in den nächsten Tagen eine Möglichkeit, ihn nach der Frau zu fragen. Franziska hatte gelernt, dass es ratsamer war, den Dingen ihren Lauf zu lassen, anstatt mit dem Kopf durch die Wand zu rennen.

Sie beobachtete das Treiben im Nachbarraum. Ihr Team war dabei, das Großraumbüro in eine Art Tagungsort zu verwandeln. Florian Neumann, ein Kriminalkommissar-Anwärter, der sein erstes Berufspraktikum absolvierte, schob Tische zusammen, stellte die Leinwand auf und überprüfte Kabelverbindungen. Rabenmacher hatte ihn dem Ermittlungsteam zugeteilt. Franziska war das recht. Diesem Neumann eilte der Ruf voraus, ein schlauer Kopf zu sein.

Susanne Schachtner, ihr Computer-Ass, saß vor dem aufgeklappten Laptop des Steuerberaters und ihre Finger flogen über die Tastatur. Die neue Kollegin Tessa Anders war dabei, alle möglichen Fotos an das magnetische Whiteboard zu hängen. Sie hatte auch bereits ein paar Namen und Notizen vermerkt.

Das war also ihre Mannschaft. Ein Praktikant, eine Kriminalkommissarin mit gerade mal zwei Jahren Berufserfahrung und ein weiblicher Computer-Nerd. Sie verfluchte Bermann dafür, dass er sie gefühlt einfach im Stich gelassen hatte. Sie atmete tief durch. Es war nicht zu ändern, sie musste das alleine regeln. Und zusammen mit den Jungspunden würde sie den Fall Koch schon lösen.

Sie stand auf, öffnete die Tür, die ihr Büro mit dem Großraumbüro verband. „Hallo“, grüßte sie in die Runde. „Wie ich sehe, sind wir vollzählig. Ich nehme an, ihr habt euch einander schon vorgestellt?“ Am Lächeln ihrer Mitarbeiter erkannte sie, wie unnötig die Frage gewesen war.

„Also gut“, sagte sie. „Wer will anfangen?“.

Florian Neumann meldete sich wie ein Schüler. Franziska nickte ihm zu.

„Das Krankenhaus hat vor zwanzig Minuten angerufen“, berichtete er. „Andreas Koch lebt, hat aber ein schweres Schädelhirntrauma erlitten und liegt im Koma."

Franziska zog die Stirn kraus. „Das bedeutet, dass wir mit der Befragung warten müssen."

Neumann nickte. „Die behandelnde Ärztin sagt, es sieht nicht gut aus. Selbst wenn er wieder aufwacht, schließt sie eine dauerhafte schwere Behinderung nicht aus. Herr Koch war wohl mehrere Stunden bewusstlos, bevor er gefunden wurde. Sobald sich sein Zustand ändert, melden die sich."

„Schöner Mist", fluchte Franziska. „Das fängt ja gut an. Wann kommt seine Sekretärin?"

„Frau Kramer ist für 17 Uhr bestellt", antwortete Tessa Anders.

Franziska warf einen Blick auf die Uhr. Noch eine knappe Stunde. „Susanne, ich hatte dich ja gebeten, zur Vergangenheit unseres Opfers zu recherchieren. Was hast du gefunden?"

„So richtig viel ist es leider noch nicht", gestand Susanne. „Andreas Koch, Jahrgang 59, geboren in Much, Einzelkind. Die Eltern stammen beide aus Schlesien und sind 1945 mit den Flüchtlingstrecks ins Rheinland gekommen. Er hat 1977 Abitur gemacht, in Berlin Jura studiert, das Studium aber 1984 abgebrochen und ist im gleichen Jahr nach Köln zurückgekommen, wo er dann die Ausbildung zum Steuerberater absolviert hat."

„Vorstrafen?", fragte Franziska.

Susanne schüttelte den Kopf. „Keine Vorstrafen und er war schon mal verheiratet. Die Ehe mit Elisabeth

Koch ist seine Zweite. Die beiden haben sich vor 20 Jahren das JA-Wort gegeben und haben eine gemeinsame Tochter, Andrea."

Also Elisabeth und Andrea, dachte Franziska. Schöne Namen für zwei traurige Frauen.

„Es gibt keine Kinder aus der anderen Ehe. Die Frau ist 1994 verstorben." Susanne machte eine Pause und trank einen Schluck Wasser. „Die Räume, in denen er seine Kanzlei hat, gehören ihm. Das Haus, in dem die Familie wohnt, gehört ihm ebenfalls. Es sieht so aus, als hätte ihm seine erste Frau ziemlich viel Geld hinterlassen, denn die Immobilien hat er alle erworben, nachdem sie tot war."

„Wie ist die Frau gestorben?"

„Sie hatte Krebs. Das ist belegt."

„In Ordnung", sagte Franziska. „Hat er Schulden?"

„Um das herauszufinden, brauchen wir einen weitergehenden Durchsuchungsbeschluss", erklärte Susanne und schaute Tessa an.

„Ist beantragt. Wird leider dauern. Der Staatsanwaltschaft geht's nicht besser als uns."

„Überall das Gleiche", murmelte Franziska. „Hast du noch was?"

„Das Passwort für den Laptop ist schwerer zu knacken als gedacht. Dafür brauche ich noch etwas Zeit. Daher habe ich mir erstmal sein Handy vorgenommen. Da war ich sofort drin. Der hat sein Geburtsdatum als Pin." Susanne schüttelte den Kopf.

„Moment mal. Stopp!", rief Franziska irritiert. „Ich denke, wir haben kein Handy?"

„Ach so, doch", antwortete Tessa Anders. „Das wurde gefunden, nachdem wir weg waren."

Verärgert schüttelte Franziska den Kopf. „Für die Zukunft wünsche ich mir, über so etwas Wichtiges informiert zu werden. Eine WhatsApp reicht." Warum hatte ihr niemand Bescheid gegeben? Hielten die Kolleginnen es nicht für nötig? Wie sollte sie so den Überblick behalten?

Susanne Schachtner und Tessa Anders tauschten einen Blick aus.

„Wir haben das auch erst vor einer Stunde bekommen", verteidigte sich Tessa. „Ich dachte, Sie kommen ja eh gleich hierher. Sorry. Kommt nicht wieder vor."

Franziska nickte. Die Welle des Zorns war bereits über sie hinweggeschwappt und jetzt kam sie sich albern vor. Warum hatte sie nicht erst mal gefragt, sondern war gleich aus der Haut gefahren?

„Was ist drauf auf dem Handy?", fragte sie in versöhnlicherem Tonfall.

„Nichts, was auf Prostituierte schließen lässt. Die Anruferliste ist überschaubar. Frau und Tochter und eine Handvoll Kontakte. Ich nehme an Mandanten. Das muss ich noch prüfen. Was auffällig ist, dass es keine Fotos gibt, kein WhatsApp, keine SMS, abgesehen von Werbung und Nachrichten seines Providers, kein Facebook, kein Instagram oder sonst was, womit man so ab und an seine Freizeit verbringt. Der E-Mail Account ist der Gleiche wie auf dem Bürocomputer. Alle Mails sind entweder geschäftlich oder Kauf-Transaktionen im Internet. Die letzte Mail war eine Versandbestätigung für ein Luxusparfum der Marke Lalique. 100 Milliliter für zweihundert Euro, wenn es jemanden interessiert."

„Vielleicht das Weihnachtsgeschenk für seine Frau“, mutmaßte Franziska. „Seine Tochter hat ausgesagt, dass er sich sehr auf die Feiertage gefreut hat.“

„Und rein gar nichts, was uns Hinweise auf dieses Zimmer und seine Besucherinnen liefern könnten?“, fragte Tessa.

„Nichts.“

Franziska schüttelte enttäuscht den Kopf. „Da stimmt doch was nicht. Der Mann hat ein pikantes Hobby. Wenn er sich mit wem auch immer in seinem Spielzimmer treffen will, muss das ja irgendwie verabredet werden. Die alte Dame von Gegenüber hat ausgesagt, dass sich Herr Koch regelmäßig mittwochs mit Prostituierten trifft. Und gelegentlich ist sogar noch ein zweiter Mann mit von der Partie. Wie soll das bitteschön alles vonstattengehen?“ Franziska schaute in die Runde.

„Ich denke, Herr Koch hat ein zweites Handy“, sagte Tessa Anders.

„Das glaube ich auch“, bestätigte Franziska. „Gibt es denn Social Media Treffer, wenn man googelt?“

Susanne schüttelte den Kopf. „Nicht unter seinem richtigen Namen. Weiter bin ich noch nicht. Ich mach mich mal dran und suche auch nach einem zweiten Handyvertrag.“

„Und wenn es ein prepaid Handy ist?“, fragte Neumann.

„Dann müssen wir das Gerät finden“, antwortete Tessa lächelnd.

„Hast du noch mehr?“, fragte Franziska, aber Susanne verneinte. „Wunder dauern länger“, grinste sie. „Gib mir noch ein paar Stunden. Wenn der Laptop geknackt ist, melde ich mich.“

„Also gut. Fassen wir mal kurz zusammen“, fuhr Franziska, mit einem Blick auf die Uhr und das Whiteboard, fort. „Wir haben einen unbescholtenen sechzigjährigen Steuerberater, Ehemann und Familienvater, der aus Gründen, die wir noch nicht kennen, in seiner Kanzlei überfallen und zusammengeschlagen wurde und jetzt mit einer schweren Kopfverletzung im Koma liegt. Da es am Tatort keine Einbruchsspuren gibt und auf den ersten Blick nichts entwendet wurde, müssen wir davon ausgehen, dass Herr Koch seinen Angreifer kannte. Raub können wir wahrscheinlich ausschließen, aber da will ich erstmal die Aussage der Sekretärin abwarten. Pikant ist die Nummer mit dem geheimen Zimmer, in dem sich der Mann allem Anschein nach mit Prostituierten getroffen hat. So wie es aussieht, auch nicht allein. Jemand im gleichen Alter, der unserem Herrn Koch sehr ähnlich sieht, hat ihn dort mittwochs regelmäßig besucht. Und wir haben die Fingerabdrücke des ehemaligen Zuhälters Martin Seifert gefunden.“

„Wie war es denn bei dem eigentlich?“, fragte Tessa Anders.

„Dazu wollte ich gerade kommen, Frau Kollegin“, sagte Franziska in einem erneuten Anflug von Gereiztheit. Sie atmete tief ein und aus. Was war nur mit ihr los? „Seifert ist ein schräger Vogel und man sollte ihn auf keinen Fall unterschätzen. Aber er hat für die Tatzeit ein Alibi. Party im Club.“

Sie schob Susanne die Liste der Angestellten der Dance-Night aus dem *Temple of Love* rüber. „Überprüf das bitte mal. Und nimm den Burschen genau unter die Lupe. Den Club hat er angeblich mit Glücksspielgewinnen finanziert. Irgendwas verheimlicht der aber. Andreas Koch ist sein privater Steuerberater und Stammgast in seinem Etablissement. Wir müssen rausbekommen, mit welchen Frauen er dort verkehrte."

„Darum kümmere ich mich", meldete sich Tessa Anders.

Aber Franziska schüttelte den Kopf. „Sie fallen da auf wie ein rosa Elefant. Frauen sind dort unerwünscht." Sie warf einen Blick auf Florian Neumann. „Sie könnten das eigentlich übernehmen."

Der Praktikant wurde knallrot. „Ich soll undercover in ein Bordell?"

„Kontaktsauna", korrigierte Susanne grinsend.

„Alleine mach ich das nicht. Ich ...", Neumanns Kopf glühte, „ich steh nicht auf Frauen."

Franziska, Tessa und Susanne starrten ihn an.

„Also ich mein ... ich hab' nichts gegen Frauen ... ich wollte nur sagen ..."

„Du bist schwul", half Susanne ihm aus der Bredouille. „Das wussten wir, Flo."

Ich nicht, dachte Franziska, die sich über die sexuelle Orientierung des jungen Kollegen bisher keine Gedanken gemacht hatte.

„Sie sollen ja nicht mit den Damen intim werden", erklärte sie beschwichtigend, „sondern sich lediglich etwas umsehen."

Neumann nickte, aber er sah nicht glücklich aus.

„Ich kann meinen Bruder fragen", schlug Tessa vor. „Er ist Hetero und Journalist. Er ist gut darin, Leute auszuhorchen."

„Das kommt überhaupt nicht in Frage“, lehnte Franziska vehement ab. „Keine Zivilisten. Ich klär das mit dem Raben. Irgendwer wird sich schon finden.“

Sie sah von einem zum anderen. „Das wird schon. Ist ja schließlich kein Mordfall. Aber Sie, Herr Neumann, können auf jeden Fall eine Menge lernen. Zum Beispiel, wie man eine Fallakte führt.“ Franziska grinste breit. „Das zeigt Susanne Ihnen. Da tragen wir alles ein. Wer, wann, mit wem, worüber gesprochen hat, was wir rausfinden, welche Fragen noch offen sind et cetera.“

Neumann nickte. „Ist wie ein Tagebuch“, sagte er.

„Aber ein kollektives“, antwortete Tessa. „Ich kann deine Einträge sehen und du meine.“

Es klopfte an der Tür und ein Kollege steckte den Kopf herein. Gabriele Kramer, die Sekretärin, war eingetroffen.

Kapitel 11

Gabriele Kramer stand unschlüssig in dem kleinen Raum, in den ein höflicher junger Polizist sie geführt hatte. In wenigen Minuten würde sie mit der zuständigen Kommissarin sprechen. Sie war noch immer aufgewühlt, denn es war erst ein paar Stunden her, dass sie ihren Chef tot auf dem Teppich in seinem Büro gefunden hatte. Zumindest hatte sie gedacht, dass er tot war. Mit dem ganzen Blut. Wie hätte sie denn ahnen können, dass der noch lebte? Für sowas war sie schließlich nicht ausgebildet. Sie schauderte bei der Erinnerung an den schrecklichen Vormittag.

Sie zog ihren Mantel aus und hängte ihn an einen Garderobenständer. Den nassen Regenschirm spannte sie auf und platzierte ihn in einer Ecke. Kaum hatte sie vorhin das Haus verlassen, hatte es angefangen zu regnen. Dazu der eisige Wind. Wenn die Temperatur nur noch um zwei Grad fiel, würden sie Blitzeis bekommen. Keine schöne Aussicht.

Gabriele setzte sich an den Tisch, holte ein Etui aus ihrer Handtasche und reinigte mit einem Tuch ihre randlose Brille. Trotz des Schirms hatten sich kleine Wassertropfen auf den Brillengläsern abgesetzt, etwas, was Gabriele nicht leiden konnte. Sie verstaute Tuch und Etui wieder in der Tasche und knetete nervös ihre rosa lackierten Finger.

Sie sah sich um. Ein einfacher Raum, mit einem Tisch und drei Stühlen. Zwei Neonröhren strahlten kaltweißes Licht ab. Ungemütlich. Das einzige Fenster war verdreckt. Es gab keine Pflanzen oder sonst eine Art von Dekoration. Nur ein Plakat an der Tür, das dazu aufforderte, sich über Einbruchschutz beraten zu lassen. *Keine dumme Idee*, fand Gabriele. Weder die Kanzlei noch ihre eigene Wohnung verfügten über besonders gesicherte Türen. Es war ihr auch nie in den Sinn gekommen, daran etwas zu ändern. Bis heute.

Sie öffnete erneut ihre Handtasche, holte einen Taschenspiegel heraus und überprüfte ihr Make-up. Es hatte sie einiges an Mühe gekostet, ihre geschwollenen Augen wieder frisch aussehen zu lassen. Sie zog ein wenig Lippenstift nach, zupfte ein paar Strähnen ihrer hennaroten Kurzhaarfrisur zurecht, dann stopfte sie alles zurück in die Tasche.

Wie lange würden die sie warten lassen? Wurde sie verdächtigt? Im Fernsehen ließ man die Verdächtigen immer schmoren. Um sie mürbe zu machen. Das war deren Taktik. Gabriele atmete tief durch. Sie hatte sich nichts vorzuwerfen. Sie hatte Herrn Koch schließlich nicht so zugerichtet. Bei dem Gedanken an ihren Chef kamen ihr erneut die Tränen. Sie holte ein Taschentuch aus ihrer Tasche und tupfte sich damit die Augen.

Die Tür ging auf und zwei Frauen betraten den Raum. Die eine war die junge Kommissarin von heute Morgen. Die Hübsche mit den grünen Augen und der strubbeligen Frisur. Gabriele hatte sie sofort gemocht. Die hatte die Situation in der Kanzlei gut im Griff gehabt. Vor allem diesen unangenehmen Mann von der Spurensicherung.

Die andere war hochgewachsen, aber älter. Gabriele bemerkte grauen Strähnen im aschblonden Haar und erste Anzeichen von Hüftpölsterchen. Sie war zweifelsohne eine attraktive Frau, machte aber nichts aus sich. Farblos war wohl das richtige Wort. Kein Make-up, die Haare nicht gefärbt, gekleidet in Schwarz und Dunkelblau. Unauffälliger ging es kaum. Diese Frau wollte nicht auffallen. Lag möglicherweise am Beruf. Es war bestimmt nicht leicht, in einer von Männern dominierten Welt zu bestehen. Andererseits machte das der jungen Kommissarin auch nichts aus. Sie trug ihre Schönheit und Weiblichkeit stolz zur Schau.

„Kriminalhauptkommissarin Franziska Frey", stellte sich die Ältere vor und gab Gabriele zur Begrüßung die Hand. Der Händedruck war fest und zeugte von einem selbstbewussten Charakter. „Meine Kollegin Tessa Anders kennen Sie ja schon. Schön, dass Sie kommen konnten."

Beide Frauen setzten sich ihr gegenüber an den Tisch.

„Möchten Sie etwas trinken?"

Gabriele nickte. „Eine Tasse Tee wäre großartig."

Die Junge stand auf, steckte ihren Kopf aus der Tür und orderte Tee bei jemandem, den Gabriele nicht sehen konnte. Dann setzte sie sich wieder hin und blätterte in ihren Unterlagen.

Gabriele spürte, wie eine Hitzewelle heranrollte und ihr den Schweiß ins Gesicht trieb.

„Das hier ist kein Verhör", hörte sie zu ihrer großen Erleichterung die Ältere sagen. Sie hatte schon vergessen, wie die beiden hießen. Vor lauter Nervosität hatte sie nicht richtig zugehört, als die Namen genannt wurden.

„Ich weiß, dass der Tag nicht leicht für sie war, Frau Kramer“, sagte die Ältere und in ihren braunen Augen lag echtes Mitgefühl. „Es tut mir leid, dass Sie es waren, die Herrn Koch gefunden hat.“

Gabriele traute sich fast nicht zu fragen, weil sie Angst vor der Antwort hatte, aber ihre Neugierde war stärker. „Gibt es denn schon was Neues?“

„Herr Koch hat ein schweres Schädelhirntrauma erlitten und liegt im Koma.“

Hätte sie doch bloß nicht gefragt. Schädelhirntrauma. Koma. „Wie schrecklich“, sagte sie.

„Wir hatten gehofft, dass Sie uns ein bisschen was über Ihren Arbeitgeber erzählen können. Wir versuchen noch, die Hintergründe des Überfalls zu verstehen.“

„Ich kann mir überhaupt nicht vorstellen, wer das getan haben soll. Der Herr Koch ist so ein netter Mensch. Immer hilfsbereit. Der hat doch keine Feinde.“ Gabriele schniefte in ihr Taschentuch. „Er ist der beste Chef, den ich je hatte.“

„Seit wann arbeiten Sie denn für ihn?“ Die Ältere sah sie fragend an.

„Seit elf Jahren und neun Monaten.“

„Das ist eine lange Zeit. Da kennen Sie sich sicherlich gut mit allem aus.“

Gabriele nickte stumm. Sie war auf der Hut. Wollten die auf irgendwas Bestimmtes hinaus? Hatte das was mit dem Videoband zu tun?

„Sie sind ja sicher die gute Seele der Kanzlei, nicht wahr? Ich könnte mir vorstellen, dass Ihnen nichts entgeht und Sie alles im Griff haben.“

Gabriele entspannte sich etwas. Die Kommissarin schien zu verstehen, welche wichtige Aufgabe sie hatte. „Ja, schon", antwortete sie zögerlich. „Es muss ja alles seine Ordnung haben."

„Gerade bei einem Steuerberater. Wenn da die Dinge nicht akkurat sind, kann das schlimme Folgen haben. Wenn ich nur an das Finanzamt denke, wird mir schon ganz mulmig."

Gabriele schmunzelte. Das war typisch für die meisten Menschen. Für die war das Finanzamt eine Art Dämon. „Die Mitarbeiter dort sind keine Monster", erklärte sie belehrend. „Die haben ihre Regeln und wenn man sich daran hält, ist alles in bester Ordnung."

„Gute Kontakte in die Behörden sind die halbe Miete. Hab ich recht?"

Gabriele nickte.

„Was hat Ihr Chef denn so für Mandanten?"

Die Richtung, die das Gespräch nahm, gefiel Gabriele gar nicht. Sie ahnte schon, worauf das hinauslief, und die nächste Hitzewelle baute sich auf.

„Mehr Firmen? Oder eher Privatpersonen?"

Ach so, das meinte sie. Gabriele entspannte sich wieder. „Gemischt würde ich sagen. Wir vertreten selbständige Unternehmer, Freiberufler, aber auch normale Angestellte."

„Wie mich zum Beispiel?"

„Polizisten haben wir jetzt nicht so viele." Gabriele zuckte entschuldigend mit den Schultern.

„Vertritt Herr Koch auch Prostituierte?", fragte die Jüngere und die Frage explodierte in Gabrieles Kopf. Sie hatte es gewusst. Was sollte sie jetzt bloß sagen? Das war alles so unglaublich peinlich.

„Ist doch nichts dabei. Sexarbeit ist legal und sie ist steuerpflichtig."

War das die Einstellung der jungen Leute heutzutage? Gabriele verstand die Welt um sie herum schon lange nicht mehr. Sie entschied sich, erstmal alles abzustreiten. „Also von Prostituierten weiß ich nichts."

„Kann denn das sein, Frau Kramer?" Jetzt war die Ältere wieder an der Reihe und bedachte sie mit einem strengen Blick. Die hatte bestimmt Kinder. „Eben haben Sie noch gesagt, dass Ihnen nichts entgeht, Sie mit allem, was in der Kanzlei geschieht, bestens vertraut sind. In den Mandantenakten steht doch der Beruf drin. Oder etwa nicht?"

Gabriele wand sich. „Ja schon, aber ..."

„Prostituierte sind nicht dabei? Sie sollten uns nicht belügen. Das hier ist eine polizeiliche Ermittlung und wenn Sie uns was verschweigen, behindern Sie diese Ermittlung. Ich muss Ihnen ja nicht erklären, was das bedeutet."

In dem Moment klopfte es an der Tür und der nette Polizist von vorhin brachte ein Tablett mit drei Tassen Tee, stellte alles auf den Tisch und verschwand wieder. Gabriele war froh über die kurze Unterbrechung. Sie nahm das ihr angebotene Heißgetränk, schüttete reichlich Zucker hinzu und rührte um. Offenbar wussten die beiden Kommissarinnen längst Bescheid. Die Sache weiter zu leugnen war zwecklos.

„Also das mit den Prostituierten ... das macht der Herr Koch erst seit ein paar Jahren."

„Seit wann genau?", fragte die Ältere.

„2014. Seit wir an den Eigelstein umgezogen sind."

„Also seit fünf Jahren. Wo war die Kanzlei denn vorher?"

„In Nippes."

„Die Räumlichkeiten, in denen sich die Kanzlei befindet, hat Herr Koch gekauft, nicht wahr?"

Gabriele verzog die Mundwinkel. Die Kommissarin hatte offenbar ihre Hausaufgaben gemacht. „Ich habe das damals nicht verstanden", jammerte sie. „Wir hatten ein so schönes Büro. Warum hat er nicht in eins dieser großen Bürohäuser investiert? Das wäre doch viel repräsentativer gewesen!"

Sie hatte sich damals einen Umzug in eine auf Hochglanz polierte Immobilie gewünscht. Stattdessen arbeitete sie seitdem in einem Hinterhof Souterrainbüro in Bahnhofsnähe, ihr Chef vergnügte sich regelmäßig mit Prostituierten und lag jetzt halb tot geprügelt im Krankenhaus. Wo war sie da nur hineingeraten?

„Können Sie sich vorstellen, warum er sich so entschieden hat?", fragte die Ältere.

Damit er ungestört seinem perversen Hobby nachgehen kann, dachte Gabriele, sprach diesen Satz aber nicht laut aus. Stattdessen schüttelte sie den Kopf.

„Sind Sie mit ihm per Du?"

„Nein, wie kommen Sie denn da drauf?" Gabriele war entrüstet. Dachten die beiden etwa, dass sie da mitgemacht hatte?

„Mit seiner Frau sind sie es jedenfalls."

Ach, daher wehte der Wind. „Die Lissi und ich wir haben mal zusammen eine Wohltätigkeitsveranstaltung organisiert. Seitdem duzen wir uns. Aber mit dem Chef nicht. Das wollte ich nicht. Professionelle Distanz ist wichtig auf der Arbeit."

„Frau Kramer, wir suchen ein Handy von Herrn Koch. Haben Sie eine Idee, wo es sein könnte?“

Gabriele schüttelte den Kopf. „Haben Sie es denn nicht gefunden?“

„Doch, aber wir sind sicher, dass es noch ein zweites gibt.“

„Davon weiß ich nichts.“

Für einen Moment schwiegen alle. Dann übernahm die Jüngere wieder. „Gibt es eigentlich einen Safe in der Kanzlei?“

Gabriele wurde bleich. Sie waren ihr auf der Spur. Sie hatte es gewusst. Gleich würden sie nach dem Videoband fragen. „Ja natürlich“, antwortete sie leise.

„Und wo ist der?“

War das eine Fangfrage oder hatte die Polizei den Safe nicht entdeckt? Wenn Letzteres der Fall war, dann war sie aus dem Schneider. Sie musste jetzt vorsichtig sein. „In seinem Büro. Hinter der Wandverkleidung.“

Die beiden Kommissarinnen tauschten einen Blick.

„Man muss einen Trick kennen, um ihn zu finden“, schob Gabriele hinterher.

„Was ist das für ein Trick?“

„Ein Hebel unter der Fensterbank. Dann geht ein Stück der Wandverkleidung auf und dahinter ist der Safe.“

„Warum so geheimnisvoll?“, wollte die Jüngere wissen.

„Das war schon so, als wir eingezogen sind.“

„Gibt es einen Schlüssel oder eine Kombination?“

„Eine Zahlenkombination.“

„Und kennen Sie die?“

Gabriele schüttelte den Kopf. „Die kennt nur er.“

„Sie haben danach gesucht, habe ich Recht?" Die grünen Augen der jungen Kommissarin starrten in Gabrieles Seele. Ihr wurde wieder heiß. „Sie wollten wissen, was in diesem Safe ist."

„Nein, sowas mache ich nicht. Das gehört sich nicht", rief Gabriele empört, aber sie konnte nicht verhindern, dass ihre Ohren rot aufglühten. Sie war schon an normalen Tagen eine sehr schlechte Lügnerin und heute hatte sie ihre Emotionen erst recht nicht unter Kontrolle.

„Kommen Sie!" Die Junge ließ nicht locker. „Sie haben versucht, die Kombination zu knacken, und es hat nicht funktioniert."

Gabriele senkte den Blick. Sie gab sich geschlagen.

Die Ältere griff nach ihrem Handy und tippte eine Nachricht. Wahrscheinlich, um jemanden loszuschicken, den Safe zu finden und zu öffnen. Dann atmete sie tief durch und der dunkle Glanz in ihren Augen verhieß nichts Gutes.

„Frau Kramer, wir haben unten im Aktenarchiv einen versteckten Raum gefunden. Wissen Sie etwas darüber?"

Jetzt war es soweit. Gabriele erbleichte, dann schüttelte sie den Kopf.

„Das hier ist eine polizeiliche Ermittlung wegen versuchten Totschlags", erklärte die Ältere geduldig. „Wenn Andreas Koch stirbt, wird es eine Mordermittlung. Wenn Sie uns also Informationen oder Beweise vorenthalten, dann machen Sie sich strafbar. Ich will nur sicherstellen, dass Sie das verstehen."

Gabriele nippte an ihrem Tee. Was wollten die denn alle von ihr? Konnten die sie nicht einfach in Ruhe lassen? Der Tag war schon schrecklich genug und jetzt auch noch dieses Verhör.

„Dieses Zimmer meinen Sie?“, fragte sie nach kurzem Zögern. „Ich war nur einmal ... also, das war ein Mittwoch und da habe ich eigentlich immer frei ... und die wussten nicht, dass ich da sein würde ... ich hatte was im Büro vergessen.“

„Wer sind *die*?“

Beide Frauen hatten sich kerzengerade hingesetzt und sahen sie erwartungsvoll an. Gabriele erschrak. Sie hatte sich verplappert. Ein kleines Wörtchen zu viel an der falschen Stelle. Sie musste sich besser konzentrieren.

„Also der Herr Koch und ...“, ihre Gedanken rasten, „... die Dame“, beendete sie den Satz und war froh, noch einmal die Kurve gekriegt zu haben.

Sie hatte damals Geräusche aus dem Aktenarchiv gehört und da sie dachte, dass Andreas Koch unten sei, war sie runtergegangen. Und dann war da diese halboffene Tür, die sie nie zuvor gesehen hatte und eine Frauenstimme und so ein Knallen, wie von einer Peitsche. Und sie hatte *Hallo* gerufen und sich nichts Böses gedacht, bis auf einmal dieser Mann vor ihr stand. Sie wäre fast in Ohnmacht gefallen. Er war komplett in schwarz gekleidet. Latexanzug, Maske und ein Kapuzenumhang. Er trug sogar Handschuhe. Dann war alles sehr schnell gegangen. Er hatte sie hart am Arm gepackt und seinen Griff erst gelockert, als sie ihm gesagt hatte, wer sie war. Ohne jegliche Emotion in der Stimme hatte er ihr erklärt, was sie erwartete, wenn sie auch nur ein Wort über den Vorfall verlieren würde. *Ich finde dich und vergewaltige dich mit einem gezackten Messer, bevor ich dir die Kehle aufschlitze.* Seine Stimme und seine eiskalten Augen hinter der Maske ... Gabriele hatte ihm jedes Wort geglaubt und fluchtartig die Kanzlei verlassen.

Die Jüngere unterbrach ihre Gedanken. „Verstehe ich Sie richtig: Sie haben mittwochs ihren freien Tag?"

Gabriele verstand nicht, worauf die Frage abzielte, aber da es die Wahrheit war, nickte sie.

„Schon immer?"

Gabriele schüttelte den Kopf. „Seit wir umgezogen sind, bin ich in Teilzeit." Sie wunderte sich über diese Frage.

„War da vielleicht noch ein anderer Mann an dem Tag, von dem sie eben gesprochen haben?" Die Ältere hatte jetzt wieder übernommen.

Sie würde nichts von dem schwarzen Mann mit den kalten Augen erzählen. Nicht bevor sie wusste, was auf dem Band war. Denn da stand SEIN Name drauf. Aber vor Heiligabend hatte sie keine Möglichkeit, das Video abzuspielen. Nur ihre Mutter besaß noch so einen Videorekorder. Gabriele war sich sicher, dass da was auf der Kassette war, dass sie zu Geld machen konnte. Denn sie war jetzt arbeitslos. Das hatte sie in dem Moment begriffen, als sie ihren Arbeitgeber leblos aufgefunden hatte. Und diese Gewissheit hatte sich mit Worten wie Schädelhirntrauma und Koma gerade eben noch einmal bestätigt. Sie war sechsundfünfzig Jahre alt und keine Schönheit. Wer würde sie noch einstellen? Nein. Sie musste selber sehen, wie sie ab jetzt zurechtkam.

„Ich hab keinen gesehen“, antwortete sie daher und fragte sich, wie die beiden Kommissarinnen in so kurzer Zeit schon so viel herausbekommen hatten. Sie wussten über das geheime Zimmer Bescheid, über IHN, über die Prostituierten. Wie konnte das sein? Dann fiel es ihr ein. Die Hermsen von Gegenüber. Natürlich. Die hatte sicher einiges zu erzählen gehabt. Typisch. Das alte Klatschweib.

„Wie hat Ihr Chef eigentlich damals darauf reagiert, als sie ihn in flagranti erwischt haben?“

„Er hat mich gebeten, niemandem davon zu erzählen. Dass er ein ...“, ihr fehlten die Worte, „... Sie wissen schon ... da hat einbauen lassen, um sich gelegentlich mit ... Sie wissen schon ... zu entspannen.“

„Und? Haben Sie jemandem davon erzählt?“

Gabriele schüttelte energisch den Kopf. „Natürlich nicht. Das ist ja nicht illegal. Und was der Herr Koch in seiner Freizeit macht, geht mich nichts an.“

Die junge Kommissarin lehnte sich zu ihr vor. „Herr Koch hat Sie für Ihr Schweigen bezahlt, hab ich recht?“

Gabriele knetete ihre Hände. Konnte diese grünäugige Katze etwa Gedanken lesen? Sie hatte schon wieder ins Schwarze getroffen. Gabriele hatte am Tag nach dem Vorfall das Kündigungsschreiben bereits ausgedruckt. Aber als Andreas Koch ihr eine große Summe Geld und eine sehr großzügige Gehaltserhöhung anbot, als Gegenleistung für ihre Diskretion und als Entschuldigung, überlegte sie es sich anders.

„Wie viel hat er Ihnen gegeben?“, fragte die Ältere.

„10.000 Euro. Einmalig.“ Die Gehaltserhöhung verschwieg sie lieber.

Die Junge stieß einen Pfiff aus. „Das ist aber ne Menge Geld."

„Das hab ich nicht verlangt", rief Gabriele aufgebracht. „Das hat er vorgeschlagen. Ich bin keine Erpresserin."

„Aber Sie haben das Geld genommen."

Gabriele senkte den Blick und schwieg. Die Junge gefiel ihr nicht mehr. Sie war unhöflich und penetrant. Ja, sie hatte sich kaufen lassen. Und? Dafür konnten Herr Koch und sein Bekannter weiter ihren schmuddeligen Vergnügungen nachgehen.

„Wann war das?", unterbrach die Ältere ihre Gedanken.

„Vor vier Jahren."

„Und Sie haben es wirklich niemandem erzählt?"

„Nein." Ihr Chef hatte ihr damals versprochen, dass sie nie wieder Kontakt zu diesem Mann haben würde, und er hatte Wort gehalten. Bis sie ihm ein Jahr später zufällig draußen auf dem Parkplatz begegnete. Er stand mit dem Rücken zur Eingangstür und telefonierte mit seinem Handy. Sie war sicher, dass er es war. Die Stimme hätte sie überall wiedererkannt. Sie hörte noch, wie er jemandem seinen Namen nannte, und bevor er sie bemerkte, war sie verschwunden. Seitdem hatte sie ihn nicht wiedergesehen und mit der Zeit verblassten die Erinnerungen und auch die Angst vor ihm. Aber seinen Namen hatte sie notiert und als sie ihn in der Mandantenkartei suchte, war sie nicht wirklich überrascht gewesen, ihn dort zu finden. Er gehörte zu denen, die ihr Chef persönlich betreute, die nicht auf ihrem Schreibtisch landeten. Davon gab es etwa ein Dutzend.

„Also gut!" Die Ältere stand auf. „Frau Kramer. Wir fahren jetzt gemeinsam in die Kanzlei. Ich möchte, dass Sie sich vor Ort alles noch einmal ganz genau anschauen. Wir müssen wissen, ob etwas fehlt."

Gabriele starrte sie entsetzt an. „Jetzt sofort?", fragte sie kleinlaut. „Ich will lieber nicht dahin zurück." Panik stieg in ihr hoch.

„Ich verstehe Sie sehr gut, aber es geht leider nicht anders. Nur Sie sind in der Lage uns diese wichtige Information zu geben. Sie wollen doch dabei helfen, den zu verhaften, der Ihrem Chef das angetan hat, oder?"

„Ja schon, aber ..." Gabriele sprach den Satz nicht zu Ende.

„Sie brauchen keine Angst zu haben", beschwichtigte die Jüngere. „Wir kommen beide mit Ihnen."

„Können wir das nicht später machen? Bitte."

Die Ältere schüttelte energisch den Kopf. „Je mehr Zeit wir verstreichen lassen, desto schwieriger wird es, den Verantwortlichen zu fassen. Sie schaffen das schon."

***

Als sie in der Kanzlei eintrafen, kam ihnen der Mann im weißen Overall entgegen, der ihr schon am Morgen unangenehm aufgefallen war. Sie konnte nicht sagen, was sie an ihm gestört hatte. Er war aufgetaucht und hatte seine Arbeit professionell gemacht. Vielleicht war es eher das Fehlen von etwas. Empathie vielleicht oder das nötige Fingerspitzengefühl für eine Situation, die für sie traumatisierend gewesen war.

„Toller Trick, das mit dem Safe“, sagte er ohne Begrüßung. „Ist aber nichts drin. Hab Fingerabdrücke genommen.“

Gabriele stöhnte leise und überlegte, ob sie außer der Videokassette etwas angefasst hatte. Sie glaubte nicht, war sich aber nicht sicher. Sie war in Panik gewesen, die Polizei unterwegs zum Tatort, Herr Koch leblos auf dem Boden.

Als sie den großen Blutfleck im Büro ihres Chefs sah, wurde ihr schwarz vor Augen, alles drehte sich. Sie wäre fast gefallen, wenn die ältere Kommissarin sie nicht aufgefangen hätte. Diese elenden Schwindelanfälle. Neben den Hitzeschüben eine sehr unangenehme Begleiterscheinung der Wechseljahre, trotz der Hormone, die sie nahm.

„Geht es wieder?“, fragte die junge Kommissarin. „Möchten Sie vielleicht ein Glas Wasser?“

Gabriele schüttelte den Kopf. „Geht schon.“

„Dann lassen Sie uns anfangen“, entschied die Ältere. „Je eher wir wissen, ob etwas fehlt desto schneller sind Sie erlöst.“

„Worauf soll ich achten?“ Gabrieles Stimme war brüchig. Sie wollte weg von diesem schrecklichen Ort.

„Was immer Ihnen auffällt. Akten, Bilder, Blumentöpfe. Egal. Alles könnte wichtig sein.“

Gabriele atmete tief durch, dann konzentrierte sie sich auf ihre Aufgabe. Sie öffnete alle Aktenschränke und Schubladen an ihrem Arbeitsplatz und im Büro ihres Chefs und kontrollierte auch die Regale unten im Archiv. Aber alles war an seinem Platz, bis auf das Familienfoto, das heute Morgen auf dem Boden gelegen hatte. Jetzt war es weg. Sie wies darauf hin.

„Das haben wir sichergestellt", erklärte die Jüngere. „Es fehlt wirklich nichts?"

Gabriele schüttelte den Kopf. Es sah nicht so aus, als hätten der oder die Täter was mitgehen lassen. Außer das Bargeld aus dem Safe. Aber das behielt sie für sich.

„Heribert, nimmst du bitte noch ihre Fingerabdrücke", sagte die Ältere zu dem Overall gewandt, der seine Sachen zusammenpackte. Dann drehte sie sich wieder zu ihr um. „Das ist Routine. Damit wir Sie ausschließen können."

Gabriele nickte und hielt dem Mann ihre Hand entgegen. „Darf ich ein paar persönliche Sachen mitnehmen?", fragte sie. Aber beide Kommissarinnen schüttelten den Kopf.

„Im Moment leider nicht. Wenn der Fall geklärt ist, bekommen Sie alles wieder."

Dann verließ Gabriele die Kanzlei, die so viele Jahre ihr Arbeitsplatz gewesen war. Sie würde nie wieder hierher zurückkehren.

***

„Was halten Sie von der Kramer?", fragte Franziska, als sie ein paar Minuten später auf dem Hof vor der Kanzlei standen.

Tessa lächelte. „Die hat's faustdick hinter den Ohren, würde ich sagen."

„Das ist auch meine Meinung. Die verheimlicht uns was."

„Eine gute Schauspielerin ist sie auf jeden Fall nicht." Tessa kicherte. „Haben Sie die roten Öhrchen gesehen, als ich sie nach der Kombination des Safes gefragt habe?“

Franziska lachte. „Wie bei meiner Teenagertochter, wenn ihr etwas peinlich ist.“

„Die hat hundertpro was mitgehen lassen“, mutmaßte Tessa.

„Aus dem Safe?“

Tessa zuckte die Schultern. „Ich glaube ihr, dass sie die Kombination nicht kennt.“

„Vielleicht stand er offen.“

„Und sie hat was rausgenommen? Was zum Beispiel?“

„Geld. Oder etwas, womit sie ihren Chef oder dessen Familie erpressen kann.“

Tessa überlegte. „Aber der Safe war geschlossen, als wir gekommen sind.“

„Das ist ja nicht schwer zu erklären“, sagte Franziska. „Frau Kramer kommt zur Arbeit, findet ihren Chef, vermeintlich tot. Der Safe steht offen. Endlich darf sie mal einen Blick riskieren. Und darin liegt etwas von Wert für sie. Sie nimmt es und schließt den Safe wieder.“

„Aber die Familie erpressen?“ Tessa runzelte die Stirn. „Das kann ich mir nicht vorstellen.“

„Wieso nicht? Die Frau hat Schweigegeld kassiert. Zugegeben hat sie nur diese eine Zahlung. Wer weiß, ob das stimmt. Und wenn der Koch stirbt, ist sie arbeitslos. Davon ist sie ausgegangen, bevor Sie den Mann wieder zum Leben erweckt haben.“

„Sie meinen, sie hat sich vielleicht eine Art Abfindung eingesteckt?“

Franziska nickte.

„Was machen wir jetzt?“, fragte Tessa.

Franziska schaute auf die Uhr.

„Wir machen jetzt Feierabend. Es war ein langer Tag."

„Nein, ich meinte, wie geht es weiter mit dem Fall?"

„Ich weiß, was Sie meinten. Aber im Moment können wir nichts tun außer abwarten. Auf den Durchsuchungsbeschluss wegen der Konten, auf den Bericht von Wallmann, auf Susannes Recherchen, auf das Gespräch mit Elisabeth Koch. Alles Warteschleifen. So ist das eben manchmal."

„Also üben wir uns in Geduld", sagte Tessa lächelnd.

Kapitel 12

Als Franziska die Wohnungstür öffnete, strömte ihr der Duft von gebratenem Zitronenhuhn in die Nase, ihr absolutes Lieblingsgericht. Sofort legte sich jeglicher Groll gegen ihren vermeintlich untreuen Ehemann. Sie sah ihn vor sich, wie er alle Zutaten in seiner ordentlichen Schrift auf eine Liste geschrieben hatte, um dann in seinem Lieblingsbioladen einzukaufen. Er war sicher seit Stunden mit dem Menü beschäftigt und wenn es zum Nachtisch noch seine berühmte Mousse au Chocolat gab, war er der beste Ehemann aller Zeiten. Franziskas Magen knurrte. Sie hatte seit dem Frühstück nichts mehr gegessen außer einem Müsliriegel und freute sich auf einen gemütlichen Abend mit ihrem Mann.

Auf dem Weg nach Hause hatte sie darüber nachgedacht, ob sie Heiner mit ihrer Beobachtung vom Vormittag konfrontieren sollte, war aber zu keinem Ergebnis gekommen. Erstmal abwarten, wie der Abend so verlaufen würde. Auch für Ehemänner galt die Unschuldsvermutung, bis eindeutige Beweise vorlagen.

Sie zog ihre Jacke und ihre Stiefel aus, ging an der Küche vorbei ins Wohnzimmer und deponierte Dienstmarke und Waffe im Safe. Vor der Küchentür atmete sie noch einmal tief durch, bevor sie hineinging.

Heiner stand mit dem Rücken zur Tür und beugte sich in den Ofen. Über die kleine Bose-Anlage lief Jazz, der Tisch war gedeckt, der Rotwein dekantiert und einen Strauß Blumen hatte er auch besorgt. Schlechtes Gewissen? Franziska schob diesen gemeinen Gedanken beiseite. Wieso war sie so misstrauisch? Sie hatte schließlich den Tag ruiniert, weil sie zu einem Tatort gerufen wurde.

„Hallo", sagte sie und schloss die Tür hinter sich.

Heiner fuhr herum. „Hast du mich erschreckt." Er grinste von einem Ohr zum anderen. „Hallo Schatz." Er gab ihr einen Kuss. Sein Atem roch nach Zitrone und italienischen Kräutern. „Wie geht's dir?"

Franziska wusste, dass diese Frage nicht auf ihren Fall bezogen war. Sie hatten sich vor langer Zeit darauf geeinigt, zu Hause nicht über die blutrünstigen Details von Franziskas Arbeit zu sprechen. Dem Kind zuliebe. Die Frage zielte auf Jennies Abreise ab. Franziska zuckte traurig mit den Schultern. Sie hatte heute nicht oft an ihre Tochter gedacht. Es war einfach zu viel losgewesen. Das schlechte Gewissen traf sie unvorbereitet, aber sie versuchte, sich nichts anmerken zu lassen.

„Ging schon mal besser. Hat sie sich gemeldet?"

„Noch nicht. Aber sie ist ja auch über zwölf Stunden unterwegs und dann erst in Toronto."

„Sie hätte ja wenigstens mal beim Zwischenstopp ..."

Aber Heiner unterbrach sie. „Komm erstmal an. Du siehst müde aus." Er drückte sie auf einen Stuhl, holte eine Flasche Sekt aus dem Kühlschrank und schenkte ihnen beiden ein.

„Sind die für mich?", fragte Franziska auf die Blumen deutend.

„Für wen denn sonst? Ist ja außer uns keiner mehr da."

Heiner hob sein Glas und prostete ihr zu. „Auf einen schönen Abend und einen neuen Lebensabschnitt zu zweit."

Sie stießen an.

„Der schmeckt aber gut. Engelchen, Riesling Sekt", las sie das Etikett.

„Aus dem Bioladen. Ich dachte, ich teste den mal."

„Gut gedacht, der ist vorzüglich. Und es riecht so lecker. Du bist echt ein Schatz."

Franziska beobachtete ihren Mann, der sich jetzt wieder am Herd zu schaffen machte und eine Woge der Zärtlichkeit überrollte sie.

„Was hast du denn den ganzen Tag so getrieben?" Der Satz war raus, bevor sie nachdenken konnte. Warum fragte sie das? Wollte sie riskieren, den Abend zu ruinieren? Andererseits war die Frage doch wohl erlaubt.

Heiner drehte sich um und lächelte. „Nichts Weltbewegendes. Ich bin vom Flughafen zum Biometzger und hab das Huhn besorgt, dann nach Hause, hab ein bisschen Housekeeping gemacht, ein zweites Frühstück eingelegt und mich dann ums Abendessen gekümmert. Rezept raussuchen, Listen machen, einkaufen. Du weißt schon. So was alles."

Franziska ergänzte in Gedanken: Und mit einer jungen Blondine spazieren gegangen. Aber sie nickte und lächelte und unterdrückte den Impuls weiter nachzubohren. Stattdessen trank sie ihren Sekt. Der prickelnde Alkohol verfehlte seine Wirkung nicht. Den Fall um den halbtoten Steuerberater schob sie beiseite und nach ein paar Minuten war sie im Hier und Jetzt ihrer Küche angekommen.

„Was gibt's zum Nachtisch?"

„Was glaubst du wohl?“ Heiner grinste. „Heute lassen wir es uns richtig gutgehen.“

Eine Stunde später saßen sie beide satt und zufrieden mit einem Glas Côtes du Rhône auf dem Sofa, schauten alte Familienvideos und kringelten sich vor Lachen.

„Sie war so süß“, jauchzte Franziska leicht angetrunken. „Guck mal dieser Teddyanzug. Den fand sie super.“ Sie kuschelte sich an Heiner und legte ihre Hand auf seinen Oberschenkel. Sie hatte große Lust, mit ihm zu schlafen.

„Weißt du noch, als sie da rausgewachsen war?“, fragte er. „Ein Theater, weil du ihr keinen Neuen kaufen wolltest.“

Franziska kicherte. „Deine Mutter hat ihr dann einen genäht, aber der war bei weitem nicht so cool.“

„Den hat sie verschmäht.“

Sie lachten beide.

„Willst du noch einen Schluck Rotwein?“, fragte Franziska und stand auf. „Ich schenk uns nach. Und dann würde ich dich gerne vernaschen.“

„Frau Frey, wie ungezogen.“ Heiner grinste und hielt ihr sein Glas hin.

„Ich hol die Flasche“, kicherte Franziska, „und dann treiben wir es gleich hier auf dem Sofa.“

„Im Ernst?“, fragte Heiner.

„Kann uns ja keiner mehr stören. Hatten wir lange nicht.“

Sie marschierte in die Küche, die ziemlich wüst aussah. Sie hatten entschieden, erst am nächsten Tag aufzuräumen. Schließlich mussten sie für niemanden mehr ein Vorbild sein. Ihr Handy brummte. WhatsApp von Susanne. „Bin drin“. Sie hatte offenbar den Laptop des Steuerberaters geknackt. Franziska juckte es in den Fingern, ihr zu antworten, aber beides ging nicht. Entweder Fall oder Sex. Die Entscheidung fiel ihr leicht. Sie schaltete das Handy auf stumm, legte es mit dem Display nach unten auf den Küchentisch, schnappte sich die Rotweinflasche und ging zurück ins Wohnzimmer, wo Heiner bereits einige Vorbereitungen getroffen hatte.

November 2019

Sie wachte auf, weil das Licht anging.

„Ein neuer Tag im Paradies“, hörte sie seine schnarrende Stimme durch den Lautsprecher. „Du hast sicher Hunger.“

Tagelang hatte er sich nicht blicken lassen. Das war nicht ungewöhnlich und sie hatte sich daran gewöhnt. Aber sie war jedes Mal erleichtert, wenn der Lautsprecher knackte und er sich mit diesem zynischen Spruch zurückmeldete. *Ein neuer Tag im Paradies.* Ein Filmzitat, aus einem anderen Leben, aus einer anderen Zeit.

Sie stand von ihrer Matratze auf, pinkelte in ihren Toiletteneimer, der inzwischen bestialisch stank, und schlurfte zur Tür. Es dauerte nicht lange, dann öffnete sich die Klappe, durch die er sie mit Essen und Drogen versorgte. Ihr lief bei dem metallenen Klicken das Wasser im Mund zusammen. Er hatte sie dressiert, wie Pawlow seine Hunde. Die Eisenkette um ihr rechtes Fußgelenk reichte gerade so weit, dass sie mit ausgestrecktem Arm das Tablett in Empfang nehmen konnte. Heute gab es ein Sandwich mit fettiger Wurst und einem welken Salatblatt und die lang ersehnte Pille. Dann wurde die Klappe wieder geschlossen.

Sie hörte, wie in der Nachbarzelle die Tür geöffnet wurde. Sie atmete erleichtert auf. Wenn sie Glück hatte, war die Andere heute dran und er würde sie in Ruhe lassen.

Sie schluckte die Pille und verschlang ihr Sandwich und nach wenigen Minuten verschwamm die Welt um sie herum in einem angenehm weißen Nebel, in dem die Schreie der Anderen nur ein weit entferntes Echo waren. Irgendwann schlief sie ein. Sie träumte von ihrem Großvater und seiner Sammlung kleiner Blechspielzeuge, mit denen sie ab und zu spielen durfte. Ihr Liebling war der kleine Pinguin.

„Steh auf!"

Man konnte ihn aufziehen und dann watschelte er durchs Zimmer, bis seine Energie verbraucht war und er wieder zu einer leblosen Blechfigur wurde.

„Steh auf!"

Als die Peitsche über ihre Beine knallte schrie sie vor Schmerz.

„Steh auf, Hure!" Er stand vor ihrer Matratze und holte zu einem weiteren Schlag aus. Sie riss ihre Arme hoch, um ihr Gesicht zu schützen. Sie spürte, wie die Haut auf ihren Unterarmen platzte und sah das Blut, das auf den Boden tropfte. Er war in voller Montur. Latexoverall, Maske, Umhang, Handschuhe, Stiefel. Das Outfit, mit dem er sich unsichtbar machen konnte, wenn er das, was er ihr antat, auf Video aufzeichnete.

„Hoch mit dir", befahl er und sie versuchte aufzustehen. Der Schmerz und die Droge machten sie langsam. Er verlor die Geduld und zerrte sie mit Gewalt auf die Beine, fixierte ihre Hände und Füße mit kombinierten Hand-Fußschellen, wie bei einem Schwerverbrecher im Hochsicherheitstrakt. Zum Schluss befreite er sie von der Eisenkette.

„Ich hab mir für heute etwas ganz Besonderes für dich ausgedacht", sagte er.

Was war es diesmal? Musste sie stundenlang am Pranger stehen, bevor er sie vergewaltigte? Wurde sie zusammengeschnürt und elektrisch stimuliert, bis sie das Bewusstsein verlor, oder war die Peitsche dran? Einen kleinen Vorgeschmack hatte sie ja bereits bekommen. Wenn er filmte, war es brutaler. Und es dauerte länger. Damit sein Publikum auf seine Kosten kam. Es hatte auch schon Situationen gegeben, in denen eine fremde Stimme entscheiden durften, wie er sie folterte. Zuerst hatte sie geglaubt, der andere sei im Raum. Erst viel später verstand sie, dass er über einen Livestream zugeschaltet war.

Er schubste sie aus ihrer Zelle und sie trippelte in Minischritten hinaus auf den Gang in seine Folterkammer, wo sie sofort das neue Spielzeug entdeckte. Ein Brandeisen, auf rotglühenden Kohlen. Sie warf einen Blick auf die Kameras, die alle eingeschaltet waren, und schickte ein stummes Gebet zu Gott.

„Es wird nicht weh tun“, versprach er und zwang sie auf die Knie. Dann drückte er auf eine Fernbedienung. Der Bolero von Ravel erklang.

„Schau mich an!“ Seine Stimme übertönte die Musik.

Sie sah zu ihm hoch. Er stand über ihr, wie ein mittelalterlicher Inquisitor, der im Begriff war, ein Gottesurteil zu erwirken.

„Willst du mein Zeichen annehmen?“ Er nahm das Eisen in die Hand.

Ihre Seele schrie laut Nein. Sie wollte wegrennen, weg von diesem Ort, der für sie nur Schmerz und Erniedrigung bedeutete, aber sie war ihm hilflos ausgeliefert. Und wenn sie sich wehrte, wenn sie jetzt Nein sagte, würde alles nur noch schlimmer.

„Ja, mein Gebieter."

Er nickte und drückte ihr das heiße Metall auf den linken Oberarm.

Kapitel 13

Franziska erwachte am nächsten Morgen um kurz nach sechs mit einem ausgewachsenen Kater. Eine Flasche Sekt und eine Flasche Rotwein waren ein bisschen zu viel des Guten gewesen. Heiner neben ihr schlief tief und fest und schnarchte leise.

Sie stand auf und stellte sich unter die Dusche. Ein Wechsel von heiß und kalt brachte einen Teil ihrer Lebensgeister zurück. Als sie angezogen war, ging sie in die Küche, setzte Kaffee auf und kramte in einer Schublade nach einem Tütchen Aspirin Complex, das sie in einem Glas Apfelsaftschorle auflöste. Das schmeckte scheußlich, würde aber seinen Zweck erfüllen. Dann fiel ihr Blick auf das Chaos um sie herum und während der Kaffee in der Maschine brodelte, fing sie an, die Spülmaschine einzuräumen. Ihr Handy lag immer noch umgedreht auf dem Küchentisch. Sie nahm es und kontrollierte ihre Nachrichten. Fünf WhatsApps von Susanne und ein verpasster Anruf von der neuen Kollegin Tessa Anders. Vier der WhatsApps waren zwischen neun und elf Uhr gestern Abend eingegangen, die letzte vor ein paar Minuten. Tessa Anders Anruf war um 0:36 Uhr auf die Mailbox gelaufen. Sie hatte keine Nachricht hinterlassen.

Großer Gott, dachte Franziska. *Haben die alle kein Privatleben?* Offenbar hatte Susanne *brisantes* Sex-Video-Material auf der Festplatte des Steuerberaters gefunden und Tessa Anders hatte auf eigene Faust – *du warst leider nicht erreichbar* – für acht Uhr in der Früh ein Meeting angesetzt. Und damit nicht genug, sie hatte den Raben informiert – vor oder nach 0:36 Uhr? – der wiederum einen Kollegen dazu gebeten hatte, der sich schwerpunktmäßig mit dem Thema Prostitution beschäftigte.

Waren die denn alle verrückt geworden? Franziska starrte genervt auf ihr Handy und fühlte sich übergangen. Musste sie ein schlechtes Gewissen haben, weil sie Zeit mit ihrem Mann verbracht hatte?

Sie grinste zufrieden bei der Erinnerung an den letzten Abend. So guten Sex hatten sie lange nicht gehabt. Leidenschaftlich, wild und zärtlich, alles zusammen. Und sehr befriedigend. Nein! Kein schlechtes Gewissen. Das war es wert gewesen. Sie würde jetzt ins Präsidium fahren und erstmal abwarten, welche brisanten Neuigkeiten Susanne mitzuteilen hatte und sich dann später die Neue zur Brust nehmen, um mal ein paar Dinge grundsätzlich klarzustellen.

Als sie dort ankam, waren außer dem Raben schon alle versammelt. Kommissaranwärter Neumann stellte gerade Kaffee und Wasser auf den Tisch. Irgendjemand hatte frische Croissants besorgt.

Tessa Anders begrüßte sie etwas kleinlaut.

Geschieht dir recht. Franziska ging nicht weiter auf sie ein. Sollte sie ruhig noch ein bisschen in ihrem schlechten Gewissen schmoren. Stattdessen begrüßte sie den Kollegen Karl Müller, den sie von einem früheren Fall kannte.

„Karl. Mensch. Wir haben uns ja eine halbe Ewigkeit nicht gesehen. Freut mich, dich an Bord zu haben."

Karl Müller, ein schlanker Endvierziger mit graumelierten Haaren und einem Dreitagebart, kam auf sie zu und nahm sie freudestrahlend in den Arm. „Ich freu mich auch. Ist lange her. Bin gespannt, was ihr gefunden habt."

Und ich erst, ergänzte Franziska in Gedanken und setzte sich auf einen freien Stuhl. Die Fingerabdrücke eines Saunaclubmanagers, ein geheimes Pornozimmer und jetzt noch Sex-Videos. Das alles ließ kaum noch Zweifel zu. Der Überfall auf den Steuerberater musste etwas mit dem Milieu zu tun haben.

Franziskas Handy brummte. Eine Nachricht vom Chef. Er würde sich verspäten, sie sollten ohne ihn anfangen. Sie gab Susanne ein Zeichen, die daraufhin noch einmal alle Kabel zwischen Laptop und Beamer überprüfte. Dann blickte sie in die Runde und räusperte sich.

„Das Passwort zu knacken war schwieriger, als ich dachte", erklärte sie. „Der Koch war entweder ein Computer-Ass oder ihm hat jemand geholfen. Aber wie dem auch sei", sie lächelte zufrieden, „ich bin besser und wir haben Zugriff auf die Festplatte und die Cloud. Was ihr gleich zu sehen und zu hören bekommt, ist ein bisschen schlüpfrig."

Franziska unterdrückte ein Grinsen. Das Wort schlüpfrig hatte sie schon seit Jahren nicht mehr gehört. Anstößig, derb oder obszön. Aber schlüpfrig?

Susanne drückte ein paar Tasten und auf der Leinwand erschien die Dateistruktur des Laptops. Neben den üblichen Systemordnern des Windows-Betriebssystems gab es nur zwei weitere Ordner. Einen mit Namen *Pussy Cats* und der andere hieß *Dollhouse*.

„*Pussy Cats* ist nicht passwortgeschützt", erklärte Susanne, „daher zeige ich euch erstmal was daraus. *Dollhouse* muss ich noch entschlüsseln, wird aber nicht mehr lange dauern."

Sie klickte auf *Pussy Cats* und zum Vorschein kamen fünf Unterordner, die allesamt Frauennamen trugen wie Pearl, Dolly, Claire, Marie und eine Unmenge Fotos und Videos enthielten.

Franziska pfiff durch die Zähne. „Der war aber aktiv."

Susanne nickte. „Am besten, ich zeige euch mal eine kleine Auswahl", sagte sie und öffnete den Ordner *Dolly*. „Mit den Fotos fangen wir mal an. Ich hab eine Diashow vorbereitet." Es erschienen Bilder auf der Leinwand, wie aus einem Pin-up-Kalender. Dolly nur mit Strapsen bekleidet auf einem Bett, Dolly, die ihr nacktes Hinterteil in die Kamera streckt und aufreizend lächelt, Dolly breitbeinig auf einem Plüschhocker, Dolly, die genüsslich an einem Dildo leckt. Und immer schaut Dolly dabei fröhlich und lüstern in die Kamera, eine junge Frau, Anfang Mitte zwanzig, mit pechschwarzem glattem langem Haar, roten Lippen, blasser Haut und eisblauen Augen.

Franziska traute ihren Augen nicht. Das war doch diese Dana Markow, die sie vor ein paar Tagen draußen vor der Tür aufgegabelt hatte. Die mit der verschwundenen Freundin. Wie hieß die noch? Clarissa oder Claire. Die Frisur war eine andere, auch die Augenfarbe. Aber sie war es. Ganz sicher. Sie entschied, dieses

Detail noch für ein paar Minuten für sich zu behalten, bis Susanne mit ihrer Präsentation fertig war.

„Wurden die Fotos in dem geheimen Zimmer in der Kanzlei aufgenommen?“, fragte Franziska.

Tessa nickte. „Das Bett, die Tapete, der Stuhl vor der Frisierkommode. Kein Zweifel.“

„Das heißt, die Frau war bei ihm in der Kanzlei und er hat die Fotos für seine Privatsammlung angelegt.“

„Ich hab das gecheckt“, bestätigte Susanne. „Diese und auch die Fotos der anderen Frauen tauchen nirgendwo im Netz auf. Ich hab zumindest nichts gefunden.“

„Soweit ist das alles im grünen Bereich“, erklärte Karl Müller. „Solange die Frau volljährig ist und zu nichts gezwungen wurde. Wissen wir, wer das ist?“

Susanne nickte. „Ich denke schon.“ Sie wechselte in den Browser und öffnete die Webseite eines Kölner Saunaclubs mit dem aussagekräftigen Namen *Club Paradies*. Dort klickte sie sich in die Rubrik *Girls* und scrollte, bis sie zum Profil von Dolly kam. Sie war es, unverkennbar die gleiche Frau.

„Aber warum ist sie bei dem Koch in dem Raum?“, fragte Tessa.

„Dazu kann ich vielleicht etwas sagen.“ Karl Müller schaute in die Runde. „Die Frauen in den Saunaclubs, Laufhäusern oder Bordellen, sind offiziell selbstständig und arbeiten auf eigene Rechnung. Was nicht heißt, dass nicht noch ein Zuhälter mit abkassiert und was noch lange nicht bedeutet, dass sie es freiwillig machen.“ Er holte Luft und fuhr dann fort. „Das Geschäft läuft so ab: Ein Kunde, wie euer Andreas Koch, geht in so einen Saunaclub, entspannt sich, trinkt, isst und saunt und wenn er in Stimmung ist, wählt er sich eine Dame aus. Sollten die beiden sich einig werden, ziehen sie sich auf eins der Zimmer zurück. Die halbe Stunde liegt derzeit zwischen 60 und 80 Euro für Standards wie Oral- und normalen Geschlechtsverkehr, Schmusen und Französisch. Im Großen und Ganzen kann *Mann* ungefähr 300 bis 400 Euro für einen Nachmittag veranschlagen, je nachdem wie oft welche Dienste der Damen er dort in Anspruch nimmt. Analverkehr, Fetische und andere Spielarten kosten extra und sind individuell verhandelbar. Dafür haben die Frauen Steckbriefe im Netz, aus denen klar hervorgeht, was sie anbieten."

Susanne scrollte im Profil von Dolly nach unten und alle konnten sehen, wovon Karl Müller gesprochen hatte. In einer Liste wurden Alter, Augenfarbe, Haarfarbe, Größe, Gewicht und Oberweite, Intimrasur, Sprachkenntnisse und der Service stichpunktartig aufgeführt.

„Hoden abbinden", las Florian Neumann und schüttelte sich. „Und was verbirgt sich bitte hinter dem Ausdruck *bizarr*?"

„Im Grunde alle möglichen Praktiken, die für die meisten Menschen unbekannt oder zu ausgefallen sind oder die sie abartig finden", erklärte Karl.

„Zum Beispiel?", fragte Franziska.

„Na, zum Beispiel das gegenseitige Einschmieren mit Fäkalien oder sexuelle Handlungen mit Tieren, aber auch weniger krasse Methoden wie Fesselspiele oder Rollenspiele können unter diesen Begriff fallen. Das ist nicht so genau festgelegt."

Franziska verzog angewidert das Gesicht. „Das ist wie eine Viehauktion. Verstehe ich das richtig?“, fragte sie. „Je mehr Service die Damen anbieten, desto mehr Geld können sie verdienen.“

Karl Müller nickte. „Genau. Das ist theoretisch alles freiwillig und die Frauen können sowohl Freier als auch Praktiken ablehnen.“

„Theoretisch?“, fragte Tessa Anders.

„Wenn jemand im Hintergrund Druck ausübt, dann ist es schnell vorbei mit der Freiwilligkeit. Das meine ich.“

Er machte eine kurze Pause, um seine Worte wirken zu lassen, bevor er fortfuhr. „Sexarbeiterinnen sind eine Ware. Sie werden oft aus dem Ausland ins Land gebracht, feilgeboten, benutzt, verkauft und anschließend weggeworfen.“

„Sie meinen, wenn sie zu alt geworden sind?“, fragte Tessa Anders.

„Oder zu kaputt“, ergänzte Karl. „Die tägliche Prostitution geht nicht spurlos an den Frauen vorbei. Viele werden drogenabhängig, weil sie den Stress nicht aushalten. Und mit der Zeit werden sie, im wahrsten Sinne des Wortes, unbrauchbar.“

„So, wie Sie das ausdrücken, klingt das ganz schön zynisch“, wandte Susanne ein.

„Das Milieu *ist* zynisch, Kollegin. Ich mache die Regeln nicht.“

Es entstand eine kurze Pause, in der alle schwiegen.

„Kommen wir doch mal zurück zu unserem Herrn Koch“, nahm Franziska den Faden wieder auf. „Auf den Fotos ist diese Dolly ja bei ihm in der Kanzlei. Ist das üblich für Prostituierte, die in Clubs arbeiten? Ich dachte immer, das machen nur Escort-Damen."

Karl Müller nickte. „Es kann schon vorkommen, dass die Mädchen sich auch privat mit ihren Freiern treffen. Wenn das Vertrauensverhältnis stimmt. Sie riskieren ja mehr, wenn sie außerhalb des Clubs agieren."

„Herr Koch hat darüber geschrieben", sagte Susanne. „Er war diesbezüglich ein richtiger Poet." Während sie redete, wechselte sie die Ansicht in das Forum vom *Club Paradies*, wo Clubbesucher über ihre Erfahrungen mit den Frauen berichten konnten. Sie hatte ein paar Einträge markiert. „Unser lieber Herr Koch ist der User Immanuel_1724, nur zu eurer Info." Dann las sie laut vor:

Dolly liegt hier neben mir auf dem Bett. Wir haben den ganzen Tag gefickt und sie kann einfach nicht genug kriegen. Sie hat mich bis Montag gebucht und solange werde ich es ihr durchgehend besorgen. Sobald ihre Löcher nicht mehr weh tun und sie wieder sitzen und laufen kann, kommt sie wieder ins Paradies. Sorry Männer, so lange müsst ihr noch auf sie warten.

„Das ist ja widerlich." Franziska verzog angeekelt das Gesicht.

„Das ist noch gar nichts", antwortete Susanne. „Was mich vor allem auf die Palme bringt, ist, dass der Mann ernsthaft behauptet, Dolly hätte *ihn* gebucht. Ich sage euch, unser Herr Koch war ein ganz schönes Arschloch. Hier ist noch ein Auszug über eine Marie. Was er hier schreibt, muss allerdings aus dem Club sein oder hatte der zu Hause eine Sonnenbank?"

Franziska schüttelte den Kopf und las den nächsten Eintrag.

„Als die kleine Maus von der Sonnenbank kam, hab ich sie mir gleich geschnappt. Welch Wohltat für meine Sinne. 18 Jahre, festes junges Fleisch und glatte zarte eingecremte Haut. Und diese Sommersprossen. Ganz entzückend. Ich konnte es kaum abwarten, in das kleine süße Früchtchen einzudringen. Die Maus fühlte sich nicht nur außen supergut an ... nein auch das enge Innenfutter von dem kleinen Engel war Premium! Ich kann sie nur weiterempfehlen."

Für einen Moment schwiegen alle.

„Das geht noch krasser", erklärte Susanne, scrollte ein wenig und wollte gerade lesen, als die Tür aufging. Rabenmacher betrat den Raum. „Entschuldigt die Verspätung. Viel zu tun."

„Sollen wir dich auf den aktuellen Stand bringen?", fragte Franziska.

„Nicht nötig. Ich denke, ich bin ganz gut im Bilde. Frau Anders war so freundlich und hat mich per WhatsApp gebrieft."

Franziska kochte vor Wut. Für wen hielt die Neue sich? Aber sie atmete tief durch. Das Meeting hatte jetzt Vorrang und Kompetenzstreitigkeiten würde sie nicht vor dem ganzen Team austragen.

„Fahren Sie fort, Frau Schachtner", sagte Rabenmacher mit einer Handbewegung, setzte sich auf einen freien Platz und schnappte sich ein Croissant.

Susanne nickte und las den nächsten Eintrag aus dem Forum.

„Erstmal Handtuch runter, dann gab es einen Deluxe-Blowjob. Danach Reverse Cowgirl, wobei die sich beim Ritt immer zu mir umdrehte. Dann nochmals geile Reiterei in der normalen Cowgirl. Ein wilder Ausritt mit lauter Geräuschkulisse. Weiter gepornt, diesmal mit Schwanz im Arsch. Die Maus immer noch auf mir. Geiles Gefühl. Geiler Anblick im Spiegel. Weiter geht's in Doggy Anal, bei der sie nicht nur eine beeindruckende Performance ablieferte, sondern lautstark einen heftigeren Arschfick verlangte. Ich verpasste ihr ein paar klatschende Hiebe auf den Hintern, was sie mit verzücktem Pornostöhnen belohnte. Final wurde sie dann noch auf der Bettkante analisiert, wobei sie mich über den Spiegel aus großen Augen anschaute."

„Das hat doch niemals ein sechzigjähriger Steuerberater geschrieben", brummte Rabenmacher.

Alle starrten ihn an.

„Der Herr Koch ist in meinem Alter. Man kann sich ja auch irren, aber der Wortschatz." Er schüttelte den Kopf. „Also ich weiß nicht."

Susanne nickte. „Sie haben Recht, der Eintrag ist von Gigolo34. Ich tippe auf einen Mann Mitte dreißig. Aber die Worte liefern uns einen guten Einblick in das Innenleben dieser Männer und über ihr Frauenbild."

„Was ist denn so schlimm daran, wenn zwei erwachsene Menschen Spaß miteinander haben?", fragte Florian Neumann. „Für mich klingt das nicht so, als würden die Frauen dazu gezwungen."

Karl Müller zog eine Augenbraue hoch, Franziska hielt die Luft an und beobachtete Susanne, deren

Miene sich verfinsterte. Sie dachte kurz darüber nach, den Anschiss, den Neumann jetzt zu erwarten hatte, zu unterbinden, entschied sich aber dagegen. Wer dumm fragte, musste mit den Konsequenzen leben.

„Ich weiß ja nicht, was du für ein Sexualleben hast", begann Susanne, „aber so eine Nummer würde ich, wenn überhaupt, nur einmal am Tag machen. Und über die Preise hat der Kollege Müller ja gerade berichtet. Mit einem Freier am Tag verdienst du 60 bis 80 Euro, vielleicht 150 oder 250 mit ein paar Extras, die es dann aber schon in sich haben, wie wir eben gelernt haben. Jetzt rechne mal, mein Freund. Wie oft müsstest du die Beine breitmachen, um auf einen Bruttolohn von, sagen wir mal, 2.500 Euro im Monat zu kommen? Und denk ja nicht, das ist viel Geld. Vergiss das Finanzamt nicht. Die Damen sind selbständig und Vater Staat kassiert bei jeder Nummer ordentlich mit ab."

„Und in den Laufhäusern, wie im *Paschas* zum Beispiel", ergänzte Karl Müller, „kostet ein Zimmer zirka 150 bis 200 Euro am Tag, was ebenfalls die Frauen bezahlen müssen."

„Danke für den Hinweis", sagte Susanne und funkelte Neumann an, der immer weiter in sich zusammensackte. „Brauchst nicht rechnen, Kleiner. 25 Mal die Beine breit, wenn wir 100 Euro zu Grunde legen. Wenn ein Zuhälter noch mit drinhängt, kannst du locker verdreifachen. Die Jungs wollen schließlich verdienen."

„In so einem Fall sind 30 Freier pro Tag keine Seltenheit", ergänzte Karl Müller.

Susanne machte eine kurze Pause, um die Zahlen wirken zu lassen.

„Und jetzt sag mir, lieber Florian, wie oft du Sex im Monat hast. Vier Mal, vielleicht sechs Mal. Und ich wette, auch nur maximal einmal am Tag. Wie geil ist es wohl, sich dreißigmal am Tag an sieben Tagen die Woche von irgendwelchen Typen in den Arsch ficken zu lassen? Klingt das in deinen Ohren wie Spaß?“ Sie holte Luft, um weiterzureden, aber Franziska unterbrach sie.

„Ich denke, das reicht jetzt.“

„Sag bloß, du verteidigst ihn auch noch“, rief Susanne und zeigte mit dem Finger auf Neumann. Sie war immer noch sehr aufgebracht.

„Ich verteidige niemanden und Kollege Neumann ist jetzt sicher überzeugt, nicht wahr?“

Florian nickte. Sein Kopf glühte. Ihm war anzusehen, dass ihm seine Äußerungen leidtaten. „Ich hab das nicht zu Ende gedacht“, sagte er kleinlaut. „T'schuldige.“

Susanne brummte etwas Unverständliches, sagte aber nichts mehr.

Karl Müller übernahm das Wort. „Die Diskussion um die Freiwilligkeit, Herr Neumann, wird seit Jahren sehr kontrovers geführt. Experten gehen mittlerweile davon aus, dass 90 Prozent der Frauen, die als Sexarbeiterinnen in Deutschland tätig sind, den Job *nicht* freiwillig machen. Und wir reden hier von zirka einer halben Million Frauen, die hierzulande die Nachfrage von Freiern bedienen. Die Dunkelziffer dürfte deutlich höher liegen. Das bedeutet aber im Umkehrschluss nicht, dass diese 90 Prozent alle Opfer von Menschenhändlern sind, denen man Pässe abgenommen oder sie mit brutaler Gewalt zur Prostitution gezwungen hat. Unter das Stichwort *nicht freiwillig* fällt auch die Frau, die anschaffen geht, um ihren Drogenkonsum zu finanzieren. Oder diejenige, die keinen Job findet, der sie und ihr Kind ausreichend ernährt. Der Faktor Armut ist nicht zu unterschätzen. Das aktuelle Prostitutionsschutzgesetz betrachtet Prostituierte, die aus solchen Gründen ins Milieu geraten, aber als Freiwillige. Ich persönlich sehe das anders. Armutsprostitution ist keinesfalls *freiwillig*."

Karl hatte in einem ruhigen und sachlichen Ton gesprochen und damit die aufgeheizte Stimmung wieder ein bisschen beruhigt.

„Ist eigentlich bei dem Material von dem Koch irgendwas dabei, was uns jetzt aktuell weiterhilft?", fragte Franziska in die entstehende Pause.

Susanne schüttelte den Kopf. „Bisher, nein. Ich konnte aber noch nicht alles sichten. Gib mir ein paar Stunden. Mal sehen, was im *Dollhouse* Ordner alles versteckt ist."

Franziska betrachtete die Namen im Ordner *Pussy Cats*, dann hatte sie eine Idee. „Gehören die anderen drei Frauen, Claire, Marie und Pearl auch zur Mannschaft des *Paradies*?"

Susanne sah sie an, nickte und wenige Klicks später konnten alle die Fotos der Frauen in der Rubrik *Girls* auf der Homepage des Clubs sehen.

„Sind Sie das?" fragte Franziska und Susanne nickte.

„Sie sehen etwas anders aus, als auf den Privatfotos des Herrn Koch, aber ja, sie sind es."

„Und im *Temple of Love*?", fragte Franziska und Susanne wechselte auf die Homepage des anderen Clubs.

„Nur Dolly", sagte sie. „Die anderen nicht."

„In Ordnung." Franziska schaute in die Runde. „Ich hab noch was. Keine Ahnung, was es zu bedeuten hat, aber das wird sich zeigen."

„Nun mach's mal nicht so spannend", rief Susanne.

„Diese Dolly war am Sonntag hier auf dem Präsidium und hat eine Vermisstenanzeige bei mir aufgegeben. Ihr richtiger Name ist Dana Markow und sie sieht in natura anders aus. Sie hat braune Haare und dunkle Augen. Ich schätze, der Schneewittchen-Look ist Arbeitskleidung, inklusive farbiger Kontaktlinsen."

„Schneewittchen-Look ist gut", meinte Susanne. „Das passt. Ich hab noch nicht alle Fotos gesichtet, aber eins kann ich bereits sagen. Alle *Pussy Cats* sind vom gleichen Typ. Lange schwarze Haare, rote Lippen, krasse blaue Augen. Damit hätten wir auf jeden Fall die Vorliebe des Herrn Koch identifiziert."

„Die Freundin von dieser Dana, eine gewisse Clarissa Müller, ist verschwunden", nahm Franziska ihren Faden wieder auf, „und sie macht sich Sorgen. Die Claire auf den Fotos und auf der Webseite ist dieselbe Frau, die Dana Markow als vermisst gemeldet hat. Die Anzeige findest du im System, Susanne. Ich hatte Beimer gebeten, eine Handyortung vorzunehmen. Da hab ich noch nichts gehört. Hak doch mal nach. Sie hatte wohl zuletzt einen Kunden im Hotel *Zeitlos*. Das könnten Sie eigentlich übernehmen, Frau Anders. Fragen Sie in dem Hotel mal nach, vielleicht gibt es eine Spur. Machen Sie ruhig ein bisschen Druck."

Was hatte diese Dana zu ihr gesagt? *Ich war in Sorge, dass niemand sich kümmern wird um Claire. Aber Sie sind anders. Ich hatte Glück, Sie zu treffen.* Das schlechte Gewissen traf sie unvorbereitet. Ich bin auch nicht besser als alle anderen, dachte sie. Eine verschwundene Prostituierte interessierte eben niemanden. Sie atmete tief durch. War sie wirklich so? Oder hatte sie bei dem ganzen Trubel in den letzten Tagen die Sache einfach aus den Augen verloren? Sich zu sehr darauf verlassen, dass der Kollege schon auf sie zukommen würde?

„Beimer ist seit Montag krank", erklärte Rabenmacher. „Wieder einer weniger." Er verzog das Gesicht.

Franziska nickte und fühlte sich ein kleines bisschen besser. Höhere Gewalt. „Wir haben ja gestern schon darüber gesprochen", sagte sie. „Jemand muss sich in einem der Clubs mal dezent umsehen und mit dem *Paradies* würde ich jetzt anfangen. Den *Temple of Love* heben wir uns für später auf.

Florian Neumann meldete sich. „Ich mach das."

„Bist wohl auf den Geschmack gekommen", stichelte Susanne.

„Du weißt schon, dass ich schwul bin?", rechtfertigte sich der Praktikant. „Außerdem bin ich in festen Händen."

Susanne lachte lauthals auf. „Das sind die Typen, die den Club besuchen, auch. Das ist es ja. Denen sind ihre Frauen zu Hause zu langweilig geworden, weil die sich nicht zehnmal Mal in der Woche in den Arsch ..."

Franziska ging dazwischen. „Es reicht jetzt. Bitte bleibt sachlich, sonst kommen wir hier nicht weiter."

Susanne wollte etwas erwidern, aber Franziska brachte sie mit einem grimmigen Blick zum Schweigen.

Trauen Sie sich das denn zu, Herr Neumann?“, fragte sie den Praktikanten. „Ich hatte den Eindruck, dass es Ihnen unangenehm ist.“

Florian nickte. „Ich hab darüber nachgedacht und denke, dass ich das hinbekomme. Meine sexuelle Orientierung darf kein Hinderungsgrund sein.“

Susanne verzog das Gesicht. „Nichts für ungut, Flo, aber dass du schwul bist, steht dir leider auf die Stirn geschrieben. Du fällst da auf wie ein rosa Pudel.“

Neumann starrte Susanne feindselig an. „Das ist sowas von unfair von dir.“

„Nimm es bitte nicht persönlich. Das ist eine heikle Aufgabe und du bist dafür, meiner Meinung nach, einfach nicht geeignet. Ich bitte euch“, sie schaute in die Runde, „Florian ist unser Praktikant und ihr wollt ihn in die Höhle des Löwen schicken. Allein?“

Da war was dran. Franziska schaute zu Karl. „Was ist mit dir?“

Karl Müller zuckte mit den Schultern. „Ich bin in der Szene kein Unbekannter“, gab er zu bedenken. „Den Club speziell kenne ich zwar nicht. Aber es kann schon sein, dass mich jemand wiedererkennt.“

„Ich hab eine andere Idee“, mischte der Rabe sich in die Diskussion. „Frau Anders hat einen Bruder, der sich gut mit dem Thema Prostitution auskennt.“

Franziska hielt für einen kurzen Moment die Luft an. Das konnte doch wohl nicht wahr sein. Die Anders hatte einfach hinter ihrem Rücken ihren Bruder wieder ins Spiel gebracht. Das brachte das Fass zum Überlaufen. Wenn das Meeting hier vorbei war, würde sie ein ernstes Wörtchen mit der Kollegin reden.

Sie atmete laut aus. „Können wir uns kurz unter vier Augen unterhalten, Horst?"

Der Rabe nickte und folgte ihr nach draußen.

„Was soll das?", fragte Franziska scharf, als sie auf dem Flur standen.

„Ich weiß nicht, was du meinst?"

„Der Bruder, Infos per WhatsApp an dich, das Meeting hier. Die Neue übergeht mich und du hilfst ihr dabei. Hast du kein Vertrauen zu mir? Denkst du, ich schaffe das nicht ohne Bermann?"

Der Rabe sah sie an. „Komm mal wieder runter, Franzi. Natürlich vertraue ich dir und ich bin mir auch sicher, dass du ganz gut ohne Bermann zurechtkommst. Aber die Personaldecke ist gerade ziemlich dünn. Ich hab schon zwei Kollegen aus dem Urlaub zurückgeholt, damit wir einigermaßen klarkommen." Er kratzte sich am Kinn. „Ich kenne dich. Du willst dich da jetzt durchkämpfen, es allen beweisen. Aber das brauchst du nicht. Ich weiß, was du drauf hast."

„Frau Anders Bruder ist Zivilist. Er weiß nicht, wie er sich in einer Gefahrensituation zu verhalten hat. Ich halte das für keine gute Idee. Ich hatte eigentlich gehofft, dass du uns jemand aus der Abteilung zuteilen kannst, Horst."

Rabenmacher winkte ab. „Niemand frei."

„Was ist mit Sander oder Schröder?"

„Die haben selbst einen Fall. Wie gesagt. Niemand frei. Frau Anders hat mir erzählt, dass ihr Bruder investigativer Journalist ist. Diese Jungs können gut mit Gefahrensituationen umgehen. Außerdem schreibt er seit Jahren zum Thema Prostitution. Das ist sozusagen sein Spezialgebiet. Nimm das Angebot an. Und was eure

Kompetenzstreitigkeiten angeht. Die klärst du bitte schnellstmöglich. Ich will nicht nochmal mitten in der Nacht von ihr angerufen werden."

Sie schwiegen einen Moment.

„Also?", fragte Rabenmacher.

Franziska starrte ihn grimmig an.

„Die Anders ist gut. Die hat Feuer, das gefällt mir." Nach einer kurzen Pause fügte er hinzu. „Lass die Jugend mal laufen und du koordinierst. Du bist jetzt Bermann. Du hast lange genug mit ihm zusammengearbeitet. Du kannst das."

Franziska sah ihren Chef an und nickte dann.

„Um es mal auf den Punkt zu bringen", sagte Rabenmacher und legte ihr seine Hand auf die Schulter. „Hier wird bald eine Stelle frei und ich sehe dich da durchaus als potenzielle Kandidatin."

Franziska machte den Mund auf. Und dann wieder zu. Was passierte hier gerade?

„Ich geh in zwei Jahren in Rente und dann kannst du dich auf meine Stelle bewerben. Du hast gute Chancen."

„Warum? Weil ich eine Frau bin?"

„Du hast Recht, das wäre gut für die Quote. Aber du bist dafür wirklich qualifiziert. Meinen Segen hast du."

Was ihr Chef Franziska in Aussicht stellte, war die Leitung des Kriminalkommissariats 11. Ein großer Karrieresprung, der ihr ganzes Leben verändern würde. Mehr Innendienst, mehr Verwaltung, Politik, mehr Geld. Wollte sie das?

„Verschlägt dir die Sprache, was?" Rabenmacher grinste.

„Das kommt überraschend", gestand Franziska.

„Ist ja auch noch ein bisschen hin. Und jetzt gehen wir da wieder rein und du machst deinen Job. Die Anders ist gut, aber sie ist unerfahren. Vom Rest der Truppe ganz zu schweigen. Das wird nicht leicht, Franzi. Aber du schaffst das. Denk um die Ecke, vertrau deinen Leuten und sei aufgeschlossen für kreative Ideen. Wie die mit dem Bruder. Du musst zugeben, das ist eine gute Lösung. Du kannst diesen Neumann da auf keinen Fall alleine hingehen lassen."

„Also gut, Horst", lenkte Franziska ein. „Und wenn das hier vorbei ist, dann reden wir beide Mal in Ruhe."

Kapitel 14

„Schließen Sie die Tür", sagte Franziska. Sie hatte die Kollegin nach der Besprechung abgepasst und sie in ihr Büro zitiert. „Bitte", schob sie noch hinterher und zeigte auf den freien Stuhl.

Tessa Anders setzte sich. „Sie sind sauer auf mich", sagte sie kleinlaut. „Ich kann das erklären."

„Am besten Sie sind jetzt einfach mal still." Franziska hatte keine Lust auf lahme Ausreden und wollte erstmal loswerden, was ihr auf der Seele brannte. „Als Erstes lassen Sie mal dieses *Sie sind sauer auf mich*. Ich bin nicht Ihre Mutter, sondern Ihre Vorgesetzte und Sie haben mich übergangen."

„Aber sie waren nicht ..."

Franziska unterbrach sie. „Erreichbar?"

Tessa Anders nickte.

„Das hätte alles Zeit gehabt bis zum nächsten Morgen. Sie sind ungeduldig und hitzköpfig."

„Das höre ich öfter."

„Verstehen Sie mich nicht falsch", sagte Franziska in versöhnlicherem Tonfall. „Ich habe nichts gegen Sie. Im Gegenteil. Ich bin froh, dass Sie da sind. Wir beide sind jetzt hier die Leitlöwinnen, wenn Sie so wollen. Der Rest der Mannschaft sind ein Praktikant und eine Innendienstmitarbeiterin, die zwar sehr gut ist in ihrem Job, aber keinerlei Einsatzerfahrung hat. Wenn wir beide nicht an einem Strang ziehen, werden wir den Fall nicht in den Griff bekommen. Alleingänge sind tabu. Verstehen Sie das?"

„Sehr gut sogar. Das war auch meine Motivation."

Franziska runzelte die Stirn.

„Na, Sie zu entlasten. Sie waren nicht erreichbar, da hab ich die Sache eben in die Hand genommen."

„Blödsinn", entgegnete Franziska. „Sie sind vorgeprescht. Motive unklar. Sie haben mich übergangen und ..."

„Das wollte ich sicher nicht." Tessa Anders schüttelte energisch den Kopf. „Das müssen Sie mir glauben. Ich finde Sie toll. Ich hab mich extra Ihretwegen hierher versetzen lassen."

Franziska blieb der Mund offen stehen. Was für eine Anbiederei.

„Ich will mich nicht einschleimen", erklärte Tessa, als hätte sie Franziskas Gedanken gelesen, „aber seit Sie mal den Vortrag über die Rolle der Frauen bei der Kriminalpolizei auf der Akademie gehalten haben, sind Sie mein großes Vorbild."

Ach du meine Güte. Vor ein paar Jahren hatte der Rabe sie genötigt, für eine erkrankte Kollegin einzuspringen und einen Vortrag zu halten zum Thema *Wie viel Weiblichkeit verträgt die Polizei?* Sie hatte sich mit Händen und Füßen gegen diesen Auftritt gewehrt, denn vor Publikum sprechen, war nicht ihr Ding. Aber der Rabe hatte darauf bestanden und Bermann hatte das unterstützt.

„Die Analogie mit dem betrunkenen Autofahrer hat mir am besten gefallen", sagte Tessa Anders und kicherte. „Wie viel Promille Frau verträgt die Polizei, bevor sie nicht mehr fahrtüchtig ist. Zuerst hab ich ja gedacht, Sie spinnen. Warum stellen Sie uns Frauen so negativ dar. Aber dann hab ich schnell kapiert, dass das ironisch gemeint war. Seitdem will ich so sein wie Sie."

„Nein, wollen Sie nicht", entgegnete Franziska. Und im Stillen fügte sie hinzu: Sie wollen nicht ewig Schuldgefühle haben, weil sie Beruf und Familie nicht unter einen Hut bekommen, Sie wollen keinen Ehemann, der Sie nach 20 Jahren einfach gegen ein jüngeres Modell austauscht oder eine Tochter, die Sie nicht leiden kann.

„Ja, nein, nicht so als Klon. Ist doch klar. Aber ich möchte das weiterführen, was Sie und andere begonnen haben. Ich will für mehr Emanzipation und Anerkennung der Frauen bei der Polizei eintreten, ich will hier Karriere machen und vielleicht eines Tages mal Polizeipräsidentin werden."

Das waren ja nicht gerade kleine Ziele. „Dann lernen Sie als Erstes, die Hierarchien einzuhalten. Übergehen Sie niemals Ihre Vorgesetzten. Und lernen Sie, Geduld zu haben."

Diese Worte aus ihrem Munde waren blanker Hohn. Franziska erinnerte sich noch gut daran, wie sie in Tessas Alter gewesen war. Sie wollte immer mit dem Kopf durch die Wand, es allen beweisen. Frauenpower. We can do it! Alles anders machen. Bermann hatte sie damals unter seine Fittiche genommen und ihr erklärt, wie der Apparat funktionierte. Dank seiner Tipps hatte sie es weit gebracht, aber seine Ratschläge waren nicht immer die Besten gewesen. Die Fast-Vergewaltigung auf der Weihnachtsfeier vor acht Jahren nicht anzuzeigen, zum Beispiel. Der Kollege lief immer noch gut gelaunt im Gebäude rum, weil sie den Mund gehalten hatte. Wenn sie ihm begegnete, wurde ihr jedes Mal übel.

„Wissen Sie was“, sagte Franziska und schlug mit der flachen Hand auf den Tisch. „Vergessen Sie, was ich gerade gesagt habe. Alles Bullshit. Genau das hat man mir vor zwanzig Jahren eingetrichtert.“

„Aber hat doch funktioniert. Sie sind immer noch da.“

„Sie haben ja keine Ahnung, was das für ein Kraftakt ist. Ich gebe Ihnen einen anderen Rat. Lassen Sie sich nichts gefallen. Kein Gemauschel, kein Gegrapsche, keine zweideutigen Bemerkungen. Beim kleinsten sexuellen Übergriff schreien Sie, so laut Sie können. Sorgen Sie dafür, dass die Männer die Grenzen einhalten. Wir sind heute erheblich weiter als noch vor zehn Jahren. Es gibt Gleichstellungsbeauftragte und eine ganze Reihe von Kollegen, die das ernst nehmen.“

„Ist Ihnen sowas mal passiert?“, fragte Tessa geraderaus.

„Nein“, log Franziska, „aber ich kenne Kolleginnen, die nicht durchgehalten haben, weil sie mit dem Ton, der hier manchmal herrscht, nicht klarkamen.“

„Ach, das macht mir nichts“, winkte Tessa ab. „Der KTU-Dino zum Beispiel. Der ist doch nur ein armes Würstchen.“

„Wallmann ist frauenfeindlich und offen homophob. Das darf man ihm eigentlich nicht durchgehen lassen. Aber so schnell ändern sich bestimmte Dinge eben nicht.“

„Ich weiß, was Sie meinen“, sagte Tessa Anders nickend. „Ich weiß nur nicht, wie viel Energie ich auf einen einzelnen Dino verschwenden soll. Allein für die Sprüche am Tatort gestern könnte ich ihn drankriegen.

Aber was soll das bringen?“ Sie schüttelte den Kopf. „Das hebe ich mir lieber für gravierendere Situationen auf. Ich meine, verstehen Sie mich nicht falsch. Wenn der mich einmal anpackt, ist er dran.“

„Das will ich hoffen“, sagte Franziska und war in diesem Moment unglaublich wütend auf ihr eigenes Versagen.

„So einer wie Wallmann erledigt sich selber.“

„Daran glauben Sie?“, fragte Franziska.

„Sie nicht?“

„Ich weiß nicht. Der Filz ist alt und dick ...“

„Aber er bekommt Risse“, sagte Tessa. „Und jeder Stoff, der einmal ein Loch hat, reißt an dieser Stelle immer weiter auf.“

„Wenn man ihn nicht flickt.“

„Hab ich nicht vor. Lieber ein bisschen dran reißen. Und Flicken halten auch nicht ewig.“

Erneut dachte Franziska, dass Tessa Anders gar nicht so übel war. Sie erkannte vieles von sich selbst in dieser jungen Frau wieder. Der Eifer, der Biss, die Unerschrockenheit. All das hatte bei ihr in den letzten Jahren gelitten. Einerseits war es ernüchternd und frustrierend, täglich mit ansehen zu müssen, wie Straftäter wieder auf freien Fuß gesetzt oder gar nicht erst eingesperrt wurden. Andererseits hatte Bermann mehr und mehr abgebaut, je näher die Pension rückte. Aber sie wünschte sich ihren alten Elan zurück. Vielleicht war diese junge Kollegin ihre Chance. Sie konnten voneinander lernen. *Denk um die Ecke, vertrau deinen Leuten und sei aufgeschlossen für kreative Ideen.* So hatte der Rabe das sicher nicht gemeint, aber was spielte das für eine Rolle. Franziska entschied sich, der jungen Kollegin eine Chance zu geben.

Tessa Anders schaute sie an. „Ich entschuldige mich in aller Form für meine Unüberlegtheit“, sagte sie schließlich. „Sie haben Recht. Ich hab nicht nachgedacht und bin unnötig vorgeprescht. Kommt nicht wieder vor.“

Franziska nickte. „Wir werden eng zusammenarbeiten und ich muss mich auf Sie verlassen können.“

„Das können Sie. Immer. Ich bin gut.“

„Unser Chef hält große Stücke auf Sie und ich schließe mich ihm an. Aber Ihnen fehlt die Erfahrung. Seien Sie schlau und lernen Sie. Und wer weiß, eines Tages bringt Sie das vielleicht auf den Präsidentenstuhl.“

„Präsidentinnenstuhl“, verbesserte Tessa lachend. „Wenn schon, denn schon. Wollen wir uns duzen?“, schob sie hinterher.

Sie macht es schon wieder, dachte Franziska resigniert. „Immer hübsch einen Schritt nach dem anderen“, bremste sie. „Lernen wir uns erstmal besser kennen.“ Sie brauchte professionelle Distanz. Dann wechselte sie das Thema.

„Bevor ihr Bruder mitmischen darf, müssen wir jede Menge Papierkram erledigen. Er wird als Berater für uns tätig sein, dann können wir mit ihm über den Fall reden. Wann kann er kommen?“

„Ich denke, sofort“, antwortete Tessa. „Ich rufe ihn an.“

„Haben Sie ein gutes Verhältnis zu Ihrem Bruder?“, fragte Franziska, während sie auf Paul Anders warteten.

„Erst seit zwei Jahren wieder.“

Franziska horchte auf. Ihren eigenen Bruder hatte sie seit über zehn Jahren nicht gesprochen und konnte sich auch keinen guten Grund vorstellen, dieses Schweigen zu brechen.

„Warum hatten Sie Sendepause?“, fragte sie neugierig.

„Ach, das ist eine lange Geschichte“, antwortete Tessa gedehnt.

„Ich hab gerade nichts anderes vor“, sagte Franziska.

„Er ist fünfzehn Jahre älter als ich. Ich war erst vier, als er auszog, um die Welt zu sehen. Er war lange weg.“

„Ein erheblicher Altersunterschied“, bestätigte Franziska.

„Ich war nicht geplant“, erklärte Tessa. „Meine Eltern waren mit zwei Kindern eigentlich voll ausgelastet.“

„Ach, Sie haben noch mehr Geschwister?“

Tessa schüttelte den Kopf. „Hatte. Meine Schwester ist tot. Auch eine lange Geschichte.“

„Das tut mir leid“, murmelte Franziska und fragte sich, warum Tessa diese Information einfach so preisgab, aber die, warum sie jahrelang keinen Kontakt zu ihrem Bruder hatte, nicht. Es klopfte an der Tür.

„Das wird er sein,“ rief Tessa, sprang auf und öffnete.

Im Türrahmen stand ein großer schlanker Mann in Jeans und Lederjacke, mit einem Motorradhelm unter dem Arm.

Franziska stand auf. Paul Anders sah aus wie jemand, den sie früher mal gekannt hatte. Blonde kurze Haare, Dreitagebart, sehr männlich. Ihr Herz schlug ein bisschen schneller bei der Erinnerung an diese alte Liebe.

„Das ist mein Bruder.“ Tessa war aufgeregt wie ein kleines Mädchen. „Paul, das ist meine Chefin, Franziska Frey.“

„Freut mich, Sie kennenzulernen“. Paul streckte Franziska die Hand zur Begrüßung entgegen. Seine Stimme war tief und sanft und sein fester Händedruck und seine dunkelbraunen Augen verwirrten Franziska. Für einen kurzen Moment bekam sie weiche Knie. Dann hatte sie sich wieder unter Kontrolle.

„Schön, dass Sie es sich so spontan einrichten konnten“, entgegnete Franziska.

„Als Tessa mich anrief, war ich sofort interessiert. Und da ich gerade nichts anderes vorhabe ...“ Er zuckte mit den Schultern und lächelte.

„Nun gut“, sagte Franziska nach einer kurzen Schweigeminute. „Setzen wir uns. Bevor wir Sie auf unseren Fall loslassen, müssen Sie ein paar Dokumente unterschreiben. Im Wesentlichen handelt es sich um Verschwiegenheitsvereinbarungen“, sie schob ihm drei DIN-A4-Blätter zu, „und der Verzicht auf ein Beraterhonorar.“

Paul Anders zog eine Augenbraue hoch.

„Budgetkürzungen“, erklärte Franziska einsilbig.

„Es geht mir nicht um Geld“, erklärte Paul Anders und seine Augen ruhten auf seiner Schwester.

Tessa nickte. „Ich weiß, aber unterschreiben musst du trotzdem.“

Franziska war der Subtext zwischen den Geschwistern nicht entgangen. Es gab einen Grund, warum Paul Anders hier war. Und sie würde irgendwann davon erfahren.

„Es versteht sich von selbst, dass ich nichts von dem, was Sie hier mitbekommen, morgen in der Zeitung lesen will."

Paul Anders lachte. „Ich schreibe nicht tagesaktuell."

„Paul ist investigativer Journalist", erklärte Tessa und der Stolz in ihrer Stimme war unüberhörbar.

„Ich hätte allerdings gerne am Ende die Exklusivrechte an der Story."

Franziska sah ihn an. *Nichts ist umsonst*, dachte sie. „Ich wüsste nicht, was dagegen spricht."

Paul Anders unterschrieb die Papiere und lehnte sich zurück. „Also", sagte er, „woran arbeitet ihr?"

„Zuerst sah es aus wie ein missglückter Raubüberfall auf einen Steuerberater in der Nähe vom Eigelstein", erklärte Franziska. „Der Mann wurde bei dem Anschlag schwer verletzt und liegt jetzt im Koma. Dann stellte sich aber raus, dass sich in seiner Kanzlei ein geheimes Zimmer befindet, in dem er sich regelmäßig mit Prostituierten trifft. Von diesen Treffen gibt es Fotos und Videos."

Paul Anders pfiff durch die Zähne.

„Unsere Ermittlungen haben uns zu zwei Saunaclubs geführt. Einmal zum *Paradies* in einer Seitenstraße der Ehrenstraße und zu einem zweiten Club in der Nähe von Odenthal im Bergischen, dem *Temple of Love*."

„Und weißt du, wer gegenüber der Kanzlei wohnt?", fragte Tessa aufgeregt. „Madame Rose."

Paul lachte. „Die alte Eule. Nicht zu fassen. Die läuft einem aber auch überall über den Weg."

„Ihre Schwester hat schon erzählt, dass Sie die Dame mal interviewt haben."

„Ich schicke Ihnen den Artikel gerne zu“, sagte Paul und sein Lächeln war so charmant, dass Franziska wieder weiche Knie bekam. „Glauben Sie nicht alles, was die Ihnen erzählt. Die hat es faustdick hinter den Ohren. Die sieht alles und hört alles und kennt jeden aus dem Milieu.“

„Vielleicht sollten wir sie in den Club schicken“, versuchte Franziska sich an einem Witz. Aber niemand lachte.

„Wo wir gerade beim Thema sind“, nahm Paul Anders den Faden auf. „Was genau erwarten Sie von mir? Tessa hat nur erzählt, dass ich in einen Saunaclub gehen soll, zusammen mit einem Praktikanten?“

„Herr Neumann ist Kommissaranwärter und macht sein erstes Berufspraktikum. Er ist noch unerfahren im Außendienst“, erklärte Franziska.

„Und schwul“, ergänzte Tessa.

„Ja, auch das“, bestätigte Franziska. „Ich würde ja selbst dorthin gehen. Aber diese Sorte Club ist für Frauen tabu.“

„Nicht tabu“, erklärte Paul Anders, „aber ihr seid dort nicht gern gesehen. Es gibt schon mal Ausnahmen, aber die sind selten.“

„Sie kennen sich aus?“, fragte Franziska.

„Kann man so sagen“, antwortete Paul. „Ich habe ein paar Artikel über das Thema geschrieben und bei den Recherchen erfährt man einiges“, sagte er. „Ich denke, dass ich helfen kann.“

„Kennen Sie denn diesen Club?“

„Diesen speziell nicht, aber andere dieser Art. Im Grunde sind die alle gleich.“

„Sie sollen sich da nur umsehen. Machen Sie sich ein Bild der Lage und vielleicht ergibt sich das ein oder andere Gespräch mit einer der Frauen dort."

„Von denen werden sie nichts über die Geschäfte erfahren", erklärte Paul Anders. „Die reden nicht. Viel zu gefährlich."

„Das erwarte ich auch nicht. Versuchen Sie einfach Ihr Glück." Sie kramte ihr Handy aus der Tasche und zeigte Paul das Foto von Dana Markow, alias Dolly. „Wenn Sie mit dieser Frau sprechen könnten, wäre das toll. Fühlen Sie ihr ein bisschen auf den Zahn. Sie war vor kurzem bei mir auf dem Präsidium und hat eine Vermisstenanzeige für diese Frau hier aufgegeben." Franziska scrollte durch ihre Fotos und zeigte ihm ein Bild von Claire. „Sie ist seit über einer Woche verschwunden. Unser Steuerberater war Kunde von beiden Frauen. Ich bin mir sicher, Dana alias Dolly weiß etwas, das uns weiterhilft."

„Weiß diese Dolly schon, was mit dem Steuerberater passiert ist?"

Franziska zuckte mit den Schultern. „Finden Sie es heraus", sagte sie lächelnd.

„Krieg ich hin", antwortete Paul Anders augenzwinkernd.

Das will ich hoffen, dachte Franziska. Aber sie hatte sich längst entschieden, dem Mann ihr Vertrauen zu schenken.

Kapitel 15

Am Samstagnachmittag parkte Richard seinen Wagen auf der anderen Straßenseite des Saunaclubs *Paradies*. Von seinem Standort aus hatte er eine gute Sicht auf den Parkplatz und den Eingang.

Draußen war es neblig-trüb und ein leichter Nieselregen hatte eingesetzt, genau wie im Wetterbericht vorausgesagt. *Weiße Weihnachten wird es wohl dieses Jahr nicht geben,* dachte er und fand es schade. Er mochte Schnee. Die Welt sah friedlich aus, wenn sie mit einer Schicht wie Puderzucker überzogen war, so rein und unschuldig. Als Kind war er um diese Jahreszeit jeden Morgen aufgeregt aus dem Bett gesprungen, nur um nachzusehen, ob es vielleicht geschneit hatte. Der Tag des ersten Schnees war immer ein ganz besonderer gewesen. Der Vater war milder gestimmt und Mutter machte Pfannkuchen zum Frühstück. Es war ein tolles Gefühl, im Schneefall zu stehen, den Kopf im Nacken, die Augen offen. Der Blick in den Himmel ist grenzenlos, wenn es schneit. Es gibt keinen Anfang und kein Ende, nur die weißen Flocken, die leise abwärts taumeln, sich auf den Augenlidern sammeln und zu winzigen Wassertröpfchen schmelzen.

Er rieb die Hände aneinander gegen die Kälte und überlegte, ob er die Standheizung anmachen sollte. Draußen waren es höchstens vier Grad und er musste aufpassen, sich nicht zu unterkühlen. Mit steifen Gliedern konnte man nicht kämpfen. Er schaltete die Heizung an und trank einen heißen Schluck Kaffee aus seiner Thermoskanne. So würde er es sicher ein paar Stunden aushalten.

Gegen 18 Uhr kam ein schwarzer Van mit getönten Scheiben, aus dem sechs Frauen ausstiegen. Sie verschwanden durch eine Seitentür. Wohl sowas wie der Personaleingang des Clubs. Kurze Zeit später fuhr ein orangener Sportwagen röhrend auf den Parkplatz. Ein Lotus Elise. Ein junger Kerl stieg aus. Richard hielt den Atem an. Finn.

Er erkannte ihn sofort als den Mann, der ihn vor ein paar Wochen zusammengeschlagen hatte. Die Blutergüsse im Gesicht und auf seinem Bauch waren mittlerweile verschwunden, aber seine geprellten Rippen schmerzten noch immer bei manchen Bewegungen. Er war naiv gewesen, hatte sich überrumpeln lassen. Zwei gegen einen. Das würde nicht wieder passieren. Dieses Mal war er vorbereitet und bewaffnet. Er griff unbewusst nach dem Elektroschocker, der neben ihm auf dem Beifahrersitz lag.

Finn war groß, kräftig, blond und trug einen teuren Anzug. Richard schätzte ihn auf Mitte zwanzig. Ein gutaussehender Bursche. Und nichts an ihm wirkte bedrohlich oder böse. Im Gegenteil. Seine Gesichtszüge waren fast noch kindlich und sein struppiges Haar verlieh ihm ein jungenhaftes Aussehen.

Wie man sich täuschen kann, dachte er und bei der Vorstellung, dass sein kleines Mädchen auf diesen Typ reingefallen war, bekam er kaum Luft. Er merkte erst, wie sehr er die Hände zu Fäusten ballte, als ihm seine Fingernägel ins Fleisch schnitten.

Jetzt musste er warten. Der Parkplatz des Clubs füllte sich langsam mit Autos. Die meisten Besucher kamen alleine. Brave Familienväter, von denen sich einige noch einmal verstohlen umsahen, bevor sie den Club betraten. Aus einem Auto stiegen zwei Männer. Der Ältere sah aus wie ein Lehrer und der Jüngere war definitiv schwul. Er wunderte sich über das Paar. Vielleicht wollten die beiden ihr Sexleben ein bisschen aufpeppen. In seinem früheren Leben hätte Richard das normal gefunden. Er hatte auf Montage selber die Dienste von Prostituierten in Anspruch genommen, sich aber nie darüber Gedanken gemacht, ob die Frauen, die ihm für Geld Gesellschaft leisteten, dies freiwillig taten. Und wenn er ehrlich war, hatte er auch nicht über ihr Alter nachgedacht. Es sein denn, sie waren augenscheinlich noch Kinder. Aber eine 15-Jährige so rauszuputzen, dass sie erwachsen aussah, war kein Hexenwerk. Wo kein Kläger, da kein Richter.

Heute sah er die Dinge aus einer anderen Perspektive und schämte sich für sein damaliges Ich. In den letzten Wochen hatte er ein paar Mal darüber nachgedacht, ob sein Schicksal die Strafe Gottes für seine früheren Verfehlungen war. Aber er war kein gläubiger Mensch. Warum sollte ein gerechter Gott Antonia bestrafen? Warum Corinna? Nein! Es gab keinen göttlichen Plan. Nur eine Reihe von Zufällen und Ereignissen, die seine Familie zerstört hatten.

Kapitel 16

Paul Anders und Florian Neumann saßen an der Bar des Saunaclubs *Paradies*. Sie hatten jeder eine Cola bestellt und wollten sich erstmal in Ruhe umsehen. Neumann fühlte sich unwohl, nur bekleidet mit einem Bademantel und Badelatschen, aber das war nun mal der Dresscode. 45 Euro hatte jeder von ihnen am Eingang für drei Stunden Clubbesuch bezahlen müssen und die Regeln waren schnell erklärt. Nicht alkoholische Getränke, die Bademäntel und desinfizierte Flip Flops waren im Preis inbegriffen, ebenso die Benutzung der Saunalandschaft. Die Dienstleistungen der Frauen kamen obendrauf. Für 75 Euro bekam *Mann* eine halbe Stunde französischen Sex, Schmusen und den Geschlechtsverkehr mit Kondom. Extrawünsche und Massagen kosteten extra und waren Verhandlungssache. Sex in der Sauna war aus hygienischen Gründen untersagt.

„Na?", schnarrte ein Mann mittleren Alters mit stattlichem Bierbauch und Halbglatze und stellte sich etwas zu dicht neben Neumann. „Zum ersten Mal hier?"

„Ist das so offensichtlich?", fragte Paul Anders.

„Allerdings", antwortete der Mann.

„Mein Kumpel hier hat Liebeskummer", erklärte Paul mit einem Fingerzeig auf Neumann. „Und da dachte ich, ein bisschen Aufmunterung kann ja nicht schaden."

„Da seid ihr hier genau richtig", rief der Mann. „Ralf." Er streckte den beiden zur Begrüßung die Hand hin.

„Paul", grüßte der Journalist zurück. Er sprach seinen Namen englisch aus. „Und der hier heißt Ben".

„Paul und Ben?" Der Mann lachte, „das klingt wie Tom und Jerry."

„Das hören wir öfter", grinste Paul und verdrehte innerlich die Augen.

„Ich kann euch gern 'n paar Tipps geben", sagte Ralf großspurig. „Ich bin öfter hier und kenne die meisten Girls. Ich liebe die Abwechslung, wenn ihr wisst, was ich meine." Er lachte etwas zu laut und zwinkerte Neumann zu.

Paul Anders stieg auf die Angeberei ein. „Das wäre genial, Mann. Wir sind ehrlich gesagt etwas überfordert, was das angeht", er zeigte in die Runde. „Jungfrauen, sozusagen."

„Das wird sich mit dem heutigen Tag sicher ändern", tönte Ralf. „Der Laden ist total geil. Ihr könnt euch die Mädels hier in Ruhe aussuchen, ohne Stress. Wenn euch eine gefällt und die will auch, macht ihr den Preis aus und ab geht die Post. Sind übrigens alle tipptopp in Schuss."

„Die Zimmer?", fragte Neumann.

„Die auch." Ralf grinste. „Ich war ja bis vor kurzem noch verheiratet, aber das ist nun zum Glück vorbei. Und über meine Ex wollt ich auch nicht mehr drübersteigen. So fett, wie die geworden war."

Paul Anders nickte wissend. „Wem sagst du das?"

„Aber hier bekommst du alles, was du willst. Junge, Alte, Dicke, Dünne, Blonde, Brünette, Deutsche, Rumäninnen. Der Fantasie sind keine Grenzen gesetzt. Die da zum Beispiel“, er zeigte auf eine Rothaarige, die nackt am Pool in einer Liege lag und döste. „Die Sonjuscha. Ne Granate, wenn’s ums Blasen geht, ich kann euch sagen. Mein lieber Scholli. Aber wenn ihr nen richtig guten Fick haben wollt, dann bucht die Dolly. Die kennt alle Tricks, euren Johnny zum Glühen zu bringen.“ Er schwieg einen Moment, offenbar ganz in Gedanken an sein letztes Erlebnis mit Sonjuscha oder Dolly.

„Das klingt doch gut“, sagte Neumann, der bei der Erwähnung des Namens aufgehorcht hatte. „Ist diese Dolly heute hier?“

„Klaro. Wenn ich sie sehe, schicke ich sie zu euch.“

Paul Anders beugte sich zu Ralf und flüsterte. „Ich steh auf Latex und anal. Geht das auch?“

Neumann musste sich zusammenreißen, um nicht laut loszulachen.

Ralf sah ihn irritiert an. „Fetisch geht hier auch fast alles. Ist nicht so mein Ding, aber ich hab schon welche drüber reden hören. Ich muss jetzt übrigens mal los. Hab noch ein Date mit Shirly.“ Dann schlenderte er in Richtung Pool. Anders und Neumann blieben allein zurück.

„Ich steh auf Latex und anal“, wiederholte Neumann. „Sag mal, spinnst du?“

Paul Anders verzog das Gesicht. „Der blasierte Arsch ist mir auf die Nerven gegangen. Stört dich das überhaupt nicht, wie der über Frauen redet, als wären sie Vieh?“

„Natürlich stört mich das, was denkst du denn. Aber wir sind hier in einem Puff oder sowas Ähnlichem zumindest und wir sind undercover, schon vergessen? Der Typ war doch perfekt, eine Plaudertasche. Den müssten wir uns eigentlich warm halten. Ich hoffe, du hast ihn nicht für immer verprellt."

Paul brummte. Neumann hatte Recht. Wenn sie an Informationen kommen wollten, mussten sie das Spiel nach den hiesigen Spielregeln spielen.

„Hallo, mein Süßer."

Eine Frau mit langen schwarzen Haaren und deutlich slawischem Akzent war unbemerkt hinter den beiden an der Bar aufgetaucht. Neumann erschrak. Vor ihm stand Dolly und sie war bis auf ihre High Heels und einen sehr knappen Tanga nackt. Vor lauter Verlegenheit wusste er nicht, wo er hinschauen sollte.

„Spendierst du mir ein Glas Champagner?", fragte sie mit weicher Stimme.

Aber Neumann hatte es die Sprache verschlagen. Paul schüttelte lächelnd den Kopf über die Unbeholfenheit seines Begleiters und sprang in die Bresche. „Sehr gerne", antwortete er. Er machte der Bedienung ein Zeichen und bestellte drei Gläser, die auf seiner Verzehrkarte vermerkt wurden.

„Ich bin Dolly", stellte die Frau sich vor und prostete den beiden zu.

„Sehr erfreut, Dolly", sagte Paul. „Tut mir leid. Mein Freund hier ist etwas schüchtern."

Dolly lachte. „Das macht doch nichts."

„Bin ich gar nicht", entgegnete Neumann, der seine Sprache wieder gefunden hatte. „Deine Schönheit hat mich für einen Moment aus der Fassung gebracht. Das ist alles."

Paul Anders verdrehte die Augen.

Aber bei Dolly kam das Kompliment offenbar gut an. „Danke“, flötete sie. „Das ist wirklich süß von dir. Was macht ihr Jungs so?“, fragte sie.

„I..ich ... ich bin Student“, stotterte Neumann, dem auf die Schnelle nichts anderes einfiel.

„Süß“, antwortete Dolly. „Ich mag Studenten. So gebildet. Womit beschäftigst du dich so?“

„Mit Psychologie und Verhaltensforschung“, erklärte Neumann. „Und ich bin Programmierer“, erklärte Paul. Das reichte in der Regel aus, dass die Leute nicht weiter nachfragten, und Dolly bildete da keine Ausnahme. Sie nickte höflich und wendete sich dann wieder Neumann zu. Offenbar hatte sie sich für ihn entschieden.

Paul Anders nutzte die Gelegenheit. „Ich dreh mal eine Runde“, sagte er an die beiden gewandt. „Wir sehen uns.“

***

„Ich habe gehört, du hast Liebeskummer?“, sagte Dolly und strich Neumann dabei zärtlich über den Kopf. „Kann ich vielleicht was tun, damit du wieder fröhlich bist?“

„Wer hat dir das erzählt?“, fragte Neumann und konnte sich im gleichen Moment die Frage selbst beantworten. Der großmäulige Ralf. Ohne eine Antwort abzuwarten, erklärte er mit traurigem Blick: „Meine Freundin hat mit mir Schluss gemacht. Sie hat einen Anderen.“

„Da ist sie aber dumm", schmeichelte Dolly. „Du bist so niedlich und", sie zog seinen Bademantel auseinander und lächelte, „so gut bestückt."

Neumann erstarrte. Die ganze Situation entglitt ihm. Er zog seinen Bademantel wieder zusammen und lächelte Dolly gequält an.

„Bitte", flüsterte er. „Können wir erstmal nur reden? Das hier", er machte eine kreisende Handbewegung, „war die Idee von einem Bekannten. Du kennst ihn, Andreas Koch. Er hat den Club empfohlen."

Dolly Augen verengten sich. Dann entspannten sich ihre Gesichtszüge und sie schmiegte sich eng an Neumann, bis ihr Mund ganz nah an seinem Ohr war. „Du bist ein Bulle", flüsterte sie. „Ich rede nicht mit Bullen."

Neumann schüttelte den Kopf. „Ich schwöre bei Gott und meiner Mutter, dass ich kein Bulle bin. Andreas ist mein Steuerberater und er hat in den höchsten Tönen von dir geschwärmt."

„Wozu braucht ein Student einen Steuerberater?", fragte Dolly und grinste breit.

Neumann überlegte fieberhaft. „Ich bin wohlhabend. Hab geerbt", er zuckte wie zur Entschuldigung mit den Schultern. „Andreas hat mir von den Wochenenden erzählt, die du mit ihm verbracht hast. Und ich durfte auch schon mal sein Rosenzimmer benutzen. Und als das jetzt mit meiner Freundin war, da hat er gesagt, ich soll doch einfach mal hierher gehen."

Die Erwähnung verschiedener Details aus dem Privatumfeld von Andreas Koch ließen Dollys Misstrauen schrumpfen. Sie griff nach ihrem Champagnerglas und während sie trank, hielt Neumann Ausschau nach Paul

Anders. Er sah gerade noch, wie der mit einer barbusigen Blondine Richtung Saunabereich verschwand.

Dolly beugte sich wieder ganz nah an Neumanns Ohr. „Ich glaube dir nicht", flüsterte sie. „Ich denke, dass die nette Polizistin dich geschickt hat. Aber das reicht mir. Das bedeutet, ihr sucht nach Claire."

Neumann machte keinen Versuch mehr, ihr zu widersprechen.

„Wir gehen jetzt auf ein Zimmer", flüsterte ihm Dolly ins Ohr. „Ich muss dir noch etwas sagen. Aber du musst mich bezahlen, sonst fallen wir auf." Dann griff sie nach seiner Hand, kuschelte sich an ihn und gemeinsam verschwanden sie in Richtung des ersten Stocks, in dem die Zimmer lagen. Zumindest hoffte Neumann, dass es so war und er nicht in wenigen Minuten einem schlechtgelaunten Zuhälter gegenübertreten musste.

***

Paul Anders schlenderte durch den Club. Er war froh, für den Moment keinen Kontakt zu einer der Ladys zu haben. So konnte er sich in Ruhe umschauen. Die Anlage war luxuriös, aber nicht protzig, sondern schlicht und modern. Holz und warme Erdtöne dominierten den Bar- und Aufenthaltsbereich und sorgten für ein entspanntes Ambiente. Die Sitzgelegenheiten waren aus dunklem Leder, große Palmen zwischen den Sofas und in den Nischen schafften eine intime Atmosphäre. An einer Wand standen Spielautomaten, die leise vor sich hin summten. Rechts neben der Bar war ein DJ-Pult aufgebaut. Ein großer, übergewichtiger Mann mit schütterem Haar hatte seinen Blick auf das Display seines Laptops gerichtet und suchte nach dem nächsten Song. DJ Boola stand auf einem Schild. Als sich ihre Blicke trafen, lächelte der DJ. Erst jetzt nahm Paul die Musik wahr. Leiser Balkan-Pop, unaufdringlich. Als sein Blick über das Büfett glitt, meldete sich prompt sein Magen. Er hatte seit Stunden nichts mehr gegessen und ein paar Minuten später saß er in einem der Ledersessel und genoss die Leckereien, die er sich ausgesucht hatte. Während er aß, sah er sich weiter um. Er zählte rund zehn Frauen und ungefähr fünfzehn Männer, die sich unterhielten, Zeitung lasen oder dösten. Die Stimmung war entspannt, das Publikum angenehmen, keine mit Testosteron vollgepumpten Halbaffen, sondern ganz normale Durchschnittsbürger aus der Mittelschicht.

Von seinem Platz aus konnte Paul einen Blick in den Wellnessbereich des Clubs erhaschen. Über einen Gang gelangte man zu den Saunen und in weitere Ruheräume. Eine kleine Treppe führte nach oben in den ersten Stock, wo vermutlich die Zimmer lagen.

Es gab auch einen Außenbereich mit Pool, Sitzgelegenheiten und kleinen Holzhäuschen. Aktuell war dort niemand zu sehen. Die Temperaturen ließen einen Aufenthalt im Freien außer zu Saunazwecken auch nicht zu. Eine barbusige Blondine gesellte sich zu ihm.

„Du Gesellschaft?“, fragte die Frau in gebrochenem Deutsch. Ihr slawischer Akzent war nicht zu überhören.

Paul Anders schaute auf und in ein paar graugrüne Augen, die müde und abgespannt wirkten.

„Setz dich zu mir", sagte er nickend. „Ich genieße das gute Essen."

Die Frau verstand nicht.

„Essen. Gut", versuchte es Paul mit Einwortsätzen und machte eine einladende Geste auf den Sessel neben ihm. Seinen Teller stellte er zur Seite. Das schien zu funktionieren. Die Frau nickte.

„Mein Name, Anastasia", sagte sie. Aber anstatt in den Nachbarsessel, setzte sie sich zu ihm auf den Schoss.

Paul verkrampfte sich. Damit hatte er nicht gerechnet, aber er wollte die Frau auch nicht wegschicken. Vielleicht ergab sich eine Gelegenheit, mit ihr über Andreas Koch zu sprechen.

„Ich heiße Paul", sagte er und sprach den Namen wieder englisch aus. Er versuchte ein Lächeln und bemühte sich um möglichst wenig Hautkontakt mit seiner neuen Freundin.

Anastasia kicherte. „Du hübsch", sagte sie und strich ihm zärtlich über den Kopf.

„Du auch", antwortete Paul und meinte es so.

„Du willst Sex?", fragte Anastasia.

Paul zuckte mit den Schultern und sagte nichts.

„75 Euro, halbe Stunde. Anal plus 50 Euro. Ich Latex Dessous oben."

Die ganze Situation war traurig. Da kam eine junge Frau den weiten Weg aus Osteuropa nach Deutschland in der Hoffnung auf ein besseres Leben. Statt als Kindermädchen oder Verkäuferin musste sie als Prostituierte in einem Puff anschaffen gehen und die ersten Wörter in der fremden Sprache, die sie lernte, waren Latex und anal. Dieser dämliche Typ von der Bar eben fiel ihm wieder ein. Der hatte Anastasia offenbar gesteckt, welche Vorlieben er angeblich hatte. Latex und anal. Paul ärgerte sich über sich selbst. Warum musste er auch so dumme Sprüche klopfen?

Anastasia schaute ihn erwartungsvoll aus grünen Augen an, in die jetzt wieder ein bisschen Leben zurückgekehrt war. „Und? Sex?", fragte sie.

„Vorher Sauna?", stellte Paul die Gegenfrage, um Zeit zu gewinnen.

Anastasia stimmte zu. Sie schälte sich elegant aus seinem Schoß, nahm ihn dann an die Hand und führte ihn in den Saunabereich. Er fühlte sich wie ein Opferlamm auf dem Weg zur Schlachtbank. Das hier widersprach all seinen moralischen Grundsätzen. *Es ist nur Sauna, redete er sich ein, nichts Sexuelles, alles im grünen Bereich.*

Anastasia wählte eine Sauna mit 80 Grad, reichte ihm ein Saunatuch und dann betraten sie zusammen die Kabine. Kein Mensch da. Seine Begleiterin drehte eine Eieruhr an der Wand um, legte sich auf ihr Saunatuch, rekelte sich und schloss dann die Augen. Paul blieb lieber sitzen und versuchte, sich zu entspannen. Die Wärme war angenehm. Hin und wieder riskierte er einen Blick auf die Frau neben ihm, doch die hielt die Augen geschlossen und atmete in ruhigen Zügen. Ihre Haut war zart und rosig und ihre Brüste groß und fest und ganz sicher unecht. Auf den Unterarmen und den Waden hatte sie blonde Härchen, an denen sich in der Hitze kleine Schweißperlen bildeten, und in ihrem Bauchnabel steckte ein Piercing in Form eines winzigen Schmetterlings.

Was Neumann wohl gerade machte? Vielleicht konnte er diese Dolly in ein Gespräch verwickeln, immerhin war Andreas Koch einer ihrer Stammfreier gewesen. Aber wahrscheinlich hatte sie den Braten gerochen. Kein Wunder, so tollpatschig, wie sie aufgetreten waren. Schon bei der Frage nach ihren Berufen waren sie ins Straucheln gekommen. Paul ärgerte sich. Sie hätten sich besser vorbereiten müssen. Er schloss die Augen und versuchte, sich zu entspannen.

Als die Tür aufging, blinzelte Paul schläfrig und war im gleichen Moment hellwach. Vor ihm stand Salvatore Russo, Besitzer und Chefkoch seines gleichnamigen Lieblingsitalieners. Salvatore erkannte ihn sofort und schaute betreten zur Seite. Die Begegnung war ihm sichtlich unangenehm. Für einen Moment verharrte er zögernd im Türrahmen, dann hatte er offenbar entschieden, gute Miene zu bösem Spiel zu machen, und setzte sich auf einen freien Platz.

Paul dachte einen Moment nach, dann stupste er seine Begleiterin an.

„Süße, gibst du uns einen Moment?"

Anastasia schlug die Augen auf, setzte sich hin, schaute erst Paul dann Salvo an, stand auf und verschwand nach draußen.

„Mi scusi", sagte Salvo. „Hab ich dir das Date versaut?"

„Hi Salvo", brummte Paul und bedeckte sich mit seinem Handtuch.

„Ist irgendwie peinlich."

„Passt schon, Salvo", winkte Paul ab. Es entstand eine Pause.

„Bist du öfter hier?"

Salvo lächelte gequält und schüttelte den Kopf. „No, ganz selten und nur für Sauna."

Das war eine glatte Lüge, aber Paul beließ es dabei.

„Ich muss jetzt mal hier raus und mich abkühlen", sagte er und stand auf.

Salvo berührte ihn am Arm. „Bitte, verrate mich nicht?", flehte er. „Das kommt nicht gut an bei meinen Kunden." Er faltete die Hände wie zum Gebet.

Paul sah ihn an und die Frage nach dem Warum stand ihm ins Gesicht geschrieben.

„Ich bin so einsam, seit Emilias Tod", erklärte Salvo. „Hier finde ich ein bisschen Abwechslung. Meistens rede ich nur. Das ist die Wahrheit." Er machte das Schwurzeichen mit der rechten Hand und Paul glaubte ihm. Er hatte die Tragödie letztes Jahr noch gut in Erinnerung, als Salvos lebenslustige Frau durch einen Fahrradunfall plötzlich aus dem Leben gerissen wurde. Ein LKW hatte sie beim Rechtsabbiegen einfach übersehen. Zwei Tage später war sie im Krankenhaus gestorben.

„Ich verrate dich nicht, Salvo. Aber vielleicht kannst du mir helfen".

Salvo stieß erleichtert Luft aus. „Wie denn?", fragte er.

„Ich brauche Informationen über den Club, die Frauen, die Freier. Alles, was du weißt. Insiderinformationen, verstehst du?"

Salvo sah ihn mit einer Mischung aus Angst und Neugierde an. „Aber Paolo, ich weiß gar nichts. Ich bin nicht oft hier, zu teuer, weißt du." Er rieb Daumen und Zeigefinger der rechten Hand zur Untermauerung seiner Aussage.

„Wir werden sehen", sagte Paul und holte Luft, um weiterzusprechen. Aber in dem Moment ging die Tür auf und ein gut gelauntes Pärchen betrat kichernd die Kabine.

Das ist ja wie im Taubenschlag hier, dachte Paul. „Ich muss los. Ich komme die Tage bei dir vorbei. Hab mal wieder Lust auf ein richtig gutes Saltimbocca à la Romana." Dann verließ er die Sauna.

***

Neumann saß alleine an der Bar.

„Wo ist deine Begleiterin?", fragte Paul augenzwinkernd. „Hast du sie verscheucht?"

„So was in der Art", antwortete er. „Können wir bitte hier abhauen? Mir reicht's für heute."

Als sie wieder im Auto saßen, schauten sie sich an.

„War doch halb so wild." Paul Anders war froh, endlich aus dem Laden raus zu sein.

„25 Euro für ein Glas Champagner?" Neumann verzog das Gesicht. „Und was hast du gegessen? Goldnuggets?"

Paul Anders lachte. „Was hast du erwartet?"

Neumann schüttelte den Kopf und ließ die Frage unbeantwortet.

„Dolly hat übrigens sofort geschnallt, dass wir nicht zum Spaß da sind", sagte er. „Aber ich hab ein paar interessante Dinge in Erfahrung bringen können. Die Chefin wird zufrieden sein. Und bei dir?"

„Unser Ausflug war nicht umsonst", antwortete Paul. „Ich hab jemanden getroffen, den ich privat kenne. Den Besitzer von meinem Lieblingsitaliener. Der war ganz schön perplex und die Situation war ihm unglaublich peinlich. Ich denke, den haben wir an der Angel. Er wird sicher mit uns reden, als Gegenleistung für mein Schweigen."

Neumann nickte.

„Was hat Dolly dir denn erzählt?", wollte Paul wissen.

„Sie weiß von dem Überfall auf Andreas Koch."

Paul Anders zog die Augenbrauen hoch. „Hat sie gesagt, von wem sie das weiß?"

Neumann schüttelte den Kopf. „Leider nicht. Sie hat keine Namen nennen wollen. Aber das ist auch egal. Nur Martin Seifert hat von dem Überfall gewusst. Interessant, dass er es seinen Mädchen steckt." Neumann kratzte sich am Kinn.

„Und mehr war nicht?"

Wieder verneinte Neumann und hoffte, dass Paul ihm die Lüge abnahm. Er hatte noch mehr von Dolly erfahren, wusste aber nicht, ob er diese Informationen mit dem Zivilisten einfach so teilen durfte. Daher behielt er sie lieber erstmal für sich. Dann startete er den Wagen und sie verließen den Parkplatz des Saunaclubs.

Kapitel 17

Wann würden sie kommen?

Diese Frage stellte er sich, seitdem er die Meldung im Express gelesen hatte: „Brutaler Überfall am Eigelstein. Steuerberater ins Koma geprügelt." Wie lange würde es dauern, bis sie auf ihn kamen? Einen Tag? Eine Woche? Warum stand das erst heute in der Zeitung? Der Anschlag hatte schon Mittwochnacht stattgefunden. Die Ungewissheit verursachte einen leisen Nervenkitzel. Nicht unangenehm.

Er hatte es immer gewusst. Ein Mitwisser bedeutete ein größeres Risiko. Sein ganzes Leben hatte sich auf diese Situation zubewegt und jetzt war sie eingetreten.

Er hatte sofort sein Handy vernichtet mitsamt der anonymen SIM Karte. Sonst würde nichts auf ihn hindeuten, dafür hatte er gesorgt. Avatare statt Klarnamen, keine konkreten Uhrzeiten oder Ortsangaben, nichts Schriftliches, keine Fingerabdrücke oder DNA-Spuren im Playroom. Das Geld war nicht wichtig. Egal, wer es fand, es konnte nicht zu ihm zurückverfolgt werden. Nur die VHS-Kassette, die bereitete ihm Kopfschmerzen. Andererseits ... die war über 30 Jahre alt. Die Wahrscheinlichkeit, dass sich die Magnetschicht aufgelöst hatte, war hoch.

Er würde nicht davonlaufen. Momos Ausbildung hatte gerade erst begonnen. Und er hasste es, Dinge unerledigt zu lassen. Er entschied sich, noch ein oder zwei

Tage abzuwarten. Vielleicht würde Andi von alleine sterben. Sonst musste er eben nachhelfen. Sein alter Freund war zu einem unberechenbaren Risiko geworden.

Kapitel 18

Das schwule Pärchen war wieder auf dem Parkplatz. Richard schaute auf die Uhr.

Zwei Stunden waren vergangen. Nicht lange für den Besuch eines Saunaclubs, fand er. Die beiden wirkten auch nicht sehr zufrieden. War wohl nicht so gut gelaufen da drin. Sie stiegen in ihr Auto und er konnte sehen, dass sie sich unterhielten. Irgendwann fuhren sie los.

In den nächsten Stunden passierte nicht viel. Männer kamen und gingen. Der Regen hatte aufgehört und ein bleicher Mond schien durch die aufgelockerte Wolkendecke. Die Straße vor dem Club war menschenleer. Hier gab es sonst auch nichts weiter. Ein paar Autohäuser, die um diese Uhrzeit geschlossen waren, ein Lieferservice, der gerade zumachte, ein verlassenes Fabrikgelände, das mit einem Bauzaun gesichert war. Von dem ganzen Kaffee musste er pinkeln. Er stieg aus dem Auto und erleichterte sich in einer dunklen Ecke. Dann machte er ein paar Dehnübungen gegen seine steifen Glieder.

Er hatte sich genau überlegt, wie er vorgehen würde. Finn folgen, die richtige Gelegenheit abpassen, ihn mit dem Elektroschocker außer Gefecht setzen, mit Kabelbindern fesseln, Klebeband über den Mund, ins Auto bugsieren und in einen seiner Kellerräume bringen, den er bereits vorbereitet hatte. Aber nicht die Komfortaustattung wie bei Claire. Reiner nackter Betonboden, eine Baustütze, ein Fahrrad-Bügelschloss. Das hatte er bei Breaking Bad gesehen und fand die Idee genial. Die dafür notwendigen Materialien, hatte er im Baumarkt bekommen. Soweit war alles durchdacht. Nur wann sich die richtige Gelegenheit ergeben würde, das konnte er nicht vorausplanen.

Kurz vor Mitternacht kam Finn endlich raus, eine Blondine im Schlepptau, die auf High Heels auf den Lotus zuwankte. Sie knickte um und musste sich an der Kühlerhaube festhalten, um nicht zu fallen. Sie war völlig zugedröhnt. Als der Lotusmotor röhrend startete, drehte Richard seinen Zündschlüssel um. Er durfte jetzt keinen Fehler machen.

Er folgte den beiden zu einem Wohnhaus in Ehrenfeld. Sie verschwanden im Hausflur und ein paar Minuten später ging im dritten Stock das Licht an. Richard stieg aus und untersuchte die Klingelschilder. *S. Ivanov* stand auf dem passenden Schild. Das war in Bulgarien ein Name wie Müller, Meier oder Schmitz. Also war das wohl ihre Wohnung oder eine WG. Antonia hatte eine Weile in einer Wohngemeinschaft gelebt. Ganz zu Anfang, nachdem sie zu Hause ausgezogen war. Nach ein paar Monaten hatte sie eine WhatsApp geschrieben, dass sie aussteigen will und er sie abholen soll. Aber als er an der Adresse ankam, fand er nur zwei junge Frauen vor, die angeblich noch nie etwas von einer Antonia gehört hatten. Er war zu spät gekommen. Finn hatte sie weggebracht.

Er überlegte, wie er jetzt vorgehen sollte. Klingeln und hochgehen, sich in die Höhle des Löwen wagen oder erstmal abwarten. Er entschied sich für Letzteres.

Finn musste ja irgendwann wieder auftauchen. Richard konnte sich kaum vorstellen, dass der Zuhälter hier wohnte. Dafür war die Adresse nicht teuer genug, eher eine Absteige in einem drittklassigen renovierungsbedürftigen Wohnhaus, von dem der Putz bröckelte und das vollgeschmiert war mit schlechten Tags, wie so viele in der Straße. Mit dem Geld aus der Prostitution konnte Finn sich sicher was Besseres leisten. Während Richard noch über seine nächsten Schritte nachdachte, ging das Licht im Hausflur wieder an. Er lief zurück zu seinem Auto. Nur wenige Sekunden später kam Finn aus der Haustür und stieg in seinen Flitzer.

Er folgte ihm quer durch die Stadt bis zu einem Industriegelände, das von einer hohen Mauer umgeben war. Alte Werbetafeln außen zeigten an, dass dort mal eine Kokerei gestanden hatte. Heute konnte man hier Garagen mieten. Finn stieg aus und öffnete ein Eisentor. Dann fuhr er auf das Gelände. Zu Richards großer Erleichterung ließ Finn das Tor offen stehen. Er griff sich den Elektroschocker und die Kabelbinder, stieg aus dem Wagen und folgte dem Zuhälter im Schutz der Dunkelheit zu Fuß. Der Hof war menschenleer und das einzige Licht fiel aus einer Garage im hinteren Teil, vor der auch der Lotus parkte. Richard schlich bis auf ein paar Meter an das offene Garagentor heran. Von drinnen hörte er eine Stimme. Als er noch näher herankam, konnte er verstehen, was gesprochen wurde.

„Ich hab dir gesagt, dass du mich nicht auf dieser Nummer anrufen sollst."

Es entstand eine Pause, in der die andere Person redete.

„Keine Ahnung, wie spät es ist", blaffte Finn ins Telefon, „was soll der Scheiß? Bist du meine Mutter, oder was? ... Hab ich nicht ... ich ... ach scheiße, jetzt heul doch nicht. Baby, ich bin gleich bei dir, okay? Nur noch eine halbe Stunde, dann kletter ich zu dir ins Bett und wärme dich. Versprochen. Aber jetzt muss ich weitermachen."

Dann war das Gespräch beendet.

„Frauen", grummelte Finn und schüttelte den Kopf.

Von seinem Standort aus konnte Richard einen Blick in das Innere der Garage werfen. Sie war leer bis auf einen hohen grünen Tresor, in den Finn gerade zwei große Umschläge legte. Wahrscheinlich die Tageseinnahmen seiner Mädchen.

Richard hielt die Luft an. Er drückte sich an die Wand neben dem Tor und wartete darauf, dass der Zuhälter rauskam. Als es so weit war, schoss er hervor und zielte mit dem einsatzbereiten Elektroschocker auf Finns Brust. Aber der junge Mann war schneller, schlug ihm das Gerät aus der Hand und landete einen rechten Haken direkt auf seine Schläfe. Richard ging zu Boden und ihm wurde schwarz vor Augen. Wenn er jetzt unterlag, war seine Tochter für immer verloren. Also ignorierte er den Schmerz, sprang auf die Beine und schlug zurück. Seine Rechte war noch treffsicher und Finn taumelte ein paar Schritte rückwärts.

„Du verdammter Hurensohn", schrie der Zuhälter. „Wer bist du und was soll der Scheiß?" Er zückte ein Messer und führte einen Stich aus, dem Richard nur knapp ausweichen konnte. Finn stach mit dem Messer immer wieder durch die Luft und zwang ihn dadurch, weiter zurückzuweichen, bis er über etwas stolperte und in einem Haufen Bauschutt landete, der vor einer anderen Garage aufgetürmt war. Ein stechender Schmerz durchzuckte ihn. Irgendetwas hatte sich durch seinen rechten Oberschenkel gebohrt. Er stöhnte auf.

„Und jetzt, alter Mann, reden wir", knurrte Finn. „Wer schickt dich?"

Richard ließ seinen Angreifer nicht aus den Augen, der ihn offenbar nicht wiedererkannte. Sein Herz raste und sein Verstand lief auf Hochtouren. Er musste schnell sein. Er griff nach einem Brett und schlug Finn von unten mit aller Kraft zwischen die Beine. Der schrie auf, ließ das Messer fallen und krümmte sich vor Schmerz. Richard kam blitzschnell hoch und führte einen zweiten Schlag aus, der Finn am Hinterkopf traf. Der Zuhälter fiel zu Boden, rollte sich auf die Seite und versuchte davonzukriechen. Aber Richard war schneller. Ein dritter Schlag mit dem Brett und Finn regte sich nicht mehr.

Richard schnappte nach Luft, sein Kopf schmerzte von dem Faustschlag, sein Bein pochte und blutete, aber darum würde er sich später kümmern. Er fesselte Finn mit den Kabelbindern, durchsuchte seine Taschen, bis er den Schlüssel gefunden hatte und vergewisserte sich ein letztes Mal, dass der Mann bewusstlos war. Dann humpelte er los, um das Auto zu holen. Als er zurückkam, stellte er erleichtert fest, dass der Mann noch immer am Boden lag. Er klebte Finn ein Stück Klebeband über den Mund, hievte ihn in den Kofferraum seines Wagens, parkte den Lotus in der Garage und wollte gerade gehen, als ihm der Safe einfiel. Tatsächlich passte einer der Schlüssel. Richard nahm alle Umschläge heraus. Es waren mindestens vier oder fünf. Das Geld würde er später zählen. Im Safe lag auch noch ein kleines Büchlein, das er ebenfalls einpackte. Zum Schluss sammelte er den Elektroschocker und das Messer auf, warf einen letzten prüfenden Blick über den Hof und verließ das Gelände.

Auf der Fahrt nach Hause beruhigte er sich langsam. Er fuhr den Wagen in seine Garage und schloss das Tor. Was, wenn der Drecksack wieder zu sich gekommen war? Er musste auf alles gefasst sein. Er kontrollierte, ob der Elektroschocker funktionsfähig war, atmete ein paar Mal tief ein und aus und öffnete dann den Kofferraum.

Finn bäumte sich auf und versuchte zu schreien. Aber das Klebeband hinderte ihn daran. Mehr als ein Stöhnen brachte er nicht hervor. Seine Augen sprühten vor Hass. Richard sah auf den Mann herunter und ein Gefühl tiefster Zufriedenheit durchströmte ihn. Er hatte ihn erwischt. Er verpasste ihm eine Ladung Strom. Dann war Ruhe.

Ächzend schleppte er Finn in den Keller und band ihn mit dem Fahrradschloss um den Hals an einen Stützpfeiler, den er zwischen Decke und Fußboden fest montiert hatte. Finns Hände fesselte er mit Kabelbindern. Die Füße fixierte er vorsorglich mit Klebeband.

Nachdem sein neuer Gast fest verschnürt war, ging er nach oben und verarztete sich selbst. Die Wunde am Bein war schmerzhaft, aber nicht tief. Jod, ein Verband und eine Ibo 600. Danach ging es ihm besser. Jetzt war er wieder im Keller und starrte auf den Mann, der sein Leben in einen Alptraum verwandelt hatte. Bewusstlos sah er noch harmloser aus als im wachen Zustand. Ein Jüngelchen. Eine treffendere Beschreibung fiel ihm nicht ein. Glatte Haut, kaum Bartwuchs, fast noch Babyspeck. Und trotzdem war er der Teufel. Er hatte das Liebste auf der Welt gestohlen und geschändet und dafür würde er büßen. Aber zuerst musste er reden und ihm sagen, was mit Antonia geschehen war. Das hatte oberste Priorität und solange würde er den Scheißkerl leben lassen. Was danach kam, hatte er noch nicht entschieden.

Richard kippte einen Eimer eiskaltes Wasser über Finn aus. Der schüttelte sich, prustete und versuchte sofort, sich zu befreien. Vergeblich. Hasserfüllt starrte Finn ihn an. Er riss ihm das Klebeband vom Mund.

„Was soll der Scheiß?"

„Halt's Maul."

„Mach mich los, du Wichser, dann lass ich dich vielleicht leben."

Richard lachte. Er war beeindruckt von der Arroganz, die ihm entgegenschlug. Den Ernst seiner Lage hatte Finn definitiv noch nicht richtig verstanden. Aber das war unwichtig. Bald würde er verstehen.

„Ich werde dir jetzt erklären, wie das abläuft", sagte Richard in ruhigem und sachlichem Ton. „Du wirst hier nur lebend rauskommen, wenn du mir sagst, was ich wissen will, und es liegt an dir, wie lange du leiden musst. Wenn du mir nicht sagst, was ich wissen will, werde ich dich so lange foltern, bis du nur noch ein blutendes Stück Scheiße bist. Und mit deinen Eiern werde ich anfangen."

Finn funkelte ihn wütend an. „Fick dich, Arschloch. Keine Ahnung, wer dich geschickt hat, Mann, aber von mir erfährst du nichts. Wenn Hassan dahinter steckt, sag ihm, er kann meinen Schwanz lutschen."

Er erkannte ihn noch immer nicht. Wahrscheinlich wegen des Barts. Und wie es aussah, glaubte Finn, von jemandem aus dem Milieu entführt worden zu sein. Richard entschied, das erstmal so stehen zu lassen. Er holte ein Paar Boxhandschuhe, die er bereitgelegt hatte, und machte sich mit ein paar Luftschlägen warm für die erste Runde. Dann zog er den gefesselten Mann auf die Beine und schlug zu.

„Sag mir Bescheid, wenn ich aufhören soll", rief er, nachdem er ein paar Schläge auf Finns Magen und Gesicht ausgeteilt hatte.

Finn versuchte, sich wegzuducken, aber das Schloss um seinen Hals ließ ihm kaum Bewegungsfreiheit. „Bist ja ein ganz Mutiger", höhnte der Zuhälter, spuckte Blut und einen Schneidezahn.

„Falsche Antwort", sagte Richard und schlug erneut zu. Diesmal mit voller Wucht in die Eier.

Finn schrie vor Schmerz. „Du bist sowas von tot, Arschloch", zischte er, als er wieder Luft bekam.

Richard fand es an der Zeit, dass der Mann erfuhr, warum er hier war. Er zog die Boxhandschuhe aus und hielt ihm die Fotografie von Antonia unter die Nase.

„Erkennst du sie?", fragt er.

„Fick dich."

„Schau genau hin, Finn. Das ist meine Tochter."

Finn starrte ihn an. Diesmal blieb die Beschimpfung aus. Hinter seiner Stirn arbeitete es. So langsam begriff er, wo er gelandet war. „Ich hätte dich kaltmachen sollen, als ich die Gelegenheit dazu hatte", fluchte er und spuckte Blut. „Ich wusste, du machst noch Ärger."

„Ja, das hättest du vielleicht tun sollen“, antwortete Richard. „Jetzt bin ich aber am Zug. Wo ist sie?“

„Keine Ahnung. Die Schlampe ist einfach abgehauen. Dachte, sie ist nach Hause zurück.“

Richard zog die Handschuhe wieder an und schlug zu. Mit voller Wucht in die Weichteile. Finn schrie auf. Er wollte sich krümmen, mit den Händen sein Geschlechtsteil schützen. Aber die waren gefesselt.

„Tut sicher weh“, sagte Richard. „Wie oft muss ich wohl zuschlagen, bis du deinen Johannes nicht mehr benutzen kannst?“

Finn keuchte.

„Du hast sie verkauft. An wen?“

Finns Augen weiteten sich vor Überraschung.

„Ich weiß nicht, wo die Bitch jetzt ist.“

Ein dritter Schlag in die Eier. Finn schnappte nach Luft und winselte.

„Du weißt, wer sie hat.“

„Nein, kein Schimmer, Mann. Ehrlich. Bitte hör auf damit. Ich flehe dich an.“

„Ehrlich ist ein Wort, dass jemand wie du nicht in den Mund nehmen sollte“, sagte Richard und schlug ein weiteres Mal zu. Diesmal verlor Finn das Bewusstsein.

Kapitel 19

Um Punkt neun Uhr war das Team vollständig im Büro versammelt, einschließlich des Kollegen Müller. Sogar der Rabe hatte es einrichten können.

„Ich schlage vor, wir beginnen mit Susanne", entschied Franziska. „Sie hat das Wochenende durchgearbeitet, um das Material auf Kochs Computer auszuwerten und ist auf ein paar interessante Dinge gestoßen ..." Sie wurde unterbrochen, weil alle Anwesenden zur Anerkennung von Susannes Einsatz auf den Tisch klopften.

„... und danach würde ich gerne hören, was ihr im Hotel *Zeitlos* und in diesem Saunaclub rausgefunden habt", beendete Franziska ihren Satz.

Florian Neumann glühte vor Eifer und warf einen verstohlenen Blick zu Paul Anders, der ihm konspirativ zuzwinkerte.

„Also Susanne", Franziska nickte der jungen Kollegin zu, „kannst loslegen."

„Danke Franzi." Susanne drückte eine Taste auf ihrem Laptop und die Dateistruktur von Kochs Computer erschien auf der Leinwand.

„Das hier", sie zeigte mit einem Laserpointer auf den Ordner *Pussy Cats*, „sind alles Sammlungen von Fotos und Videos von Prostituierten, zu denen unser Steuerberater in den letzten Jahren Kontakt hatte. Das habt ihr ja am Freitag schon kurz gesehen, als wir über Dolly und ihr Profil sprachen. Insgesamt sind es vier Frauen. Die Ordner sind nach ihnen benannt. Ich hab sie alle nochmal gecheckt und sie sind alle im System. Die Frauen sind entweder als Sexarbeiterinnen angemeldet oder wurden schon mal im Zusammenhang mit Prostitution verhaftet. Ich hab mir das Material genauer angesehen und dabei sind mir ein paar Dinge aufgefallen. Zum einen die Daten. Die meisten Videos sind tatsächlich an einem Mittwoch entstanden. Mit wenigen Ausnahmen."

„Interessant", sagte Franziska. „Kannst du uns eine Aufstellung machen, damit wir das gegebenenfalls mit anderen Kalendereinträgen abgleichen können."

Susanne grinste und reichte ihr einen Ausdruck. „Das hier sind die Monate Juni bis Dezember in diesem Jahr. Ich habe auch die geschäftlichen Termine mit eingetragen, also alles, was ich in seinem Outlook gefunden habe. Die Drehtage, so hab ich die mal genannt, sind rot markiert, Business ist blau, Privates grün. Und dann gibt es noch was Auffälliges. Ein Mittwoch ohne Video hat oft, aber nicht immer, den Eintrag *K*."

Franziska nahm die Blätter entgegen und warf einen Blick drauf. Vom 1. Juni bis zum 20. Dezember gab es zweimal pro Monat einen roten Eintrag mit einem Frauennamen. Meistens an einem Mittwoch, aber nicht immer. Sie zählte drei Montage und zwei Wochenenden. An diesen Wochenenden war Elisabeth Koch offenbar unterwegs gewesen, zumindest stand dort *Lizzy und Andrea bei Alma* oder *Schwiegermutter*. Nur zwischen dem 20. Juli und dem 16. August fehlten die roten Einträge. *Urlaub Gardasee*, las sie stattdessen in Grün. Sie mussten definitiv der Ehefrau noch mal auf den Zahn fühlen, so viel stand fest. Sie verheimlichte ihnen was.

„Was bedeutet *K*?“, fragte Paul.

Susanne zuckte mit den Schultern. „Keine Ahnung.“

„Danke Susanne.“ Franziska nickte der Kollegin anerkennend zu.

„Und was hat es jetzt mit dem anderen Ordner auf sich?“, fragte Rabenmacher.

„Dazu wollte ich gerade kommen, Chef.“ Susannes Finger flogen über die Tastatur. „Ich konnte das Passwort knacken und ...“ Die Finger stoppten.

„Und was?“, fragte Franziska.

„Das, was ihr gleich zu sehen bekommt, ist echt heftig. Es gibt zwei Seiten des lieben Herrn Koch. Eine sanfte und eine sadistische.“

„Du meinst, wie Dr. Jekill und Mr. Hyde?“, fragte Paul.

„Ja, genau.“ Susanne wirkte unschlüssig. „Ich fange mal mit den *Pussy-Cats*-Videos an, die sind softer. Wenn es jemandem zu viel wird, sagt Bescheid.“ Susanne startete einen Film im Ordner *Dolly*.

Kochs geheimes Zimmer, unverkennbar. Das Himmelbett, die Rosentapete, und auf dem Bett eine nackte Frau – Dolly. Sie liegt auf dem Rücken, die Beine gespreizt und befriedigt sich selbst. Dazu Pornostöhnen. Dann dreht sie sich um, kniet auf allen vieren, streckt der Kamera ihren bloßen Hintern entgegen und schaut rückwärts grinsend in die Linse. *Ich will gefickt werden*, sagt sie mit breitem slawischen Akzent. *Komm, besorg's mir!* Ein nackter Mann mit erigiertem Glied betritt die Szene und macht, was Dolly verlangt hat. Sein Gesicht ist außerhalb des Ausschnitts.

Susanne stoppte das Video. „Soweit dazu. Und jetzt noch dieses hier.“

Sie wechselte in den Ordner *Claire* und startet ein zweites Video mit identischen Abläufen, nur mit dem Unterschied, dass die Frau Rheinländerin war.

„Es gibt auch noch Filme von Pearl und Marie, aber die können wir uns sparen. Die Frauen sehen immer gleich aus und die Choreographie wiederholt sich mit leichten Abwandlungen.“

„Das heißt“, brummte Rabenmacher, „unser Mann hat einen bestimmten Frauentyp.“

Tessa Anders nickte. „Sie alle haben lange schwarze, glatte Haare, einen bleichen Teint und knallrote Lippen“, fasste sie zusammen. „An wen erinnert euch das?“

„Schneewittchen“, antwortete Neumann wie aus der Pistole geschossen.

„Lahm“, ätzte Susanne. „Soweit waren wir schon.“

Florian verzog das Gesicht.

„An die Ehefrau“, antwortete Franziska. „Die sieht genau so aus.“

„Stimmt“, bestätigte Tessa. „Frau Koch ist das Original.“

„Weiß wie Schnee, rot wie Blut und schwarz wie Ebenholz“, brummte Rabenmacher. „Und was bringt uns das jetzt?“

Susanne zuckte mit den Schultern. „Erstmal nur diese Erkenntnis. Ich bin aber noch nicht fertig. Es gibt in dem anderen Ordner einen zweiten Typ Frau. Drei Filme, um genau zu sein von Natalia, Momo und Magali. Diese Filme sind allerdings härter. Sado-Maso und Bondage. Wollt ihr sie trotzdem sehen?“

„Ja, fahr mal ab“, sagte Franziska. „Du musst uns nicht so schonen, wir sind doch alle erwachsen.“

„Wie ihr wollt.“ Susanne wechselte in den Ordner *Dollhouse* und startete einen der Filme aus dem Unterordner *Natalia*.

Gleiches Setting, Himmelbett, Rosentapete und eine junge Frau mit braunen Korkenzieherlocken, die auf dem Bett sitzt und teilnahmslos in die Kamera blickt. Sie sieht krank aus, abgemagert, ihre Rippen zeichnen sich deutlich ab. Ihre Locken haben keine Spannkraft mehr, sie ist ungeschminkt und abgesehen von einer Halsfessel, deren Leine zwischen ihren Brüsten baumelt, ist sie nackt.

Ein Mann mit Latexoverall und Maske kommt ins Bild und auf ein stummes Kommando hin steht die Frau auf, er fesselt sie an die Pfosten des Himmelbetts und dann züchtigt er sie mit einer Peitsche. Bei jedem Hieb, den er ausführt, zählt sie laut mit: „Eins, mein Gebieter, zwei, mein Gebieter“, bis zwanzig. Mittlerweile hat sie rote Striemen auf der Haut. Schnitt. Sie liegt rücklings auf dem Bett, an Händen und Füßen gefesselt und wird von ihrem Peiniger mit einem elektrischen Gerät stimuliert. Sie schreit und stemmt sich gegen die Fesseln. Schnitt. Sie kniet vor ihm auf dem Boden, die Hände sind an ihre Oberschenkel gebunden, er hält ihren Kopf fest. Sie befriedigt ihn oral.

An der Stelle stoppte Susanne den Film. Alle atmeten erleichtert auf.

„Was zum Teufel war das?“ Rabenmacher fand zuerst seine Sprache wieder.

„Ich denke, wir wurden hier gerade entweder Zeugen einer Vergewaltigung oder eines SM-Rollenspiels", antwortete Susanne. „Ich spule mal ein bisschen vor, denn es dauert, bis das Schwein zum Ende kommt."

Letzte Szene. Natalia kniet auf allen vieren auf dem Bett. Jemand hat ihr eine schwarze Maske übergezogen, die ihr Gesicht vollkommen bedeckt. Im Mund steckt ein roter Knebelball. Er ist von hinten in sie eingedrungen und zieht mit der Leine der Halsfessel ihren Kopf so weit zurück, dass sie kaum atmen kann. Man hört ihr Röcheln und sein Stöhnen, als er zum Höhepunkt kommt. Dann lässt er von ihr ab, geht aus dem Bild, die Kamera stoppt.

„Zigarettenpause", verkündete Rabenmacher schwer atmend. „Wir machen in zehn Minuten weiter."

Franziska stand auf. Frische Luft und Nikotin waren eine gute Idee. Paul Anders folgte ihnen auf den Balkon, der nur von den Rauchern der Etage benutzt wurde. Rabenmacher steckte sich eins seiner Zigarillos an und Paul bot Franziska eine American Spirit an. Eigentlich hatte sie letztes Jahr mit dem Rauchen aufgehört. Uneigentlich war das Verlangen nach einer Zigarette aber gerade so übermächtig, dass sie gar nicht erst versuchen wollte, es zu besiegen.

Franziska zog, atmete aus und hustete. Ihr wurde schwindelig, dann war der Moment vorbei, sie zog ein zweites Mal und blies den Rauch genüsslich in die kalte Winterluft. Wochenlanger Entzug und Qual und am Ende brauchte es nur zwei Züge und der Körper war wieder an das Nikotin gewöhnt.

Rabenmacher formte einen Rauchkringel. „Ich fürchte, wir sind da auf eine ganz große Schweinerei gestoßen."

„Sieht so aus", bestätigte Franziska. „Die Frage ist nur, was das alles mit dem Überfall auf den Steuerberater zu tun hat."

„Vielleicht ist der einem Zuhälter auf die Füße getreten", überlegte Paul.

„Wenn das ein Milieu-Ding ist, dann gute Nacht Mattes", meinte Rabenmacher. „Aus den Typen kriegst du nichts raus. Die halten zusammen wie Pech und Schwefel."

„Wir stehen erst ganz am Anfang", beschwichtigte Franziska ihren Chef. „Gib mir ein paar Tage, um herauszufinden, wer die drei Frauen aus dem *Dollhouse* Ordner sind. Vielleicht kann Elisabeth Koch uns weiterhelfen."

Paul Anders runzelte die Stirn. „Sie glauben, die Frau weiß davon?"

Franziska zuckte mit den Schultern. „Nicht auszuschließen. Fragen müssen wir sie."

„Morgen ist Heiligabend", sagte Rabenmacher. „Meine Frau bringt mich um, wenn ich die nächsten zwei Tage nicht zur Verfügung stehe."

„Ich melde mich nur im absoluten Notfall bei dir, versprochen."

Franziska kannte die Frau vom Chef. Hannelore Rabenmacher. Eine freundliche, aber resolute Person, mit der man sich besser nicht anlegte. Sie hatte so viele Jahre wegen seiner Arbeit zurückstecken müssen und eines Tages hatte sie ihn vor die Wahl gestellt. Sein Job oder sie. Er hatte sich für sie entschieden, was unter anderem bedeutete, an Geburtstagen und Feiertagen für die Familie da zu sein. Sprich, für sie und die gemeinsamen vier Kinder und Enkelkinder.

Rabenmacher nickte und klopfte Franziska auf die Schulter. „Kommt, hier ist es eisig kalt. Lasst uns wieder reingehen."

Im Besprechungsraum war es kühl. Irgendjemand hatte frische Luft hereingelassen.

„Harter Tobak", konstatierte Franziska, als alle wieder saßen. Dann sah sie Susanne an. „Wie geht es dir?" Auf dem Balkon draußen hatte sie kurz darüber nachgedacht, was die Kollegin alles auf sich genommen hatte, um die Videos auszuwerten.

„Alles gut", antwortete Susanne.

„Was haben wir da gerade gesehen?", fragte Franziska in die Runde. „Ich muss gestehen, ich kenne mich in der Szene nicht aus. War das eine Verabredung zwischen zwei gleichberechtigten Erwachsenen, die einfach nur, wie soll ich sagen, besondere Vorlieben haben, oder wurden wir hier wirklich Zeuge einer Vergewaltigung."

„Das ist nicht leicht zu beantworten", ergriff Karl Müller das Wort. „Für Sexualpräferenzen, die unter die Sammelbezeichnung BDSM fallen, war das gerade vergleichsweise harmlos. Dabei geht es ja um Verhaltensweisen, die mit Dominanz und Unterwerfung, spielerischer Bestrafung sowie Lustschmerz oder Fesselspielen einhergehen. Das Ganze dann in der bekannten Verkleidung. Lack, Leder, Latex."

Franziska nickte. Überzeugend fand sie das nicht.

„BDSM wird oft mit sexueller Gewalt und einer stereotypen Rolle der Frau assoziiert und steht damit vor allem in feministischen Kreisen scharf in der Kritik", fuhr Müller fort. „Das, was wir da eben gesehen haben, könnte durchaus ein Sexsklavinnen-Rollenspiel gewesen sein. Sie nennt ihn Meister und zählt seine Peitschenhiebe. Das ist nicht unüblich."

„Das klingt nach einem riesigen ODER", sagte Paul Anders.

Müller holte Luft. „Oder, die Frau ist wirklich eine Gefangene und wird vor laufender Kamera zu all dem gezwungen. Dann gibt es für sie kein Ausstiegswort, keinerlei Sicherheiten, sondern nur unerwünschten Schmerz und Erniedrigung."

„Großer Gott", keuchte Rabenmacher. „Wie kann man das denn jetzt voneinander unterscheiden?"

„Gibt es noch mehr Filme?", fragte Karl Müller an Susanne gerichtet.

„Nur von den anderen beiden Frauen", sagte Susanne „Einen mit Magali und einen mit Momo und Magali zusammen. Allerdings liegen die Zeitstempel weit auseinander. Das Magali Solo-Video ist von 2017. Das Video, auf dem sie zusammen mit dieser Momo ist, ist erst ein paar Wochen alt, Oktober. Aber es gibt noch etwas, dass ihr wissen müsst. Vier Tage nach dem Natalia-Video, das ihr gerade gesehen habt, wurde die Leiche der Frau im Rhein gefunden."

„Natalia ist tot?" Franziska holte tief Luft.

„Wann war das?", fragte Müller.

„2016. Vor drei Jahren."

„Haben wir von der Frau vielleicht Fotos?"

„Ja, die gibt es“, bestätigte Susanne. Die sind aber älter, von 2014 und 2015.“

„Machen Sie die doch mal auf“, bat Müller.

„Wozu?“, fragte Franziska.

„Mich interessiert ihr Zustand auf den älteren Aufnahmen. Ich finde nämlich, sie sieht schon sehr mitgenommen aus.“

Susanne öffnete ein Foto.

Natalia liegt gefesselt in einem weißen Babydoll auf dem Bett und lächelt. Ihr Höschen liegt neben ihr, ebenso eine Peitsche und Handschellen.

„Können Sie aus dem Film von eben mal ein Standbild von dem Gesicht der Frau machen und das heranzoomen“, bat Müller.

Susanne drückte ein paar Tasten und stellte beide Bilder nebeneinander.

„Seht ihr das? Es ist so, wie ich vermutet habe“, sagte Müller und zeigte auf das ältere Foto. „Sie wiegt mindestens zehn Kilo mehr, ihre Locken haben Spannkraft, ihr Blick ist voller Leben.“

„Das heißt“, sagte Franziska, „wenn wir davon ausgehen, dass die Frau entführt und eingesperrt wurde, dann hat ihr Entführer sie missbraucht und gefoltert, lässt sie hungern und dursten. Wer weiß, vielleicht hat er übertrieben und sie wurde für ihn nutzlos, dann hat er sie einfach entsorgt.“

„Oder die Frau war cracksüchtig und hat sich selbst so runtergewirtschaftet“, gab Karl Müller zu bedenken.

„Ist das denn überhaupt Andreas Koch auf dem Video?“, fragte Tessa in die Runde.

„Das ist schwer zu sagen“, antwortete Susanne. „Der Mann ist ja komplett verhüllt.“

„Von der Statur her würde ich aber sagen, er ist es nicht“, sagte Franziska.

„Wie kommst du darauf?“, fragte Susanne.

„Der Koch ist nicht sehr groß. 1,75 cm stand im Bericht. Der Mann aus dem Video ist aber größer. Mindestens zehn Zentimeter.“ Und als sie in die erstaunten Gesichter ihrer Kollegen blickte, fügte sie hinzu: „Die Pfosten des Bettgestells sind ungefähr wie hoch?“, sie warf Tessa Anders einen fragenden Blick zu. „Zwei Meter?“

Tessa nickte. „Kommt hin.“

„Okay“, sagte Susanne. „Dieser Mann hier ist dann mindestens 1,85 cm oder 1,90 cm.“

„Und was heißt das jetzt?“, fragte Neumann

„Dass es zwei Männer gibt“, sagte Susanne.

Alle schwiegen einen Moment, um diese neue Erkenntnis zu verarbeiten.

„Zwei Männer also“, sagte Franziska. „Das passt zu der Aussage von der alten Madame Rose. Nur so macht das Ganze Sinn. Auf der einen Seite haben wir Videos, auf denen Prostituierte dem Herrn Koch eine schöne Zeit bereiten. Das kann man jetzt gut finden oder nicht, ist aber nicht illegal. Was dort mit dieser armen Natalia passiert, ist was ganz anderes. Oder etwa nicht? Für mich sieht das schon so aus, als wäre die Frau eine Gefangene, eine Sexsklavin oder wie auch immer man das nennen will. Da lebt jemand einen BDSM-Fetisch aus oder Schlimmeres und Herr Koch ist hin und wieder als Gast dabei, zum Beispiel mittwochs.“

„Oder er schaut nur gerne SM-Videos“, warf Karl Müller ein.

„Oder so“, bestätigte Franziska.

„Und der zweite Mann ist unser *K*?“, fragte Neumann.

„Möglich. Das müssen wir rausfinden."

„Könnte es vielleicht auch dieser Seifert sein?", fragte Neumann.

Franziska schüttelte den Kopf. „Zu klein. Außerdem hat Seifert eine vollkommen andere Statur."

„Woran ist Natalia denn überhaupt gestorben?", wollte der Rabe wissen.

„Sie ist angeblich ertrunken."

„Warum angeblich?"

Susanne richtete sich auf. „Ich fasse das am besten mal kurz für euch zusammen. Ich hab mir die Fallakte kommen lassen. Im Juli 2016 hat ein Jogger bei Hitdorf eine tote Frau am Rheinufer gefunden. Laut Obduktionsbericht ist die Frau ertrunken. Fremdverschulden konnte nicht nachgewiesen werden, daher ging man von einem Selbstmord oder Unfall aus. Die Fingerabdrücke der Toten waren nicht im System und die äußeren Verletzungen sind allesamt postmortal entstanden durch Tierfraß und die Strömung."

„Und das Tox-Gutachten?", fragte Franziska.

„Negativ. Aber das muss nichts heißen. Die Frau lag mindestens vier Tage im Wasser. Benzodiazepine zum Beispiel sind im Blut maximal 24 Stunden, im Urin höchstens drei Tage nachweisbar, ähnlich verhält es sich mit Alkohol. Trotzdem ist der Fall seltsam", sagte Susanne und scrollte in ihren Aufzeichnungen. „Der Schaumpilz war so schwach ausgeprägt, dass der Rechtsmediziner davon ausgeht, dass die Frau zum Zeitpunkt des Ertrinkens bewusstlos war."

„Kannst du das mit dem Schaumpilz mal näher erklären", bat Franziska.

„Das ist ein weißer Schaum vor Mund und Nase oder, wie in unserem Fall, in der Luftröhre, der erst nach der Bergung einer Wasserleiche zutage tritt. Damit sich so ein Pilz überhaupt bildet, muss das Opfer noch geatmet haben, als es unter Wasser geriet. Wenn jemand bei vollem Bewusstsein ertrinkt, dann kämpft der- oder diejenige zäh ums Überleben. Das heißt, es kommt zu einem ausgeprägten Wechsel von Luft- und Wassereinatmung. Stellt euch einfach einen Schwimmer vor, der vor Erschöpfung nicht mehr weiterkommt. Der schlägt und rudert wild um sich, bevor er untergeht. Wenn aber jemand unter Wasser gedrückt wird oder bewusstlos ist, dann ist das Luft-Wasser-Gemisch in der Lunge weniger ausgeprägt, da wird praktisch nur Wasser eingeatmet, ergo: weniger Schaumpilz."

„Das heißt", sagte Franziska, „unsere Tote ist entweder ertränkt worden oder bewusstlos ins Wasser geraten."

Susanne nickte. „Schwer alkoholisiert reicht ja. Es gilt allerdings als gesichert, dass man sie nicht unter Wasser gedrückt hat. Dafür gab es keine Anzeichen. Das Tattoo auf ihrem linken Oberarm hat letztendlich den entscheidenden Durchbruch für die Identifizierung gebracht. Ich weiß nicht, ob euch das eben in dem Video aufgefallen ist. Das ist ein kleiner Geldsack mit einem Blitz und der konnte zweifelsfrei zu einem albanischen Zuhälter zurückverfolgt und die Tote damit als Natalia Maskovska identifiziert werden. Eine Prostituierte aus der Slowakei. Der Zuhälter hatte natürlich ein wasserdichtes Alibi und weitere Spuren gab es nicht. Also wurde der Fall als Unfall oder Suizid eingestuft und zu den Akten gelegt."

„Die Zuhälter brandmarken oder tätowieren ihre Mädchen, um zu zeigen, wem sie gehören“, erklärte Karl Müller. „Manche haben sogar mehrere Tätowierungen, weil jeder Zuhälter sein eigenes Label hinterlässt. Manchmal sind es Säcke voll Geld, so wie bei Natalia, oder Diamanten. Manchmal prangt der Name des Zuhälters auch von der Stirn. Ich hab sogar schon Barcodes gesehen.“

„Wie Vieh oder Sklaven“, sagte Franziska angewidert.

„So ist das mit der Zwangsprostitution. Die Frauen sind Eigentum dieser Männer, die über ihren Körper und damit über ihr Leben bestimmen. Wer was anderes behauptet, betreibt Augenwischerei.“

„Natalia hatte noch ein zweites Zeichen, nicht gestochen, sondern eingebrannt“, ergänzte Susanne. „Der Albaner hat ausgesagt, das sei nicht von ihm. Es handelt sich um eine liegende Acht mit dem Schriftzug IMPERIA.“

„Wisst ihr was darüber?“, fragte Paul Anders und rutschte aufgeregt auf seinem Stuhl hin und her.

Susanne schüttelte den Kopf. „Noch nicht. Aber ich bin dran.“

Tessa sah ihren Bruder stirnrunzelnd an. „Hast du das schon mal gesehen?“

Paul schüttelte den Kopf. „Gesehen nicht. Aber ich hab davon gehört. Ist ne Weile her. Muss ich in meinen Unterlagen raussuchen.“

Für einen Moment schwiegen alle und jeder hing seinen Gedanken nach.

Schließlich ergriff Franziska das Wort. „Eine tote Prostituierte, Zuhälter, Saunaclubs.“ Sie schaute zu ihren Kollegen. „Ein Steuerberater mit besonderen sexuellen Vorlieben und Verbindungen ins Milieu wird zusammengeschlagen. Glaubt ihr an Zufall?"

Alle schüttelten den Kopf.

„Ich auch nicht." Sie wendete ihre Aufmerksamkeit wieder Susanne zu. „Wer hat damals den Fall von Natalia bearbeitet?"

„Lothar Röttgen", antwortete sie. „Er wartet auf deinen Anruf. Hab dir seine Nummer geschickt."

„Ich fasse noch mal zusammen", sagte Franziska und schaute auf ihre Notizen. „Wir haben insgesamt sieben Ordner mit Frauen, die in Kochs Spielzimmer gefilmt wurden. Vier *Pussy Cats* vom Typ Schneewittchen und drei Lockenköpfe aus dem Ordner *Dollhouse*. Die einen scheinen freiwillig mitzumachen, bei denen mit den Locken sind wir nicht sicher. Eine von ihnen, Natalia, ist tot. Was wissen wir von den anderen beiden?"

Susanne schüttelte den Kopf. „Nichts. Keine Spur von einer Momo oder Magali in unseren Datenbanken oder auf den Seiten der Clubs. Natalia hab ich auch nur gefunden, weil sie tot ist."

„Dann gehen wir davon aus, dass die beiden anderen Frauen noch leben?" Rabenmacher schaute fragend in die Runde.

„Die Zeitstempel der letzten Videos lassen diese Vermutung zu", sagte Susanne. „Das Letzte wurde drei Tage vor dem Überfall auf den Koch aufgenommen. Da sind Momo und Magali zusammen drauf."

„Zusammen?", fragte Franziska. „Wie schlimm ist es?"

„Ziemlich schlimm", antwortete Susanne.

„So wie bei Natalia eben?", fragte Tessa.

„Schlimmer. Er zwingt sie, sich gegenseitig zu foltern."

Alle starrten Susanne an.

„Im Ernst. Der Typ ist ein Sadist. Überzeugt euch selbst. Ich konnte es mir allerdings nicht ganz ansehen, hab vorgespult, weil ich wissen wollte, ob die Frau überlebt."

„So heftig?", fragte Franziska.

Susanne nickte. „Und ich spoiler mal. Dieses Mal hat sie es geschafft."

Alle schwiegen.

„Ich bin dafür, dass wir uns das ansehen", sagte Tessa. „Damit wir verstehen, womit wir es zu tun haben."

Franziska blickte von einem zum anderen. „Das ist freiwillig", entschied sie. „Wenn jemand so lange eine Rauchen gehen oder sich einen Kaffee holen will ..."

Als niemand Anstalten machte, den Raum zu verlassen, startete Susanne ein weiteres Video und sie wurden Zeugen, wie eine junge Frau fast zu Tode gequält wurde. Ihre Schreie würde Franziska nie wieder vergessen. Neumann war der Erste, der es nicht mehr aushielt und aus dem Raum stürmte.

„Mach das aus", bat Franziska nach ein paar Minuten. „Ich denke, wir haben genug gesehen." Dann stand sie auf, öffnete das Fenster und atmete tief die kalte Winterluft ein. Sie war den Tränen nah und ihre Hände zitterten. Am liebsten hätte sie in diesem Moment alles hingeschmissen. Sie hatte keine Lust, einen perversen Sadisten zu jagen, der Frauen zum Spaß quälte und sie tötete, wenn er es geschafft hatte, sie zu zerstören. Wie gerne wäre sie jetzt bei Jenny in Kanada oder an einem anderen weit entfernten und friedlichen Ort.

„Okay Leute“, durchbrach Rabenmacher die Stille. „Ich denke, wir sind uns einig, dass das gerade kein Rollenspiel war. Oder, Herr Müller?“

Karl nickte. „Davon gehe ich aus.“

„Franzi? Alles in Ordnung?“

Franziska schloss das Fenster, atmete tief durch und drehte sich zu ihrem Team um.

„Ich weiß, Weihnachten steht vor der Tür und jeder von uns wäre sicher gerne woanders. Palmen, Sandstrand, Berghütte, nur nicht hier mit sowas.“ Sie zeigte auf die jetzt weiße Leinwand, auf der nur wenige Minuten zuvor die schlimmen Folterszenen zu sehen gewesen waren. „Ich kann mir vorstellen, wie ihr euch gerade fühlt, aber wir sind diejenigen, die die Chance haben, das zu beenden.“ Sie holte Luft. „Wir sind wahrscheinlich die Einzigen, die Bescheid wissen und wenn es auch nur eine klitzekleine Chance gibt, Momo und Magali zu retten, dann müssen wir sie nutzen. Ohne unsere Hilfe sind diese Frauen definitiv verloren und werden noch sehr lange leiden. Erlösung finden sie nur durch den Tod.“ Sie blickte ernst von einem zum anderen.

"Dann schnappen wir uns den Wichser“, rief Susanne und schlug mit der Hand auf den Tisch.

„Vielleicht gelingt uns ja ein Weihnachtsmärchen“, stimmte Tessa mit ein und schlug ebenfalls auf den Tisch.

„Ich denke auch, wir sollten uns an die Arbeit machen“, sagte Karl und Paul Anders nickte.

Franziska atmete erleichtert auf und lächelte dankbar.

„Eine Stunde Pause, dann machen wir weiter mit eurem Ausflug in den Saunaclub."

Dezember 2019

Als die Tür von ihrem Käfig aufging, wagte sie es nicht, sich zu bewegen. Er zog sie heraus und half ihr auf die Füße.

Sie war blutverschmiert, halb verhungert und stank fürchterlich nach ihren eigenen Fäkalien. Ein paar ihrer Verletzungen hatten sich entzündet.

„Zwing mich nie wieder dazu, dir sowas anzutun."

Sie nickte und Tränen liefen ihr über die schmutzigen Wangen.

Sie hatte ihm widersprochen, hatte sich geweigert, die Andere zu foltern. Daraufhin hatte er den Spieß umgedreht und die Andere hatte weniger moralische Bedenken gehabt. Als er mit ihr fertig war, sperrte er sie in einen winzigen Käfig und ließ sie dort tagelang allein. Ohne Essen. Ein Napf mit Wasser war alles, was er ihr hingestellt hatte. Wie bei einem Tier. Sie dachte ein paar Mal, es sei vorbei. Er würde nicht wiederkommen und sie sterben lassen. Es gab Momente, da sehnte sie den Tod herbei. Das Ende ihres Martyriums. Aber sie hätte es besser wissen müssen. So ein Spielzeug wie sie, das schmeißt man nicht einfach weg. Man haut es vielleicht kaputt, aber dann repariert man es wieder. Sie hatte einen Fehler gemacht und er hatte sie bestraft. Daran geilte er sich auf. Das war sein Elixier und ganz sicher auch eine lukrative Einnahmequelle.

Sie hatte schnell verstanden, dass er aus ihrem Leid Kapital schlug und die Videoaufnahmen nicht nur für seine Privatsammlung waren. Denn er hatte immer eine Maske auf, wenn sie in der Folterkammer waren, und er trug stets einen Latexoverall und diesen unheimlichen schwarzen Kapuzenmantel. Wozu der Aufwand, Gesicht und Körper unkenntlich zu machen, wenn nicht aus Sicherheitsgründen?

„Hast du mir was zu sagen?“, fragte er.

„Es tut mir leid. Ich werde nie wieder ungehorsam sein.“

„Braves Mädchen“, sagte er und strich ihr über die verklebten Haare. „Ich will dir glauben.“ Er kniff ihr in die Wange wie bei einem Kleinkind. „Dann machen wir dich mal sauber und versorgen deine Wunden“, sagte er, „und danach bekommst du zu essen. Du hast sicher Hunger.“

Etwas später war sie gereinigt, verarztet und gekämmt, hatte einen sauberen Kimono an und vor ihr, auf einem kleinen Tisch, lagen Sandwiches und eine Flasche Apfelsaft. Der Saft schmeckte köstlich. Sie hatte seit Monaten nur Wasser bekommen. Die Süße trieb ihr die Tränen in die Augen.

„Lecker, was?“

Sie nickte. „Danke, mein Gebieter, für diesen Saft.“

„Du könntest jeden Tag Saft haben, wenn du dich gut aufführst. Wie wäre das?“

„Das wäre wunderbar, mein Gebieter.“

„Du fragst dich sicher, was du dafür tun musst?“

Sie nickte vorsichtig.

„Ich werde es dir sagen.“ Er machte eine kurze Pause. „Töte Magali.“

Sie riss die Augen auf. War das der Name der Anderen?

„Sie ist schon zu lange bei mir. Drei Jahre. Sie ist verbraucht."

Ein leises Stöhnen entwich ihrer Kehle. Drei Jahre.

„Und wenn ich es nicht tue?", fragte sie tapfer. Es war nur eine Frage.

„Dann wird sie dich töten. Das wäre zwar jammerschade, aber nicht zu ändern." Er zuckte teilnahmslos mit den Schultern. „Das sind die Regeln. Deine Entscheidung."

Kapitel 20

Nach der Pause war auch Neumann zurück, zwar noch etwas blass um die Nase, aber er hatte ausdrücklich erklärt, dass er, wie alle anderen, an dem Fall weiterarbeiten wollte.

„Ich habe von Dolly erfahren, dass eine gewisse Momo seit September spurlos verschwunden ist“, sagte er, nachdem Franziska ihn aufgefordert hatte, vom Ausflug in den Saunaclub *Paradies* zu berichten.

„Das hast du gestern gar nicht erwähnt“, sagte Paul Anders irritiert.

Neumann wurde rot. „Sorry, aber ich wusste nicht, was ich dir alles sagen darf.“

„Herr Anders ist Teil des Teams“, erklärte Rabenmacher. „Sie müssen vor ihm nichts geheimhalten.“

Neumann nickte.

„Was bedeutet spurlos verschwunden?“, nahm Franziska den Faden wieder auf.

„Sie hat im *Paradies* gearbeitet und ist von einem auf den anderen Tag dort nicht mehr erschienen. Auch im *Temple of Love* nicht.“

„Dolly und Momo arbeiten in beiden Clubs?“, fragte Karl Müller.

„Das hat zumindest Dolly so gesagt.“

„Das ist nicht unbedingt üblich“, erklärte Karl. „Es sei denn, die Clubs gehören einem Betreiber.“

Franziska warf Susanne einen Blick zu, die sich daraufhin eine Notiz machte. Die Liste von Dingen, die sie untersuchen mussten wurde immer länger.

„Was hat Dolly noch über Momo gesagt?“, fragte Franziska.“

„Momo ist die Freundin eines gewissen Finn“, erklärte Neumann, „und der behauptet, sie wäre abgehauen. Aber Dolly glaubt ihm nicht. Sie sagt, da ist was faul.“

„Wer ist dieser Finn?“, fragte Franziska. Der Name kam ihr irgendwie bekannt vor, aber sie konnte ihn nicht einordnen.

„Dolly sagt, er ist ein Loverboy und Momo ist eins seiner Mädchen.“

„Was ist denn ein Loverboy?“, fragte Susanne.

Karl Müller räusperte sich. „Ich denke, das kann ich erklären. Loverboys sind Männer im Alter zwischen achtzehn und dreißig Jahren, die eine Liebesbeziehung mit einem Mädchen oder einer jungen Frau vortäuschen, um sie später in die Prostitution zu zwingen. Die Mädchen werden emotional manipuliert, sozial isoliert und dann mit Drogen, Gewalt und Drohungen hörig gemacht. Die Opfer sind oft sehr jung, zum Teil erst zwölf oder dreizehn.“

„Was sind das für Mädchen?“, fragte Franziska.

„Du meinst das soziale Umfeld?“

Sie nickte.

„Bunt gemischt. Vom sozialen Brennpunkt bis zum Akademikerhaushalt alles dabei. Die Herkunft macht keinen Unterschied. Nicht selten sind auch die eher Überbehüteten die Opfer. Mädchen in einem gewissen

Alter habe alle eines gemeinsam. Sie sind emotional instabil und vollkommen unerfahren. Teenager eben. Die Hormone spielen verrückt. Erinnert euch an eure ersten Gehversuche auf dem Feld der Liebe. Und dann stellt euch vor, dass ein Traumtyp, der aussieht wie ein Filmstar, euch den Hof macht. Er gibt den Mädchen das Gefühl, etwas ganz Besonderes zu sein. Natürlich haben die Loverboys ein Händchen dafür, die Schwachen aus der Gruppe herauszupicken. Die, die vielleicht eher introvertiert sind oder weniger Freunde haben. Die sind leichter zu ködern. Aber alle Mädchen können potenziell Opfer dieser Masche werden. Und wenn das Mädchen sich erst in den Loverboy verliebt hat, wird er es sozial isolieren und anschließend massiv unter Druck setzen, damit sie für ihn anschaffen geht."

„Wie das?", fragte Neumann. „Ich meine, wenn die nicht will, was ist dann?"

„Gewalt, Lügen, Drohungen. Die Bandbreite ist groß. Vergessen Sie bitte nicht, die Mädchen sind oft noch Teenager und der Mann, den sie über alles lieben, braucht zum Beispiel ihre Hilfe. Ganz typische Masche. Erst überhäuft er sie wochenlang mit Aufmerksamkeit und Geschenken und dann kommt er plötzlich an und sagt, dass er schnell 10.000 Euro braucht. Und sie kann ihm helfen, indem sie für ihn anschaffen geht. Angeblich nur für kurze Zeit. Oder sie drücken den Mädchen irgendwelche Schulden auf. Verträge, teure Anschaffungen, die sie zurückzahlen müssen. Oder sie wenden gleich Gewalt an. Die Mädchen werden verprügelt, vergewaltigt und die Familie wird bedroht."

„Also, Loverboy gleich fieser Zuhälter", fasste Susanne zusammen.

Müller nickte. „Kann man so sehen. Hat aber neben der rein geschäftlichen Beziehung immer auch diese starke emotionale Komponente. Die Mädchen sind in die Männer verliebt. Oft leben die auch zusammen und zumindest sie träumt von einer gemeinsamen Zukunft. Versteht ihr?"

„Wissen wir, wie dieser Finn mit Nachnamen heißt?", fragte Franziska.

Neumann schüttelte den Kopf. „Hab ich gefragt, aber Dolly kennt ihn nur als Finn. Sie ist sich nicht mal sicher, ob das sein richtiger Name ist."

„Ist das der Typ?", fragte Susanne, die in der Zwischenzeit eine Personenabfrage gemacht hatte. Sie projizierte ein Foto an die Wand.

Neumann zuckte mit den Schultern, aber Franziska nickte. „Ja, das ist er."

Alle starrten sie an.

„Der ist mir zufällig im *Temple of Love* über den Weg gelaufen. Hübscher Bengel. Kein Wunder, dass er Erfolg bei den Mädchen hat." Sie dachte mit Grauen daran, dass ihre eigene Tochter so einem Typen auf den Leim gehen könnte.

„Finn Larson", las Susanne vor. „25 Jahre alt, vorbestraft wegen Zuhälterei und Drogenbesitz. Ist aber seit drei Jahren nicht mehr aktenkundig. Was ja nichts heißen muss."

„Was ist das für ein Name?"

Susanne zuckte mit den Schultern. „Klingt skandinavisch. Aber Finn ist in Leverkusen geboren und dort auch aufgewachsen."

„Mein Verdacht erhärtet sich“, sagte Karl Müller. „Es sieht sehr danach aus, dass die beiden Clubs zusammengehören.“

„Bekommen wir raus“, sagte Franziska.

Dann sah sie Neumann an. „Wie kommt es eigentlich, dass Dana Markow Ihnen gegenüber so redselig war?“ Franziska zog es vor, die Frau bei ihrem richtigen Namen zu nennen.

Neumanns Ohren glühten. „Sie hat mich von Anfang an durchschaut“, gestand er kleinlaut.

„Ach, Florian“, sagte Susanne. „Mach dir nichts draus. Das passiert den Besten.“ Sie grinste ihren Kollegen frech an.

„Ich hatte ja gesagt, dass es eine dumme Idee ist, mich dahin zu schicken“, protestierte Neumann. „Die Frauen dort haben einen ziemlich guten Radar. Für Schwule und für Bullen. Dolly hat mich extra auf eins der Zimmer geschleppt, damit nicht mehr Leute mitkriegen, dass ich von der Polizei bin.“

„Ist ja gut“, beschwichtigte Franziska den Praktikanten. „Worüber haben Sie noch mit ihr gesprochen?“

„Zuerst hat sie nach Claire gefragt. Aber da sind wir ja nicht weiter. Dann hat sie mir von dieser anderen Frau, dieser Momo, erzählt und den Namen Finn ins Spiel gebracht. Ich glaube, damit lehnt sie sich sehr weit aus dem Fenster, wenn ihr mich fragt.“

„Und was noch?“ Franziska hatte den Eindruck, dass da noch mehr kam.

„Wir haben uns über Andreas Koch unterhalten. Laut Dolly ist er ein netter älterer Herr. Sie hat ihn gern und hat sich nach seinem Zustand erkundigt.“

„Sie wusste von dem Überfall?“

„Stand doch in der Zeitung“, gab Susanne zu bedenken.

„Und Seifert hat sicher auch gequatscht“, überlegte Franziska.

„Wundert dich das?“, fragte Rabenmacher.

Franziska schüttelte den Kopf. „Nicht wirklich. Wahrscheinlich ist der Überfall auf den Steuerberater gerade das Top Thema in den Clubs.“

„Und was ist mit dir, Paul?“, fragte Tessa. „Was hast du denn so getrieben, während Florian mit Dolly unterwegs war?“

„Ich habe jemanden getroffen, den ich zufällig kenne und dieser jemand wird mit uns kooperieren. Also wahrscheinlich ... ich meine ... hoffentlich.“

„Wer ist es denn?“, fragte Franziska. Ihr gefiel die Unsicherheit des Journalisten.

„Ein gewisser Salvatore Russo. Er betreibt ein italienisches Restaurant im Agnesviertel.“

„Das *Russo*?“ Franziska zog eine Augenbraue hoch. Sie kannte den Laden und auch dessen Chef, zumindest vom Sehen.

Paul nickte. „Genau das. Es war ihm sehr unangenehm, jemanden im Club zu treffen, der ihn kennt. Aber das können wir uns zu Nutze machen, denke ich.“

„Wir bestellen ihn zur Befragung ins Präsidium“, entschied Franziska.

„Vielleicht ist ein intimeres Treffen im Restaurant besser?“ Pauls Blick ruhte auf Franziska.

Sie wollte abwinken, aber dann erinnerte sie sich an die Worte des Raben. *Denk um die Ecke und sei aufgeschlossen für kreative Ideen.*

„In Ordnung", lenkte sie ein. „Ein Abendessen klingt gut." Mit Paul Anders, fügte sie in Gedanken hinzu und spürte, wie ihr Herz einen kleinen Hüpfer machte.

„Gute Arbeit, ihr beiden", lobte sie. „Ihr habt das Beste aus einer schwierigen Situation gemacht."

Neumann wurde erneut rot und lächelte.

„Haben wir noch was?", fragte Franziska.

„Nur ganz kurz was zum Hotel *Zeitlos*", sagte Tessa Anders. Sie machte eine Pause, bis alle sie erwartungsvoll anschauten.

„Das war eine Sackgasse. Anton, der Kellner, der an dem Abend Dienst hatte, konnte zwar bestätigen, dass Claire da war, aber sie hat mit ihrem Kunden das Hotel ziemlich bald wieder verlassen. Sie hat wohl nicht einmal ihren Drink ausgetrunken."

„Wo ist sie denn hin?", fragte Franziska mit einem Blick auf Susanne.

„Da haben wir ein Problem. Ich konnte das Handy zum fraglichen Zeitpunkt zwar im Hotel orten. Aber nur wenige Minuten später ist es ausgegangen und wurde seitdem auch nicht wieder eingeschaltet."

„So ein Mist", fluchte Franziska. „Habt ihr eine Beschreibung des Mannes?"

„Attraktiv, blondes kurzgeschnittenes Haar, Vollbart, teurer Anzug. Anton schätzt ihn auf Anfang Mitte fünfzig."

„Mehr gibt es nicht?"

Tessa schüttelte den Kopf. „Der Kellner sagt, er hat den Typ vorher noch nie gesehen. Auf jeden Fall war Claire seit diesem Abend nicht mehr im Hotel. Anton hört sich aber noch mal unter den anderen Kollegen um."

„Das ist ja alles ernüchternd.“ Rabenmacher kratzte sich am Kopf.

„Ja, das ist es“, sagte Tessa. „Wir checken noch die Sicherheitskameras am Eingang. Vielleicht bekommen wir ein Bild. Sonst versuchen wir es mit einem Zeichner.“

„In Ordnung“, sagte Franziska und schaute auf die Uhr. Das Meeting hatte länger gedauert als erwartet und sie war in zwei Stunden mit Elisabeth Koch verabredet. Vorher wollte sie noch mit diesem Röttgen telefonieren, der den Fall von Natalia Maskovska bearbeitet hatte.

„Susanne, du gräbst bitte weiter nach Infos zu dem IMPERIA-Brandzeichen. Neumann, Sie helfen ihr. Und Herr Anders, Sie reservieren uns für heute Abend bitte einen Tisch im *Russo*.“

„Das könnte schwierig werden, einen Tag vor Heiligabend“, gab Paul zu bedenken.

„Es muss möglich sein“, hielt Franziska dagegen. „Erklären Sie Herrn Russo, dass ich ansonsten das große Besteck auffahre.“

„Das würden Sie nicht tun.“

„Seien Sie sich da mal nicht so sicher.“

Paul Anders grinste und nickte. „Alles klar.“

„Und was mach ich?“, fragte Tessa.

„Wir beide rufen jetzt diesen Röttgen an und dann begleiten sie mich zu Elisabeth Koch.“

Kapitel 21

Etwas später saßen die beiden Kommissarinnen am Küchentisch der Familie Koch und hatten eine dampfende Tasse Tee vor sich stehen. Frau Koch trank ihren mit Cognac. Die Flasche war bereits zu einem Drittel leer. Lothar Röttgen hatten sie nicht erreicht. Bei seinem Handy ging immer nur die Mailbox ran und Franziska hatte eine Nachricht hinterlassen. Der Kollege würde sicher bald zurückrufen.

„Vielen Dank, dass wir so kurzfristig noch mal mit Ihnen sprechen dürfen“, begann Franziska. „Ich kann mir vorstellen, dass sie gerade eine schlimme Zeit durchmachen.“

Elisabeth nippte an ihrer Tasse und ihre blauen Augen schimmerten feucht. „Die Ärzte sagen, er wird wahrscheinlich nie wieder aufwachen“, schluchzte sie.

„Das tut mir sehr leid.“ Franziska meinte es ehrlich. Die Vorstellung, dass Heiner überfallen und schwerverletzt im Koma liegen würde, jagte ihr Angst ein. Sie wollte nicht mit Elisabeth Koch tauschen.

„Sie sagen, wenn er früher gefunden worden wäre, hätte er bessere Chancen gehabt.“

„Sie machen sich doch hoffentlich keine Vorwürfe?“, fragte Tessa. „Das ist alles nicht Ihre Schuld.“

„Das sagt sich so leicht“, flüsterte Elisabeth Koch.

Franziska räusperte sich. Die Situation war ihr unangenehm. „Wir sind auf ein paar Ungereimtheiten gestoßen, über die wir gerne mit Ihnen sprechen würden."

Elisabeth schaute sie. „Was denn für Ungereimtheiten?"

Franziska wechselte einen kurzen Blick mit Tessa, bevor sie weitersprach.

„Sie sind sehr viel jünger als ihr Mann."

Elisabeth nickte. „Fast auf den Tag genau 20 Jahre. Warum fragen Sie?"

„Wo haben Sie beide sich kennengelernt?"

„Auf einer Party 1997", antwortete Elisabeth. „Er hat mich sofort in seinen Bann gezogen." Sie lächelte versonnen, schaltete ihr Handy an und hielt Franziska ein Foto hin, das eine Aufnahme zeigte, auf der Andreas Koch etwa Mitte dreißig war. „Er war ein echter Hingucker, klug, charismatisch, mit einer linken politischen Gesinnung. Für mich war er eine Art Superheld. Ich komme aus einem sehr strengen, katholischen Elternhaus, müssen Sie wissen und Andreas hat mir die Tür zu einer neuen Welt geöffnet."

Franziska betrachtete das Foto und staunte nicht schlecht. Andreas Koch mit vollem Haar, Dreitagebart und einem durchtrainierten Körper.

„1997", nahm Tessa Anders den Faden wieder auf. „Da waren Sie wie alt?"

„Sweet seventeen."

„Und Sie wurden direkt ein Paar?"

Elisabeth goss Tee in ihre Tasse, dazu einen großen Schuss Cognac, trank einen Schluck und lächelte sie an. „Nein, wir hatten zunächst ein sehr inniges und freundschaftliches Verhältnis. Eine Beziehung wurde daraus erst während des Studiums."

„Und wie ging es dann weiter?"

„Ich wurde schwanger, hab das Studium abgebrochen und dann haben wir geheiratet."

„Was haben Sie studiert, wenn ich fragen darf?"

„Germanistik und Geschichte auf Lehramt. Warum ist das wichtig?", fragte Elisabeth und nippte an ihrem Tee.

„Haben Sie Ihr Studium irgendwann wieder aufgenommen?" Das hatte eigentlich nichts mit dem Fall zu tun. Franziska war nur neugierig, welche Dynamik hinter der Beziehung zu einem 20 Jahre älteren Mann stand.

Frau Koch schüttelte den Kopf. „Dieses nicht. Ich hab dann später Innenarchitektur studiert. Andreas hat das bezahlt."

„Er hat Sie also unterstützt?"

„Kann man so sagen. Aber was hat das alles mit dem Überfall auf meinen Mann zu tun?"

„Entschuldigen Sie, wenn Ihnen unsere Fragen seltsam vorkommen, Frau Koch", sagte Franziska beschwichtigend. „Wir versuchen nur zu verstehen, was hinter dem Überfall auf Ihren Mann stecken könnte. Alle, mit denen wir bisher gesprochen haben, beschreiben ihn als freundlich, hilfsbereit, zuverlässig, nicht aggressiv und als großzügigen Arbeitgeber. Sie selber sagen aus, dass er für Sie eine Art Superheld war. Und wir fragen uns, was er getan hat, damit jemand so die Kontrolle verliert und ihn ... verzeihen Sie den Ausdruck ... so zurichtet. Denn eines glauben wir zu wissen: Ihr Mann war kein Zufallsopfer."

Elisabeth starrte die beiden Kommissarinnen mit Tränen in den Augen an. „Ich glaube nicht, dass Andreas' Angreifer aus unserem Freundes- oder Kollegenkreis stammt." Sie nippte an ihrem Tee, verzog das Gesicht und kippte sich einen weiteren Schuss Cognac in ihren Becher. „Wollen Sie auch?", fragte sie und hielt den Kommissarinnen die Flasche hin. Beide lehnten dankend ab und schwiegen.

„Sie wissen sicher längst von Andreas kleinem Geheimnis, hab ich Recht?" Elisabeths Blick ruhte fragend auf Franziska. „Halten Sie mich nicht für dumm. Ich weiß von den Prostituierten und diesem ... Zimmer, das er sich eingerichtet hat."

Franziska war von der offenen Haltung der Frau überrascht und überlegte, ob sie eine Frage stellen sollte, entschied sich aber dafür, Frau Koch erstmal nicht zu unterbrechen. Ihr zunehmender Alkoholpegel spielte ihnen in die Karten.

„Er hat da nie einen Hehl draus gemacht", fuhr sie fort, „war aber immer sehr diskret, damit unsere Tochter nichts mitbekommt. Das war meine Bedingung."

„Seit wann wissen Sie davon?", fragte Tessa.

„Seit ungefähr acht Jahren. Da war ich 32. Sein kleines Privatbordell kam dazu, als er die Kanzlei an den Eigelstein verlegt hat." Sie starrte aus dem Fenster und nippte an ihrem Tee. „Es fing damit an, dass er keinen Sex mehr wollte", sagte sie.

„Gab es dafür einen Grund?"

„Ich war zu alt geworden." Elisabeth lachte verächtlich. „Zuerst war ich überrascht, weil er mich doch die ganzen Jahre so begehrt hatte, und dann hörte das plötzlich auf."

„Hatte das etwas mit Ihrer Schwangerschaft zu tun?“

„Nein, ich war nur über dreißig und nicht mehr zweiundzwanzig. Andreas steht auf junge Frauen, die ihn anhimmeln, ihn vergöttern, so wie ich es früher getan habe. Eine Ehefrau, die Ansprüche stellt und ihn fordert, ein Kind, ein Haushalt, der Alltag eben, das findet er langweilig. Und schlaffe Brüste auch.“

Franziska betrachtete die Frau. Sie war sehr attraktiv, ihr Gesicht makellos und ohne jede Falte, und sie konnte sich nicht vorstellen, dass am Rest des schlanken sportlichen Körpers irgendetwas auszusetzen war. Sie wurde wütend bei dem Gedanken, dass der Ehemann seiner Frau das Gefühl gegeben hatte, sie sei minderwertig.

„Für mich klingt das danach“, sagte Tessa Anders, „dass sie beide eine Art Agreement haben. Sehe ich das richtig?“

Elisabeth nickte. „Ich habe dem allerdings nie wirklich zugestimmt, sondern mich gefügt. Dem Kind zuliebe.“

Sie verachtet das, was ihr Mann tut, dachte Franziska.

„Warum haben Sie ihn nicht verlassen?“, fragte sie.

Elisabeth schnaubte verächtlich. „So schnell entliebt man sich nicht. Ich bin emotional sehr an Andreas gebunden. Ich war doch noch so jung, als wir geheiratet haben, so unfertig, mit so wenig Lebenserfahrung. Er war einfach alles für mich. Und eine Weile hab ich auch gedacht, ich komm mit seinem *Hobby* klar. Ich hatte sogar ein paar Liebhaber.“ Sie seufzte. „Aber ich bin für sowas nicht geschaffen. Ich hab mich immer schuldig gefühlt, meinen Mann zu betrügen. Verrückt, was?“

„Ihr Mann ist auch sehr wohlhabend“, sagte Tessa Anders, aber damit blitzte sie bei Elisabeth Koch ab. „Ich bin finanziell unabhängig“, sagte sie mit empörter Miene. „Des Geldes wegen, bin ich sicher nicht geblieben.“

„Sind Sie nicht eifersüchtig gewesen auf die jungen Frauen?“, fragte Franziska.

„Ich sehe schon, sie beide klopfen hier gerade meine Motive ab. Geld, Eifersucht, Demütigung. Aber glauben Sie mir, ich habe meinem Mann nichts angetan und auch niemanden damit beauftragt. Und um Ihre Frage zu beantworten: Ich bin natürlich nicht besonders erfreut über seine außerehelichen Aktivitäten, aber ich bin nicht eifersüchtig. Er hat sich die ganzen Jahre tadellos um uns gekümmert. Und ich weiß, dass er mich liebt, er kann nur keinen Sex mehr mit mir haben.“

„War ihr Mann jemals gewalttätig?“, fragte Tessa Anders.

Franziska schluckte. Die Videos von Natalia hingen ihr noch schwer nach.

Elisabeth Koch riss die Augen auf. „Nein, überhaupt nicht. Wie kommen Sie denn auf so was?“

„Wir haben auf dem Laptop ihres Mannes pornografisches Material gefunden, das die Frage nahelegt. BDSM-Praktiken.“

„BDSM?“ Elisabeth Koch starrte sie an.

„Bondage, Discipline, Dominance, Submission, Sadism, Masochism oder kurz Sado-Maso“, erklärte Tessa Anders.

„Ich weiß, was BSDSM bedeutet“, sagte Elisabeth. „Aber was wollen Sie damit andeuten?“

„Gar nichts“, ruderte Franziska zurück und bedachte Tessa mit einem warnenden Blick. „Wir versuchen nur zu verstehen, womit wir es zu tun haben.“

Elisabeth trank einen großen Schluck Tee mit Cognac. Man konnte sehen, wie es in ihr arbeitete. „Nein!“, sagte sie nach einer kurzen Pause sehr bestimmt. „Das kann ich nicht bestätigen. Er hat nie etwas Derartiges gewünscht, verlangt oder auch nur angedeutet.“

Franziska glaubte der Frau.

„Hat er jemandem weh getan?“, fragte Elisabeth unsicher. „Meinen Sie, er geht deswegen zu den Prostituierten, um Frauen weh zu tun?“

Franziska schüttelte den Kopf. Sie wollte das Thema nicht weiter vertiefen. Sie fand es grausam und unnötig. „Wir wissen es nicht. Wir fragen uns nur, wo diese Videos herkommen.“

Elisabeths Gesichtsausdruck veränderte sich. Sie kniff Augen und Mund zusammen und sagte: „Da gibt es diesen Mann.“

Die beiden Kommissarinnen horchten überrascht auf. „Welchen Mann?“, fragte Franziska.

Elisabeth schüttelte den Kopf. „Ich kenne ihn nicht. Aber vor ein paar Jahren ist er in Andreas Leben aufgetaucht. Jemand von früher.“

„Wissen Sie, wie er heißt?“

Wieder Kopfschütteln.

„Wie haben Sie von ihm erfahren?“

„Ich bin mal an Andreas Handy gegangen. Da war er dran. Ein unangenehmer Typ. Allein die Stimme hat mir schon Angst gemacht. Ich bekomme jetzt noch Gänsehaut, wenn ich nur daran denke.“

„Die Stimme?“

„Ja, die war so ... ich weiß gar nicht, wie ich das ausdrücken soll ... so ... kalt und leblos. Ja. Leblos ist das richtige Wort. Keine Emotion."

„Aber seinen Namen hat er nicht genannt?"

„Nein. Und mein Mann hat hinterher abgewunken und nur gesagt, dass es jemand von früher ist. Danach haben wir nie wieder über das Thema gesprochen."

„Aber Sie glauben, dass dieser Mann irgendeinen Einfluss auf Ihren Mann hatte?"

„Andreas hat sich seitdem verändert. Er leidet. Er hat Albträume. Manchmal schreit er so laut im Schlaf, dass ich im Nebenzimmer davon aufwache. Aber er will nicht darüber reden. Er sagt immer, es ist nichts."

„Wann war das mit dem Anruf?"

„Ich weiß nicht mehr so genau. Ist auf jeden Fall schon ein paar Jahre her. Kurz nachdem Andreas mit der Kanzlei an den Eigelstein gezogen ist."

„Also 2014", sagte Tessa Anders.

„Kann sein."

„Und seitdem ist das mit den Albträumen."

Elisabeth nickte. „Kurze Zeit später fingen die an."

„Wie hat Ihr Mann eigentlich reagiert, als sie hinter sein kleines Geheimnis gekommen sind?"

„Ich bin nicht dahintergekommen, er hat es mir erzählt", sagte Elisabeth.

Franziska und Tessa tauschten einen Blick. Die Geschichte war unglaublich.

„Wir haben natürlich irgendwann miteinander gesprochen, als er nicht mehr mit mir schlafen wollte. Und da hat er es mir erzählt. Er hat gesagt, dass er das braucht und er mich trotzdem liebt." Sie machte eine kurze Pause. „Das müssen Sie sich mal vorstellen. Und ich blöde Kuh hab das geglaubt. Oder wollte es glauben." Sie wedelte mit der rechten Hand in der Luft, so als versuche sie, die Erinnerung an das Vergangene wegzuwischen. „Scheiß drauf", rief sie. „Jetzt ist doch sowieso alles egal."

Der letzte Satz war kaum noch zu verstehen gewesen. Der Cognac hatte seine volle Wirkung entfaltet. Der richtige Moment, um das Thema zu wechseln.

„Frau Koch, was wissen Sie über den Safe Ihres Mannes?"

Elisabeth starrte sie an. „Ich hab mit allem, was in der Kanzlei passiert, nichts zu tun. Ich kenne nicht mal die Kombination."

„Er hat sie Ihnen nie verraten?", fragte Tessa Anders.

„Ich habe nie gefragt."

„Wollen Sie denn gar nicht wissen, warum wir fragen?"

Elisabeth schüttelte den Kopf. „Ich kann im Moment keine weiteren Enthüllungen verkraften. Wenn da was Illegales gelaufen ist, will ich es nicht wissen. Verstehen Sie das?"

Die Frage war an Franziska gerichtet. Sie nickte. Es war an der Zeit, die Befragung zu beenden.

„Frau Koch, vielen Dank, dass Sie sich Zeit für uns genommen haben", sagte sie und machte Tessa ein Zeichen zum Aufbruch.

„Finden Sie das Arschloch, das das getan hat", bat Elisabeth leise.

„Das versuchen wir", antwortete Franziska. „Wir melden uns bei Ihnen, wenn wir neue Erkenntnisse haben."

***

„Was halten Sie von der Geschichte?“, fragte Tessa, als sie wieder im Auto saßen.

Franziska zuckte mit den Schultern. „Ich finde, Frau Koch ist eine sehr traurige Frau, die jetzt die Chance auf einen Neuanfang hat.“

„Glauben Sie ihr, dass sie acht Jahre keinen Sex hatte?“

Franziska nickte. „Sie hatte Sex, nur nicht mit ihrem Mann“, erklärte sie. „Sie hat doch die Liebhaber erwähnt.“

„Ja schon, aber finden Sie das nicht eigenartig?“

„Nein, überhaupt nicht. Die meisten Ehepaare haben nach ein paar Jahren kein besonders ausgeprägtes Liebesleben mehr, vor allem nicht, wenn Kinder im Spiel sind.“

„Ist doch schrecklich“, konstatierte Tessa.

„Sex ist nicht alles im Leben.“

„Echt jetzt?“, Tessa sah Franziska skeptisch an. „Das ist Ihre Meinung? Das finde ich nicht sehr erstrebenswert.“

Franziska schüttelte den Kopf. „Eine wahre, echte und große Liebe ist mehr als nur Körperlichkeit. Da geht es um Vertrauen, Zusammenhalt, Verbundenheit, das Gefühl, dass der Mensch an Ihrer Seite der ist, mit dem Sie alt werden wollen. Man baut sich zusammen was auf, entwickelt gemeinsame Hobbys, man unternimmt große Reisen, vielleicht bekommt man Kinder, dann Enkel. Also ich finde das schön.“

„Das ist mir schon klar, aber ...“, sagte Tessa.

„Entschuldigung, dass ich Sie unterbreche. Wie lang war Ihre längste Beziehung?“

„Drei Jahre."

„Dachte ich mir. Sie können nicht mitreden."

Tessa wurde wütend. „Sie wissen doch gar nichts über mich, maßen sich aber an, mich moralisch belehren zu können. Ich finde, das steht Ihnen nicht zu." Ihr Augen funkelten. „Ich weiß, wie die meisten Beziehungen nach ein paar Jahren enden. Ich hatte Eltern. Aber darum geht es nicht. *Ich* kann mir eine Beziehung ohne Sex auf Dauer nicht vorstellen. Körperliche Nähe und Sex verbinden, schweißen zusammen, bauen Stress ab, sind gut nach Streit. Wie soll denn eine Partnerschaft prickelnd und aufregend bleiben, wenn man keinen Sex mehr hat? Das kann ja auf Dauer nicht gutgehen."

„Ich wollte Ihnen nicht zu nahe treten", lenkte Franziska ein. Offenbar hatte sie einen wunden Punkt getroffen.

Auch Tessa schlug einen versöhnlicheren Ton an. „Ich weiß, dass die Kochs keine große Ausnahme zum Rest der Nation darstellen. Aber wir haben es in diesem speziellen Fall schon mit einer Besonderheit zu tun. Das Ehepaar hat sich ja nicht einfach nur auseinandergelebt oder das Sexualleben gegen eine erfüllte und funktionierende Partnerschaft eingetauscht. Der Koch hat einen Faible für junge Frauen, die aussehen wie Schneewittchen und sich eine Möglichkeit geschaffen, diesen Faible auszuleben. Das ist nochmal was anderes. Ziemlich egoistisch, wenn Sie mich fragen."

„Ja und Nein!" Franziska schüttelte den Kopf. „Sie haben sie gehört. Sie hätte gehen können, aber die emotionale Abhängigkeit war stärker und das Finanzielle hat sicher auch mehr mit reingespielt, als sie zugeben will."

Aber sie verdient doch selbst gutes Geld", sagte Tessa.

„Ja, jetzt. Aber das war vor ein paar Jahren noch anders."

„Also hatten wir beide irgendwie Recht", sagte Tessa Anders.

„Wie meinen Sie das?"

„Na, am Tatort. Wissen Sie nicht mehr? Ich hab gesagt, dass die beiden keine gute Ehe führen."

„Aufgrund eines einzigen Fotos."

„Aber ich lag nicht so falsch", erwiderte Tessa Anders. „Sie aber auch nicht. Sie haben gesagt, die Frau könnte durchaus erfolgreich sein. Was ja auch stimmt. Und ihr Aussehen hat ganz viel mit dieser Partnerschaft zu tun. Er hätte sich scheiden lassen können."

Franziska nickte, startete den Wagen und während beide schwiegen, dachte sie über das Gespräch nach.

Moralische Belehrungen. Von wegen. Sie hatte stereotype Behauptungen abgesondert, um ihr eigenes Verhalten in ihrer Ehe zu rechtfertigen. Denn mit Heiner hatte sie nie eine tiefe körperliche Verbundenheit erlebt. Das war ihr schon immer bewusst gewesen, sie hatte es nur all die Jahre erfolgreich verdrängt. Seitdem sie aber vor ein paar Tagen mitansehen musste, wie sehnsüchtig Heiner diese blonde Frau angesehen hatte, dachte sie über nichts anderes mehr nach.

Sie liebte ihren Mann und er sie. Und sie hatten sich gemeinsam ein schönes Leben aufgebaut, ein tolles Kind großgezogen, wunderbare Urlaube miteinander verbracht und auch im Alltag wenig Streitpunkte. Aber etwas hatte immer gefehlt. Heiner war eben der zuverlässige, der verbindliche Typ. Der Mann, mit dem man ein Kind großziehen kann, der nicht bei der erstbesten

Gelegenheit den Schwanz einzog und sich auf sein Motorrad schwang. Er war aber nicht der Mann, bei dem sie weiche Knie, Herzklopfen und ein feuchtes Höschen bekam, nur weil er sie ansah. So wie bei Eddy damals. Impulsiv, aufregend, eine Achterbahnfahrt der Gefühle. Mit allem, was dazugehört. Nach fünf Jahren war sie aus diesem Leben ausgebrochen und froh gewesen, einen Mann zu treffen, der das genaue Gegenteil war. Ruhig, gelassen, aber eben auch ein bisschen langweilig.

„Sie sieht Dolly übrigens wirklich ziemlich ähnlich, finden Sie nicht?", fragte Tessa und holte Franziska aus ihren Gedanken.

„Die könnten Schwestern sein", bestätigte sie.

„Wir wussten ja schon, dass Herr Koch einen bestimmten Frauentyp bevorzugt. Was ich allerdings krass finde, ist, dass die Prostituierten sich wie seine Ehefrau verkleiden müssen, er aber mit dem Original keinen Sex mehr haben will."

„Wirklich bitter", bemerkte Franziska knapp.

Tessa lachte. „Für wen?"

„Für beide."

Franziskas Handy brummte. WhatsApp von Paul Anders. Er hatte für 21 Uhr einen Tisch im *Russos* klargemacht.

Kapitel 22

Das Kalbsschnitzel sah köstlich aus. Franziskas Magen knurrte. Sie hatte den ganzen Tag nichts Richtiges gegessen und sich seit Stunden auf das Abendessen im *Russo* gefreut.

„Ihres sieht aber auch lecker aus", sagte sie mit Blick auf Paul Anders Teller, der sich gebratene Scampi in Olivenöl bestellt hatte und genüsslich das knusprige selbstgebackene Landbrot in die Knoblauchsauce tunkte.

„Ist es auch", bestätigte Paul kauend und griff nach seinem Weinglas.

„Gute Idee mit dem Abendessen", sagte er und sie stießen an.

Franziska strahlte übers ganze Gesicht. Ihr letzter Restaurantbesuch lag bestimmt drei oder vier Monate zurück. Das *Russo* gefiel ihr und ihr Gegenüber auch. Die letzte Stunde war wie im Flug vergangen. Die Chemie zwischen ihr und Paul Anders stimmte einfach. Es war leicht, sich mit Paul zu unterhalten. Er war klug, witzig und charmant und hatte viele spannende Geschichten von seinen Reisen und Reportagen zu erzählen.

Salvo trat an ihren Tisch.

„Ist alles in Ordnung?" Er lächelte scheu. Ihm war die Situation sichtlich unangenehm.

„Wie immer sehr vorzüglich“, antwortete Paul. „Und mach dir keinen Stress, Salvo. Wir reden nur.“

Salvo nickte, aber so ganz überzeugt sah er nicht aus. „Die Küche ist zu. Esst in Ruhe auf. Der Tisch dort hinten zahlt gerade und danach bin ich ganz für euch da.“

Franziska schaute auf die Uhr. Es war kurz vor elf. Sie hatte Heiner eine WhatsApp geschickt, dass es heute später werden würde, allerdings das *Russo* und Paul Anders mit keinem Wort erwähnt. Heiner hatte auch nicht gefragt. Er war ohnehin auf ein Bier mit Niklas verabredet.

Zwanzig Minuten später waren die letzten Gäste gegangen, Salvo hatte die Tür vorne abgeschlossen und kam, mit einer Flasche Grappa und drei Gläsern bewaffnet, an ihren Tisch. Er schenkte jedem ein Glas ein und trank seins mit einem Schluck aus.

„So“, sagte er, setzte sein Glas ab und sah Franziska direkt in die Augen. „Was wollen Sie wissen?“ Auch wenn er es zu kaschieren versuchte, war dem Restaurantbesitzer die Nervosität deutlich anzumerken. Er schwitzte und strich übertrieben ein paar Falten in der Tischdecke glatt.

„Im Grunde alles, was Sie über das *Paradies* wissen oder was Ihnen vielleicht aufgefallen ist, positiv oder negativ. Ganz egal, fangen Sie einfach an, der Rest ergibt sich von selber.“

Salvo schenkte sich einen zweiten Grappa ein, starrte an Franziska und Paul vorbei ins Leere und atmete tief durch, bevor er sprach.

„Das alles begann nach Emilias Tod. Ich war einsam und traurig und ein Freund hat mir dann den Tipp gegeben.“

Paul Anders hatte Franziska vorhin die tragische Geschichte vom Unfalltod der Ehefrau erzählt. Sie war im Bilde und hatte Mitleid mit dem Mann.

„Wer war dieser Freund?“, fragte sie.

Aber Salvo schüttelte den Kopf. „Der Freund hat mir nicht diesen Club speziell empfohlen, sondern so allgemein, versteht ihr? Ich hab von der Eröffnung vom *Paradies* gelesen und bin einfach mal hin.“ Er nippte an seinem Grappa. „Stört es euch, wenn ich rauche?“, fragte er die beiden.

Sie schüttelten den Kopf und Franziska sagte nicht Nein, als Salvo ihr eine Zigarette anbot.

„Ich mag die Atmosphäre“, nahm Salvo den Faden wieder auf. „Alles ist sehr elegant und sauber und so viele schöne Frauen.“

„Wie oft bist du dort?“, fragte Paul.

„Ungefähr einmal pro Monat.“ Salvo rieb Daumen und Zeigefinger als Zeichen dafür, dass der Club kostspielig war.

„Haben Sie spezielle Tage?“

Salvo schüttelte den Kopf. „Wenn ich Zeit habe. Das Restaurant. Sie wissen schon.“ Er zog an seiner Zigarette. „Manchmal mittwochs. Da ist hier weniger los.“ Er starrte ins Leere. „Ist schön dort, wirklich. Ich rede gerne mit anderen Männern über Männersachen und die Saunalandschaft ist fantastico. Du kennst sie ja schon, Paolo.“

„Na ja, nicht alles“, antwortete Paul Anders und warf einen verstohlenen Blick auf Franziska. Er hatte die Begegnung mit der vollbusigen Anastasia für sich behalten und hoffte, dass Salvo ihn nicht verraten würde.

„Draußen ist noch mehr“, erklärte Salvo. „Mit Pool und Bar. Man kann dort sehr gut Zeit verbringen und sich erholen. Massagen zum Beispiel.“

„Buchst du dir auch Frauen? Entschuldige, dass ich so direkt frage“, sagte Paul.

Salvo lächelte. „Ja, hin und wieder, aber nicht jedes Mal. Und nur Claire.“

„Claire?“ Franziska zog die Augenbrauen hoch.

„Sie ist eine Freundin. Claire ist belissima und sie erinnert mich an Emilia.“

Franziska sah Salvo fragend an, woraufhin dieser in seiner Hosentasche kramte, sein Handy rauszog und es ihr unter die Nase hielt. Das Foto auf dem Sperrbildschirm zeigte eine sehr hübsche Frau um die vierzig mit kurzen dunklen Haaren und sanften Augen.

„Ihr Verlust tut mir sehr leid“, sagte Franziska mit aufrichtiger Anteilnahme. „Es ist sicher schwer für Sie.“

Salvo nickte traurig. „Sie war meine große Liebe. Wir haben uns schon im Kindergarten gekannt, auf Sizilien, verstehen Sie. Ich habe sie nach Deutschland geholt und wir haben zusammen das Restaurant aufgebaut. Sie war die beste Köchin der ganzen Welt.“

Für einen Moment schwiegen alle.

„Ist das Claire?“, brach Franziska das Schweigen, „und hielt Salvo eines der Fotos aus der Sammlung des Herrn Koch unter die Nase.“

„Ja, das ist sie, aber ...“

Franziska unterbrach ihn. „Wann haben Sie Claire zum letzten Mal gesehen?“

Salvo überlegte. „Am ersten Samstag im Dezember. Seitdem ist sie nicht mehr da." Salvos Gesichtsausdruck zeigte echte Besorgnis, was Franziska nicht entging.

„Haben Sie eine Ahnung, wo sie sein könnte?", fragte sie nach.

„Niemand weiß es. Ich habe ein paar der Mädchen gefragt. Sie machen sich alle Sorgen."

Franziska nickte und beließ es erstmal dabei. Dolly hatte ja nicht umsonst eine Vermisstenanzeige aufgegeben.

„Ist Ihnen sonst noch was aufgefallen?"

Salvo schüttelte den Kopf. „Ist ein normaler Club, nichts Besonderes."

Franziska scrollte in ihrem Handy und zeigte ihm ein Bild von Andreas Koch.

„Kennen Sie den?"

Salvo betrachtete das Foto und nickte. „Ja, der Immanuel. Der ist ein lustiger Typ. Im September hat er seinen sechzigsten Geburtstag im Club gefeiert. Das war ne Party, madre mia."

„Immanuel?", fragte Paul Anders, „so wie Immanuel Kant?"

Salvo zuckte mit den Achseln. „Woher soll ich wissen, wie der mit Nachnamen heißt."

Franziska grinste und machte sich eine Notiz. Sie versuchte, sich an den Benutzernamen von Andreas Koch auf der Webseite des Saunaclubs zu erinnern. Irgendwas mit Immanuel und einer Zahl.

„War die Party an einem Mittwoch?", fragte Franziska.

„Nein, an einem Samstag", antwortete Salvo.

„Und was genau war so toll?“

„Gute Stimmung, viele Frauen und alles umsonst.“

„Das heißt, dieser Immanuel hat den ganzen Laden gemietet und die Mädels spendiert?“

Salvo nickte.

„Ist der so wohlhabend?“

Schulterzucken.

„Woher kanntest du ihn?“

„Na, von da. Er hatte mich eingeladen.“

Franziska und Paul Anders sahen sich an. Sie glaubte nicht für eine Minute länger, dass Salvo nur ab und zu den *Club Paradies* aufsuchte und Paul Anders offenbar auch nicht, wenn sie seinen Blick richtig deutete.

„Welche Mädchen waren denn da?“, fragte Paul.

Salvo sah ihn an. „Puh, alle weiß ich nicht. Das waren viele. Aber Claire war da, Jane, Maria, Natascha, Tamara, Elena, Sonjuscha ...“

Franziska unterbrach ihn. „Ja, ja, schon gut. Machen Sie uns eine Liste bitte. Und wir brauchen auch die Namen der Männer, die auf der Party waren.“

Salvo sah Franziska erschrocken an. „Die kenne ich nicht. Nur Vornamen. Und ob die stimmen, weiß ich nicht. Ich heiße dort Mario, verstehen Sie? Ich will nicht erkannt werden. Ist nicht gut fürs Geschäft.“

Franziska verstand nur zu gut.

„War jemand dabei, der Ihnen vielleicht besonders aufgefallen ist? Gab es Streit auf der Party?“

Salvo leerte den Rest seines Grappas auf Ex und dachte nach, dann schüttelte er den Kopf. „Es war einfach nur eine gute Party und wir hatten Spaß mit den Mädchen.“ Er sah von einem zum anderen. „Also ich meine, wirklich Spaß, so wie mit Freundinnen. Wir haben getanzt, getrunken, waren am Pool. Das Wetter war super, wir haben gegrillt. So Sachen halt."

„Drogen?", fragte Franziska.

Salvo zuckte die Achseln und wich ihrem Blick aus.

„Jetzt ist mal Schluss mit dem Rumgeeiere", rief Franziska und beugte sich vor. „Wir haben hier einen versuchten Totschlag aufzuklären, Herr Russo, und ich werde das Gefühl nicht los, dass Sie uns was verschweigen."

Salvo erschrak. „Versuchter Totschlag? Ist der Immanuel tot?"

„Noch nicht, aber es ist durchaus möglich, dass er an den Folgen des Angriffs stirbt. Und alle Hinweise führen zu diesem Saunaclub. Wenn Sie jetzt mit uns kooperieren, können wir Sie vielleicht aus den weiteren Ermittlungen raushalten. Noch sind keine Details an die Presse gegangen, aber lange können wir das nicht mehr hinauszögern."

„Oh, bitte nicht", jammerte Salvo. „Wenn das rauskommt, ist das schlecht fürs Geschäft."

Franziska war sich da nicht mehr so sicher. Offenbar gehörte es in dieser Stadt zum guten Ton der Mittelschicht, regelmäßig Saunaclubs, Laufhäuser und anderen Formen von Bordellen aufzusuchen. Am liebsten hätte sie sich einen Durchsuchungsbeschluss besorgt, um das *Paradies* mal richtig unter die Lupe zu nehmen, aber dafür reichten zurzeit die Beweise nicht aus.

Salvo sah aus wie ein geprügelter Hund. Er griff nach der Grappaflasche und schenkte sich einen Dritten ein. Man sah ihm an, dass ihm das, was er jetzt sagen wollte, unangenehm war. Aber Franziskas Drohung zeigte Wirkung.

„Manchmal sieht man so komische Typen“, sagte er. „Die kommen in dicken Schlitten und verschwinden immer sofort in der ersten Etage. Da ist das Büro.“

„Und was machen die da?“

„Das weiß ich nicht. Die bleiben meistens nur kurz und gehen wieder. Manchmal bleibt einer auf einen Drink an der Bar. Ein paar der Mädchen sind dann aber immer ganz verschreckt, wenn die auftauchen.“

„Wie verschreckt?“

„Man kann sehen, dass sie Angst haben.“

„Sind die Mädchen denn sonst nicht so?“, fragte Paul und dachte an Anastasia, die auf ihn keinen besonders verschreckten Eindruck gemacht hatte.

„Nein. Die haben vielleicht manchmal keine Lust. Dann sitzen sie nur rum.“ Er machte eine kurze Pause, als erwarte er einen Kommentar. Als der ausblieb, fuhr er fort. „Ich wundere mich nur, weil die doch so kein Geld verdienen.“

Paul sah Salvo mit einer Mischung aus Ärger und Verblüffung an. „Hast du schon mal darüber nachgedacht, dass so ein Mädel vielleicht schon fünf oder sechs Freier an dem Tag hatte und deswegen keine Kraft mehr hat?“

„Oder zum Sex durch einen dieser *komischen Typen*, wie Sie sie nennen, gezwungen wird?“, setzte Franziska nach.

Salvo sah die beiden konsterniert an. „Ihr glaubt, das sind Zuhälter?“ Er schüttelte vehement den Kopf. „Ich zwinge doch niemanden, mit mir Sex zu haben“, rief er empört. „Claire will das. Sie freut sich auf mich, sagt sie jedes Mal. Die Initiative geht immer von ihr aus."

Franziska war sprachlos über so viel Dummheit. War dieser Mann wirklich so naiv? Oder blendete er die Wahrheit einfach aus? Sie überlegte, ob sie zu einer Erklärung ansetzen sollte, entschied sich dann aber dagegen.

„Lassen Sie uns noch mal auf die *komischen Typen* zurückkommen", sagte sie stattdessen. „Sind das immer dieselben oder auch schon mal andere?"

„Das sind immer dieselben. Drei Typen. Einer von denen heißt Finn, der ist Deutscher, ein anderer Amin oder Armin, von dem Dritten kenne ich den Namen nicht."

Franziska notierte sich die Namen und hinter den von Finn machte sie drei große Ausrufezeichen.

„Was macht die Typen in deinen Augen *komisch*?", wollte Paul wissen.

Salvo zuckte mit den Schultern. „Weiß auch nicht, das ganze Auftreten. Erinnert mich an Mafia, verstehst du. Große Klappe, sehr selbstbewusst. Und einmal hab ich gesehen, wie dieser Finn ein Mädchen auf dem Parkplatz geschlagen hat."

Franziska sah Salvo erstaunt an. „Welches Mädchen war das?", fragte sie.

„Momo, heißt die. Sehr jung, lockige Haare. Und da war noch so ein Typ, der hat rumgeschrien. Die kannte den."

„Worum ging es da?", fragte Franziska und notierte den Namen Momo mit drei Ausrufezeichen. So langsam ergab sich ein Bild.

Salvo zuckte mit den Schultern. „Um die Frau, glaube ich. Aber ich hatte Angst“, gestand er. „Die fingen an, den zusammenschlagen und da bin ich weg.“

Paul Anders hatte Salvo immer gern gehabt. Er war ein freundlicher Mann, ein guter Gastgeber und er hatte noch nie etwas gesagt oder getan, was ihm negativ aufgefallen war. Diese Meinung bröckelte mit jeder Minute, die das Gespräch dauert. Salvo sank in seiner Achtung, Zentimeter für Zentimeter.

„Und obwohl das alles dort passiert ist, gehst du immer noch dahin?“, fragte er.

Salvo wirkte zerknirscht. „Zuerst wollte ich nicht. Bin danach lange nicht dagewesen. Aber Claire.“ Er hob die Arme zur Decke, wie ein Priester vor dem Altar. „Ihr versteht das nicht. Sie ist so lieb und ich hab sie so vermisst.“

„Diese Momo“, wechselte Franziska das Thema, „haben Sie die noch mal gesehen?“

„Nein.“

„Das heißt, seit dem Vorfall auf dem Parkplatz ist sie nicht mehr aufgetaucht?“

Salvo schüttelte den Kopf. „Nicht, dass ich wüsste.“

„Wann war das?“

„Bei Immanuels Party.“

Franziska verdrehte innerlich die Augen. Hatte Salvo nicht vor ein paar Minuten erzählt, dass es an dem Partyabend keine besonderen Vorkommnisse gegeben hatte?

„Kannst du uns das genaue Datum nennen?“, fragte Paul.

„26. September.“

„Das weißt du noch so genau?“

„Ist Emilias Geburtstag."

Paul Anders schüttelte den Kopf. Am Geburtstag seiner verstorbenen großen Liebe ließ der Mann in einem Puff die Sau raus. Wie geschmacklos konnte man sein! Aber er sparte sich einen Kommentar.

Franziska schrieb das Datum in ihr Notizbuch und scrollte in ihrem Handy. Als sie gefunden hatte, was sie suchte, hielt sie Salvo ein Foto unter die Nase.

„Ist das Momo?"

Salvo sah sich das Foto genau an. „Ja, das ist sie. Woher ...?"

Franziska zog das Handy wieder weg. „Und sie ist seit dem Vorfall auf dem Parkplatz nicht wieder im Club aufgetaucht?"

Salvo nickte.

„Können Sie den Mann auf dem Parkplatz beschreiben?"

„Madre mia", flehte Salvo mit Blick auf Paul Anders. „Bitte, das ist so lange her."

„War es ein Freier, ein anderer Zuhälter?"

Salvo schüttelte stumm den Kopf. „Es war schon fast dunkel und die waren weiter weg. Groß war der und blond, aber mehr kann ich dazu nicht sagen, ich schwöre."

„Okay", sagte Franziska. „Ich denke, wir sind hier fertig."

Salvo atmete tief durch und entspannte sich.

„Sie machen uns bitte noch eine Liste mit allen, die auf dieser Party waren, und tun Sie mir einen Gefallen", ermahnte sie den Restaurantbesitzer, „halten Sie sich in nächster Zeit von dem Club fern."

***

„Mann, ist das kalt hier draußen", sagte Franziska, nachdem sie das Restaurant verlassen hatten. Sie zog ihre Mütze über die Ohren und rückte ihren Schal zurecht. „Wo müssen Sie jetzt hin?"

„Ich wohne in der Südstadt", antwortete Paul Anders. „Aber ich begleite Sie gerne noch ein Stück."

„Heute ohne Motorrad?", fragte sie.

„Ich hatte Lust auf ein Glas Wein mit Ihnen", antwortete Paul mit einem charmanten Lächeln.

Er flirtete mit ihr und Franziska musste zugeben, dass ihr das gefiel. „Was halten Sie von einem Absacker?" Sie hatte noch keine Lust, nach Hause zu gehen.

„Viel", grinste Paul. „Wohin?"

Franziska schaute auf die Uhr. Fast zwölf. „Die *Agnesklause* hat sicher noch auf. Oder das *Durst*."

Paul Anders lachte. „Sie kennen das *Durst*? Das hätte ich nicht gedacht."

„Na klar. War früher meine Stammkneipe. Als Studentin habe ich da sogar mal eine Zeitlang gearbeitet."

„Na, dann ist es entschieden, würde ich sagen. Auf ins *Durst*."

Die kleine schummrige Kneipe in der Weidengasse war um die Uhrzeit gut besucht, aber Franziskas Lieblingsplatz am Fenster war noch frei. Sie setzten sich und Franziska schälte sich aus ihren Winterklamotten. Sie schaute sich um und nickte ein paar Stammgästen zu, die an der Theke hockten. Im Hintergrund lief *The Hurdy Gurdy Man* von den *Butthole Surfers*, eine von Franziskas Lieblingsbands.

„Franzi", rief der Barkeeper erfreut „Warst ja ewig nicht da." Er strahlte über das ganze Gesicht.

„Hallo Proffi", grüßte sie zurück. „Schön, mal wieder hier zu sein."

„Becks? Wie immer?"

„Für mich auch", sagte Paul Anders, der von dem Barkeeper neugierig beäugt wurde. „Coole Musik übrigens", versuchte er einen Verbrüderungsversuch, aber der Mann ließ ihn abblitzen.

Franziska lachte. „Mach dir nichts draus. Proffi ist unbestechlich, wenn es um Musik geht." Sie hatte Paul Anders aus Versehen geduzt. Das war ihr so rausgerutscht, aber es fühlte sich richtig an. Sie schaute in sein leicht verwundertes Gesicht, in dem sich ein charmantes Lächeln breitmachte, dann stellte der Barkeeper die beiden Becks ab.

„Ich bin Paul", sagte er grinsend und hob seine Bierflasche. „Schön, dich kennenzulernen."

„Finde ich auch", sagte Franziska und sie stießen an.

„Was hältst du von Salvo?", fragte Paul.

„Schwer zu sagen", antwortete Franziska. „Einerseits tut er mir leid. Er trauert um seine Frau und tröstet sich mit Claire. Auf der emotionalen Ebene verstehe ich das. Andererseits blendet er einfach aus, dass Claire eine Prostituierte ist, die ihren Job macht."

„Ich finde auch, er geht etwas zu naiv mit dem Thema Prostitution um", sagte Paul.

„Ich glaube, der denkt da gar nicht drüber nach."

„Das macht es ja so furchtbar. Er ist nur auf seinen eigenen Vorteil aus. Dass Claire ihr sauer verdientes Geld vielleicht an einen Zuhälter abgeben muss, ist ihm egal."

„Kann schon sein“, sagte Franziska. „Aber trifft das nicht auf jeden Mann zu, der zu Prostituierten geht?“

Paul nickte. „Auf eine perverse Art ist das so. Ich habe mich lange mit dem Thema beschäftigt und mit vielen Frauen, aber auch Freiern gesprochen. Und eines ist mir im Laufe der Jahre klargeworden. Prostitution ist Nötigung. Und wenn man diese Annahme zugrunde legt, kann man drei Typen von Freiern unterscheiden.“ Er trank einen Schluck Bier. „Typ 1 ist der, der den Frauen keine eigenen Rechte zugesteht. Dieser Typ glaubt, dass Nötigung im Rahmen der Prostitution einfach nicht vorkommt. Dann gibt es Typ 2, der den Frauen schon zugesteht, dass sie Rechte und eine eigene Würde haben, diese aber ignoriert. Dieser Typ Mann weiß um die Nötigung, er stellt aber keinen Zusammenhang zum eigenen Verhalten her. So einer ist Salvo, würde ich sagen.“

„Und welcher ist der dritte Typ?“, fragte Franziska, die die Ausführungen von Paul ziemlich spannend fand.

„Das sind die, die ein Verlangen haben, die Frauen und ihre Würde herabzusetzen. Typ 3 weiß um die Nötigung und zieht sexuelle Lust daraus.“

„Du warst ja dort. Was für Typen laufen denn da rum?“

Paul ließ die Atmosphäre des Clubs vor seinem geistigen Auge wieder aufleben. „Alle Typen, würde ich sagen, vor allem jedoch 1 und 2. Der Club ist sehr viel exklusiver als ein Stundenhotel am Bahnhof für die schnelle Nummer oder ein Laufhaus wie das *Paschas*. Aber es bleibt ein Bordell. *Mann* geht da hin, um bezahlten Sex zu haben. Die Frauen sind jung und nackt und sie haben fast alle einen slawischen Migrationshintergrund. Ich hab's auf deren Webseite gecheckt und vor Ort hat sich der Eindruck bestätigt. Wie naiv muss *Mann* also sein, um da nicht einen Schritt weiter Richtung Zwangsprostitution zu denken? Wir haben zum Beispiel Ralf getroffen, ein widerlicher fetter Typ. Dessen Frauenbild ist unterirdisch und er glaubt ernsthaft, dass ihm die Behandlung dort zusteht. Und die komischen Typen, von denen Salvo gesprochen hat, das sind ganz sicher Zuhälter."

„Hm", brummte Franziska und trank einen Schluck Bier. „Salvo sprach von Mafia. Ich denke, das sagt alles."

„Normalerweise steckt ein Clan dahinter", sagte Paul. „Es gibt in Köln drei oder vier Familien, die dafür infrage kommen. Es dürfte nicht schwer sein, das rauszufinden."

„Sehe ich auch so", antwortete Franziska. „Karl hat ja schon angedeutet, dass das *Paradies* und der *Temple of Love* zusammenhängen. Susanne ist da schon dran."

„Meinst du nicht, die hat schon genug auf dem Zettel?", fragte Paul. „Ich kann das machen."

Franziska sah ihren Begleiter an. „Wenn du meinst. Aber sprich dich bitte mit ihr ab, damit wir nicht aus Versehen doppelt recherchieren. Wie ich sie kenne, hat sie schon mit der Recherche angefangen."

„Ja, sie ist großartig", bestätigte Paul.

„Darf ich dich mal was fragen?"

„Nur zu", ermunterte Paul sie.

„Ist aber privat."

„Ich kann Nein sagen." Paul sah sie an. „Bin schon erwachsen."

Franziska lachte. „Ich werde das Gefühl nicht los, dass du und Tessa mit dem Thema Prostitution schon mal irgendwie in Berührung gekommen seid."

Paul sah sie an. „Das ist allerdings privat", sagte er und trank einen Schluck Bier.

„Entschuldige", ruderte Franziska zurück. „Es geht mich auch nichts an."

„Nein, nein, schon gut", winkte er ab. „Es stimmt ja." Er machte eine Pause. „Wir hatten eine Schwester, die erst drogenabhängig wurde und dann in die Prostitution abgerutscht ist. Sie hat sich umgebracht."

Franziska hielt sich die Hand vor den Mund. „Du meine Güte. Das tut mir leid, ich wollte nicht ..."

Aber Paul unterbrach sie. „Das ist lange her. Tessa war noch klein. Mein Vater und ich haben monatelang versucht, sie da rauszuholen. Leider ohne Erfolg. Seitdem beschäftigt mich das Thema."

Franziska nickte.

„Sag Tessa nichts. Sie wird es dir zu gegebener Zeit sicher selbst erzählen und dann musst du überrascht tun. Bitte."

„Das werde ich", versprach Franziska.

In dem Moment ging in die Tür auf und drei Männer mit Instrumenten kamen herein, die vom Barkeeper lauthals begrüßt wurden. Franziska und Paul wurden gebeten, ihren Platz für die Band zu räumen.

„Lust auf ein bisschen Irish-Folk? Die Jungs hab ich schon ein paar Mal hier gesehen. Lass uns bleiben."

Paul nickte, sie wechselten an einen anderen Platz an der Theke und die nächste Stunde verbrachten sie damit, irische Musik zu hören und weiter Bier zu trinken.

Kapitel 23

Als Franziska die Tür zu ihrer Wohnung aufschloss, wusste sie gleich, dass Heiner noch nicht zu Hause war. Er schloss nie ab, wenn sie noch unterwegs war. Sie zog ihre Sachen aus, hängte ihren Schlüssel an den Haken und ging in die Küche. Ein ungutes Gefühl beschlich sie. Kaum spürbar und nicht greifbar. Heiner hatte gesagt, dass er noch mit Niklas ein Bier trinken wollte. Sie schaute auf die Uhr. Fast halb zwei. Normalerweise blieb er nicht so lange weg.

Sie öffnete den Kühlschrank, fand eine Flasche alkoholfreies Bier, kramte in einer Küchenschublade nach dem Flaschenöffner, nahm einen tiefen Schluck und verzog angewidert das Gesicht. Irgendein Ökobier aus Heiners Bioladen. Schmeckte fürchterlich malzig, nach dem herben Becks keine gute Wahl. War da heute Nachmittag nicht noch eine Flasche Weißwein im Kühlschrank gewesen? Sie war sich nicht sicher und für den Moment war es ihr auch egal. Sie hatte keine Lust, sich ihre gute Stimmung versauen zu lassen. Nicht jetzt. Sie hatte einen ereignisreichen und aufregenden Tag hinter sich und einen wunderbaren Abend mit dem attraktiven Journalisten. Sie war leicht angetrunken und fühlte sich gut. Zeit, ins Bett zu gehen. Sie würde nicht auf ihren Mann warten.

Sie stand auf, schlurfte ins Schlafzimmer und zog sich aus. Als sie ins Badezimmer kam, um sich die Zähne zu putzen, hing der Geruch von Heiners neuem Aftershave in der Luft. Sie vergaß immer den Namen. Er hatte es zum Geburtstag geschenkt bekommen. Von wem eigentlich? Von Kollegen, hatte er gemurmelt und dann das Thema gewechselt. Sie hatte sich noch gewundert. Seit wann schenkten die sich was in der Schule? Vielleicht weil es der Fünfzigste war, hatte sie gedacht und den Gedanken dann losgelassen.

Und mit einem Schlag hatte sie Gewissheit. Jetzt wusste sie auch, was sie beim Reinkommen beunruhigt hatte. Heiners eleganter Wollmantel hing nicht an der Garderobe. Der, den er nur zu speziellen Anlässen trug und ganz sicher nicht, wenn er mit Niklas in die Kneipe ging. Jetzt war auch klar, warum es in der Küche nicht nach Essen gerochen hatte, keine Reste im Kühlschrank waren, kein Wein im Haus. Der feine Herr war bestimmt mit seiner Geliebten Essen gegangen, hatte sich einparfümiert und in Schale geworfen, und für hinterher noch Weißwein im Gepäck.

Franziska holte tief Luft. Ihre Gedanken wirbelten durcheinander Und jetzt? Sollte sie Heiner doch abpassen und ihn zur Rede stellen? Was, wenn er erst in ein paar Stunden kam? Sie entschied, im Wohnzimmer auf ihn zu warten. An Schlaf war jetzt eh nicht zu denken. Sie würde sich aufs Sofa setzen, tief atmen und, der Gedanke kam spontan, ihr Kind anrufen. Wie spät war es jetzt in Kanada? Sechs Stunden früher, wenn sie sich richtig erinnerte, also halb acht. Das war vollkommen in Ordnung. Sie wählte die Nummer.

„Mum?“, kam es vom anderen Ende der Welt. „Nice!“

Franziska verdrehte die Augen.

„Wie geht es dir mein Schatz?“

„Warte mal kurz“, rief Jenny und dann hörte sie Nuschelgeräusche, eine Tür wurde geschlossen. „So“, sagte Jenny, „jetzt bin ich allein.“

„Wie geht es dir?“, wiederholte Franziska ihre Frage.

„Super, hab ich schon alles Papa erzählt. Hat er dir das nicht gesagt?“ Sie lachte herzlich. Sie meinte es nicht so.

„Doch doch“, log Franziska, die keine Ahnung von dem Gespräch zwischen ihrer Tochter und ihrem Mann hatte, „aber ich wollte deine Stimme hören.“

„Ist alles ziemlich cool und fancy hier. Mega viel Schnee. Alle sind voll nett. Ich schick dir mal ein paar Fotos. Mum, ich muss jetzt los“, rief Jenny und hielt wieder den Hörer zu. Franziska vernahm Gemurmel, dann ein lautes *one minute*. Offenbar wurde jetzt in Kanada zu Abend gegessen. „Hab dich lieb, Mum“, waren Jennys letzte Worte.

„Ich dich auch“, flüsterte Franziska in die tote Verbindung.

Als sie am nächsten Morgen auf der Wohnzimmercouch aufwachte, war es kurz vor sechs. Heiner hatte ihr ein Kissen und eine Decke gebracht und die Stehlampe ausgemacht. Sie brauchte einen Moment, bis ihr alles wieder einfiel. Immerhin war er nach Hause gekommen. Sie schlich vor die Schlafzimmertür und lauschte. Von drinnen hörte sie leise Schnarchgeräusche. Sollte sie ihn wachmachen und zur Rede stellen? Schlaftrunken, überfallartig? Aber was sollte sie sagen? Noch hatte sie keine Beweise. Nur ein paar Vermutungen. Außerdem würde er ungehalten reagieren, wenn sie ihn jetzt aus dem Tiefschlaf riss. Sie schob den Gedanken beiseite. Alles zu seiner Zeit.

Sie ging ins Bad, um zu duschen. Dort lagen Heiners Sachen auf der Waschmaschine, die Socken auf dem Boden, die Schuhe standen im Weg. Fast wäre sie darüber gestolpert. Wie sie das hasste.

Einer Eingebung folgend roch sie an seinem Hemd. Bingo! Ein Frauenparfüm. Eindeutig. Oder doch nur die Reste dieses neuen Aftershaves? Franziska war nicht gut darin, Gerüche auseinanderzuhalten. Bermann war der Meister. Der wusste immer genau, wer im Raum war, bevor er die Leute sah. Eine gruselige Superkraft.

Sie war aber gut im Finden von Dingen und gut darin, die richtigen Schlüsse zu ziehen. Ohne Anflug eines schlechten Gewissens durchsuchte sie Heiners Taschen und auch die seines Wollmantels an der Garderobe. Jetzt war Schluss. Sie brauchte Gewissheit. Aber da war nichts. Keine Quittungen in seinen Hosentaschen oder in seiner Geldbörse, keine Visitenkarten oder Liebesbriefchen. Sein Handy fiel ihr ein. Es lag ausgeschaltet auf dem Küchentisch. Sie nahm es in die Hand, zögerte kurz und tippte dann das Passwort ein. Falsch. Hatte sie sich vertan? Jennys Geburtsdatum 201103. Sie wiederholte die Zahlenfolge, diesmal langsamer. Wieder zappelte das Display. Resigniert starrte sie das Gerät an. Heiner hatte doch tatsächlich das Passwort geändert. Wie viele Versuche hatte sie? Drei? War danach die SIM-Karte gesperrt? Sie legte das Handy zurück auf den Küchentisch. *Na warte, mein Lieber*, tobte ihr emotionales Ich. Ihr standen als Kriminalbeamtin besondere Methoden zur Verfügung, um ihrem untreuen Mann auf die Schliche zu kommen. Vielleicht konnte Susanne ihm unauffällig eine kleine Trackingapp unterjubeln. Sie könnte einen Streifenbeamten auf ihn ansetzen oder einen Privatdetektiv. *Oder du fragst ihn einfach*, schaltete sich ihr rationales Ich ein. Cool bleiben und sehen, wie er reagiert. Verhörtaktiken hatte sie schließlich gut drauf und wenn sie nicht die Nerven verlor, würde Heiner klein beigeben.

Das Knacken des alten Holzfußbodens riss sie aus ihren Gedanken. Er war aufgestanden. Franziska hielt den Atem an und lauschte seinen Schritten, die aus dem Schlafzimmer ins Bad schlurften, dann Pinkelgeräusche – warum konnte dieser Mann nie die Tür schließen – die Toilettenspülung, zurück ins Bett, kein Händewaschen. Franziska atmete erleichtert auf. Sie wartete noch ein paar Minuten, dann machte sie sich fertig und verließ um halb sieben die Wohnung. Zu früh. Die Besprechung mit ihrem Team begann erst in zweieinhalb Stunden. Aber auf eine Begegnung mit ihrem Mann hatte sie heute Morgen keine Lust.

Kapitel 24

Richard saß in dem roten Sessel im Wohnzimmer und starrte die Wand an. Drei Tage hatte er den Zuhälter bereits in seiner Gewalt und kein vernünftiges Wort aus ihm herausbekommen. Der Bursche war zäh, konnte viel aushalten. Etliche Schläge in die Weichteile, eine gebrochene Nase und die ein oder andere gebrochene Rippe. Er konnte ihn aber nicht mehr lange als Punchingball benutzen. Tot nützte der Mann ihm gar nichts.

Er blickte auf den Haufen Geld, der auf dem Tisch lag. 50.000 Euro hatte er aus dem Safe des Steuerberaters mitgenommen. Die Ausbeute aus Finns Garage war auch beachtlich. Noch mal 35.000. Das Geld konnte er gut gebrauchen, um sich mit Toni ein neues Leben aufzubauen.

Sein Plan war einfach. Toni finden, ins Flugzeug steigen, mit ein paar Zwischenstopps und gefälschten Pässen Spuren verwischen und irgendwo in Südamerika untertauchen. Er hatte Freunde in Argentinien und in Brasilien, die bereits informiert waren. Aber noch war es nicht soweit und ihm lief die Zeit davon.

Er hatte einen Menschen ermordet und zwei weitere entführt. In der Zeitung hatte er zwar keinen Hinweis auf einen Mord am Eigelstein gefunden, aber das hielt er für eine Taktik der Polizei. Alle seine Opfer hatten eins gemeinsam, den Saunaclub *Paradies*. Darauf würde die Polizei sicher bald stoßen. Und dann war es nur eine Frage der Zeit, bis man auf ihn kam. Er musste Antonia finden, bevor man ihn fand. Denn war er einmal zur Fahndung ausgeschrieben, war Fliegen keine Option mehr, zumindest nicht von Deutschland aus. Das würde die Flucht zwar nicht unmöglich machen, aber erheblich erschweren.

Er griff nach Finns kleinem Büchlein. Er hatte es immer mal wieder aufgeschlagen, wurde aber nicht wirklich schlau daraus. Alle Einträge hatten eine ähnliche Struktur, aber ohne den Schlüssel würde er den Code nicht knacken. Er starrte zum wiederholten Male auf die Zahlenkolonnen. Sie begannen mit einem Datum, da war er sich mittlerweile sicher, und endeten mit einem oder mehreren Buchstaben. Dazwischen unterschiedlich viele Zahlen. Ein Eintrag stach ihm besonders ins Auge. 091319 616207269836106970314 L. Der 13. September 2019 war der Tag nach seinem Auftritt im *Paradies*. Die Vermutung lag also nahe, dass dieser Eintrag was mit Antonia zu tun hatte. Denn sie war kurz danach von der Bildfläche verschwunden. Und L war die römische Ziffer für 50. Claire hatte ihm bestätigt, dass ein Mädchen wie Antonia durchaus 50.000 Euro einbringen würde. Wie Vieh wurden diese Frauen gehandelt. Irgendwer auf der Welt zahlte Geld für sie und dann verschwanden sie für immer in irgendwelchen Kerkern, Harems oder Bordellen.

Er hatte Finn gezielt nach dieser Summe gefragt, aber der hatte ihn nur beschimpft und auch eine Tracht Prügel hatte nichts geändert.

Die mittleren Zahlen waren das große Rätsel. Eine IBAN war es nicht. Aber noch hatten nicht alle Länder weltweit das System der internationalen Bankkontennummer umgesetzt. Vielleicht war es eine alte Kontonummer. Aber wie sollte er das herausfinden? Er war weder Computerspezialist noch Codeknacker, ihm standen keine besonderen Recherchemöglichkeiten zur Verfügung und fragen konnte er auch niemanden. Er war nur ein Vater, der seine Tochter suchte. Er seufzte und klappte das Buch wieder zu.

Kapitel 25

Als Franziska das Großraumbüro betrat, saß Susanne schon hinter ihrem Rechner und fuhr erschrocken hoch.

„Du bist aber früh dran."

„Konnte nicht mehr schlafen", brummte sie und stellte erfreut fest, dass frischer Kaffee aufgesetzt war. Sie beobachtete die Kollegin aus dem Augenwinkel. Susanne sah müde aus. „Warst du überhaupt zu Hause?", fragte sie.

„Ja schon. Aber mir geht's wie dir. Der Fall lässt mich nicht los."

Der Fall. An den hatte Franziska auf der Fahrt ins Präsidium keinen einzigen Gedanken verschwendet. Sie hatte nur über Heiners Handy nachgedacht. Es war an der Zeit, ihr Privatleben auf Urlaub zu schicken und sich auf die Arbeit zu konzentrieren, denn die Geschichte wurde immer verworrener. Ein Steuerberater mit einem zweifelhaften Faible für Prostituierte, von denen zwei als vermisst eingestuft werden mussten und eine tot war. Ein seltsames Brandzeichen, geheime Hinterzimmer, unerträgliche Foltervideos. Seit dem Gespräch mit dem Restaurantbesitzer Salvo gab es Hinweise auf einen unbekannten blonden Mann vom Parkplatz des Saunaclubs *Paradies,* der was mit der verschwundenen Momo zu tun hatte. Von einem blonden Mann mit Bart hatte auch Leni Hermsen gesprochen, die alte Prostituierte, die der Kanzlei gegenüber wohnte. Und der Kellner aus dem *Zeitlos* hatte ihn ebenfalls beschrieben. Das konnte kein Zufall sein. Außerdem hatte Salvo *komische Mafiatypen* erwähnt, von denen einer nachweislich ein Loverboy war. Franziska schwirrte der Kopf und die Geschichte hatte bisher keinen roten Faden. Dazu fehlten noch etliche Puzzleteile.

Sie schäumte Milch auf, goss sie über den Kaffee und hockte sich neben Susanne.

„Woran arbeitest du?"

„Hab zu dem Branding recherchiert und ein bisschen gegraben wegen dieser Natalia. Aber da gibt es nichts. Nada. Sie taucht irgendwann auf, verschwindet für mehrere Jahre von der Bildfläche und dann ist sie tot."

„Wir sollten uns mal ganz genau die Unternehmensstruktur der beiden Saunaclubs anschauen."

Susanne lächelte. „Paul hat mir schon Bescheid gesagt. Ich mach das hier noch fertig, dann helfe ich ihm."

Franziska gähnte und nippte an ihrem Kaffee.

„Was von deiner Tochter gehört?", fragte Susanne.

„Ja gestern. Ihr geht's gut. Alles ist cool und nice, sie nennt mich jetzt Mum und morgen fährt sie in den Skiurlaub."

„Ist doch geil, dass sie das macht. Ich hatte leider nie die Möglichkeit."

„Ich auch nicht. Und ich freu mich für sie. Aber ich vermisse sie auch. Mein erstes Weihnachten ohne sie."

„Das stimmt nicht. Vor ihrer Geburt hattest du auch Weihnachten."

Franziska lachte. „Das ist wahr. Ich glaube, bei unserem letzten Weihnachten ohne Kind hatten wir zehn Gäste, haben Raclette gemacht und uns ziemlich betrunken."

„Ich komme gern", meinte Susanne und stieß Franziska freundschaftlich in die Seite. „Hab nichts vor an Heiligabend."

„Im Ernst?", fragte Franziska. „Was ist mit Patricia?"

Susanne winkte ab. „Sie ist sauer, weil ich meinen Eltern immer noch nichts von ihr erzählt habe. Sie fährt jetzt allein zu ihrer Familie in den Westerwald."

„Was hält dich eigentlich davon ab, dich zu outen? Mir hast du es ja auch erzählt."

Susanne verzog das Gesicht. „Mein Vater ist ein gottverdammter Spießer. Du müsstest mal hören, wie der über Homosexualität redet. Unterste Schublade."

„Und deine Mutter?"

„Die hat keine eigene Meinung. Was glaubst du, warum ich mit siebzehn von zu Hause weg bin. Das war nicht auszuhalten."

Franziska legte Susanne die Hand auf die Schulter. „Eines Tages wird der richtige Zeitpunkt kommen", sagte sie. „Ich finde es unfair von deiner Freundin, dass sie dir Druck macht. Eltern sind ein spezielles Thema."

In dem Moment kam Neumann durch die Tür und damit war das Gespräch beendet.

Bis 09.00 Uhr waren alle versammelt. Sogar der Rabe hatte es einrichten können. „Ich hab zwölf Uhr ausgehandelt", raunte er Franziska zu, bevor er sich setzte. Sie quittierte die Information mit einem Lächeln. Der Ehepartner eines Polizisten zu sein war nicht leicht.

Paul sah müde aus. Er lächelte sie an, als er den Raum betrat und Franziskas Puls beschleunigte sich.

„Ich danke euch, dass ihr an Heiligabend so zahlreich erschienen seid", begrüßte sie ihr Team. „Das ist keine Selbstverständlichkeit. Ich weiß das zu schätzen."

Dann informierte sie in knappen Sätzen darüber, was sie und Paul Anders am Abend vorher von Salvo Russo erfahren hatten.

„Wir sollten die wirtschaftlichen Hintergründe der beiden Clubs mal genauer unter die Lupe nehmen", schlug Karl Müller vor, nachdem Franziska ihren Vortrag beendet hatte. „Denn dieser Steuerberater ist sowohl im Saunaclub *Paradies* Stammkunde als auch im *Temple of Love*. Seine Lieblingsdamen sind Dolly, alias Dana Markow, deren Freundin Claire und noch zwei andere, und eine dieser Frauen arbeitet in beiden Etablissements. Das ist ungewöhnlich, es sei denn, die Clubs gehören einem Betreiber."

„Aber der *Temple of Love* wird doch von diesem Ex-Zuhälter Seifert geleitet, der jetzt einen auf seriös macht", sagte Paul Anders.

„Eben", bestätigte Müller. „Geleitet. Der Franzi hat er aber erzählt, dass ihm der Laden gehört. Ich halte das jedoch für fragwürdig."

„Ich hab mal einen Abgleich der Frauen aus beiden Clubs gemacht", sagte Susanne. „Unsere Dolly ist nicht die Einzige, die in beiden Clubs arbeitet. Es sind mindestens noch drei weitere. Weiter bin ich aber noch nicht gekommen. Nach den Feiertagen wissen wir mehr", versprach sie.

Franziska wechselte das Thema. „Susanne hat Informationen zu dem Brandzeichen gefunden, die uns vielleicht weiterbringen. Lass mal hören, was es mit IMPERIA und der liegenden Acht auf sich hat."

„Wenn man den Begriff googelt, erhält man nur zwei ernstzunehmende Treffer", begann Susanne ihren Vortrag. „Zum einen, eine Stadt in Ligurien. Aber ich glaube, der andere Treffer ist für uns viel interessanter. *Imperia* heißt nämlich eine Statue im Hafen von Konstanz." Sie warf ein Foto an die Wand.

„Die kenne ich", rief Neumann. „Ist das Wahrzeichen der Stadt. Direkt an der Hafeneinfahrt. Ich hab zig Fotos von der Dame gemacht bei unserem Bodenseeurlaub. Die ist riesig. Neun Meter, wenn ich mich richtig erinnere."

„Gewagtes Dekolleté", brummte Rabenmacher.

Das stimmt, dachte Franziska und betrachtete die gewaltigen Brüste der Dame. Sogar die Brustwarzen waren deutlich zu erkennen. Sie fragte sich, warum die Stadt Konstanz sich so ein Ding in den Hafen stellte.

„Die Statue ist eine satirische Anspielung auf das Konstanzer Konzil 1414 bis 1418. Da haben Vertreter der Kirche und Vertreter der Krone vier Jahre darüber beraten, wie man die Ketzerei im Land am wirksamsten bekämpfen kann. Und wer ist nicht weit, wenn viele Männer an einem Ort die Geschicke der Welt neu verhandeln?", fragte Susanne in die Runde.

„Die Damen vom horizontalen Gewerbe", antwortete Paul.

„Bingo! Laut Quellenlage waren es um die 700 Prostituierte, die den Konzilsteilnehmern zu Diensten waren."

„Alle Achtung“, brummte Rabenmacher. „Die Kirche wieder.“

„Man muss allerdings dazu sagen“, warf Karl Müller ein, „dass Prostitution im Mittelalter bis zur Reformation theologisch toleriert und gesellschaftlich akzeptiert war. Erst mit Luther, der Einführung der Priesterehe und mit der Entstehung des Bürgertums wurde das Konkubinenwesen sozial geächtet.“

Kommt zum Punkt, dachte Franziska. Sie mochte Karl und war froh, ihn im Team zu haben. Aber seine oberlehrerhafte Art ging ihr manchmal gehörig auf die Nerven. Sie brannte darauf zu erfahren, was das alles mit diesem Brandzeichen zu tun hatte, hielt sich aber zurück. Susanne hatte ihre fünf Minuten Ruhm verdient.

„Wer sind denn die Typen, die da in ihren Händen hocken?“, fragte Paul Anders.

„Die sehen aus wie die Hauselfen aus Harry Potter“, frotzelte Neumann. Alle lachten außer Rabenmacher, der nicht wusste, wovon die Rede war.

„Die Wichte, die sie in ihren Händen trägt, sind niemand Geringeres als der König und der Papst.“

„Die Vertreter der Macht kommen ja nicht gut weg“, sagte Paul.

„Deswegen ist es ja auch eine Satire“, erklärte Susanne.

„Okay“, unterbrach Franziska. Die Diskussion entfernte sich immer mehr vom Thema. „Wir haben also einen Namen entschlüsselt. Was sagt uns das jetzt?“

„Ich war noch nicht ganz fertig“, erwiderte Susanne. „Ich mach es auch kurz. Es gibt eine historische Vorlage, eine gebildete Italienerin, die zu Lebzeiten als Kurtisane berühmt war. Sie hat allerdings zirka hundert Jahre nach dem Konzil gelebt. Das italienische Wort *cortegiana* bedeutet übrigens Edeldame. Die Dame ist dann in die Literatur und Geschichtsschreibung der italienischen Renaissance eingegangen. Unter anderem gibt es eine Erzählung von Balzac, die in seinen *Tolldreisten Geschichten* enthalten ist. Sie heißt *La belle Impéria*. Ist lesenswert."

Franziska runzelte die Stirn. „Ich weiß nicht, ist das nicht ein bisschen weit hergeholt? Ein Konzil von 1414, eine Erzählung von Balzac."

„Gar nicht", entgegnete Susanne. „Wir haben das Brandzeichen bei einer Prostituierten gefunden. Ich denke, es ist überhaupt nicht weit hergeholt, dass derjenige, der das Zeichen einbrennt, Kenntnis von dieser Geschichte hat."

„Das bedeutet, er ist gebildet", sagte Tessa.

„Könnte aber auch Zufall sein", brummte Rabenmacher. „Oder gibt es noch andere Frauen, die dieses Brandzeichen haben?"

Paul Anders meldete sich zu Wort. „Ich glaube, das kann ich beantworten", sagte er und blätterte in einem dicken Notizbuch, aus dem alle möglichen Zettel herausragten. „Ich war mir sicher, dass mir das Zeichen schon mal irgendwo begegnet ist, und ich hab's gefunden." Er schlug eine Seite auf und zeigte sie in die Runde. Zu sehen war eine liegende Acht und darunter in Großbuchstaben der Schriftzug *IMPERIA* genau wie bei der toten Natalia Maskovska.

„Ich hab vor fünf Jahren einen Artikel über die EU-Osterweiterung und Prostitution geschrieben und war zu Recherchezwecken damals in Leipzig. Dort habe ich mit einer Aussteigerin gesprochen, die mir von diesem Brandzeichen erzählt hat."

„Und was hat sie gesagt?", fragte Franziska, die diese Wendung vielversprechender fand als die Geschichte über ein verstaubtes Konzil im fünfzehnten Jahrhundert.

„Im Milieu ging das Gerücht über einen sogenannten *Sammler* um. Das ist jemand, der Frauen kauft oder entführt, sie gefangen hält und in den meisten Fällen tötet."

„Gerücht?"

„Ja. Damals sind in Leipzig mehrere Prostituierte verschwunden und nie wieder aufgetaucht. Hat das Milieu ganz schön aufgemischt."

„Und woher hatte deine Quelle diese detaillierten Infos, wenn die Frauen nie wieder aufgetaucht sind? Du hast das ja nach ihren Vorgaben gezeichnet, nehme ich an."

Paul nickte. „Das wollte sie nicht sagen. Aber offenbar konnte ein Mädchen entkommen."

„Du weißt natürlich nicht, wer das war oder wo sie jetzt ist", fragte Tessa.

Paul schüttelte den Kopf. „Ich weiß nur, dass danach alles aufhörte. Er ist weitergezogen."

„Jetzt ist er hier", sagte Tessa und alle starrten sie an. „Überlegt doch mal. Wann war das in Leipzig, Paul? 2013?"

Paul nickte. „Ich war ein Jahr später dort."

„Seht ihr", rief Tessa. „2013 entwischt ihm eine. Es wird ihm zu heiß, er verlässt den Osten und kommt ins Rheinland, braucht vielleicht ein bisschen Zeit, um sich neu einzurichten, aber dann entführt er Natalia, hält sie zwei Jahre gefangen und 2016 tötet er sie."

„Ein Serienmörder?", fragte Neumann und hatte vor Aufregung rote Flecken im Gesicht.

„Sieht so aus", bestätigte Franziska.

„Dazu passt dann auch das Symbol", sagte Karl Müller. „Die Lemniskate ist ein in sich gedrehter Kreis. Symbol für das Göttliche, die Unendlichkeit, ohne Anfang und Ende. Außerdem spielt unser Mann hier mit dem lateinischen Begriff Imperium. Auf der einen Seite haben wir Imperia, die Kurtisane, die er erhöht und verehrt, auf der anderen Seite will er sie aber beherrschen. Imperium. Sein Machtbereich."

Für einen kurzen Moment schwiegen alle, dann Nicken reihum.

„Das passt perfekt zu dem, was wir gestern über die Tattoos von Zuhältern gelernt haben", sagte Tessa Anders.

„Dieser hier hält sich dann aber wirklich für den Allergrößten. Gott gleich. Ich wette, der hat ein riesengroßes Ego."

„Oder ein sehr Kleines", widersprach Franziska.

„Auf jeden Fall ein Krankes", ergänzte Paul Anders.

„Wir haben es also mit einem nazistischen psychopathischen Prostituierten-Serienmörder zu tun", fasste Tessa zusammen. „Na dann. Fröhliche Weihnachten."

„Wir brauchen mehr Informationen", sagte Franziska. „Susanne, versuch mal rauszufinden, ob es noch mehr Polizeiberichte zu dem Thema gibt. Frag mal bei den Kollegen in Leipzig nach."

„Meinst du, Lothar Röttgen hat sich damals das Umfeld nicht genau genug angeschaut?"

Franziska zuckte mit den Schultern. „In seinem Bericht steht zumindest nichts weiter. Ich warte noch immer auf seinen Rückruf. Irgendwann hört er seine Mailbox hoffentlich ab."

„Ich bleib an der Finanzstruktur der beiden Saunaclubs dran", sagte Paul.

„In Ordnung." Franziska ließ den Blick über ihre kleine Mannschaft schweifen. „Wir machen Schluss für heute und sehen uns nach den Feiertagen wieder hier. Freitag 08 Uhr. Ich wünsche euch ein paar erholsame Tage mit euren Lieben. Genießt die freie Zeit."

Kapitel 26

„Weißt du noch, was du werden wolltest, als du klein warst?“, fragte Claire und schob sich genüsslich ein Stück Schokolade in den Mund. Heute war Heiligabend und Richard hatte ihr eine köstliche Lasagne gekocht und sogar Zigaretten und Wein mitgebracht.

Er schüttelte den Kopf. „Ne, keine Ahnung. Baggerfahrer vielleicht.“ Er lachte. „Du denn?“

„Mit zwölf wollte ich natürlich irgendwas mit Pferden machen. Später stand dann Polizistin ganz oben auf meiner Liste. Dass ich mal in der Prostitution lande, hätte ich nie gedacht.“

„Kein kleines Mädchen wünscht sich das.“

„Auch nicht die Großen“, ergänzte Claire. „Aber für mich war es vorbestimmt.“ Sie schenkte sich ein Glas Wein ein, probierte einen Schluck und nickte anerkennend. „Hast dich nicht lumpen lassen. Vielen Dank.“

„Wie meinst du das, es war vorbestimmt?“ Richard sah sie an. Er hatte sich in den vergangenen Monaten immer wieder aufs Neue das Hirn zermartert, warum ausgerechnet seine Tochter einem Loverboy ins Netz gegangen war.

„Dazu braucht es nicht viel“, sagte Claire. „Traumatisierung, Armut und jemanden, der dir beim Einstieg hilft.“

„Was war es bei dir?“

„Mein Vater“, sagte sie tonlos. „Das verdammte Schwein hat mich und meine Mutter jahrzehntelang terrorisiert.“ Sie schwieg einen Moment, aber Richard ahnte, dass da noch mehr kommen würde, und hielt sich zurück. Er füllte ihr Glas nach.

„Mit fünf hat er mich das erste Mal so richtig verprügelt. Hat mich mitten in der Nacht aus dem Bett gerissen und mich an den Haaren in die Küche geschleift. Dann hat er mich geschlagen und immer wieder angebrüllt: *Weißt du, was du getan hast, du Stück Scheiße?* Aber ich war so voller Angst, da war gar nichts mehr in meinem Kopf. Nur Panik. Und jetzt rate, was mein Vergehen war.“

Richard zuckte mit den Schultern. „Du hast ihm Geld geklaut?“

Claire schnaubte verächtlich. „Nein. Ein paar Kleckser Wasserfarbe auf dem Küchentisch, an dem ich nachmittags gemalt hatte. Das hätte man einfach abwaschen können.“

Richard starrte sie an. „Nicht dein Ernst.“

„Mein voller Ernst. Der Mann war ein Psychopath und schwerer Alkoholiker.“

„Was war er von Beruf?“, wollte Richard wissen.

„Macht das einen Unterschied?“, fragte Claire. „Ich habe so viele Frauen in den Bordellen getroffen, die eine ähnliche Kindheit hatten, aber aus unterschiedlichen sozialen Schichten stammten. Mein Alter war Busfahrer. Aber der von einer Freundin zum Beispiel, der ist Chirurg.“ Claire nippte an ihrem Wein. „Wenn du mit einem prügelnden Alki zusammenlebst, lernst du schnell, dich unsichtbar zu machen. Bloß keine Aufmerksamkeit erregen. Denn dann können die Dinge eskalieren. Einmal hat er mir mit der Faust ins Gesicht geschlagen, weil ich vor mich hingesummt habe. Einfach so. Hat ihn genervt."

„Was war mit deiner Mutter? Warum hat sie dich nicht beschützt?"

Claire schnaubte. „Das sagt sich so leicht. Warum hat die Mutter ihr Kind nicht beschützt? Ganz ehrlich? Der Mann war einsneunzig groß und hat Krafttraining gemacht. Der konnte einen Apfel in seiner Hand zerquetschen. So viel Kraft hatte der. Meine Mutter war genau so Opfer wie ich. Aus so einer Situation gibt es kein Entkommen. Wenn sie sich gewehrt hat, wurde es nur schlimmer."

„Sie hätte weggehen können. In ein Frauenhaus."

„Hätte, hätte, Fahrradkette." Claire sah ihn wütend an. „Du verstehst nicht, was Gewalt mit einem macht. Weiß du, was kleine Hunde machen, wenn sie Angst haben?"

Richard nickte. „Sie pinkeln sich ein." Das war ihm passiert, wenn sein Vater mal wieder hinter ihm her war. Dann gab es erst Recht Prügel.

Claire bedachte ihn mit einem Blick, der ihm signalisierte, dass sie verstanden hatte. „Genau", sagte sie. Sie hing für einen Moment ihren Gedanken nach. „Das Gemeine ist, dass man anfängt, die Schuld bei sich selbst zu suchen. Irgendwas muss ja mit dir nicht stimmen, wenn er dich so behandelt. Er hat es ja auch täglich in die Welt geschrien, wie scheiße ich bin. Der hat mir richtig das Gehirn gefickt. Ständig wird alles verdreht. Da kannst du nicht gewinnen."

„Gab es denn niemanden, der helfen konnte?“, fragte Richard. „In einer Mietwohnung müssen doch die Nachbarn was mitbekommen haben? Was ist mit deinen Lehrern? Haben die die blauen Flecken nicht gesehen?“

Claire schüttelte den Kopf. „Hat dir damals jemand geholfen?“, fragte sie.

Richard sagte nichts.

„Ein Nachbar hat mich mal angeblafft, ich soll meinem Vater sagen, dass er nicht so rumschreien soll. Was hat der denn gedacht?“ Sie trank einen Schluck. „Und die blauen Flecken hab ich natürlich versteckt. Man wird gut in sowas.“

Richard schenkte ihr noch etwas Wein nach. „Wie lange hast du durchgehalten?“

„Bis er anfing, mich zu ficken. Da war ich dreizehn. Zuerst hab ich stillgehalten. Ein Jahr später bin ich weg.“

„Er war dein Vater“, sagte Richard verständnislos.

„Angefangen hat das schon viel früher. Mit sechs oder sieben“, fuhr Claire fort. „Ich musste sonntags immer zu ihm ins Bett kommen und seine Erektion anfassen. Er hat Nacktaufnahmen von mir gemacht und wer weiß was damit angestellt. Überall in der Wohnung lagen Hardcore Pornohefte rum, die ich mit ihm anschauen musste. Darin waren Bilder und Geschichten von Frauen, die eingesperrt, gefesselt und vergewaltigt wurden und nach anfänglichem Unbehagen letztendlich Spaß daran hatten. Als ich zehn war, war ich schon völlig sexualisiert und hab mit meinen Puppen Spiele gespielt, in denen es um Vergewaltigung ging.“

Richard atmete schwer.

„Kein schönes Thema für Weihnachten, was?“ Claire verzog das Gesicht. „Was solls? Ich habs überlebt. Und nächstes Jahr hab ich genug Geld gespart, um Nick auszubezahlen, und dann will ich meinen Schulabschluss nachholen. Vielleicht ist ja sogar ein Studium drin. Ich war gut in der Schule, weißt du? Trotz allem.“

Richard sah sie lange und nachdenklich an.

„Meine Tochter hatte keine gewalttätige Kindheit“, sagte er. „Ich habe keine Ahnung, was wir falsch gemacht haben.“

„Das kommt öfter vor, als du denkst. Finn ist gut als Loverboy. Da hattet ihr kaum eine Chance. Lass mich raten, ihr habt von der Sache erst erfahren, als es zu spät war.“

„Nach einem Jahr, wenn sie die Wahrheit gesagt hat.“

„Wie alt war Antonia, als es losging?“

„Sechzehn. Vielleicht auch schon früher. Mit siebzehn sind wir dahintergekommen, dass sie anschaffen ging. An den Wochenenden und in den Ferien. Das muss man sich mal vorstellen. Und wir haben vorher nichts gemerkt.“

„Hat sie sich denn nicht verändert in der Zeit?“

„Doch, schon. Aber wir dachten, das ist die Pubertät und wollten nicht zu viel an ihr rumerziehen. Du weißt schon. Lange Leine.“ Er machte eine Pause. „Hat nicht funktioniert.“

„Was habt ihr gemacht, als ihr von der Prostitution erfahren habt?“

„Ich wollte den Typen anzeigen. Aber Toni hat gebettelt und gefleht, dass ich es nicht tue. Sie wollte das selber regeln und aussteigen.“

„Und dann?“

„Dann ist sie abgehauen und hat die Schule geschmissen."

„Scheiße", sagte Claire. „Tut mir echt leid. Sie ist nett. Und sie hasst es, das zu tun."

„Ich weiß", sagte Richard. „Sie hat mich Anfang des Jahres per WhatsApp kontaktiert. Das war das erste Lebenszeichen seit langem. Sie hat mir eine Adresse genannt, bei der ich sie abholen sollte, aber als ich da ankam, war sie weg. Und die Handynummer war auch tot."

„Und wie hast du sie im *Paradies* gefunden?"

„Zufall. Ich bin rumgefahren und hab an den einschlägigen Standorten ihr Foto rumgezeigt."

„Du hast was?", fragte Claire erstaunt. „Und das hat funktioniert?"

Richard nickte. „Auf dem Straßenstrich am Militärring. Da hat mir eine Frau diesen Tipp gegeben."

„Was hat dich das gekostet?"

„300 Euro."

Claire pfiff durch die Zähne. „Wie viel hast du insgesamt ausgeben müssen bisher? Musst es nicht sagen, ich bin nur neugierig."

Richard grinste. „Du weißt Bescheid, wie die Dinge laufen. Rund zweitausend Euro waren es allein in den letzten Monaten. Aber das spielt keine Rolle. Ich würde mein Leben geben für das meiner Tochter."

Claire traten Tränen der Rührung in die Augen. Was wohl aus ihr geworden wäre mit einem Vater wie Richard an ihrer Seite? Sie sah den Mann an. Er war verzweifelt, aber nicht gebrochen. Und er war zu allem bereit. Sie hatte längst mitbekommen, dass im Raum nebenan noch jemand festgehalten und regelmäßig *befragt* wurde. Sie hatte gefragt, aber keine Antwort bekommen. Vielleicht war es Finn. Dann hatte der Alptraum hier hoffentlich bald ein Ende. Wie lange war sie jetzt schon hier unten gefangen? Wenn heute Heiligabend war ... sie rechnete ... 14 Tage. Dana machte sich bestimmt schon große Sorgen.

Claire konnte ihre Tränen nicht mehr zurückhalten. Die Beichte über ihre Kindheit hatte sie emotional aufgewühlt und der Wein hatte sein Übriges getan.

Kapitel 27

Seit dem ersten Verhör waren zwei Tage vergangen, in denen Richard den Zuhälter sich selbst überlassen hatte. Jetzt wollte er einen neuen Versuch starten. Anders als Claire hatte er seinem Gefangenen keinen Toiletteneimer gegeben, den er regelmäßig ausleerte, und als Richard die Tür zu Finns Gefängnis öffnete, schlug ihm bestialischer Gestank entgegen. Finn saß zusammengesunken am Boden und hob den Kopf und beobachtete jede seiner Bewegungen.

„Du stinkst wie ein Schwein", sagte Richard. „Heute ist Weihnachten und so ein Zustand ist nicht sehr christlich, finde ich."

Das obligatorische *Fick dich* blieb aus.

Richard zog einen alten Gartenschlauch in den Raum, den er in der Garage gefunden hatte, schloss ihn an und drehte das Wasser auf. Ein eiskalter harter Strahl traf den gefesselten Mann, der kurz aufheulte.

„Gut, dass das hier eine alte Waschküche ist, was?", feixte Richard. „So kann deine Scheiße wenigstens abfließen."

Finn stöhnte und japste nach Luft. Dann schnaubte er und fluchte, aber seine Aggression war deutlich abgeklungen. Hunger, Durst, Kälte und die Prügel hatten ihre Spuren hinterlassen. Richard war sicher, dass der

Mann bald einknicken würde. Er spritzte Finn von allen Seiten ausgiebig ab, spülte alles den Abfluss runter und stellte das Wasser wieder ab.

„Wie wäre es, wenn du dein Leiden heute beendest und mir sagst, was mit meiner Tochter passiert ist."

Finn starrte ihn an.

„Ich hab Lasagne gekocht", lockte Richard. „Ist oben im Backofen. Noch ganz heiß. Dazu gibt es einen leckeren Salat und ich könnte zur Feier des Tages auch eine Flasche Rotwein aufmachen."

Seit Finn im Keller gefangen war, hatte er nichts zu essen bekommen. Nur Wasser, damit er nicht verdurstete. Der Mann musste Hunger haben. Aber er verzog keine Miene.

„Die Sauce hab ich mit frischen Tomaten und Kräutern verfeinert. Sie hat zwei Stunden auf dem Herd gestanden und geköchelt. Und ich hab Oliven verwendet. Eine sehr aromatische Sorte aus Süditalien."

„Wird das hier ne verdammte Kochshow", murrte Finn und drehte den Kopf so weit zur Seite, wie es das Bügelschloss zuließ. Seine Haare und seine Kleidung waren klatschnass. Sicher würde er bald anfangen zu frieren.

„Ich hab auch andere Klamotten für dich. Trockene. Sag mir, was ich wissen will, und dein Leiden hat ein Ende. Heute ist doch Weihnachten."

Es folgte ein längeres Schweigen.

„Und dann?", fragte Finn nach einer Weile.

Richard horchte auf. Das war die erste nicht aggressive Fick-dich-Reaktion seit Tagen.

„Was willst du tun, alter Mann? Sie nach Hause holen?"

„Das lass mal meine Sorge sein.“

„Die Bitch ist sowas von durch. Die ist voll auf Droge.“

Richard wurde wütend. Es war kaum auszuhalten, wie abfällig Finn über Toni sprach. Aber er hatte sich fest vorgenommen, sich nicht provozieren zu lassen.

„Das spielt keine Rolle“, sagte er daher gleichmütig. „Es gibt erstklassige Entzugsprogramme. Wichtig ist, dass ich sie finde.“

„Du wirst sie niemals finden“, sagte Finn. „Ich hab sie gut versteckt.“

„Das ist Unsinn. Du hast sie nicht versteckt, du hast sie verkauft. Das weiß ich längst. Für 50.000 Euro.“

„Woher ...?“ Finn beendete den Satz nicht.

„Hab ich aus deinem kleinen Büchlein.“

„Dann weißt du ja auch, wer sie hat“, antwortete er. „Oder hast du den Code nur zur Hälfte geknackt?“ Und weil Richard stumm blieb, schob er noch hinterher: „Du hältst dich wohl für oberschlau, was?“

„Eigentlich nicht“, antwortete Richard. „Aber ich hab die Nase voll von dir, Finn. Ich hab dein Geld und dein Auto. Deinen Code knacke ich schon irgendwann. In der Zwischenzeit wirst du hier unten verrecken. Niemand kann dich retten. Nur du selbst. Es ist deine Entscheidung.“

Keine Antwort.

Richard zuckte mit den Schultern, drehte sich auf dem Absatz um und verließ den Kellerraum. Um seinen Worten noch mehr Nachdruck zu verleihen, machte er das Licht aus.

Kapitel 28

Franziska stand unter der Dusche und ließ den Heiligen Abend mit einem zufriedenen Lächeln Revue passieren.

Als sie gestern nach Hause gekommen war, war sie mit einem Glas Rotwein und einem innigen Kuss begrüßt worden. Heiner hatte ihr den Mantel abgenommen und sie gleich in die Küche bugsiert, in der es verführerisch nach Braten roch. Er verlor kein Wort über seinen Abend mit seinem Freund Niklas und Franziska war nicht in der Stimmung, eine Ehekrise heraufzubeschwören. Nicht an Weihnachten. Sie hatte sich vorgenommen, sich zu entspannen und Kraft zu tanken, bevor sie am nächsten Tag damit beginnen musste, einen Serienmörder zu jagen. Und es hatte funktioniert.

Heiner hatte göttlich gekocht. Ganz klassisch. Putenoberkeule mit Rotkohl und Klößen, dazu Feldsalat und einen Rotwein, der in der Amphore gereift war. „*Ganz nach alter Tradition*“, wie er fachmännisch erklärte, von einem spanischen Weingut, auf dem es keine Elektrizität gab. Demeter eben. Franziska hatte Heiners Vortrag geduldig über sich ergehen lassen. Ihr war es egal, wo der Wein herkam. Er war köstlich und das Essen auch. Da sie sich seit Jahren nichts mehr schenkten, gab es keine Bescherung, stattdessen aber ein fast halbstündiges Videotelefonat mit Jenny, die mit roten Wangen und strahlenden Augen von ihrem Aufenthalt in einem kanadischen Wintersportort berichtete. Das war für Franziska Geschenk genug und kurz nach Ende des Telefonats war sie todmüde ins Bett gefallen und hatte fast zehn Stunden geschlafen.

Sie drehte das Wasser ab, griff nach ihrem Handtuch und öffnete die Badezimmertür einen spaltbreit, damit der Dampf schneller abziehen konnte. Sie liebte es, lange und heiß zu duschen, aber der kleine Raum war danach immer feucht und nebelig und das winzige Fenster konnte man nur kippen. Manchmal wünschte sie sich ein größeres Badezimmer, mit einem richtigen Fenster und einer Badewanne, in der sie nach einem langen Arbeitstag ihre müden Knochen entspannen konnte. Als sie gerade den Spiegel mit einem Tuch abwischte, hörte sie Heiners flüsternde Stimme in der Küche.

... ich sag, dass ich joggen geh ... nein, sicher nicht ... ich dich auch – dann dümmliches Gekicher – *ich dich noch mehr ... ich muss Schluss machen, bis gleich.*

Franziska stand da wie vom Donner gerührt. Sie starrte in den Spiegel auf ihr nasses Ebenbild und fühlte sich alt und verbraucht. Sie griff sich an die Hüften, an den Bauch und an die Wackelarme und verfluchte die Schwerkraft, die ihren Brüsten so zusetzte. Die waren mal topp gewesen. Mittelgroß, straff und schön. Und jetzt? Hängetitten, die nur mit einem BH in Form gehalten werden konnten. Sowas hatte sie früher nie gebraucht.

Scheiße. Heiner hatte sie wirklich gegen ein jüngeres Modell eingetauscht. Geahnt hatte sie es ja schon, aber ein Teil von ihr, ein sehr großer, wenn sie ehrlich war, hatte gehofft, dass sie sich irrte, und alle Bedenken meisterhaft verdrängt.

Und jetzt? Was sollte sie tun? Kampflos das Feld räumen, die Initiative ergreifen und ihn zur Rede stellen oder die Sache aussitzen in der Hoffnung, dass die andere Frau nur ein Strohfeuer war und Heiners Midlife-Krise sich von selbst regelte. Aber wie lange musste man da warten? Zwei Wochen, zwei Monate, zwei Jahre? Und was, wenn das gar keine Krise war? Wenn er sie einfach nicht mehr liebte? Wenn er etwas anderes wollte, eine neue Frau, ein neues Leben? Vielleicht doch noch das zweite Kind, das sie immer abgelehnt hatte?

Franziska schloss leise die Badezimmertür und verriegelte sie von innen. Dann klappte sie den Deckel der Toilette runter und setze sich.

Ihr war zum Heulen zu Mute, aber sie konnte nicht weinen.

Vor wenigen Tagen hatten sie noch richtig guten Sex gehabt. Wie früher. Wie war so was möglich, wenn man sich nicht mehr liebte? Gewohnheit? Routine? Ein letztes Aufflackern alter Verbundenheit? Oder hatte er währenddessen etwa an SIE gedacht? Und gestern Abend. Sie hatte nicht eine Sekunde das Gefühl gehabt, dass Heiner lieber woanders gewesen wäre als hier mit ihr, dem Essen, dem Wein, dem Telefonat.

Das Telefonat. Natürlich! Er hatte gewusst, dass seine Tochter anrufen würde. Und er hatte fast den ganzen Abend über nichts anderes geredet als über Jenny und ihr großes Abenteuer. Und wenn er nicht von ihr sprach, dann über irgendwelche Methoden, Wein herzustellen und, das allerneueste, über seine Pläne, mehr vegane Ernährung in den gemeinsamen Alltag einzubauen. Warum hatte sie da nicht geschaltet? Wo kamen denn plötzlich diese ganzen Ideen her, wenn nicht von der Blondine?

„Mann“, fluchte Franziska so laut, dass sie selbst erschrak. *Wie doof musste man sein?*

„Ist bei dir da drinnen alles in Ordnung?“, rief Heiner von jenseits der Tür.

Franziska erschrak. „Was? Ja, ja. Ich komm gleich, mir ist was runtergefallen.“

„Ich geh jetzt Joggen, große Runde. Und danach noch in die Sauna. Willst du mit?“

Er ist gut, dachte Franziska zynisch. Natürlich würde sie nicht mit Joggen gehen und in die Sauna schon gar nicht. Früher hatten sie das oft zusammen gemacht, aber mittlerweile fühlte sie sich nackt nicht mehr wohl in Gesellschaft Fremder. Schon gar nicht unter Männern.

„Danke, sehr lieb, aber ich muss leider arbeiten“, rief sie so unbeschwert, wie es ihr möglich war. „Ich wünsch dir viel Spaß.“

„Ja, mach das, Liebes. Fang die Bösen. Wenn ich wiederkomme, koche ich uns was Schönes. Ich hab Sellerie gekauft, den paniere ich uns, dazu Rosenkohl und Salzkartoffeln.“

„Klingt super“, flötete Franziska und verzog das Gesicht.

Dann hörte sie die Haustür und weg war er.

Und mit einem Mal wusste sie, was sie zu tun hatte.

Sie sprang vom Toilettendeckel hoch, riss die Tür auf, lief ins Schlafzimmer, holte den großen Koffer vom Schrank und stopfte ihn planlos mit allen möglichen

Klamotten voll. Dann fiel ihr auf, dass sie nackt war, zog sich an, Make-up, Föhnen, Zähneputzen, Aktentasche, Dienstwaffe, Ausweis, Handy, ein Foto von Jenny, zwei Flaschen von dem Rotwein von gestern, drei Äpfel und zum Schluss Jacke, Mütze, Schal und Handschuhe. Bevor sie die Wohnung verließ, dachte sie kurz darüber nach, ob sie Heiner einen Zettel schreiben sollte und ließ es bleiben. Er würde schnell feststellen, dass ihre Zahnbürste weg war. Den Rest konnte er sich denken. Oder auch nicht. War ihr egal. Nur zwanzig Minuten nach ihrem Entschluss saß sie schwer atmend in ihrem Auto.

„Ich hasse dich", schrie sie und schlug ein paar Mal mit aller Kraft auf das Lenkrad. „Arrrschloch!" Dann weinte sie. Kurz und heftig. Als sie sich wieder unter Kontrolle hatte, putze sie sich die Nase, brachte im Rückspiegel ihr Make-up in Ordnung, startete den Motor und fuhr ins Präsidium.

Dezember 2019

Antonia steht vor einer schwarzen Tür. Mehr ist da sonst nicht. Nur Schwarz. Sie hat keine Wahl, sie muss diese Tür öffnen. Mit bangem Herzen drückt sie die Klinke und steht in dem Chatroom, in dem sie Finn das erste Mal getroffen hat. Um sie herum rattert die Matrix. Sie zerteilt die Zahlenkolonnen und da ist er, ihr geliebter Finn. Er sitzt vor seinem Computer und spielt mit ihr, redet mit ihr. Sie streckt die Hand aus und wird hinausgezogen in das kleine Café, in dem sie sich zum ersten Mal treffen. Es riecht nach frisch gebackenem Kuchen, der Cupcake, den er ihr spendiert, ist rosa mit blauen Herzen. Er macht ihr ein Kompliment über ihre Locken. Ein riesiges rotes pulsierendes Herz füllt ihren Kopf aus. Ihre Liebe zu ihm. Es schlägt gleichmäßig und nichts kann passieren, solange sie nur zusammen sind.

Aus Rot wird Schwarz, das Herz verschwindet, wie ein Luftballon, aus dem zischend die Luft entweicht. Sie sitzt in einem schicken Kleid in einem teuren Restaurant. Ihr Dekolleté ist viel zu tief ausgeschnitten. Ihr Make-Up zu auffällig. Sie fühlt sich unwohl. Finn schenkt ihr ein Armband und dann erzählt er von Schulden und wie sie ihm helfen kann. Sie wird noch am gleichen Abend Hassan vorgestellt.

Dröhnende Musik, eine Drehscheibe mit einem runden Bett. Ihre erste Nacht mit Hassan. Sie drehen immer schneller und schneller, bis sie das Gefühl hat zu fliegen. Sie bekommt nicht mit, was er ihr antut. Sie wacht auf und ist allein. Sie steckt fest in einem schwarzen Raum ohne Fenster. Sie liegt nackt und geschändet auf dem runden Bett und blickt in die besorgten Gesichter von Mama und Papa, die an der Decke schweben. Sie schämt sich und will aufstehen, aber sie kann nicht. Etwas hält sie fest. Mama weint und Papa dreht den Kopf weg. Dann sind sie beide verschwunden. Sie ruft ihnen noch hinterher, aber sie sind fort. Für immer. Sie weint und schließt die Augen und fragt sich, wie es enden wird.

Kapitel 29

Als Franziska im Büro ankam, staunte sie nicht schlecht. Tessa Anders hockte im Großraumbüro und starrte gebannt auf einen der großen Monitore. Sonst war niemand da.

„Haben Sie kein Zuhause?“, fragte sie und Tessa fuhr erschrocken hoch.

„Und Sie?“, kam die prompte Gegenfrage.

Franziska erwiderte nichts und setzte sich der Kollegin gegenüber. „Was machen Sie gerade?“

„Das Hotel *Zeitlos* hat die Aufnahmen geschickt. Claire ist mit diesem Mann tatsächlich beim Verlassen des Hotels gefilmt worden.“ Tessa verzog das Gesicht.

„Aber das ist doch eine gute Nachricht.“

„Nein, leider nicht. Die Aufnahme ist so unscharf. Da kann man nichts erkennen.“

„Auch nicht mit Superkräften?“

„Superkräfte sind eher Susannes Ding“, entgegnete Tessa knapp, „aber in dem Fall kann auch sie nichts mehr ausrichten. Sehen Sie selbst.“ Sie zeigte Franziska das Überwachungsvideo und diese musste zugeben, dass tatsächlich nicht viel zu erkennen war. Der Mann stand zu allem Überfluss auch mit dem Rücken zur Kamera.

„Ist das denn wirklich Claire?“

Tessa nickte. „Der Barkeeper hat das bestätigt. Das Kleid.“ Sie hielt die Aufnahme an. „Hier. Das, was da so glitzert, sind Pailletten. Ziemlich auffällig und der Barmann hat ausgesagt, dass Claire an dem Abend genau dieses Kleid getragen hat."

„Verdammt", fluchte Franziska. „Wir haben aber auch ein Pech."

„Können Sie laut sagen."

„Haben Sie denn gestern wenigstens ein bisschen Weihnachten gefeiert?", fragte Franziska die Kollegin.

Tessa nickte. „Paul hat gekocht. Das hat er voll drauf."

„Sie verstehen sich gut, Sie beide?"

„Ja. Er ist ein toller großer Bruder. Unsere Eltern sind schon tot, wissen Sie. Das schweißt zusammen."

Franziska dachte an ihren eigenen Bruder, zu dem sie seit dem Tod ihrer Mutter vor zehn Jahren keinen Kontakt mehr hatte. Und auch nicht haben wollte. Er war im Laufe der Jahre politisch so weit nach rechts gerückt, dass eine Unterhaltung mit ihm in Nullkommanichts im Streit endete. Nur ihrer Mutter zuliebe hatte sie Peter an Feiertagen oder am Geburtstag ertragen. Sie vermisste ihn nicht und er sie sicher auch nicht.

„Familie", murmelte sie. „Hat ihr Bruder eigentlich eine Partnerin?" Die Frage war raus, bevor Franziska darüber nachgedacht hatte.

Tessa lächelte. „Nein, hat er nicht. Sind Sie interessiert?"

Franziska schüttelte mit dem Kopf. „Ich bin verheiratet. Schon vergessen?"

„Hm", brummte Tessa und grinste.

„Wissen Sie was?", sagte Franziska, um das Thema zu wechseln. „Was halten Sie davon, wenn wir unser Büro mal etwas aufhübschen? Wo wir schon mal hier sind."

„*Unser* Büro?“, fragte Tessa verwundert. „Sind Sie sicher?“

Franziska nickte. „Ich bin sicher. Bermann kommt nicht zurück und Sie sind seine Nachfolgerin. Wir brauchen eine gemeinsame Kommandozentrale.“

„Cool!“ Tessa sprang auf. „Darf ich meine Winkekatze mitbringen?“

Franziska verzog das Gesicht.

„War nur Spaß“, lachte Tessa.

Die nächste Stunde verbrachten die beiden Kommissarinnen damit, das Büro umzugestalten. Sie rückten die Schreibtische hierhin und dorthin, bis sie so standen, dass es ihnen gefiel. Dann rissen sie alte Poster von den Wänden, die vergammelten Topfpflanzen wanderten in den Müll und der Schrank wurde einer Inventur unterzogen.

„Wir könnten noch ein Flipchart und eine Pinnwand gebrauchen“, schlug Tessa vor. „Und so, wie die Tische jetzt stehen, ist drüben am Fenster Platz für eine Sitzecke.“

„Na dann, folgen Sie mir in den Keller. Da gibt's jede Menge Zeug, das wir uns ansehen sollten.“

Geraume Zeit und viel Schlepperei später standen die beiden Frauen zufrieden in ihrem neuen alten Büro. Der Kellerfundus hatte ein magnetisches Whiteboard auf Rollen, einen gerahmten Druck von Matisse, einen kleinen Besuchertisch mit zwei Stühlen und einen Blumenkübel preisgegeben, den sie demnächst mit Leben füllen wollten.

„Schon krass, was andere ausrangieren“, sagte Tessa. „Ich hab zu Hause noch eine richtig gute Kaffeemaschine, Siebträger. Die macht sehr guten Espresso. Die bringe ich mit.“

Franziskas Handy brummte. Sie erstarrte. Heiner. Sie überlegte kurz, ob sie drangehen sollte, dann drückte sie ihn weg.

„Ärger zu Hause?“, fragte Tessa.

Und obwohl Franziska es hasste, ihr Privatleben vor anderen Menschen auszubreiten, sagte sie: „Mein Mann hat eine Andere. Ich bin heute ausgezogen.“

„Krass!“, rief Tessa. „Und das sagen Sie erst jetzt? Wie alt?“

Franziska zuckte mit den Schultern. „Keine Ahnung. 15 bis 20 Jahre jünger. Blond, hübsch.“

„Der Typ vor dem Café, das war er, oder?“

Franziska nickte und staunte nicht zum ersten Mal über die scharfe Beobachtungsgabe der Kollegin.

„Sie machen das genau richtig. Nicht lange fackeln. Räumliche Trennung. Ihr Mann wird sehr schnell merken, was er an Ihnen hat.“

„Ich bin mir da nicht so sicher.“

„Warten Sie es ab. Diese Typen sind alle gleich. Ich wette, er ist gerade fünfzig geworden?“

„Woher ...?“

„Der Klassiker. Er wird fünfzig, bekommt Panik, fängt an, Sport zu machen, stellt seine Ernährung um, neue Klamotten, aggressivere Rhetorik und natürlich eine jüngere Frau, die sein Ego aufpoliert. Wie nah bin ich dran?“

„Sehr nah“, sagte Franziska säuerlich. „Vor ein paar Wochen ist er in einem neuen Outfit vor mir auf- und abgelaufen und hat mich gefragt, ob er sich bewegt wie ein Schauspieler aus einer seiner Lieblingsserien."

„Welche Serie denn?"

„The Killing", antwortete Franziska.

Tessa prustete los. „Nicht Ihr Ernst. Der Ermittler?"

Franziska nickte.

„Wissen Sie überhaupt, wer das ist?"

Franziska wusste es nicht. Tatsächlich hatte sie die ganze Angelegenheit so lächerlich gefunden, dass sie nicht weiter darauf eingegangen war.

Tessa kramte ihr Handy raus, tippte etwas ein und zeigte ihr dann Fotos von besagtem Schauspieler. Groß, attraktiv, durchtrainiert und tätowiert.

„Jahrgang 1979", las Tessa vor. „Dreißig Jahre alt. Noch Fragen?"

„Woher haben Sie denn all diese Weisheiten?"

Tessa packte ihr Handy wieder weg. „Ich hatte schon das Vergnügen, eine dieser Frauen zu sein. Ist ein paar Jahre her. Das war schnell vorbei, als es ans Eingemachte ging."

„Sie meinen, die Familie tatsächlich verlassen?"

„Das ist ein schwieriger Schritt und das Leben neben einer jüngeren Frau ist auch nicht leicht. Wir hatten sehr unterschiedliche Interessen. Am Anfang fand er alles toll und aufregend, aber nach ein paar Monaten wurde es ihm zu anstrengend."

„Monate?"

„Das ging zwei Jahre so. Dann wollte er zurück und seine Frau war blöd genug, ihn wieder aufzunehmen."

„Kinder?"

„Drei."

„Da steht viel auf dem Spiel", gab Franziska zu bedenken.

„Das ist mir schon klar. Aber wenn mein Partner mich so hintergeht, dann kann ich den doch nicht einfach wieder in mein Leben lassen. Was ist denn mit Vertrauen?"

Da war was dran. Sie schwiegen beide einen Moment.

„Sie können fürs Erste bei mir wohnen", sagte Tessa Anders überraschend. „Ich hab super viel Platz und mein Mitbewohner ist im Ausland. Sie hätten Ihr eigenes Bad."

Franziska sah die Kollegin erstaunt an.

„Gehen Sie nicht in ein Hotel. Das ist deprimierend, glauben Sie mir. Sie sitzen da ganz allein und grübeln nur rum. Bei mir ist es schöner. Ich geh Ihnen auch nicht auf den Zeiger, versprochen."

Franziska wusste nicht, was sie zu der Einladung sagen sollte. Ein anonymes Hotelzimmer hatte Vorteile. Niemand, der Fragen stellte, ein regelmäßiger Putzdienst, Frühstücksraum. Andererseits genoss sie die Gesellschaft ihrer jungen Kollegin. Sie hätte etwas Abwechslung und wenn es zu viel würde, konnte sie immer noch in ein Hotel umziehen.

„Ich hab eine Putzfrau", ergänzte Tessa und grinste breit.

„Das muss aber unter uns bleiben", bat Franziska.

„Meine Lippen sind versiegelt."

Franziskas Handy brummte wieder. Susanne. Sie nahm den Anruf entgegen, hörte einen Moment zu und sagte dann: „Komm vorbei, Frau Anders und ich sind bereits hier." Und zu Tessa gewandt fügte sie hinzu:

„Susanne hat was ausgegraben. Sie ist in zwanzig Minuten hier."

Bis zum Eintreffen von Susanne hatte Heiner noch dreimal versucht, sie zu erreichen, aber Franziska hatte ihn immer weggedrückt. Sie plagte deswegen zwar ihr schlechtes Gewissen, aber sie war einfach nicht in der Stimmung für ein Problemgespräch. Sie wollte später erstmal ihre neue Zuflucht beziehen und in Ruhe nachdenken.

Susanne rauschte ins Büro. „Das ist ja cool, dass ihr da seid. Es ist wirklich unglaublich, ich glaube, ich bin da echt auf was gestoßen, war eher Zufall."

Während sie aufgeregt weiterplapperte, schloss sie ihren Rechner an die Monitore an und wenige Handgriffe später war sie bereit. Sie sah die beiden Kommissarinnen an, die neugierig darauf warteten, dass es losging.

„Es gibt noch mehr", sagte Susanne.

„Noch mehr was?"

„Frauen, die das Brandzeichen haben. Natalia ist nicht die Einzige."

„Nicht dein Ernst", rief Tessa. „Wie viele sind es?"

Susanne projizierte Fotos auf die Wand und zum Vorschein kamen sechs Frauen mit schmalem Gesicht, braunen Augen und dunklen Korkenzieherlocken.

„Wer sind die jetzt?", fragte Franziska. „Das sind doch Polizeifotos."

„Stimmt genau. Und DIE, sind entweder tot", Susanne zeigte auf die ersten vier Fotos, „oder verschwunden."

„Nicht dein Ernst", wiederholte Tessa. „Von welchem Zeitraum sprechen wir?"

„Ungefähr zwanzig Jahre", sagte Susanne.

„Krass."

„Marielka Wrobleswki wurde 2000 als vermisst gemeldet und ein Jahr später ermordet in einem Waldgebiet in der Nähe von Leipzig gefunden. Uta Bronksi wurde 2003 ermordet, ebenfalls im Osten der Republik, etwas außerhalb von Magdeburg. Nadjeschka Hauer und Oxana Melzik wurde 2007 beziehungsweise 2008 getötet und von Sonja und Ruschka Mankow, Schwestern aus Polen, fehlt seit 2012 jede Spur. Die Jüngere von den beiden war damals erst 14 Jahre alt."

„Wurde nach ihnen gesucht?", fragte Franziska.

Susanne schüttelte den Kopf. „Osteuropäische Prostituierte sucht niemand. Man nimmt der Einfachheit halber an, dass sie wieder nach Hause zurückgegangen sind. In dem Fall nach Polen."

„Wie lange wurde Natalia gefilmt, bevor sie starb?", fragte Franziska. „Zwei Jahre?"

Susanne nickte.

„Und vor sechs Jahren sind diese Schwestern verschwunden. Was ist, wenn die noch in Gefangenschaft sind?" Franziska lief ein Schauer über den Rücken. Was für eine grauenhafte Vorstellung.

„Das ist ziemlich unwahrscheinlich, aber selbst, wenn doch, bleibt die Frage, wo sie sind", gab Susanne zu bedenken. „In dem Spielzimmer von Koch wurden zwar die sadistischen Video-Aufnahmen gedreht, aber der Raum war leer, als wir ihn gefunden haben."

„Wir müssen das unbedingt rausfinden", sagte Franziska und ignorierte das Kribbeln, das langsam ihre Wirbelsäule hochkroch. Ihr Instinkt sagte ihr, dass sie auf etwas Monströses und Böses gestoßen waren. Etwas, das den Rahmen ihrer kleinen Ermittlergruppe sprengen könnte.

„Vielleicht hat der Koch die Frauen woanders versteckt“, warf Susanne in die Runde. „Dann läuft uns die Zeit davon.“

„Weil der Mann im Koma liegt und seine Gefangenen nicht versorgen kann“, vollendete Tessa Susannes Gedankengang. „Drei bis vier Tage ohne Wasser und die Mädchen sind tot.“

„Aber der Koch ist nicht unser Serienmörder. Soweit waren wir doch schon“, gab Franziska zu bedenken.

„Stimmt“, sagte Tessa. „Aber der hängt da irgendwie mit drin. Ich glaube nicht an so viele Zufälle.“

„Ich auch nicht“, Franziska atmete tief durch. „Das kann doch alles nicht wahr sein.“

„Es gibt noch was“, sagte Susanne.

„Noch mehr tote Frauen?“

„Nein, aber mir ist auf dem Video von Momo und Magali etwas aufgefallen.“

„Wirklich?“ Franziska sah Susanne besorgt an. Wie oft hatte sich die Kollegin das furchtbare Material angesehen?

„Ja, und zwar, sie haben beide dieses Zeichen.“

„Wirklich?“, wiederholte Franziska.

Susanne nickte aufgeregt. „Bei dieser Momo ist es noch ganz frisch. Höchstens ein paar Tage alt.“

„Ich wüsste gerne mehr über die anderen Prostituierten“, sagte Franziska. „Ich meine die beiden Schwestern, die das Brandzeichen tragen und verschwunden sind, Sonja und Ruschka Mankow.“

Susanne schüttelte den Kopf. „Hab' ich schon versucht, die sind wie vom Erdboden verschluckt."

„Wie wäre es mit einer Anfrage im Heimatland?"

Susanne zuckte mit den Schultern. „Ich kann ein Amtshilfeersuchen in Polen einleiten. Das wird aber dauern."

„Ja, bitte versuch das. Mal sehen, was dabei herauskommt. Vielleicht ist eine von den beiden die, von der Paul erzählt hat, dass sie abhauen konnte."

„Gibt es eigentlich einen speziellen Modus Operandi?", fragte Tessa.

„Ja, den gibt es", antwortete Susanne. „Alle Frauen wurden erdrosselt. Nur Natalia nicht."

„Das müssen wir untersuchen", sagte Franziska. „Es ist ungewöhnlich, dass Serientäter von ihrem Muster abweichen."

„Ich hab auch noch etwas, das uns weiterhelfen kann", sagte Tessa. „Lass mich mal eben an den Rechner."

Susanne rutschte zur Seite und Tessa warf zwei Standbilder aus zwei verschiedenen Videos an die Wand. Eins von Dolly und ein zweites aus dem BDSM-Film mit Natalia.

„Ich habe etwas herausgefunden", sagte sie, „und wenn man es einmal gesehen hat, ist es ziemlich offensichtlich."

Franziska und Susanne starrten auf die beiden Ausschnitte.

„Stellt euch vor, ihr habt eins dieser Suchbilder vor euch. Die mit den kleinen Unterschieden. Ihr wisst schon, aus der Rätselecke der Zeitschriften."

„Sagen Sie nichts“, bat Franziska. „Ich will es selber finden.“

Sie starrte auf das eine Bild, dann auf das andere, bis ihre Augen tränten. Es hatte bestimmt was mit der Rosenmustertapete zu tun. Als sie gerade aufgeben wollte, sah sie es. „Das ist ja unglaublich“, rief sie. „Sie sind ein Genie.“ Sie war zum wiederholten Mal beeindruckt von der Arbeit der Kollegin. Tessa hatte sich sicher stundenlang mit dem verstörenden Material beschäftigt. Sie selbst hingegen hatte sich auf Susanne verlassen und so wertvolle Zeit verplempert. Und das alles wegen Heiner. „Das bringt uns einen guten Schritt weiter.“

Tessa strahlte über das ganze Gesicht.

Susanne runzelte die Stirn. „Ich seh's nicht“, sagte sie. „Kommt, erhellt mich bitte.“

„Auf dem linken Bild, dem mit Dolly auf dem Bett, ist die Tapete anders geklebt“, erklärte Tessa. „Sieh genau hin. Das Muster ist zwar identisch, ebenso der Kamera-Ausschnitt, aber die große rote Rose“, sie zeigte auf die Blume, „die von den kleineren Rosen umgeben ist, sitzt nicht mittig zum Bett wie auf dem anderen Bild.“

„Vielleicht ist nur das Bett verschoben“, gab Franziska zu bedenken.

„Hab ich auch zuerst gedacht, aber die ganze Bahn ist nicht sauber geklebt.“ Tessa zeigte auf eine Stelle etwas weiter rechts im Bild, bei der die Blüten auf der ganzen Länge leicht versetzt waren. Nur wenige Millimeter, aber wenn man es mal gesehen hatte, war es deutlich.

„Wer auch immer die Tapete im Spielzimmer des Herrn Koch geklebt hat, hat ungenau gearbeitet. Und bevor ihr fragt“, schob Tessa hinterher, „das zieht sich durch alle Aufnahmen, die dort gedreht wurden. Die sadistischen Filme aus dem Dollhouse-Ordner sind woanders entstanden. Es sind zwei Räume, da bin ich sicher."

„Der Hammer", rief Susanne beeindruckt. „Dass mir das nicht aufgefallen ist."

Tessa winkte ab. „Du hast schon so viel gefunden, gönn mir auch mal meine kleine Sekunde Ruhm."

Wirklich gute Arbeit ihr beiden", sagte Franziska. „Diese Entdeckungen bringen uns einen riesen Schritt weiter. Gut gemacht."

Tessa strahlte wieder. „Was kommt als Nächstes?"

Franziska sah auf die Uhr. „Ich rufe den Raben an und für morgen 9 Uhr bestellen wir alle für eine Besprechung ein."

Kapitel 30

Franziska traute ihren Augen nicht, als sie die Wohnung von Tessa Anders betrat. Vierter Stock, kernsanierter Altbau am Sudermanplatz mitten im schönen Agnesviertel, nicht weit von ihrer eigenen Wohnung entfernt, aber trotzdem eine vollkommen andere Welt. Vier Zimmer, zwei Bäder, große Wohnküche, eine riesige Dachterrasse mit Blick auf den Dom. Stuck an allen Decken, Parkettboden, antike Möbel, geschmackvoll ausgewählte Kunst und jemand, der was davon verstand, hatte jeden Raum in einer anderen Farbe gestrichen.

„Das hier ist Ihr Zimmer", sagte Tessa und öffnete eine Tür. Zartrosa Wände, weiß abgesetzt davon Tür, Fußleisten und Deckenstuck. Der Raum war groß, 25 Quadratmeter mindestens, mit eigenem Balkon zur Hofseite. Die Einrichtung bestand aus einem Doppelbett, einem Ölgemälde, einem antiken Kleiderschrank und einer dazu passenden Kommode.

„Und gleich nebenan ist das Bad. Es ist klein, aber für sie allein." Sie lachte. „Das reimt sich."

Franziska stellte ihren Koffer ab und folgte Tessa in das Badezimmer. Sie hielt den Atem an. Fliesen wie aus einem anderen Jahrhundert in Grün und Weiß, eine ebenerdige Dusche, Toilette und ein Waschtisch mit Armaturen aus blitzendem Chrom.

„Ist das etwa Jugendstil?", fragte sie beeindruckt.

Tessa nickte. „Das war so. Warten Sie erst, bis Sie das große Bad sehen. Wer auch immer hier vorher gewohnt hat, hatte einen exklusiven Geschmack."

Gegenüber lagen zwei Zimmer, die von Tessa selbst bewohnt wurden.

„Hier schlafe ich." Tessa gab einen kurzen Blick frei auf ein Schlafzimmer, das in warmen Ocker- und Gelbtönen gestrichen war. „Bisschen unordentlich", sagte sie peinlich berührt und schloss die Tür wieder.

Nebenan war der Raum, den sie als Arbeitszimmer nutzte. Ein großer Schreibtisch war so aufgebaut, dass man drum herum gehen und von zwei Seiten daran arbeiten konnte. An der rechten Wand hing ein Whiteboard, Flipchart und Pinnwand waren auch vorhanden, auf denen die Fotos aus dem aktuellen Fall hingen.

„Sie nehmen Arbeit mit nach Hause?", fragte Franziska mit einer Mischung aus Überraschung und Anerkennung. Ihr Arbeitszimmer hatte Heiner gekapert, als Jenny zur Welt kam und ein Zimmer zum Kinderzimmer wurde. Dort bereitete er seinen Unterricht vor und korrigierte Klassenarbeiten. Platz für einen zweiten Schreibtisch gab es schon, aber sie konnte ja schlecht Tatortfotos von verstümmelten Leichen dort aufhängen.

„Die Visualisierung hilft mir beim Nachdenken."

Franziska stellte sich vor das Whiteboard und studierte die Fotos und Notizen.

„Aber nicht jetzt", mahnte Tessa und zog sie am Ärmel aus dem Zimmer. „Wir sind mit der Besichtigung noch nicht fertig."

Die Wohnküche war ein Traum. Sie war im Stil einer französischen Landhausküche eingerichtet mit modernen Geräten, viel Chrom, aber auch viel Holz. Sehr funktional und trotzdem gemütlich. In der Mitte stand ein großer Esstisch, an dem acht Leute Platz hatten.

„Können Sie kochen?", fragte Tessa.

„Heiner kocht immer", antwortete Franziska ausweichend.

„Das war nicht die Frage."

Franziska zögerte kurz, dann nickte sie. „Ich bin kein Super-Ass, mir fehlt etwas die Routine, aber ja, ich kann kochen und ich koche eigentlich auch gerne."

„Super." Tessa klatschte in die Hände. „Da bin ich gespannt. Ich kann nämlich nur Rührei." Als sie Franziskas verwirrten Gesichtsausdruck sah, grinste sie. „Aber mein Frühstück ist der Hammer. Sie werden sehen."

Von der Küche ging es in das große Badezimmer. Tessa hatte mit ihrer Ankündigung vorhin nicht übertrieben. Fliesen und Grundausstattung waren die gleichen wie in dem kleineren Bad, allerdings nicht in Grün, sondern in dunkelblau mit freistehender Badewanne und einem runden Fenster. Der Boden sah aus wie Marmor und Franziska wollte schon fragen, überlegte es sich aber in letzter Sekunde anders. Ihr gefiel der protzige Stil nicht, obwohl sie zugeben musste, dass sie selten so ein exklusives Badezimmer gesehen hatte. Als hätte Tessa ihre Gedanken gelesen sagte sie: „Man gewöhnt sich dran. Und rausreißen ist keine Option, finde ich. Dafür ist es einfach zu cool."

Franziska musste dem zustimmen und stellte sich vor, wie sie in dieser Badewanne ein schönes heißes Bad nehmen würde.

Das Wohnzimmer war neben der Küche das Kernstück der Wohnung. Riesengroß, spartanisch eingerichtet, großformatige monochrome Kunst an den Wänden. Ein Sofa dominierte die linke Seite des Raums, daneben eine teure Stereoanlage mit einer ansehnlichen Sammlung Schallplatten. Rechts ging es durch eine Glasfront auf die Dachterrasse, die jetzt allerdings im Dunkeln lag.

„Warten Sie", sagte Tessa und legte einen Schalter um. Draußen erstrahlte ein Weihnachtsbaum, der mit roten Kugeln geschmückt war.

„Sind das Ihre?", fragte Franziska und nahm die Coverrücken der Schallplatten in Augenschein.

„Matthews, aber Sie dürfen sie gerne hören. Er ist da nicht so, wenn Sie vorsichtig damit umgehen."

„Versteht sich von selbst", murmelte Franziska, zog eine Charly Parker Scheibe aus dem Regal und legte sie auf.

„Saxophon. Mögen Sie das?"

„Ich mag Jazz und Ihr Mitbewohner offenbar auch. Wo ist er überhaupt?"

„In den Staaten oder in Kanada. Ich weiß es ehrlich gesagt nicht so genau."

„Ist er Musiker?"

Tessa schüttelte den Kopf. „Er schreibt für das Rolling Stone Magazine."

„Im Ernst? Über wen schreibt er gerade?"

„Neil Young."

Franziska klappte den Mund auf und wieder zu. „Der Wahnsinn", sagte sie. Sie hatte das Gefühl auf einem völlig fremden Planeten gelandet zu sein. „Ist das seine Wohnung?"

Tessa kniff die Augen zusammen. „Ich könnte Sie jetzt belügen, aber das wäre irgendwie uncool. Sie müssen mir aber versprechen, dass Sie es für sich behalten."

„Sie schweigen über meine familiären Probleme und ich über Ihre", stimmte Franziska zu.

„Das ist meine Wohnung. Reiche Erbin. Bin nicht stolz drauf und ich will nicht, dass das jemand auf der Arbeit mitbekommt. Offiziell ist das Matthews Wohnung und er lässt mich hier preiswert wohnen."

„Alles klar." Franziska verstand nur zu gut. Vor ein paar Jahren hatte es mal einen betuchten Kollegen gegeben, mit dem niemand etwas zu tun haben wollte. Und nicht, weil er schlechte Arbeit ablieferte, sondern weil er reich war und einen eleganten Sportwagen fuhr.

„Sie haben einen guten Geschmack. Die Einrichtung, die Kunst."

„Danke. Ich hab das alles selbst ausgesucht. Paul hat mir ein bisschen geholfen. Er hat viele Kontakte in die Kölner Kunstszene."

Franziska schob das flattrige Gefühl im Magen beiseite, als Tessa ihren Bruder Paul erwähnte. „Was ist mit diesem Matthew? Läuft da was zwischen Ihnen?"

„Großer Gott nein. Er ist überhaupt nicht mein Typ. Außerdem scheint er sich wenig für Frauen zu interessieren, nur für Musik. Er ist ein Streuner und die meiste Zeit unterwegs. Und wenn er zu lange an einem Ort ist, wird er zappelig."

Franziska legte die Platte auf, setzte sich auf das große Sofa und für ein paar Minuten lauschten sie den Klängen von Charly Parkers Version von Summertime.

„Ich hab Hunger", sagte Franziska, als der Song vorbei war.

„Der Kühlschrank ist voll mit leckeren Sachen. Wir wäre es, wenn Sie in Ruhe auspacken und dann unter Beweis stellen, wie gut Sie kochen können?"

„Einverstanden. Ich hab auch noch exzellenten Wein zu Hause mitgehen lassen. Den trinken wir dazu."

Anderthalb Stunden später saßen die beiden Frauen an dem großen Esstisch und kratzten die Reste einer Spinat-Lasagne von ihren Tellern. Die erste Flasche Rotwein war bereits leer und Franziska war angetrunken.

„Das war aber lecker", sagte Tessa Anders und wischte sich mit der Serviette über den Mund. „Sie haben es echt drauf."

„Das ist kein Kunststück. Gut eingekauft, würde ich sagen."

Tessa winkte ab. „Ich bin völlig planlos durch den Supermarkt gelaufen und hab einfach alles mitgenommen, was ich lecker finde. Wenn Sie heute nicht gekocht hätten, wäre sicher einiges davon im Müll gelandet. Ich bin furchtbar, was das angeht."

Franziska musste lachen. „Sie gehen im Bioladen einkaufen?"

Tessa sah sie verwundert an. „Klar. Der ist ja hier um die Ecke. Cooler Laden. Woher wissen Sie das?"

„Die Gemüsetüten." Sie zeigte auf eine braune Tüte mit dem Logo des Supermarkts. „Mein Mann geht da auch hin", sagte sie und im selben Moment überrollte sie eine Woge der Sehnsucht.

Tessa sah sie an. „Alles okay, bei Ihnen?"

„Ich muss ihn irgendwann mal zurückrufen.“ Franziska schaute auf die Uhr. Es war fast halb zehn. „Vielleicht sollte ich das gleich mal machen.“

„Auf keinen Fall“, rief Tessa. „Sind Sie verrückt geworden?“

„Er sollte zumindest wissen, dass es mir gut geht.“

„Dann schicken Sie ne WhatsApp.“ Tessa öffnete die zweite Flasche Rotwein. „Heute trinken wir. Und wir fluchen auf untreue Ehemänner. Das ist es, was wir tun werden. Und nicht nach ein paar Stunden klein beigeben. Auf keinen Fall. Was wollen Sie ihm sagen?“ Sie lallte schon leicht. „Seien Sie lieber stark. Lassen Sie das Arschloch schmoren. Er hat es verdient.“

„Wahrscheinlich haben Sie Recht“, gab Franziska nach. Ein Teil von ihr war sich da nicht ganz so sicher, aber der Rotwein lähmte ihre Gedanken.

„Ich hab eine total tolle Idee“, rief Tessa und sprang auf. „Warten Sie kurz.“ Und dann war sie aus dem Raum. Als sie zurückkam, wedelte sie mit einem weißen Stäbchen.

„Kommen Sie!“, forderte sie Franziska mit breitem Grinsen auf. „Wir gehen mal auf die Terrasse und bewundern den Weihnachtsbaum.“

„Ist es das, was ich denke?“, fragte Franziska und überlegte, wann sie das letzte Mal gekifft hatte.

„Hat Matthew hiergelassen. Ich rauche eigentlich nicht, aber für Notfälle hab ich immer ein paar Joints im Haus. Und heute ist so ein Notfall.“

„Sie sind ja vollkommen verrückt geworden. Wir sind Polizisten“, protestierte Franziska, klang aber nicht besonders überzeugend.

„Polizistinnen, wenn schon denn schon." Tessa wedelte erneut mit dem Tütchen „Na und? Erfährt doch keiner. Und wir sind nicht im Dienst. Kommen Sie. War ein Scheiß Tag, oder?"

Franziska folgte der Kollegin auf die Terrasse.

„Mann ist das kalt", fluchte Tessa. Sie zündete den Joint an, zog einmal dran und drückte ihn Franziska in die Hand. „Hier halten Sie mal. Ich hol unsere Jacken." Dann ließ sie Franziska alleine auf der Dachterrasse stehen.

Die Aussicht war wie aus einem Bilderbuch. Dazu eine sternenklare Nacht und die Fenster der Stadt leuchteten weihnachtlich einladend. Die Agneskirche schlug halb zehn und irgendjemand spielte Johnny Cash. Franziska zog an dem Joint, inhalierte den Rauch und hustete. Dann zog sie noch ein weiteres Mal und blies den Rauch langsam und genüsslich in die kalte Nacht. Sie betrachtete den angestrahlten Kölner Dom. Tessa hatte Recht. Heute war nicht der Abend für Problemgespräche. Heute war der Abend, an dem sie sich zudröhnen würde. Und morgen war ein neuer Tag. Zwanzig Jahre Ehe. Da stand einiges auf dem Spiel und Heiner würde sicher nicht so dumm sein, von jetzt auf gleich alles hinzuwerfen.

Und was ihre eigene Rolle in der Geschichte anging ... die Proben dafür hatten gerade erst begonnen.

Kapitel 31

Es fiel ihm schwer, sich zu konzentrieren. Seine Gedanken flatterten hin und her. Er starrte zum wiederholten Mal auf die Textnachricht und versuchte zu begreifen, was gerade geschehen war.

Ich habe den Film. 500.000 für mein Schweigen.

Das war alles. Keine weiteren Angaben.

Woher hatte sie diese Handynummer? Die benutzte er nur für Geschäftskunden. Dass sie es war, daran gab es keinen Zweifel. Diese fette Kuh von Sekretärin. Er hätte sich damals durchsetzen müssen, als sie anfing, Andi zu erpressen. *„So was hört nie auf"*, hatte er ihm erklärt. Aber sein alter Freund hatte darauf bestanden, ihr kein Haar zu krümmen. „Ein Mord ist genug für ein Leben", hatte er gesagt. Dieser Idiot.

Er hatte keine Ahnung, wie viel Geld Andi der Kramer in den letzten Jahren in den Rachen geworfen hatte. Sie hatten nie wieder über den Vorfall gesprochen. Aber eins war klar! Jetzt war Schluss. Er wusste, wie die Schlampe hieß, und er wusste, wo sie wohnte.

Kapitel 32

Franziska erwachte mit einem pelzigen Gefühl im Mund. Sie öffnete die Augen und brauchte einen Moment, bis sie sich daran erinnerte, wo sie war. Tessas Wohnung, ihre Flucht von zu Hause, der Joint.

„Oh je“, stöhnte sie und stand auf. Sie war total steif, musste dringend pinkeln und hatte tierischen Durst. Sie schlurfte ins Bad, von dort in die Küche und füllte ein großes Glas mit Leitungswasser, das sie gierig runterkippte. Die Uhr am Herd zeigte 04:42 Uhr. Viel zu früh. Wann waren sie schlafen gegangen? Sie erinnerte sich nicht. Auf jeden Fall weit nach Mitternacht. Nach dem Joint auf der Dachterrasse hatte der Abend noch mal richtig Fahrt aufgenommen, trotz der Müdigkeit und ihrer Traurigkeit. Sie hatten Schallplatten gehört, waren irgendwann über die Eisvorräte hergefallen, hatten weiter Wein getrunken und geredet. Über Männer, über Geschlechterrollen, über alles Mögliche. Aber nicht über den Fall. Sie hatten viel gelacht und sogar getanzt. Franziska füllte das Wasserglas noch einmal auf und schlurfte zurück ins Bett. Sie warf einen kurzen Blick auf ihr Handy. Heiner hatte nicht noch einmal angerufen. *Arschloch*, war ihr letzter Gedanke, dann schlief sie wieder ein.

Sie wachte auf, weil Tessa sie an der Schulter berührte.

„Guten Morgen. Das Frühstück ist fertig.“

Franziska schlug die Augen auf. Im Zimmer war es immer noch dunkel. Tessa lächelte sie an. Sie sah blendend aus.

„Komm, raus aus den Federn. Wir haben gleich eine Besprechung. Schon vergessen?"

Waren sie mittlerweile beim Du angekommen? Franziska konnte sich nicht erinnern, aber ihr war es recht. Sie mochte Tessa und professionelle Distanz war albern, wenn man sich eine Wohnung teilte. Tessa war schon wieder aus dem Raum und sie hörte sie in der Küche rumoren. Es roch verführerisch nach Speck, Eiern und Kaffee. Sie stand auf und nach einem Blick in den Spiegel war eine Dusche vor dem Frühstück ein Muss.

Fünfzehn Minuten später saß sie am Tisch und staunte nicht schlecht. Tessa hatte nicht übertrieben. Ihr Frühstück war der Hammer. Rührei mit Speck, Zwiebeln und Pilzen, der Rest von dem Lachs, leckeres Obst, ein Smoothie aus Karotten, Orangen, Ingwer und Zitrone, frisch aufgebackene Brötchen und Vollkornbrot, Joghurt, Käse, Aufschnitt. Wie in einem Hotel, nur besser.

„Ich hab mal alles aufgefahren, was im Kühlschrank ist", sagte sie lächelnd und reichte Franziska ein Glas Latte Macchiato. „Du trinkst ihn am liebsten so, oder? Ist aber Hafermilch. Kuhmilch war alle. Kann ich morgen besorgen."

Franziska lächelte. Sie würde sich selbst um ihre Milch kümmern, aber sie fand es süß von der Kollegin, ihr das anzubieten.

„Alles gut?", fragte Tessa mit besorgter Miene.

„Ja, alles gut. Ich rede morgens nicht so viel, schon gar nicht, wenn ich einen Kater habe."

Tessa lachte. „Du hast aber auch ganz schön zugeschlagen. Ich bin ja noch mal los, um Wein zu holen."

„Du bist was?" Franziska konnte sich daran beim besten Willen nicht erinnern. „Wo denn? Hat doch alles zu an den Feiertagen."

„Auf der Krefelder Straße gibt es einen Kiosk, der hat sehr lange auf und die Betreiber sind Muslime. Die haben mit Weihnachten nix am Hut."

„Großer Gott." Franziska schüttelte den Kopf. „Drogen sind nicht gut für mich."

„Ach Quatsch", rief Tessa. „Wir hatten einen superschönen Abend. Komm, iss erstmal was. Ich hoffe, du hast wenigstens Appetit."

Den hatte sie und nachdem sie etwas gegessen und getrunken hatte, ging es ihr auch schon sehr viel besser.

„Noch einen Kaffee?", fragte Tessa.

„Lieber nicht. Ich krieg noch Herzrasen. Ich trinke den Smoothie aus, wenn du nichts dagegen hast. Der ist super lecker."

Als sie das Glas am Mund hatte, brummte ihr Handy. Eine unbekannte Nummer, die sie im ersten Moment nicht einordnen konnte, aber dann fiel es ihr wieder ein. Lothar Röttgen. Der Kollege, der den Fall Natalia bearbeitet hatte. Sie drückte den grünen Hörer und nahm das Gespräch entgegen.

***

Um neun Uhr war die ganze Mannschaft im Büro versammelt. Sogar Karl Müller war erschienen. Nur Rabenmacher hatte es vorgezogen, seine Frau nicht unnötig zu verärgern. Er hatte aber darum gebeten, telefonisch auf dem Laufenden gehalten zu werden.

„Danke, dass ihr so spontan kommen konntet", bedankte sich Franziska. „Und euch allen fröhliche Weihnachten. Wir hätten euch auch nicht einbestellt, wenn es nicht wirklich wichtig wäre."

„Dann spann uns mal nicht weiter auf die Folter." Karl Müller verzog das Gesicht. „Meine Freundin hätte gerne, dass ich um eins zum Essen mit meiner Mutter wieder zu Hause bin."

„Kann ich verstehen", sagte Paul Anders und gähnte. „Allein mit der Schwiegermutter ist nicht so cool."

Während Paul und Karl das Für und Wider von Schwiegereltern diskutierten, schaute Franziska auf den Zettel in ihrer Hand. In ihrem Kopf herrschte Chaos und es kostete sie einiges an Kraft, sich das nicht anmerken zu lassen. Auf dem Weg ins Präsidium hatte sie neben Tessa auf dem Beifahrersitz gesessen und sich handschriftlich Notizen gemacht, damit sie in der Besprechung nicht den Faden verlor. Der Alkohol und das Cannabis hatten ihr ordentlich zugesetzt. Sie war nicht gerade in Hochform.

Punkt eins auf ihrer Liste war die Zusammenfassung von dem, was Susanne am Vortag über die gebrandmarkten Frauen herausgefunden hatte. Sie referierte die Fakten mit Hilfe der Fotos und als sie geendet hatte, war die Anspannung im Raum greifbar.

„Sechs Frauen in zwanzig Jahren?" Paul Anders sah sie stirnrunzelnd an.

„Das sind die, von denen wir wissen“, ergänzte Susanne.

„Wir haben noch etwas rausgefunden“, sagte Franziska und nickte Tessa zu, ihre Entdeckung mit der Rosentapete zu erläutern.

„Hammer“, sagte Paul, nachdem alle im Bilde waren. „Zwei Räume, zwei Männer. Die sind ein Team.“

„Das wäre durchaus möglich“, sagte Franziska. „Es gibt zahlreiche Beispiele für Serienmörder-Paare. Leonard Lake und Charles Ng oder Henry Lucas und Ottis Toole.“

„Waren Lake und Ng nicht die mit dem Atombunker?“, fragte Susanne. „Mindestens 25 Menschen haben die entführt. Die Männer und Kinder wurden sofort getötet und die Frauen als Sexsklavinnen gehalten, mit denen die beiden nach dem Atomkrieg die Welt neu bevölkern wollten.“ Sie tippte sich mit ihrem Zeigefinger an die Schläfe. „Kranke Mistkerle.“

Franziska nickte bestätigend. „Und Lucas und Toole sind in den Siebzigern kreuz und quer durch die USA gefahren und haben wahllos Menschen umgebracht.“

„Aber keine Prostituierten“, sagte Paul.

„Jack the Ripper war auf Prostituierte spezialisiert“, meldete sich Karl Müller zu Wort.

„Gary Ridgeway auch“, ergänzte Paul.

„Aber die haben allein gearbeitet.“

„Hey Leute!“, stoppte Franziska die Diskussion. „Ich weiß, dass Serienmörder eine gewisse Faszination ausüben. Aber wir sind in diesem Fall nicht die Zuschauer, die mit einem wohligen Grusel vor der Glotze sitzen.“

„Sorry, Franzi, ich wollte nicht ...“

„Weiß ich, Karl“, unterbrach Franziska den Kollegen. „Kann sein, dass wir auf etwas gestoßen sind. Dann ist das groß. Vielleicht sogar zu groß für uns paar Leutchen.“

„Brauchen wir einen Profiler?“, fragte Neumann aufgeregt. „Oder ist das LKA zuständig?“

„Wenn wir Recht haben, wird das LKA sich bestimmt für den Fall interessieren. Aber bevor wir Alarm schlagen, sollten wir mehr in der Hand haben. Jeder Serientäter hat ein Muster, nach dem er vorgeht, Vorlieben, einen Modus Operandi, vielleicht einen Partner. Und es gibt immer einen Grund, warum er tötet.“

„Der Modus Operandi ist Erdrosseln“, sagte Paul Anders. „Nicht sehr originell.“

„Was meinst du damit?“ Tessa sah ihren Bruder zornig an. „Wäre dir Zerstückeln vielleicht lieber?“

„Wow, Schwesterherz, so war das nicht gemeint“, verteidigte sich Paul. „Ich meine, dass das Töten an sich ihm nicht den Kick gibt, sondern das, was vorher passiert.“

Tessa entspannte sich.

„Und warum ist Natalia nicht erdrosselt worden?“, fragte Susanne.

„Vielleicht ist sie einfach gestorben, bevor er mit ihr fertig war.“

„Daran hatte ich auch schon gedacht“, sagte Franziska.

„Macht ja auch Sinn“, sagte Paul. „Wenn ich mir die Hardcore Videos so anschaue, dann ist eins ganz deutlich. Der Typ ist ein Sadist. Er foltert und missbraucht Frauen und er demütigt sie. Daraus zieht er seine Lust.

Vielleicht ist die Ecke mit dem Bett und der Rosentapete nur ein Ausschnitt und er hat noch eine richtige Folterkammer."

„Das ist jetzt aber ein bisschen weit hergeholt", widersprach Tessa.

Paul holte Luft. „Lass mich ausreden. Mir, oder besser uns", er zeigte auf Susanne, „ist der Gedanke gekommen, dass es vielleicht einen Red Room gibt."

„Wie kommst du jetzt da drauf?"

„Wegen der Kostümierung. Er ist vollständig bekleidet und trägt Handschuhe und Maske. Man sieht nichts von ihm, nur seinen erigierten Penis. Warum so schüchtern, hab ich mich gefragt. Es sei denn, das Ganze findet vor laufender Kamera statt."

„Red Room?", fragte Neumann, „kann mich mal jemand abholen?"

„Seiten im Darknet, auf denen Menschen live gefoltert, misshandelt und manchmal auch getötet werden", erklärte Paul.

„Übertragen mit einer Webcam an zahlungswillige Zuschauer", ergänzte Susanne. „Wer bezahlt, erhält einen anonymen Link und kann sich bei Popcorn und Cola die Vorstellung in seinem stillen Kämmerlein ansehen."

„Wann genau ist euch dieser Gedanke gekommen?", fragte Franziska.

„Gestern Nacht", antwortete Susanne. „Paul war bei mir, wegen dieser Firmenstruktur von *Paradies* und *Temple of Love*." Sie sah Franziska an. Das schlechte Gewissen stand ihr auf die Stirn geschrieben. „Hätten wir dich anrufen sollen? Es war schon nach Mitternacht."

Franziska schüttelte den Kopf. „War nur neugierig." Um die Zeit hatte sie wahrscheinlich bekifft zu *The Cure* getanzt und wäre sowieso nicht ans Telefon gegangen, aber sie war insgeheim froh, dass Susanne auf Frauen stand. „Was muss man dafür hinlegen?", fragte sie.

„Ungefähr 1.500 Euro fürs Zuschauen. Es gibt aber auch abgestufte Formen von Mitwirkungsrechten. Ein sogenannter *Grandmaster* ist einer mit der höchsten Entscheidungsgewalt. Das kostet 50.000 Euro."

„Der kann über Leben und Tod entscheiden?", fragte Tessa.

„Möglich."

„Gibt es in unseren Videos Hinweise auf so eine ...", Franziska suchte nach dem richtigen Wort, „Red Room Session?"

Paul und Susanne schüttelten den Kopf. „Leider nicht. Wir haben uns das Material gefühlt hundert Mal angesehen, aber man sieht weder Kameras, noch hört man jemanden Befehle erteilen. Alles, was man hört, sind die Schreie der Frauen."

„Ihr Armen", sagte Tessa und alle anderen stimmten dem zu.

„Aber", rief Susanne, „das Material ist geschnitten."

„Richtig", bestätigte Franziska. „Bedeutet?"

„Bedeutet ... vielleicht", Susanne sah Paul an, „also, wir haben gedacht, dass der Herr Koch nicht ganz so der Hardcore Typ ist wie sein Kumpel und nur die", sie malte Gänsefüßchen in die Luft, „abgemilderte Variante bekommen hat. Die mit dem Bett."

„Alles nur Spekulation", warf Karl Müller ein und sah auf die Uhr.

„Wir denken auch nur laut", erwiderte Paul. „So richtig Sinn ergibt das alles nicht."

„Bei Serienmördern sucht man vergeblich nach dem Sinn", murrte Karl.

„Aber mal angenommen, ihr habt Recht", sagte Franziska. „Wie kommen wir an ihn ran?"

„Ich muss den Raum finden, in dem er streamt", antwortete Susanne. „Bisher hatte ich keinen Erfolg."

„Wo suchst du?"

„Im Darknet und im normalen Internet. Es ist nämlich so, dass Livestreams im Darknet nicht funktionieren. Ich will euch nicht mit den Details langweilen, aber das wäre einfach viel zu langsam."

„Und was heißt das?"

„Das heißt, dass der Täter im Darknet vielleicht nur so eine Art Vorschau-Raum betreibt, in dem man als Zuschauer zu gegebener Zeit einen Link abrufen kann, der dann wiederum im normalen Netz funktioniert."

„Ist das nicht zu unsicher?", fragte Franziska.

„Nicht, wenn du deine IP-Adresse mit Hilfe eines Proxies oder einer VPN Verbindung verbergen kannst."

Franziska tat so, als hätte sie verstanden, wovon Susanne gerade gesprochen hatte und nickte.

„Ich hab aber was anderes gefunden", fuhr Susanne fort. „Ihr erinnert euch sicher, dass wir Foto- und Videomaterial von dieser Natalia miteinander verglichen haben. Uns war bereits aufgefallen, dass sie auf dem zeitlich später entstandenen Video viel schlechter aussieht als auf den Fotos."

Alle nickten.

„Als Tessa mir gestern die schlampig geklebte Tapete gezeigt hat, hab ich mir das Material noch mal angesehen. Und jetzt haltet euch fest. Die Fotografien sind in der Kanzlei entstanden. Das Video nicht."

„Sie arbeiten tatsächlich im Team", sagte Franziska.

Susanne nickte. „Ich hab daraufhin das ganze Material noch mal überprüft. Alle Aufnahmen und Filme aus dem Ordner *Pussy Cats* sind in der Kanzlei entstanden. Die mit den sadistischen Folterszenen nicht."

„Gute Arbeit", lobte Franziska. Ihr schwirrte der Kopf und sie ordnete eine kurze Pause an. Sie brauchte eine Zigarette und frische Luft für ihren verkaterten Verstand.

Kapitel 33

Gabriele Kramer stapfte schwer bepackt die Treppen zu ihrer Wohnung im dritten Stock hoch. Als sie oben ankam, war sie völlig aus der Puste. Sie hatte über die Weihnachtstage ihre Mutter besucht, die wie immer für eine ganze Kompanie gekocht hatte. Sie würde noch tagelang davon essen können. Einen Teil davon würde sie einfrieren. Wegschmeißen war keine Option. Gabriele hasste Verschwendung. Sie stellte ihre Taschen ab, fummelte in ihrer Handtasche nach dem Schlüssel und erschrak, als sie merkte, dass nicht abgeschlossen war. Sie schloss immer ab. Zweimal. Aber dann erinnerte sie sich, dass Elisabeth Koch genau in dem Moment angerufen hatte, als sie vor zwei Tagen die Wohnung verließ. Dadurch war sie wohl abgelenkt gewesen. Die arme Lissi. Ihr ging es gar nicht gut. Das Leben von Andreas Koch hing am seidenen Faden und es bestand eine hohe Wahrscheinlichkeit, dass er, wenn er überlebte, schwerbehindert sein würde. Was für ein Alptraum. Der eigene Mann ein Pflegefall. Die Frau hatte es wahrlich nicht leicht. Und das auch noch an Weihnachten. Und trotzdem hatte sie sich die Mühe gemacht anzurufen, um sich nach ihr zu erkundigen.

Gabriele stellte die Taschen auf den Küchentisch. Dann zog sie ihren Mantel aus, warf ihn achtlos über einen Stuhl und setzte Teewasser auf. Draußen waren

Minusgrade und nach der Zugfahrt hatte sie Lust auf eine schöne Tasse heißen Tee.

Ihre Mutter wohnte in einem betreuten Wohnen in der Nähe von Gummersbach. Sie hatte dort gelebt, bis sie Gabrieles Vater heiratete und mit ihm nach Köln umsiedelte. Sie hatte sich in der Stadt nie richtig zu Hause gefühlt. Zu viel Beton, zu wenig Natur. Nach seinem Tod zog es sie wieder zurück in ihre alte Heimat. Eine Entscheidung, die Gabriele gut verstehen konnte. Es war wunderschön dort. Jetzt wo sie arbeitslos war, hielt sie ebenfalls nichts mehr in Köln. Auf der Rückfahrt hatte sie darüber nachgedacht, nach Gummersbach umzuziehen. Dann konnte sie ihre Mutter öfter besuchen. Die Gute war weit über achtzig. Auch wenn sie im Moment noch fit war, wer weiß, wie viel Zeit ihr noch blieb.

Sie ging ins Wohnzimmer, um die Heizung höher zu drehen und um den Fernseher einzuschalten.

„Hallo Gabriele."

Ihr fuhr der Schreck durch alle Glieder, ihre Knie wurden weich und sie musste sich am Sideboard festhalten, um nicht umzufallen. Ein Mann saß auf dem Sofa und blätterte in der Fernsehzeitung. Er war es. Die Stimme hätte sie überall wiedererkannt.

Ihr Herz wummerte in ihrer Brust und das Atmen fiel ihr schwer. „Was wollen Sie?"

„Ich will den Film. Und mein Geld."

Explosionsartig brach Gabriele der Schweiß aus. Kleine Sternchen tanzten vor ihren Augen. Wie war er nur so schnell auf sie gekommen? Und woher wusste er, wo sie wohnte? „Ich weiß nicht, wovon Sie reden." Sie bemühte sich, ihre Stimme fest klingen zu lassen.

Vergeblich. Sie bekam nur ein heiseres Krächzen zustande.

„Versuch gar nicht erst, mich zu verarschen, du miese Erpresserin."

Seine Stimme war eiskalt. Todesangst kroch ihr das Rückgrat hoch. Sie sah sich um. Bis zur Haustür waren es nur wenige Schritte, er saß zwei Meter von ihr entfernt auf dem Sofa. Wenn sie schnell war, konnte sie es vielleicht in den Hausflur schaffen und Alarm schlagen.

In dem Moment heulte der Teekessel. Ihre Chance.

„Ich stell das mal eben ab", sagte sie so ruhig wie möglich.

„Wage es ja nicht", drohte er und erhob sich.

Der Kessel heulte immer lauter und Gabriele verlor die Nerven. Sie drehte sich auf dem Absatz um und rannte los, aber bevor sie die Tür erreichte, hatte er sie eingeholt und zu Boden geworfen. Sie schrie laut auf, als er ihr den Arm brach. Dann verlor sie das Bewusstsein.

Sie erwachte von schmerzhaften Schlägen ins Gesicht.

„Wach auf, fette Sau."

Gabriele blinzelte und stöhnte, als der Schmerz in ihrem Arm einsetzte. Sie saß, an Händen und Füßen gefesselt, in ihrem Fernsehsessel und konnte sich nicht bewegen.

„Wo ist der Film?"

„Ich weiß nicht, wovon Sie sprechen", jammerte sie. „Bitte, ich brauche einen Arzt." Ihr Herz schlug wie verrückt.

„Das ist mir scheißegal."

„Ich weiß nichts von diesen Sachen."

„Du hast Andreas gefunden, nicht wahr? So war es doch. Und dann hast du das Geld und das Video genommen und den Bullen nichts davon gesagt. Hältst dich wohl für oberschlau." Er schlug ihr mit der flachen Hand ins Gesicht, dass ihr Hören und Sehen verging. Tränen liefen ihre Wangen hinunter und vermischten sich mit blutigem Rotz aus ihrer Nase.

„Du hast Andreas jahrelang erpresst und er hat mitgespielt. Mit mir läuft das nicht."

Gabriele starrte den Mann an.

Ja, sie hatte wegen des geheimen Zimmers Geld von ihrem Arbeitgeber bekommen. Aber nicht durch Erpressung. Andreas Koch hatte ihr das Geld freiwillig angeboten und ihr außerdem ein gutes Gehalt gezahlt, damit sie sein pikantes Geheimnis für sich behielt. So war sie in der Lage gewesen, ihrer alten Mutter ein anständiges Heim zu finanzieren. Sie hatte das Geld nicht für sich ausgegeben. Und an dem Morgen, als sie ihn fand, stand der Safe offen. Kein Geld drin. Nur diese VHS-Kassette. Sie hatte sie mitgenommen und in einem günstigen Moment bei ihrer Mutter im Heim abgespielt. Furchtbare Qualität. Aber gut genug, um zu erkennen, was sie wert war. Dann hatte sie das Band in einen Umschlag gesteckt, zusammen mit einem Zettel, auf dem sie seinen Namen und seine Adresse notierte, die sie in den Mandantenakten gefunden hatte. Anschließend hatte sie den Umschlag ihrer Mutter gegeben und ihr eingeschärft, ihn erst dann wieder anzufassen, wenn jemand von der Polizei auftauchen und danach fragen würde.

Sie schüttelte den Kopf. Diese Kassette war ihre Lebensversicherung. Und ihre alte Mutter würde sie nicht in Gefahr bringen.

„Ich weiß ehrlich nicht, wovon Sie reden", sagte sie tapfer.

Statt einer Antwort, legte er ihr beide Hände um den Hals und drückte zu. Sie bekam keine Luft, zehn Sekunden, zwanzig, ein Feuerwerk von Bildern und Emotionen explodierte in ihrem Gehirn, dann verlor sie das Bewusstsein.

Als sie wieder zu sich kam, war ihr ganzes Wohnzimmer durchwühlt. Ihr Peiniger ohrfeigte sie mit einem Bündel Geldscheine.

„Das sind fünftausend. Wo ist der Rest?"

„Mehr habe ich nicht", krächzte Gabriele. Ihr Kehlkopf schmerzte und das Schlucken bereitete ihr Probleme.

„Letzte Chance. Sag mir, was ich wissen will, und ich lass dich leben."

Sie hörte die Worte aus seinem Mund, aber in seinen Augen erkannte sie die Wahrheit. Sie würde diesen Tag nicht überleben. Also traf sie eine Entscheidung.

„Du willst wissen, wo der Film ist?"

„Ja, verdammt noch mal", schrie er. „Gib ihn mir."

„Er ist auf dem Weg zur Polizei", krächzte Gabriele heiser und die Lüge ging ihr ganz einfach über die Lippen. „Ich hab ihn gestern zur Post gebracht und deinen Namen draufgeschrieben. Sie werden dich drankriegen, du Schwein. Mord verjährt nicht."

Der Gesichtsausdruck des Mannes wechselte von überrascht zu zornig. Gabriele konnte das leise Pling förmlich hören, als ihm die Sicherung durchbrannte.

Dann schlug er zu, mit der Faust in ihr Gesicht. Sie spürte, wie ihr Jochbein brach, schmeckte das Blut in ihrem Mund. Er schlug wieder zu und wieder und mit jedem Schlag wich das Leben ein Stückchen mehr aus ihrem Körper. Irgendwann spürte sie die Schläge nicht mehr und kurze Zeit später setzte ihr Herz aus.

Kapitel 34

Da Franziska und Paul Anders heute die einzigen Raucher im Team waren, verbrachten sie zehn Minuten allein auf dem Raucherbalkon. Sie erzählte ihm, dass sie vorübergehend bei Tessa wohnte. Er war ihr Bruder und würde früher oder später sicher am Sudermanplatz aufschlagen. Paul nahm die Information mit einem beiläufigen Kopfnicken zur Kenntnis. Statt ihr Fragen zu stellen, erzählte er von Matthew, Tessas Mitbewohner, und wie er mit ihm zusammen vor ein paar Jahren mit dem Motorrad durch die Südstaaten der USA gefahren war. Gemeinsam hatten sie eine Reportage über Jazz, Blues und Countrymusik geschrieben, die im Rolling Stone Magazin veröffentlicht wurde. Wie sich herausstellte, war Matthew ein alter Schulfreund von Paul.

Nach der Pause und einem befreienden Gang zur Toilette fühlte Franziska sich besser. Sie ärgerte sich über ihre Entgleisung am Abend vorher. Zugegeben, sie hatte Spaß gehabt. Sehr viel Spaß sogar. Aber die Konsequenzen waren bitter und ihr Zustand behinderte sie bei der Arbeit. Bis zum Abschluss des Falls war Alkohol für sie tabu. Sie waren einem Serienmörder auf der Spur und sie musste hundert Prozent geben.

„Es gibt ein paar neue Infos zum Fall Natalia Maskovska, denen wir unbedingt nachgehen müssen", sagte sie, nachdem alle wieder versammelt waren.

„Lothar Röttgen hat heute Morgen endlich zurückgerufen. Er hat den Fall damals bearbeitet", schob sie zur Erinnerung ein. „Er hat mir erzählt, dass Natalia aussteigen und zurück nach Hause wollte, um sich um ihre alte Mutter zu kümmern. Dann verschwand sie plötzlich von der Bildfläche."

„Woher hatte er diese Information?", fragte Karl Müller. „Die Frauen in den Bordellen reden eigentlich nicht. Die haben Angst, dass es ihnen genau so ergeht wie Natalia."

„Eine hat aber ihr Schweigen gebrochen."

„Kennen wir die Frau?", fragte Karl.

Franziska nickte. „Ja, und jetzt haltet euch fest. Ihr Name ist Dana Markow, auch bekannt als Dolly."

„Das ist ja ein Ding", rief Paul Anders.

Susanne runzelte die Stirn. „Davon steht nichts in der Akte."

„Der Kollege musste ihr damals versprechen, sie da rauszuhalten. Das war der Deal, sonst hätte Dana nicht ausgesagt."

„Das mit dem Brandzeichen hat er auch nicht weiterverfolgt."

Franziska ahnte, worauf Susanne hinaus wollte. Röttgen hatte schlampige Arbeit geleistet, aber das war jetzt nicht das Thema.

„Der Kollege hat den Fall nicht so intensiv bearbeitet, wie wir uns das wünschen, aber das spielt für mich im Moment keine Rolle."

„Für mich schon", erwiderte Susanne. „Vielleicht hätte er den Täter damals dingfest machen können. Wer weiß, wie viele Frauen dem in der Zwischenzeit noch zum Opfer gefallen sind. Ich find's zum Kotzen, dass sich offenbar niemand in diesem Land um Prostituierte schert. Als wären diese Frauen Menschen zweiter Klasse."

„Ich kann deinen Frust verstehen, aber das ist jetzt nicht unser Thema." Franziska hatte diesmal einen etwas schärferen Ton angeschlagen.

Susanne runzelte verärgert die Stirn sagte aber nichts mehr.

„Wir müssen noch mal mit dieser Dana sprechen", entschied Franziska.

„Ich rufe sie an und mache einen Termin", sagte Tessa.

„Okay. Soweit dazu." Franziska sah Paul an. „Ich würde gerne was zur Firmenstruktur der beiden Saunaclubs hören, bevor wir für heute Schluss machen." Sie warf einen Blick auf die Uhr. Es war fast zwölf und Karl Müller wurde langsam unruhig. „Kannst du ein bisschen länger bleiben?", fragte sie ihn.

Müller nickte und tippte eine Nachricht in sein Handy.

Danke dir, formte Franziska mit ihren Lippen. Karl lächelte und zuckte mit den Schultern.

In der Zwischenzeit hatte Susanne ein Diagramm geöffnet und an die Leinwand projiziert. „Paul und ich, wir haben die Firmenstruktur und die Eigentumsverhältnisse der beiden Saunaclubs gecheckt und dabei etwas Interessantes gefunden." Zu sehen waren verschiedenen Kästchen, die mit Pfeilen untereinander verbunden waren. „Aber das erklärt euch besser Paul."

Paul Anders stand auf und schnappte sich einen Kugelschreiber, den er als Zeigestock benutzte. Franziska lehnte sich in ihrem Stuhl zurück und versuchte aus dem Schaubild an der Wand schlau zu werden.

„Wie sich herausgestellt hat", erklärte Paul, „werden beide Unternehmen als eigenständige GmbHs von verschiedenen Geschäftsführern geleitet, sind aber unter dem Dach einer Holding zusammengefasst. Aus den Eintragungen des Handelsregisters geht hervor, dass noch ein drittes Unternehmen der Holding zugeordnet werden kann, eine Escort Agentur namens *Escort Cologne*."

„Die Sache mit der Holding ist nicht unüblich in der Branche", erklärte Karl Müller. „So verteilt man das unternehmerische Risiko. Wenn ein Club pleite geht, reißt das nicht alle anderen mit in die Insolvenz."

„Moment mal", unterbrach Franziska. „Dem Martin Seifert gehört der *Temple of Love* nicht?"

Susanne schüttelte den Kopf. „Absolut nicht. Er ist lediglich der Geschäftsführer."

„Der hat doch glatt so getan, als wäre er der Eigentümer." Franziska war verblüfft. „Hat er nicht was von einem Geldgewinn im Casino erzählt. Ich fass es nicht. Der hat mir kackdreist ins Gesicht gelogen."

„Der Seifert hat tatsächlich ein paar Tausender in Bad Neuenahr aus dem Casino geschleppt", sagte Paul. „25.745 Euro, um genau zu sein. Susanne hat das überprüft."

„Wer leitet den anderen Club, das *Paradies*?"

„Ein gewisser Hassan Melek", antwortete Susanne.

„Und die Holding ist ebenfalls auf den Namen Melek eingetragen", ergänzte Paul, „aber auf einen Mustafa Melek. Hassan und er sind Brüder."

„Türken?", fragte Franziska.

Susanne schüttelte den Kopf. „Deutsche mit türkischem Migrationshintergrund. Sind beide hier geboren."

„Und die Escort-Agentur?", wollte Tessa wissen.

„Wird von einer Frau namens Donna Maloni geleitet. Gegen sie liegt nichts vor, auch nicht gegen die Melek Brüder."

„Wem gehören die Immobilien?", fragte Karl Müller.

„Eine sehr gute Frage." Susanne strahlte. „Die hab ich mir auch gestellt. Ich war neugierig, ob es sich um Eigentum handelt oder ob sie gemietet sind."

„Und?", fragte Müller.

„Die Clubs sind Eigentum. Im Grundbuch für beide steht die jeweilige GmbH", sagte Susanne, „die Räume für die Escort-Agentur sind allerdings angemietet."

Müller kratzte sich am Kinn und blickte in die Runde.

„Das ist nicht gut", sagte er.

„Was meinst du?" Franziska sah ihren Kollegen fragend an.

„Habt ihr euch das Gebäude vom *Temple of Love* mal angesehen?", fragte Müller. „Das zu kaufen war bestimmt nicht billig."

„Vermutest du, dass das Geld aus illegalen Geschäften stammt? Menschenhandel, Drogen, Waffen?"

Müller nickte. „Da steckt ein Clan dahinter, da bin ich sicher."

„Aber nach außen wirkt alles sehr familiär", sagte Neumann.

„Das ist ja auch so gewollt", antwortete Karl Müller. „Vielleicht muss ich dazu etwas ausholen."

„Nur zu“, ermunterte ihn Franziska. Zu weitschweifig würde es heute nicht werden, denn Karl war ja derjenige, der nach Hause wollte.

„Seit der Einführung des Prostitutionsschutzgesetzes im Jahr 2001, haben wir hier in Deutschland die liberalsten Gesetze zur Prostitution in ganz Europa. Das wisst ihr alle. Aber worüber kaum jemand spricht, ist, dass dieses Gesetz, das ursprünglich zum Schutz der Prostituierten gedacht war, letztendlich dazu geführt hat, dass Deutschland ein Haupt-Zielland des organisierten Menschenhandels wurde. Daran hat auch die Überarbeitung des Gesetzes vor zwei Jahren nichts geändert. Eigentlich war das Ziel, die Prostituierten aus der Illegalität zu holen, sie in die gesetzlichen Krankenversicherungen zu bringen und sie als selbständige Sexarbeiterinnen einer steuerpflichtigen Tätigkeit nachgehen zu lassen.“

„Und was ist draus geworden?“, fragte Neumann.

„Die perfekte Ausbeutungsmaschinerie.“ Karl verzog das Gesicht. Es war nicht zu übersehen, dass ihn das Thema bewegte. „Es gibt Studien, die belegen, dass die Prostituierten hierzulande massiver Gewalt ausgesetzt sind. Hauptsächlich durch Zuhälter und Freier. Es ist Fakt, dass in Ländern mit liberalen Prostitutionsgesetzen, wie in Deutschland, es generell mehr Menschenhandel gibt als in den Ländern, in denen Prostitution verboten ist. Siehe Schweden oder Frankreich.“

„Und woran liegt das?“

„Die Wissenschaftler gehen davon aus, dass weniger strenge Gesetze grundsätzlich zu einer Ausweitung der Prostitution führen. Und das betrifft dann auch die Zwangsprostitution.“

„Und wenn wir über Zwangsprostitution sprechen“, nahm Franziska das Thema auf, „reden wir über Organisierte Kriminalität und Menschenhandel und über Clans.“

„Ganz genau“, bestätigte Müller. „Seit Einführung des Gesetzes haben sich die Strukturen des Milieus extrem gewandelt. Das kleine privat geführte Bordell gibt es nicht mehr oder nur noch sehr vereinzelt. Jetzt haben organisierte Clans das Sagen, die aus Osteuropa, der Türkei und dem Libanon kommen.“

„Und wo sind die ganzen Typen geblieben, die das vorher kontrolliert haben?“, fragte Neumann.

„Die hatten keine Chance. Jeder Widerstand wurde sofort im Keim erstickt. Sie alle wissen, mit welcher Brutalität und Gewaltbereitschaft die neuen Player aufgetreten sind. Stichwort Russenmafia.“

Alle nickten.

„Und jetzt kommt das Besondere“, fuhr Müller fort. Er war ganz in seinem Element. „Zum einen waren die neuen Bosse klug genug, die alten Bosse mit einzubinden, um sich ihre Milieu-Kenntnisse zu Nutze zu machen. Denn organisierte Kriminalität funktioniert dort am besten, wo Ruhe herrscht. Und zum anderen haben sich deutsche Investoren und Zuhälter nach neuen Möglichkeiten und Geschäftspraktiken umgesehen. Zuerst veränderten sie ihr Aussehen und dann ihre Strategien. Sie traten bei den Behörden als seriöse Geschäftsleute auf, fingen an Puffs in Wohnheime GmbH & Co. KGs zu verwandeln und erfanden Spielarten wie Gang-Bang-Parties und Flatrate-Sex. So entstanden neue Formen des klassischen Bordells. Zum Beispiel die sogenannten Laufhäuser, in denen der schnelle Sex im

Vordergrund steht. Aber eben auch sehr stilvolle Häuser in Gold und Marmor, regelrechte Wellness-Oasen für Männer mit Sauna, Massagen und allem, was dazugehört, wo man sich den ganzen Tag aufhalten kann, auch ohne Sex zu haben."

„Und Frauenhandel mit dem Ziel der Sexsklaverei ist ein lukratives Geschäft, übernahm Paul Anders. Wir sind hier in Deutschland nicht nur geographisch ein beliebter Standort für die Clans, sondern auch wegen unserer täterfreundlichen gesetzlichen Rahmenbedingungen."

„Aber Zuhälterei ist in Deutschland doch verboten", warf Neumann ein.

Müller schnaubte. „Das im großen Stil vor Gericht zu bringen, wäre in der Tat etwas, was dem System schaden könnte. Würde aber bedeuten, dass die betroffenen Frauen mit der Polizei kooperieren und aussagen, dass sie nicht freiwillig in der Prostitution sind. Und das ist nach den Gesetzen des Milieus Verrat."

„Was ist mit unseren Strafverfolgungsbehörden?", fragte Neumann. „Wir sind dem doch nicht schutzlos ausgeliefert."

„Überspitzt gesagt, sind wir das sehr wohl", sagte Paul Anders. „Unsere Strafverfolgung ist für diese Typen ein Witz. Hier für längere Zeit im Knast zu landen ist A sehr unwahrscheinlich und B ein Erholungsurlaub im Vergleich zu Ländern wie der Türkei, Marokko oder dem Libanon. Das schreckt niemanden ab."

„Und da beißt sich die Katze in den Schwanz", übernahm Müller wieder das Wort. „Verrat ist die schlimmste Verfehlung überhaupt und für die betroffenen Frauen ist das die erste Lektion, die sie lernen, meistens noch, bevor sie deutschen Boden betreten." Er holte Luft. „Und deshalb geht jede Frau, die sie fragen, *freiwillig* der Prostitution nach." Das Wort freiwillig hatte er mit Gänsefüßchen eingerahmt. „Und damit sind alle glücklich und zufrieden", ergänzte er. „Freier, Bar- und Bordellbesitzer und natürlich die Zuhälter, die ja nicht viel zu befürchten haben. Aber auch wir Gutmenschen. Die Polizei, Justiz und andere Behörden, die Politik. Alle werden entlastet, denn die Frauen arbeiten ja freiwillig als sogenannte Sexarbeiterinnen, die offiziell angemeldet und krankenversichert sind und brav ihre Steuern zahlen." Müller schüttelte den Kopf. „Alles Humbug", rief er. Er hatte die Hände zu Fäusten geballt und sein Gesicht war rot angelaufen. „Unsere Politiker haben den Schuss nicht gehört. Aber die Diskussion gehört jetzt nicht hierher." Er sah auf die Uhr. „Ich muss jetzt los."

„Ich hab noch eine Frage", rief Susanne. „Welche Bezeichnung ist eigentlich die Richtige? Prostituierte oder Sexarbeiterin?"

„Sexarbeiterin indiziert, dass Prostitution eine ganz normale Arbeit ist", sagte Tessa. „Aber frag mal jemanden, ob er oder sie Tochter, Freundin oder Schwester gerne in diesem Beruf sehen würde."

„Ich schätze mal, da würde wohl jeder Nein sagen."

„Damit hast du die Frage beantwortet."

„In Ordnung", sagte Franziska. „Für heute soll es mal reichen."

Susanne stöhnte. „Erst ein Serienkiller, jetzt noch Clankriminalität. Das wird immer größer."

„Immer mit der Ruhe", beschwichtigte Franziska, als sie in die müden Gesichter ihrer kleinen Mannschaft blickte. „Wir wollen ja nicht den Clan erledigen, sondern den Überfall auf einen Steuerberater aufklären."

„Und die entführten Frauen finden", ergänzte Tessa.

„Ich gebe das mit den Melek-Brüdern nach den Feiertagen an die Kollegen von der OK weiter", sagte Karl. Die unterstützen euch."

„Ja, mach das", sagte Franziska, „aber die sollen sich bitte mit uns abstimmen. Für mich haben die entführten Frauen Priorität."

„Ich hab noch was", rief Paul Anders in den allgemeinen Aufbruch.

Franziska, die schon aufgestanden war, setzte sich wieder und sah ihn fragend an.

„Nur kurz", sagte er mit Blick auf Müller. „Susanne und ich haben noch etwas tiefer in der Vergangenheit von dem Koch gegraben. Ihr wisst schon. Background-Check. Schule, Freunde und so weiter."

„Gute Idee", lobte Franziska und fragte sich, ob die beiden in der Nacht überhaupt geschlafen hatten. „Habt ihr was rausgefunden?"

„Wir wussten ja schon, dass er in Much aufgewachsen ist. Das ist im Bergischen. Für Samstag hab ich einen Termin mit seiner alten Lehrerin. Mal sehen, was das ergibt."

„Was versprechen Sie sich davon?", fragte Müller interessiert.

Paul räusperte sich. „Ich hab darüber nachgedacht, woher die beiden Männer sich kennen. Und vielleicht liegt die Verbindung in ihrer Vergangenheit. Und wenn ich Recht habe, finden wir so eventuell den zweiten Mann."

„Ich hab auch noch eine Ankündigung zu machen", sagte Karl Müller in die Runde.

Alle starrten ihn an.

„Ich muss morgen zu einer Beerdigung nach Frankfurt. Meine Tante ist überraschend gestorben." Ich versuche, für euch telefonisch erreichbar zu sein."

Franziska sah ihn an und nickte. „Mein Beileid, Karl. Mach dir keinen Kopf. Wir kommen schon klar."

Kapitel 35

Er hatte die Nerven verloren und jetzt war die Kramer tot. Die magere Ausbeute: 5000 Euro und kein Film. Sein verdammter Jähzorn. Der war schon immer ein Problem gewesen. Jetzt würde er nie erfahren, ob die Kramer die Wahrheit gesagt und das Video wirklich den Bullen zugespielt hatte. Würde sie Andi das antun? Ihrem heißgeliebten Chef? Er bezweifelte es. Aber wo war das scheiß Band? Er hatte noch einmal gründlich die ganze Wohnung durchsucht. Ohne Erfolg. Was für eine beschissene Situation. Denn auf der Aufnahme war der Mord an Löckchen. 1984. Sein Erster.

Andi und er hatten Löckchen auf einem Straßenstrich in Berlin aufgegabelt. Die Nutte hatte er aussuchen dürfen. Auf die mit den Korkenzieherlocken stand er besonders und als er sie sah, war klar: die oder keine. Für ein paar Mark extra war sie zu allem bereit gewesen, auch dazu, sich filmen zu lassen. Er hatte tags zuvor die neue VHS Videokamera bekommen, auf die er so lange gewartet hatte, und brannte darauf, sie auszuprobieren.

Sie zogen ein paar Lines und alles lief gut, bis sich die blöde Kuh übergeben musste, weil er ihr seinen Schwanz zu tief in den Rachen gesteckt hatte. Sie hatte ihn vollgekotzt und er war ausgerastet.

Was dann passierte, hätte er sich niemals träumen lassen. Die Nutte lag wimmernd und blutend am Boden und Andi hatte eine Erektion. Der war auf die Prügel voll abgefahren. Er war es auch, der ihr den Knebel verpasste, bevor er sie nochmal rannahm.

Als Andi fertig war, hatten sie sich einen Joint gedreht, Pizza bestellt, rumgealbert und der Nutte Arschtritte verpasst, wenn sie versuchte aufzustehen oder den Knebel zu entfernen. Sie sah echt scheiße aus. Gebrochene Nase, das Atmen fiel ihr schwer, Rotze und Tränen hatte ihr ganzes Make-up verschmiert und um die Augen entwickelte sich ein ordentliches Veilchen. Das törnte ihn an. Er musste einfach nochmal auf sie drauf. Sie versuchte wegzukriechen. Aber kurz vor der Wohnzimmertür zog er sie an den Beinen zurück, drehte sie auf den Rücken und nahm sie, eine Hand an ihrer Kehle. Den Moment würde er nie vergessen. Ihren Todeskampf, als ihr die Luft ausging, an ihre Augen, aus denen von jetzt auf gleich das Leben entwich.

Andi hatte alles gefilmt, aber zugedröhnt, wie er war, die Situation falsch eingeschätzt. Erst als Löckchen sich nicht mehr regte und ihm klar wurde, dass sie tot war, war er ausgeflippt. Am nächsten Tag war Andi verschwunden. Er hatte Berlin für immer den Rücken gekehrt und das Videoband hatte er mitgenommen. Aber er wusste, dass Andi ihn niemals verraten würde. Und er sollte Recht behalten.

30 Jahre vergingen und er dachte nur noch selten an seinen alten Freund. Bis sie sich 2014 zufällig in einem Tagungshotel in Hannover über den Weg liefen.

Er hatte gerade erst Leipzig verlassen, wohin es ihn nach der Wende verschlagen hatte. Großartiges Pflaster für einen wie ihn. Keine Strukturen, alles im Umbruch und die EU-Osterweiterung spülte Nutten ohne

Ende ins Land. Er hatte sich eine alte Industriebrache gekauft und dort viele wunderbare Jahre mit seinen kleinen Lieblingen verbracht. Bis ihm eine entwischte und er alles aufgeben musste. Danach war er ins Rheinland zurückgekehrt, nach Köln, und arbeitete wieder in seinem alten Job als IT-Berater. Er hatte sich vorgenommen, erstmal unauffällig zu bleiben, bis er sicher sein konnte, dass niemand hinter ihm her war. Er war beruflich in Hannover, als er über seinen alten Kumpel Andreas Koch stolperte, der zum deutschen Steuerberaterkongress angereist war.

Die erste Reserviertheit war schnell der alten Vertrautheit gewichen und nur wenige Stunden, nachdem sie sich begegnet waren, saßen sie zusammen im Pool eines Saunaclubs und ließen sich von Nutten verwöhnen. Über Löckchen sprachen sie nicht. Auch nicht über das Videoband.

Wenige Wochen nach diesem Treffen starb seine Mutter und er erbte den Hof in Much. Das Grundstück war perfekt für ihn. Abgelegen, nicht einsehbar von der Straße mit einem alten Luftschutzkeller. Der Großvater hatte ihn angelegt, um die Familie vor Bomben zu schützen. Der Vater hatte ihn benutzt, um die Familie zu terrorisieren. Er hatte als Kind unzählige Nächte dort unten verbringen müssen. Allein, im Dunkeln, voller Angst vor den Ratten und dem Vater. Bis keine Angst mehr übrig war. Nur Leere und Hass. Jetzt war es sein Keller. Er hatte ihn für seine Zwecke umfunktioniert und er würde ihn nicht einfach aufgeben.

Kapitel 36

Als Richard die Tür zu Finns Zelle aufschloss, war er nicht sicher, was er vorfinden würde. Er hatte den Zuhälter seit Heiligabend absichtlich schmoren lassen, im Dunkeln ohne Wasser, ohne Nahrung. Als Vorgeschmack auf das, was ihn erwartete, wenn er den Mund nicht endlich aufmachte. Für einen Moment war er in Sorge, ob der Mann überhaupt noch lebte.

Es stank nach Fäkalien und er musste sich den Arm vor Mund und Nase halten. Dann schaltete er das Licht an. Finn hob nur kurz den Kopf, als es hell wurde im Raum. Zu mehr Reaktion war er nicht fähig. Er bot einen Anblick, der zum Gestank passte. Auf dem Boden hatte sich eine große Lache aus Kot und Urin gebildet. Seine ehemals struppigen blonden Haare waren grau und stumpf und der teure Anzug, den er am Tag seiner Entführung getragen hatte, starrte vor Schmutz.

„Ich glaube, du hast genug", entschied Richard. „Ich mache dich jetzt sauber und du bekommst neue Klamotten. Mach keine Dummheiten, dann ist auch was zu Essen drin. Verstanden?"

Finn nickte stumm. Er machte keinerlei Anstalten, sich zu wehren. Auch nicht, als Richard ihm das Bügelschloss abnahm. Der Zuhälter war gebrochen. Nichts mehr übrig von dem aggressiven großmäuligen Arschloch.

Als Richard fertig war, sah Finn fast wieder menschlich aus. Die alten Klamotten waren entsorgt, die Fäkalien den Abfluss runtergespült und er kaute an einem Käsebrot, das er mit reichlich Mineralwasser runterspülte.

„Und jetzt unterhalten wir uns", sagte Richard. „Bist du bereit?"

Und zu seiner großen Überraschung nickte Finn. „Was bekomme ich, wenn ich dir sage, wo Toni ist?"

„Ich werde dich nicht umbringen", antwortete Richard.

„Das ist alles?"

„Du verhandelst dein Leben. Wenn du das mit alles meinst, ist das alles, ja."

Finn trank noch einen Schluck Wasser und für ein paar quälende Minuten passierte nichts. „Also gut", sagte er endlich. „Der Typ heißt Andreas Koch. Er ist Steuerberater."

Richard blieb das Herz stehen. Wenn das stimmte, war sein Kind in höchster Gefahr. Er hatte Andreas Koch vor über acht Tagen getötet oder, wenn er den Zeitungen Glauben schenkte, ins Koma geprügelt. Für seine Tochter machte das keinen Unterschied. Wenn sie irgendwo eingesperrt war ohne Nahrung und Wasser ...

„Aber der hat sie nicht", unterbrach Finn sein Gedankenkarussell.

Richard blickte ihn verwundert an. „Was soll das heißen?"

„Der ist nur der Mittelsmann. Der, der wirklich dahintersteckt, ist ein Sammler. Wenn du weißt, was ich meine. Die mit den Locken, auf die steht er besonders."

Richard musste sich zusammenreißen, um Finn nicht mit bloßen Händen zu erwürgen. „Klär mich auf. Was ist ein Sammler?“

„Ein Sammler kauft Muschis für seine Privatsammlung.“

Richard hielt den Atem an. „Wer ist es?“

Finn schüttelte den Kopf. „Ein krankes Arschloch mit Kohle. Wenn du mich fragst, Toni siehst du nie wieder, Mann.“

„Das lass mal meine Sorge sein“, rief Richard zornig. „Ich brauche einen Namen oder eine Adresse.“

Finn überlegte einen Moment, dann nannte er ihm beides.

Na endlich. Richard atmete erleichtert auf. Er war fast am Ziel.

„Wie sieht der Mann aus?“

„Ich hab ein Foto. Ist in meinem Handy. Das hast du doch?“

Richard nickte. Finns Mobiltelefon lag abgeschaltet oben in der Küche. Es anzuschalten, barg ein Risiko, auch wenn unten im Keller wahrscheinlich kein Empfang war. Er dachte fieberhaft nach. Er hatte Finn seit vier Tagen in seiner Gewalt. Irgendwer hatte ihn vielleicht als vermisst gemeldet und in so einem Fall gab es sicher eine Handyortung. Wenn er das Telefon jetzt einschaltete und es sich mit irgendeinem Sendemast verband, war er geliefert. Eine Alternative fiel ihm aber nicht ein, daher nickte er, verließ die Zelle und kam wenige Minuten später mit dem Handy zurück.

„Code?“, fragte er.

Finn starrte ihn an, aber er fügte sich. Richard öffnete die Fotos und hielt Finn das Gerät unter die Nase.

„Zeig's mir!"

„Du musst zurückscrollen, ist schon ein paar Monate her ... weiter ... noch ein Stück ... langsamer ... da! Das ist er. Das ist der Typ."

Richard betrachtete das Foto. Es zeigte einen Mann um die sechzig mit Glatze und Nickelbrille, der aussah wie ein pensionierter Oberstudienrat. Er stand vor einem dreckigen alten Wohnwagen, neben einem Geländewagen.

„Ist das sein Auto?"

Finn nickte.

„Wie hat die Übergabe stattgefunden?"

„Ich hab die Kleine betäubt und dann in dem Wohnwagen da am Stadtrand abgelegt."

„Und dann hast du gewartet, bis jemand kam?"

Finn nickte.

„Bist du ihm gefolgt?"

Finn schüttelte den Kopf. „Ich hab mir das Nummernschild notiert. Jemand beim Straßenverkehrsamt schuldete mir noch einen Gefallen."

„Warum hast du das gemacht?", fragte Richard.

„Ich dachte, ich hol mir die Kleine einfach zurück. Das funktioniert manchmal."

„Aber bei dem nicht?"

Finn schüttelte den Kopf.

„Warum nicht?"

Finn zuckte mit den Schultern. Er versuchte lässig zu wirken, aber Richard sah die Angst in seinen Augen.

„Was hat er zu dir gesagt?", fragte Richard

„Nichts, was dich was angeht", zischte Finn und schaute zur Seite. „Ist doch auch egal. Ich weiß auf jeden Fall nicht, wo er Toni hingebracht hat."

„Wann war das?“

„Direkt nach der Nummer auf dem Parkplatz. Du weißt schon.“

Richard wurde schlecht. Das war jetzt fast drei Monate her.

„Lebt sie noch?“

„Woher soll ich das wissen?“

Richards Antwort war eine heftige Ohrfeige.

„Mann, ich weiß es nicht“, keuchte Finn.

Richard stand auf und machte Anstalten, den Raum zu verlassen.

„Hey, was ist jetzt?“, rief Finn. „Ich hab meinen Teil der Abmachung erfüllt.“

„Und ich werde dich nicht töten. Das ist mein Teil der Abmachung.“

Finn kniff die Augen zusammen.

„Du dachtest, ich lass dich laufen“, sagte Richard. „Da liegst du falsch, mein Freund. Erst wenn ich Antonia wiederhabe.“

Kapitel 37

Da keine weiteren Ermittlungsergebnisse vorlagen, hatte Franziska die Morgenbesprechung abgesagt, stattdessen mit Tessa zusammen gefrühstückt und sich mit ihr auf das Gespräch mit Dana Markow vorbereitet. Dana hatte ein Treffen in ihrer Wohnung vorgeschlagen und jetzt saßen die beiden Kommissarinnen in ihrem Wohnzimmer auf einem bequemen Sofa. Franziska sah sich um. Das Zimmer war gemütlich eingerichtet in Sand- und Erdtönen. Auf dem Couchtisch stand frisch aufgebrühter Tee, der nach Zimt und Nelken roch. Ein kleiner Weihnachtsbaum mit roten Kugeln verströmte einen angenehmen Duft nach Tannennadeln. In Kombination mit den Bienenwachskerzen auf der Fensterbank roch es in der Wohnung wie früher zu Hause, bevor Jenny entschieden hatte, dass Weihnachtsbäume nicht nachhaltig sind. Ein wehmütiges Gefühl ergriff Franziska, das sie schnell beiseiteschob.

„Wenn Sie einverstanden sind, Frau Markow, würde ich das Gespräch gerne aufzeichnen", sagte sie und legte ihr Handy auf den Tisch.

Dana Markow nickte, goss allen eine Tasse Tee ein und sah Franziska erwartungsvoll an. Sie knetete nervös ihr Finger.

„Wir haben Claire nicht gefunden", sagte Franziska zum Einstieg, um Dana die Anspannung zu nehmen.

„Unsere Handyortung bestätigt zwar den Aufenthalt im Hotel *Zeitlos*, aber seitdem ist das Handy aus."

Dana wirkte erleichtert. „Ich bin froh, dass Sie nicht ihre Leiche gefunden haben." Sie nippte an ihrem Tee.

„Warum sind Sie sich eigentlich so sicher, dass Claire etwas zugestoßen ist?", fragte Franziska.

Dana sah sie an. „Wir sind ein Paar. Ich liebe sie und sie mich. Sie wäre nicht einfach abgehauen, ohne mir Bescheid zu sagen."

„Ein Paar?"

Dana lachte. „Sie glauben, weil wir mit Männern schlafen, können wir nicht lesbisch sein? Das verstehen die meisten nicht. Ich schlafe mit Männern, weil ich damit mein Geld verdiene, aber es macht mir auch Spaß. Es ist nicht so, dass ich Männer nicht attraktiv finde. Der ältere Kollege von Ihnen, der im Club war, der ist zum Beispiel sehr attraktiv, aber wenn ich ihn ansehe, steigt mein Puls nicht, verstehen Sie? Von Frauen fühle ich mich emotional angezogen. Bei Männern geht es nur um das Körperliche."

Sie findet Paul attraktiv, dachte Franziska. Was nicht verwunderlich war. Ihr ging es genau so, nur dass ihr Puls beträchtlich stieg, wenn sie in seine Nähe kam.

„Sie sind also bisexuell", fasste sie zusammen.

Dana schüttelte den Kopf. „Nein, bin ich nicht. Ich kann für Männer keine Liebe empfinden. Das geht nur mit Frauen. Ich bin lesbisch. Claire ist bi. Seit neun Monaten sind wir zusammen."

„Sobald wir etwas erfahren, rufen wir Sie an", versprach Franziska. Sie hätte Dana gerne etwas zur Beruhigung gesagt, aber nach allem, was sie bisher herausgefunden hatten, gab es Grund zu der Annahme, dass

Claire in großer Gefahr schwebte. Sie passte zwar nicht ins Schema des Serienmörders, aber ihr Verschwinden hatte ganz sicher etwas mit ihm zu tun.

Dana nickte, dann wechselte sie das Thema. „Sie haben am Telefon gesagt, dass Sie mit mir über Natalia sprechen wollen."

„Ja, der Name ist bei einer Ermittlung aufgetaucht und Ihrer auch. Sie waren damals eine Zeugin?"

Dana schüttelte den Kopf. „Dieser dumme Polizist. Ich hab ihm gesagt, Natalia ist ermordet worden. Aber er hat nicht auf mich gehört."

Tessa Anders schnaubte verächtlich.

„Woher kannten Sie Natalia und in welchem Verhältnis standen Sie zu ihr?", fragte Franziska.

„Die ganze Geschichte?"

Franziska wusste nicht genau, was damit gemeint war, aber sie nickte. Je mehr Infos, desto besser.

Dana sah die beiden Kommissarinnen an, nippte erneut an ihrem Tee und erzählte dann ihre unglaubliche Geschichte.

Sie war Anfang 2013 nach Deutschland gekommen, kurz nach ihrem achtzehnten Geburtstag. Sie stammte aus Pernik, einer Kleinstadt in der Nähe von Sofia und war in einfachen Verhältnissen aufgewachsen: Vater Bergmann und Mutter Hilfsnäherin. Dana beschrieb ihren Vater als brutalen Trinker, der Mutter und Tochter das Leben schwermachte. Mit fünfzehn hielt sie es nicht mehr aus, schmiss die Schule und lief von zu Hause weg. Ohne Schulabschluss und ohne Ausbildung war es nur eine Frage der Zeit, bis sie in die Prostitution abrutschte. Zuerst in ihrer Heimatstadt, später dann in Sofia.

„Aber nie mit Zuhälter", betonte sie. Auf ihre Selbstständigkeit und Unabhängigkeit war sie offenbar stolz.

Nach Deutschland kam sie, weil eine Freundin ihr erzählt hatte, wie viel mehr Geld man dort als Sexarbeiterin verdienen konnte. Also packte sie ein paar Sachen und machte sich auf den Weg. Zusammen mit anderen Frauen wurde sie in einem LKW und mit gefälschten Papieren über die Grenze geschmuggelt. Das Geld für die Vermittlung und Fahrt könne sie in Deutschland abarbeiten, hatte es geheißen.

„Zuerst landete ich in Leipzig. Dort hat mich ein Mann eingesperrt, der mein Zuhälter war. Ich musste dreißig, manchmal sogar vierzig Freier am Tag bedienen, um meine Schulden zu bezahlen, die aber niemals weniger wurden."

Sie fing an, Drogen zu nehmen, um durchzuhalten. Einen Ausweg sah sie nicht. „Wenn ich nicht genug Geld verdiente, hat er mich geschlagen oder vergewaltigt. Einmal hat er mir beide Hände gebrochen und ich musste trotzdem weiterarbeiten."

Franziska zog hörbar Luft ein. Welcher Mann bezahlte für Sex mit einer Frau, die beide Hände gebrochen hatte? Das konnte man doch unmöglich übersehen. Sie atmete aus und betrachtete den schönen Weihnachtsbaum.

Dana hatte Glück im Unglück. Ihr Zuhälter wurde bei einer Auseinandersetzung im Milieu getötet. Sie ergriff die Chance und floh. Zuerst lebte sie eine Weile auf der Straße, schlief in Kellern, in Toreinfahrten, auf Parkbänken. „Es gibt immer diese Ecken in einer Stadt, mit Matratzenlagern für solche wie mich. Und Stellen, wo man mit einem Freier hingehen kann. Alles sehr dreckig, voller Müll, Spritzen und Kondome. Ich wollte da weg, so schnell wie möglich. Ich wusste, dass ich sonst sterben würde."

Dann traf sie Natalia.

Die beiden Frauen freundeten sich an und Natalia kannte jemanden in Köln, der jemanden kannte, und so landeten die beiden in den Anbahnungskneipen am Eigelstein, dem schäbigen Überbleibsel eines ehemals berühmten Rotlichtbezirks hinter dem Kölner Hauptbahnhof.

„Wann war das genau?", fragte Tessa Anders.

„Im September 2014", antwortete Dana. „Dort war es nicht gut", erklärte sie, aber viel besser als in Leipzig und es wurde akzeptiert, dass sie keinen Zuhälter haben wollte. „Das kam für mich nicht mehr in Frage. Lieber wäre ich gestorben."

Dafür musste sie eine höhere Miete für das Zimmer bezahlen, in das sie mit den Freiern gehen konnte. „Einer von ihnen war Andreas."

Franziska runzelte die Stirn. „So lange kennen Sie den schon?"

Dana nickte. „Mit ihm wurde alles besser. Er kam regelmäßig und er hat mich unterstützt."

Andreas Koch half ihr beim Drogenentzug, besorgte ihr eine eigene kleine Wohnung, die sie mit ihrem Einkommen bezahlen konnte, brachte ihr richtig Deutsch bei und empfahl sie im *Paradies*.

Franziska wurde wütend bei dem Gedanken, dass sich dieser Steuerberater seine Stammprostituierte gehalten hatte. Aber Dana schien das nichts auszumachen. Im Gegenteil. Für sie war der Koch so eine Art

Superheld, dem sie viel zu verdanken hatte. Und auf eine perverse Art stimmte das sogar. Eigene Wohnung, selbstbestimmtes Arbeiten, kein Zuhälter, besseres Einkommen. All das hatte der Koch ihr ermöglicht. Aber er hätte ihr genauso gut auch Ausstiegsmöglichkeiten eröffnen können.

Tessa war offensichtlich der gleichen Meinung. „Hat Herr Koch für seine Unterstützung irgendwelche Gegenleistungen verlangt?"

„Fünf Wochenenden im Jahr kostenloser Sex. Ein guter Deal", sagte Dana.

„Haben Sie jemals darüber nachgedacht, aus dem Beruf auszusteigen?", fragte Tessa.

Danas schüttelte den Kopf. Da sie nie etwas anderes gelernt hatte, außer eben, wie man Männer befriedigte, war in ihr vor ein paar Monaten der Entschluss gereift, eine Escort-Agentur zu gründen.

„Mein Vorbild ist die Agentur *Courtigiana* aus Berlin", erklärte sie. „Das ist das italienische Wort für Kurtisane und Marguerite, so heißt die Gründerin, die finde ich cool. Sie nimmt keine Provision. Normal sind ja 30 bis 40 Prozent. Und wofür? Für einen Anruf. Das ist unfair. Die in Berlin teilen sich die Kosten für Webseite und Büro und die Frauen arbeiten frei und ohne Zwang. Das wollen wir auch machen."

„Wir?", fragte Tessa.

„Claire und ich. Sobald wir genug Geld haben, um Claire freizukaufen."

„Freikaufen?" Franziska traute ihren Ohren nicht.

„Von Nick."

„Wie viel Geld muss man da bezahlen?", fragte Tessa neugierig.

„Verhandlungssache. 10.000 Euro hat er gesagt."

Franziska verschlug es die Sprache. 10.000 Euro, damit sich eine junge Frau von ihrem Zuhälter freikaufen konnte?

„Wie viel habt ihr schon zusammen?" Tessa ließ nicht locker.

„Ungefähr die Hälfte. Mein Business läuft gut. Mit eigener Agentur würden wir gut verdienen. Dann kann ich meiner Mutter auch mehr Geld schicken. Sie hat fast gar nichts."

Jenny und Heiner hatten vor ein paar Wochen tagelang über die EU-Osterweiterung debattiert und daher wusste Franziska, dass Bulgarien das Armenhaus Europas war. Vierzig Prozent der Bevölkerung waren 2015 von Armut bedroht gewesen. In den letzten Jahren hatte dort ein regelrechter Exodus Richtung Westeuropa eingesetzt, was die Situation im Land selber noch verschlimmerte. Ganze Landstriche waren bereits entvölkert, vor allem im Nordwesten des Landes. Rund eine Viertel Million Bulgaren lebten 2016 allein in Deutschland, die meisten davon gut ausgebildete Fachkräfte, aber eben auch viele Ungelernte, die als Erntehelfer oder Sexarbeiterinnen ihr Glück versuchten. Mehr oder weniger freiwillig, wie Danas Geschichte bewies. Damals war Franziska genervt gewesen von den ewigen Diskussionen. Aber jetzt vermisste sie ihre Familie, ihre Tochter, die gemeinsamen Essen und irgendwie auch die endlosen Debatten.

Tessa unterbrach ihre Gedanken. „Und Sie sind sich ganz sicher, dass Nick nicht weiß, was mit Claire geschehen ist?"

Dana nickte. „Nein, er hat keine Ahnung."

„Sie glauben ihm?"

„In dem Fall ja. Der ist stinksauer, dass sie weg ist. Er denkt, sie ist ihm weggelaufen. Hat rumgetobt wie ein Irrer." Sie schlürfte an ihrem Tee und starrte aus dem Fenster.

Franziska erinnerte sich an das blaue Auge, als sie Dana zum ersten Mal begegnet war.

„Woher wussten Sie eigentlich von dem Überfall auf den Koch?", fragte Franziska.

„Aus der Zeitung. Ich war so erschrocken." Dana schüttelte sich. „Ich war an dem Abend ja noch bei ihm."

Franziska und Tessa starrten sie an.

„Wieso erfahren wir das erst jetzt?", rief Franziska verärgert.

„Ich bin um halb elf gegangen", antwortete Dana schuldbewusst. „Da hat er noch gelebt und mir ist nichts aufgefallen. Ich schwöre. Alles war wie immer."

„Wenn Sie sich mit ihm verabredet haben?", fragte Tessa einer Eingebung folgend. „Wie ging das vonstatten?"

„Er hat mich angerufen."

„Auf welcher Nummer?"

Dana nahm ihr Handy und zeigte ihr die Kontaktdaten. Tessa wechselte einen vielsagenden Blick mit Franziska und schickte sofort eine WhatsApp an Susanne. Das war das zweite Handy, nach dem sie gesucht hatten.

„Haben Sie mit Martin Seifert über Herrn Koch gesprochen?"

Dana Markow zuckte mit den Schultern. „Ja, ich hab Martin gefragt, aber der hat nur geschimpft."

„Wieso das?“, fragte Tessa.

„Ich soll mich nicht einmischen. Er mag es nicht, wenn wir Fragen stellen. Wir sollen hübsch aussehen, Beine breitmachen und den Mund halten.“

„Ist er gewalttätig?“, fragte Franziska,

„Martin?“ Dana zuckte mit den Schultern. „Manchmal“, antwortete sie. „Nichts Besonderes.“

Franziska erinnerte sich an den Bizeps des Zuhälters, seine geringe Körpergröße und sein übersteigertes Ego. Sie konnte sich gut vorstellen, dass er Frauen gegenüber zur Gewalt neigte.

„Darf ich Sie etwas fragen?“ Dana sah Franziska an.

„Klar.“

„Was ist mit Andreas? Wie geht es ihm?“

„Er liegt immer noch im Koma“, antwortete Franziska und Dana nickte traurig.

„Kommen wir doch mal kurz zurück auf Natalia“, wechselte Franziska das Thema. „Wie ist es ihr denn hier in Köln ergangen?“

„Nicht gut“, antwortete Dana. „Sie hat sich in den falschen Mann verliebt, einen Türsteher vom Ring.“ Sie schüttelte traurig den Kopf. „Sie war so naiv. Sie hat geglaubt, er heiratet sie. Aber er wurde ihr Zuhälter und hat sie nach kurzer Zeit an die Marokkaner verkauft.“

„Hatten Sie noch Kontakt zu ihr?“, fragte Tessa.

„Zuerst haben wir uns noch WhatsApps geschickt, aber irgendwann hat sie nicht mehr geantwortet. Ich denke, sie haben ihr das Handy weggenommen“, erklärte Dana. „Und eines Abends stand sie bei mir vor der Tür. Sie war vollkommen fertig, grün und blau geprügelt und abgemagert bis auf die Knochen. Ich habe sie ein paar Tage bei mir wohnen lassen und dann war sie weg. Sie hat gesagt, sie will zurück nach Slowenien, wegen ihrer Mutter. Deswegen habe ich mir nichts weiter gedacht. Bis man ihre Leiche im Rhein gefunden hat. Angeblich ertrunken, wegen zu viel Alkohol. Aber Natalia hat nie getrunken. Nie! Sie hat Alkohol nicht vertragen. Eine Gen-Krankheit oder so. Sie bekam dann kaum Luft, einmal wäre sie fast erstickt. Drogen waren schon nicht so ihr Ding, aber Alkohol. Nein, auf keinen Fall."

„Haben Sie das damals dem Kollegen erzählt?", fragte Tessa.

„Aber ja", nickte sie. „Das habe ich."

„Wie lange war Natalia weg?", fragte Tessa.

Dana rechnete nach. „Anderthalb Jahre ungefähr."

„Und Sie haben keine Ahnung, wo sie in der Zeit gewesen sein könnte?"

„Zuerst dachte ich, bei den Marokkanern. Aber der Polizist hat mir gesagt, da war sie nicht."

Tessa scrollte in ihrem Handy und hielt Dana ein Foto von dem *IMPERIA* Brandzeichen entgegen. „Kennen Sie das?"

Dana riss die Augen auf, bekreuzigte sich und murmelte irgendwas Unverständliches auf Bulgarisch.

„Natalia hatte es auf dem Oberarm eingebrannt", erklärte Tessa.

Dana nickte.

„Sie haben das Zeichen schon mal gesehen", sagte Tessa. „In Leipzig. Hab ich recht?"

Dana sah die beiden Kommissarinnen abwechselnd an.

„Wir können Ihnen nur helfen, wenn Sie uns helfen."

„Das versuche ich doch", sagte sie.

„Dann sagen Sie uns, was Sie wissen. Wer steckt hinter diesem Brandzeichen?“

Dana knetete nervös ihre Finger. „Das weiß ich nicht“, flüsterte sie.

„Wenn Sie uns helfen, können wir Claire vielleicht retten, bevor etwas Schlimmes passiert.“

„Er hat sie?“, fragte Dana und starrte Franziska aus angstgeweiteten Augen an.

„Wer?“, fragte Franziska. „Wer ist der Mann?

Dana schwieg.

Franziska riss der Geduldsfaden. „Jetzt lassen Sie sich nicht alles aus der Nase ziehen, herrgottnochmal!“ Sie war genervt. „Sie kommen freiwillig zu uns, um für Ihre Freundin eine Vermisstenanzeige aufzugeben. Das war ein großer Schritt für Sie, dessen bin ich mir bewusst. Und jetzt, wo wir endlich einen echten Hinweis haben, mauern Sie.“

Dana kniff die Augen zusammen.

„Wer ist der Mann, der Ihnen solche Angst einjagt?“, fragte Tessa und griff Danas Hand. „Kommen Sie. Wir beschützen Sie, wenn es sein muss. Ich gebe Ihnen mein Wort.“

Dana atmete tief ein und wippte nervös mit dem Fuß. In ihr tobte ein Entscheidungskampf, das war nicht zu übersehen. Dann stieß sie geräuschvoll die Luft aus. „Na gut“, sagte sie und atmete noch einmal tief durch. „Ich kenne ihn nicht, aber ich habe Geschichten gehört. Aus Leipzig damals, das stimmt.“

„Was für Geschichten?“

„Er ist ein Sammler. Er kauft Frauen oder entführt sie und niemand sieht sie je wieder. Er macht ihnen sein

Zeichen. Diese Schlaufe und das lateinische Wort. War große Aufregung damals in Leipzig."

„Wir wissen, dass ein Mädchen entkommen konnte."

Dana nickte. „Galina", antwortete sie. „Sie hat Glück gehabt."

„Haben Sie mit ihr gesprochen?"

Dana schüttelte den Kopf. „Ich kannte sie nur flüchtig, und sie ist dann schnell nach Polen zurückgegangen."

„Was wissen Sie noch darüber?"

„Der Mann hat sie eingesperrt in einem Keller und sie monatelang dort gefangen gehalten. Man sagt, sie war seine Sexsklavin und dass er Videos von ihr gemacht hat, wie er sie foltert und vergewaltigt."

„Hat sie erzählt, wo sie gefangen gehalten wurde?", fragte Tessa.

Dana schüttelte den Kopf.

„Oder wie sie entkommen konnte?"

„Ich weiß das alles nicht."

„Wie sieht Galina aus?"

„Wie Natalia. Mit dunklen Locken."

Tessa und Franziska tauschten einen Blick.

„Ist Claire bei ihm?", fragte Dana. „Bitte. Was ist mit ihr?" Ihre Angst war greifbar.

Tessa nahm wieder ihre Hand. „Wir wissen es nicht. Aber wir vermuten, dass Claire eher nicht bei diesem Mann ist. Er hat eine Vorliebe für Frauen mit Korkenzieherlocken."

„Haben Sie das alles damals eigentlich auch dem Kollegen erzählt?", fragte Franziska und fürchtete sich ein bisschen vor der Antwort. Wenn Röttgen Kenntnis gehabt hatte, von einem ähnlichen Fall in Leipzig und der

Sache nicht nachgegangen war, müsste sie entsprechende Schritte einleiten. Aber zu ihrer großen Erleichterung schüttelte Dana den Kopf.

„Warum nicht?", fragte Tessa.

„Ich hatte Angst. Sie verstehen nicht, wie das ist. Wissen Sie, wie man eine nennt, die mit der Polizei redet?"

„Schmieralte", antwortete Tessa und erntete dafür von Franziska einen erstaunten Blick.

Dana nickte. „Man gilt als Verräterin. Da ist lebensgefährlich."

Franziska dachte darüber nach, was Karl Müller schon mehrfach gesagt und was sie selbst im Laufe der Jahre auch immer wieder erlebt hatte. Egal, mit wem aus dem Milieu man zu tun hatte. Niemand redete mit der Polizei.

„Sie haben gesagt, der Mann steht auf Frauen mit Korkenzieherlocken", unterbrach Dana ihre Gedanken. „Dazu weiß ich was."

„Ach", rief Tessa. „Und was?"

„Ich hab das nur zufällig mitbekommen. Ich schwöre es."

„Von wem?"

„Martin."

„Martin Seifert?"

Dana nickte.

„Um wen ging es?"

„Um ein Mädchen namens Momo", sagte Dana und Franziska fiel die Kinnlade herunter.

„Die gleiche Momo, die vor ein paar Monaten verschwunden ist?", fragte Franziska. Diese Geschichte hatte Dana dem Kollegen Neumann ja schon erzählt.

Dana nickte.

„Mit wem hat er über Momo gesprochen?"

„Mit Finn. Er ist ein Loverboy und bringt Martin regelmäßig neue Mädchen. Momo war eine davon."

„Was genau haben Sie gehört und wann war das?"

„Das war kurz nach dem Geburtstag von Andreas im September. Er hat im *Paradies* eine Party gefeiert, aber etwas ist passiert an dem Tag und Finn hat zu Martin gesagt: Sie ist zu heiß geworden, ich muss sie loswerden."

„Und er meinte damit ganz bestimmt diese Momo?", fragte Franziska.

Dana nickte.

„Und hat Martin darauf was geantwortet?"

„Nein. Er hat nur seinen Anteil gefordert. Ein Drittel der Summe."

Franziska kochte vor Wut und erinnerte sich an das Video, auf dem Momo von Magali gefoltert wurde. Menschenhandel war das Abscheulichste, was sie sich vorstellen konnte. Für wen hielten sich diese Typen, dass sie über das Schicksal und Leben dieser armen Frauen bestimmten?

„Haben Sie etwas unternommen?"

Dana schüttelte den Kopf und blickte beschämt zur Seite.

„Was ist denn an dem Tag passiert?", wollte Franziska wissen. Sie hatte ja schon eine ungefähre Vorstellung durch die Aussage von Salvatore Russo, dem Restaurantbesitzer. Aber sie wollte Danas Sicht der Geschichte hören, ohne sie zu beeinflussen.

„Ich weiß es nicht", antwortete Dana. „Ich war nicht dabei. Ich war krank an dem Tag."

„Aber Claire war da, hab ich recht?“ Tessa sah Dana an und deren Blick sprach Bände. „Was ist passiert?“

„Ein Mann ist gekommen und hat nach dieser Momo gefragt. Er hat sich ziemlich aufgeregt. Finn und einer der Türsteher haben ihn rausgeschmissen und auf dem Parkplatz zusammengeschlagen. Claire stand zufällig draußen und hat eine geraucht.“

„Und diese Momo?“

„Die ist hinterhergelaufen und hat versucht, den Mann zu schützen. Aber Claire hat sie davon abgehalten.“

„Warum?“

Dana verzog das Gesicht. „Weil es lebensgefährlich ist, sich in sowas einzumischen. Verstehen Sie? Und weil Finn es ihr befohlen hat.“

„Warum hat diese Momo sich denn eingemischt, wenn es so gefährlich ist?“

Dana zögerte einen kurzen Moment, dann rückte sie raus mit der Sprache. „Claire sagt, das war ihr Vater.“

Franziska und Tessa tauschten Blicke.

„Der Vater dieser Momo war im *Paradies*, wurde zusammengeschlagen und weggejagt und danach hat Finn sie verkauft, weil sie zu heiß wurde? Und Claire war Zeugin dieses Vorfalls und ist jetzt auch verschwunden?“ Franziska sah Dana fragend an.

Dana drehte nervös an ihren Fingern und nickte.

„Verdammt, Dana. Das sind ungeheuerliche Enthüllungen. Das hätten Sie mir auch schon vor zwei Wochen alles sagen können oder spätestens unserem Kollegen Neumann, als er im Club war. Wieso haben Sie ihm diese Parkplatzgeschichte verschwiegen?“ Franziska war außer sich.

Dana setzte eine schuldbewusste Miene auf und schwieg.

„Wie heißt diese Momo mit richtigem Namen?"

„Weiß ich nicht, wirklich. Wir benutzen nur unsere Arbeitsnamen."

Tessa sah Franziska an. „Wir müssen dringend mit diesem Finn sprechen."

„Der ist auch weg", sagte Dana. „Wie vom Erdboden geschluckt."

„Verschluckt", korrigierte Tessa. „Was heißt das?"

Dana zuckte mit den Schultern. „Die im Club sagen nichts. Aber sie sind nervös."

Beine breit machen und Maul halten.

„Was glauben Sie?", fragte Tessa.

„Entweder irgendjemand hat ihn kaltgemacht oder er hat sich in seinen schicken Sportwagen gesetzt und ist mit einer neuen Flamme ans Meer gefahren."

„Ist das so ein orangener Flitzer?", fragte Franziska.

Dana nickte. „Lotus Elise", sagte sie mit schwärmerischem Blick. „Toller Wagen."

„In Ordnung." Franziska stand auf. „Ich denke, für heute war es das."

„Ich will helfen", sagte Dana.

„Das haben Sie schon", entgegnete Franziska, „auch wenn ich ein paar Ihrer Informationen gerne früher gehabt hätte. Sie können sich aber mal umhören, ob eine der Frauen im *Paradies* oder *Temple of Love* mehr über diese Momo weiß. Wir müssen sie unbedingt identifizieren. Vielleich hat sie ja Freundschaften geschlossen. Aber bitte, seien Sie diskret. Ich möchte nicht in zwei Tagen Ihre Leiche irgendwo aus dem Wasser fischen. Seifert übernehmen wir."

„Welches Parfüm benutzen Sie eigentlich?“, fragte Tessa, als sie sich zum Abschied die Hände reichten.

„Lalique“, antwortete Dana. „Gefällt es Ihnen?“

Tessa warf Franziska einen Blick zu und nickte.

Kapitel 38

„Was hältst du von all dem?“, fragte Tessa, nachdem sie wieder im Auto saßen.

„Ich mache mir Gedanken über diesen Vater“, antwortete Franziska. „Wäre das mein Kind und ich wüsste, wo man sie hingebracht hat, ich würde den Laden kurz- und kleinschlagen, um sie da rauszuholen.“ Bei der Vorstellung von Jenny in den Klauen eines Zuhälters lief ihr ein eisiger Schauer über den Rücken.

„Glaubst du, es ist der Gleiche, den die alte Hermsen bei dem Steuerberater gesehen hat?“

„Möglich. Wenn er herausbekommen hat, dass seine Tochter von Andreas Koch privat gebucht wurde.“

„Wer soll ihm das erzählt haben?“ Tessa runzelte die Stirn. „Überleg mal. Im Club haben sie ihn rausgeworfen und zusammengeschlagen. Da hat er bestimmt nichts erfahren.“

„Das stimmt. Aber wer war noch auf dem Parkplatz?“

Tessa sah sie an. „Mensch, na klar. Claire war da.“

„Der muss sie gesehen haben. Dann hat er sie entführt und Namen von ihr erpresst. Jede Wette. Der Kellner im *Zeitlos* hat auch von einem blonden Mann mit Bart gesprochen.“

„Okay“, sagte Tessa. „Nehmen wir mal an, du hast Recht mit deiner Theorie. Hat er bekommen, was er wollte?“

Franziska schüttelte den Kopf. „Das glaube ich nicht.“

„Warum nicht?"

„Weil der Koch seinen Kumpel nicht verrät."

„Auch nicht im Angesicht des Todes?"

„Kann ich mir nicht vorstellen. Was da in diesem Zimmer passiert, ist nicht gerade gesellschaftsfähig. Sich mit Prostituierten abgeben, mag ja vielleicht noch gehen, aber Frauen vor laufender Kamera zu Tode quälen? Das dürfte dem bürgerlichen Image schweren Schaden zufügen. Ich bin mir sicher, dass der Koch, allein schon wegen seiner Familie, alles tun würde, um dieses Geheimnis zu bewahren."

„Aber Elisabeth Koch weiß doch Bescheid."

„Er hat seiner Frau ein kleines Häppchen hingeworfen", sagte Franziska. „Dass er sich regelmäßig mit Prostituierten trifft, hat er zugegeben. Ein genialer Schachzug. Sie weiß von dem", sie zeichnete Anführungszeichen in die Luft, *soften Zeug* und sie fragt nicht weiter nach und meidet die Kanzlei großräumig. So bleibt das harte Zeug schön da, wo es hingehört. Im Verborgenen. Daran ändert auch ein wütender Vater nichts. Da gehe ich jede Wette ein."

„Okay." Tessa schien überzeugt. „Was wäre sein nächster Schritt?"

„Er holt sich Finn. So würde ich es machen. Er ist schließlich der Loverboy seiner Tochter. Würde mich wundern, wenn der Vater nicht von ihm wusste."

„Meinst du?"

Franziska nickte. „Dass die Mädchen in der Prostitution landen, geschieht ja nicht von heute auf morgen. Das ist das Perfide an der Loverboy-Masche. Sie machen die jungen Dinger in sich verliebt und umwerben sie nach allen Regeln der Kunst. Vielleicht gehört dazu auch mal ein Kaffeekränzchen mit den Eltern. Und dann irgendwann schnappt die Falle zu."

„Er holt sich also Finn", wiederholte Tessa. „Dana hat ausgesagt, dass er verschwunden ist."

„Finn weiß als einziger, wo Momo jetzt ist, denn er ist derjenige, der sie verkauft hat."

„Das stimmt."

„Ich hab eine Idee, wie wir den Seifert zum Reden bringen. Die alte Hermsen hat uns doch erzählt, dass er ein Weichei ist. Mal sehen, ob das stimmt."

Als die beiden Kommissarinnen vierzig Minuten später vor dem *Temple of Love* ankamen, hatten sie einen Plan ausgearbeitet, wie sie mit etwas Glück und schauspielerischem Talent Martin Seifert die Informationen entlocken konnten, die ihnen fehlten. Der Plan hatte Lücken, sie mussten improvisieren und bluffen, aber eine bessere Idee hatten sie nicht. Franziska schaute auf die Uhr. 14:30 Uhr.

„Na, dann mal los", sagte sie zu Tessa. „Hoffentlich ist der da."

Als sie die stuck- und marmorverzierte Eingangshalle des Saunaclubs betraten, stieß Tessa einen Pfiff aus. „Alle Achtung. Das war teuer."

Die Empfangsdame beäugte sie neugierig. Es kam sicher nicht oft vor, dass Frauen den Club durch den Vordereingang betraten. Sie war älter als die junge Studentin vom letzten Mal, in den 40ern und weniger hübsch, mehr aufgedonnert. Blondierte Haare, falsche Wimpern und viel zu lange Fingernägel. Ihre Figur war noch immer makellos, aber ihr Beruf hatte Spuren in ihrem Gesicht hinterlassen.

„Wie kann ich Ihnen helfen?", fragte sie lächelnd. Aber es war kein freundliches Lächeln. Sie taxierte Franziska mit einem abschätzigen Blick. Tessa ignorierte sie.

Die beiden Kommissarinnen legten ihre Ausweise auf die Theke.

„Wir wollen mit Martin Seifert sprechen", sagte Franziska.

Das Lächeln erstarb. „Er ist nicht im Hause."

„In Ordnung." Franziska lächelte entspannt. „Dann warten wir und machen bei jedem, der hier reinkommt, eine Personenkontrolle."

„Das dürfen Sie nicht."

Tessa setzte ein breites Lächeln auf. „Sind Sie Juristin?"

Die Frau schüttelte mit dem Kopf.

„Sehen Sie", sagte sie. „Was wir dürfen und was nicht, das überlassen Sie mal besser uns. Machen Sie es nicht komplizierter, als es ist." Die Frau knickte ein. „Aber ich muss Sie anmelden."

„Tun Sie, was Sie nicht lassen können." Und als die Frau den Hörer abnahm, machten sich die beiden Kommissarinnen auf den Weg in den Bürotrakt des Saunaclubs.

„Warten Sie, Sie dürfen nicht ..."

Aber Franziska winkte ab. „Ich kenne den Weg."

Vor Seiferts Bürotür machten sie Halt, Franziska klopfte und drückte dann die Klinke, ohne eine Antwort abzuwarten. Martin Seifert saß hinter seinem Schreibtisch. Sein Telefon hatte er noch in der Hand.

„Angelique hat Sie angekündigt“, sagte er und stand auf. „Wie ich sehe, Sie sind heute mit Verstärkung angerückt.“ Er starrte Tessa unverhohlen auf die Brüste. „Charmant. Wenn Sie mal Lust haben, was dazuzuverdienen ...“

„Meine Augen sind hier oben“, unterbrach Tessa den Anbiederungsversuch und lenkte seinen Blick auf ihr Gesicht.

Seifert lachte. „Sie gefallen mir.“

„Sie mir ehrlich gesagt nicht“, konterte Tessa.

Seifert lächelte süffisant. Er hielt den verbalen Schlagabtausch für ein Spiel. Er zeigte auf das rote Kunstledersofa unter den vergoldeten Köpfen von Einhorn, Nashorn und Hirsch. „Wollen wir uns vielleicht setzen? Is jemütlicher.“

Franziska winkte ab. „Wir sind nicht zum Kaffeekränzchen hier.“

Seiferts Lächeln wurde ein wenig schmaler.

Jetzt war der richtige Zeitpunkt, den im Auto gefassten Plan in die Tat umzusetzen. Franziska war etwas nervös. Wenn der Mann den Braten roch, waren sie in drei Minuten wieder draußen. Aber eine andere Möglichkeit hatten sie nicht. Also setzte sie ihr bestes Pokerface auf.

„Wir haben Grund zu der Annahme, dass Sie in Gefahr sind.“

Seifert sah sie an und grinste. „Dat ist aber lieb von Ihnen, dat Sie sich Sorgen um mich machen.“

Franziska sprach weiter, ohne auf ihn einzugehen. „Claire wurde entführt, Finn ebenfalls und wir sind uns sicher, dass Sie der Nächste sein werden.“ Zwei Namen, zwei Fakten, von denen Seifert wusste. Sie war auf seine Reaktion gespannt.

Sein Grinsen erstarb. Seine Augen flatterten unruhig hin und her. Ein Tick, den Franziska schon bei Ihrem ersten Besuch bemerkt hatte. „Wat soll der Blödsinn? Wo ist Finn?“

„Das wissen wir nicht. Wir hatten gehofft, dass Sie uns weiterhelfen können.“

„Wieso ich?“

„Weil er einer Ihrer Männer ist.“

Seifert schüttelte den Kopf. „Ich hab keine Männer. Finn ist ein Freund.“

„Blödsinn“, herrschte Tessa ihn an. „Finn ist ein Loverboy und versorgt Sie regelmäßig mit neuen Mädchen für Ihren schicken Puff hier. Darunter auch minderjährige Mädchen.“

Seifert kniff die Augen zusammen und starrte Tessa feindselig an. Hatte sie zu dick aufgetragen? Franziska hielt den Atem an.

Dann entspannte er sich und schüttelte den Kopf. „Netter Versuch“, sagte er.

„Wir haben Finns Wagen gefunden“, log Franziska und für den Bruchteil einer Sekunde schlug ihr Herz schneller. „Der Lotus sah übel aus“, setzte sie nach und betete zu Gott, dass Dana sich nicht in der Automarke geirrt hatte. „Alles voller Blut.“

Seifert fingerte an seiner goldenen Kette und blickte hektisch von einer zu anderen. Die Lüge war durchgegangen. Dann hatte er sich wieder unter Kontrolle. „Wat erzählt ihr mir hier? Der Märchenwald ist drüben in Odenthal.“

„Wir denken, es geht um Momo.“

„Ich kenne niemanden mit dem Namen."

Franziska zuckte mit den Schultern. Genau das hatte sie erwartet. Seifert stellte sich dumm, stritt alles ab und gleich würde er nach seinem Anwalt schreien. Es war an der Zeit für Stufe zwei.

„Weißt du was?", sagte sie an Tessa gewandt. „Ich glaube, wir verschwenden hier nur unsere Zeit."

Tessa nickte. „Ich glaube, du hast Recht. Und außerdem, wen juckt's, wenn der hier auch noch dran glauben muss? Ein Arschloch weniger."

Die beiden Kommissarinnen machten sich daran, den Raum zu verlassen. Franziska zählte stumm rückwärts. Fünf, vier, sie hatte die Klinke schon in der Hand, drei, zwei, die Tür stand offen, eins ...

„Warten Sie mal!"

Sie atmete erleichtert auf. Der Fisch war am Haken. Jetzt durften sie keinen Fehler machen. Sie drehte sich um und sah Seifert freundlich an. „Ja?"

„Wer hat Finn entführt?"

„Wissen wir nicht", antwortete Franziska. Um Claire machte sich Seifert offenbar gar keine Sorgen. „Wir haben nur das Auto. Aber wir haben eine Theorie."

Franziska schloss die Tür. Sie konnte sehen, wie es in dem Mann arbeitete. Er brannte darauf, ihre Theorie zu hören, er wusste aber auch, dass er dafür seine Deckung aufgeben musste. *Jetzt oder nie*, dachte sie. *Komm schon.*

Seifert knickte ein. „Was für eine Theorie?"

„Ihr habt Momo verkauft", antwortete Tessa und ihre Stimmlage glich der aus einem amerikanischen Horrorfilm. „Und jetzt ist Daddy hinter euch her." Sogar

Franziska lief bei diesen Worten ein Schauer über den Rücken.

Aber Seifert tat unbeeindruckt. „Ich kenne keine Momo."

„Herr Seifert", Franziska verdrehte übertrieben die Augen. „Können wir mit den Spielchen aufhören, bitte. Dafür fehlt uns die Zeit. Sie haben sich mit den falschen Leuten eingelassen und schweben in Lebensgefahr. Zwei Menschen aus ihrem direkten Umfeld sind verschwunden, einer liegt schwer verletzt im Krankenhaus. Was brauchen Sie noch an Beweisen?"

Seifert sah sie stirnrunzelnd an. „Dat mit dem Andi hat auch damit zu tun?"

„Momo ist der Schlüssel", bestätigte Tessa. „Ihr Vater sucht sie und schreckt vor nichts zurück."

„An wen hat Finn sie verkauft?", fragte Franziska.

Seifert Augen flogen hin und her. „Ich weiß nicht, wovon Sie reden. Wir verkaufen doch keine Frauen."

„Doch, das tut ihr und Sie haben Ihren Anteil kassiert. Dreißig Prozent."

„Hä? Woher ...?"

Es war an der Zeit, die Falle zuschnappen zu lassen. „Was glauben Sie werden die Meleks dazu sagen, wenn wir denen von ihren kleinen Nebengeschäften erzählen?" fragte Franziska.

Seifert wurde kreidebleich. Seine eben noch ruhelosen Augen standen für ein paar Sekunden still und fokussierten sie. Dann setzte er sich auf sein Kunstledersofa und drehte nervös seinen Siegelring. Franziska hatte einen Schuss ins Blaue versucht und ins Schwarze getroffen.

„Also gut“, sagte er nach einer Pause. „Was wollen Sie wissen?“

Die beiden Kommissarinnen tauschten einen kurzen Blick.

„Wie ist Momos richtiger Name?“, fragte Tessa.

Seifert sah zu ihr hoch. „Wenn das alles ist. Die heißt Antonia.“

„Und wie weiter?“

„Keine Ahnung. Ehrlich. Dat hat mich nie interessiert. Hier im Club war sie die Momo, wegen der Löckchen.“

Franziska schickte Susanne den Namen mit der Bitte, eine Vermisstenabfrage zu machen und einen Haftbefehl für Martin Seifert zu beantragen wegen Zuhälterei und Menschenhandel.

„Wo ist sie?“, fragte Tessa.

Seifert schüttelte den Kopf. „Ich weiß das nicht, ehrlich. Ich schwöre. Der Finn hat das geregelt, ich hab nur abkassiert.“

„Wer ist der Käufer?“

Wieder schüttelte Seifert den Kopf. „Keine Ahnung.“ In seinem Gesicht spiegelten sich pure Verzweiflung und nackte Angst. „Bitte, wenn Mustafa davon erfährt, der bringt mich um.“

„Die Frauen, die ihr diesem Typ verkauft, sind auch zum Tode verurteilt. Das wussten Sie und haben trotzdem die Hand aufgehalten.“ Tessa sah angewidert auf Seifert hinunter. „In meinen Augen sind Sie Abschaum. Sie und all das hier. Mir egal, wenn ihr euch gegenseitig umbringt.“

„Hat Finn damals auch Natalia Maskovska an diesen Mann verkauft?“, fragte Franziska und zu ihrer großen Überraschung nickte Seifert.

„Die war den Marokkanern abgehauen. Finn hat sich drum gekümmert."

„Wie viel?", fragte Tessa.

„Hä?"

„Wie viel haben Sie damals bekommen?"

„16.000. Ein Drittel."

Franziska hielt ihm ihr Handy unter die Nase. „Kennen Sie das Zeichen hier?"

Seifert starrte auf den Schriftzug *IMPERIA* mit der darunterliegenden Lemniskate. Er nickte. „Hab davon gehört."

„Was wissen Sie über den Mann?"

„Er ist ein Sammler, er ist Deutscher, er wohnt in Köln."

Die beiden Kommissarinnen wechselten einen überraschten Blick. „Woher wissen Sie, dass er Deutscher ist?", fragte Franziska.

„Hat Finn gesagt. Der Typ hat ne Wohnung irgendwo in der Südstadt."

„Gibt es eine Verbindung zu Andreas Koch?"

Seifert starrte sie an. „Mein Steuerberater Andi?"

Franziska nickte.

Seifert zuckte mit den Schultern. „Nicht, dass ich wüsste. Aber jetzt, wo Sie es erwähnen", er machte eine Pause und drehte seinen Ring. „Die Moni hat mal sowas erzählt."

„Wer ist die Moni?" Franziska war wie elektrisiert.

„Die war bis letztes Jahr bei uns."

„Wie sieht die Moni aus?"

„Super Figur, geile Brüste und hübsche Löckchen", sagte Seifert und grinste.

„Die gleichen Locken wie Momo und Natalia?", fragte Tessa.

„Sie meinen, dat ist ein Muster?"

Der merkt auch alles, dachte Franziska, ließ die Frage aber unbeantwortet. Sollte der Zuhälter doch seine eigenen Schlüsse ziehen. „Was hat die Moni erzählt?"

„Dass der Andi sie gebucht hat, aber dann ein ganz anderer da in dem Raum auf sie gewartet hat, der ihr Angst gemacht hat."

„Inwiefern?"

„Weil sie sein Gesicht nicht sehen durfte und er Dinge verlangt hat, die sie nicht machen wollte."

„Und wie ist sie da wieder rausgekommen?"

„Gar nicht", sagte Seifert. „Die hatte Angst vor dem und hat alles gemacht, was der wollte. Aber hinterher hat sie sich dann bei mir beschwert."

Franziska traute ihren Ohren nicht. Es gab eine Zeugin, die den Mann getroffen hatte.

„Wann war das?"

Seifert überlegte. „Im Februar oder März."

„Haben Sie was unternommen?", fragte Franziska, obwohl sie die Antwort schon wusste.

Seifert schüttelte erwartungsgemäß den Kopf. „Ich hab ihr geraten, das Maul zu halten."

„Und?", fragte Tessa sarkastisch. „War sie brav?"

Seifert verzog das Gesicht. „Sie hat hier aufgehört."

Franziska hatte genug gehört. „Herr Seifert", sagte sie. „Sie sind vorläufig festgenommen wegen Zuhälterei und Menschenhandel. Wir nehmen Sie jetzt mit aufs Präsidium."

Kapitel 39

„Ist das nicht ...?“, fragte Tessa, nachdem sie vor dem Präsidium aus dem Auto gestiegen waren.

Franziska traute ihren Augen nicht. Heiner stand vor der Eingangstür, genau an der Stelle, an der vor wenigen Tagen Dana Markow gestanden hatte. Sie erschrak. Was sollte das denn jetzt?

„Kannst du das allein regeln“, fragte sie Tessa mit einem Blick auf Martin Seifert.

Tessa nickte wissend. „Viel Glück“, raunte sie ihrer Chefin noch zu, bevor sie im Innern des Polizeipräsidiums verschwand.

Franziska blieb vor der Tür stehen. „Hallo“, sagte sie. „Was machst du denn hier?“

„Hallo Schatz“, erwiderte Heiner. „Du siehst gut aus.“

„Du ehrlich gesagt nicht so“, antwortete Franziska. Heiner hatte tiefe Ringe unter den Augen und das schlechte Gewissen stand ihm ins Gesicht geschrieben. Er erinnerte sie an einen geprügelten Hund.

„Ich habe seit zwei Tagen nicht viel geschlafen, wie du dir vorstellen kannst.“ Seine Stimme klang belegt.

„Das ist nicht meine Schuld, Heiner.“

Er verzog das Gesicht. „Du hast Recht. Entschuldige bitte.

„Was willst du?“, fragte Franziska gereizt. Sie fand es unpassend, dass Heiner hier einfach aufgetaucht war.

„Du hast meine Anrufe nicht beantwortet“, sagte er.

„Weil ich nicht weiß, was ich dir sagen soll", antwortete Franziska.

„Können wir vielleicht reingehen?", fragte Heiner. „Es ist kalt hier draußen." Er strich sich nervös über die Glatze.

Franziska schüttelte den Kopf. „Wir können uns ins Auto setzen, wenn du willst."

„In Ordnung", willigte er ein.

Sie gingen zu ihrem Wagen zurück und saßen dann einige Minuten schweigend nebeneinander. Franziska überlegte, ob sie den Anfang machen sollte. Aber er war der mit der Affäre und war ohne Vorwarnung einfach aufgetaucht. Also schwieg sie und wartete.

„Du glaubst nicht, wie schlecht ich mich gefühlt habe, dich zu hintergehen."

Franziska starrte ihren Mann entgeistert an. Das war sein Intro? Hatte er noch alle Tassen im Schrank? „Du hast mein volles Mitgefühl", sagte sie sarkastisch. „Wie lange geht das denn schon so?"

„Also, das ist jetzt nicht so leicht zu erklären, ich ..."

„Blödsinn Heiner, du vögelst eine andere und ich will wissen, seit wann. Das ist eine ganz einfache Frage."

„Du bist so vulgär, Franzi. Das finde ich unpassend."

Franziska schnaubte vor Wut. Sie hatte es so satt, sich von ihrem Mann maßregeln zu lassen „Du findest es unpassend? Das tut mir leid für dich, Heiner. Da scheiß ich drauf."

„Also, Franzi, wenn du so aggressiv bist, dann hat das alles ..."

„Wie lange?"

„Ein halbes Jahr." Heiner schlug schuldbewusst die Augen nieder.

Sechs Monate. Franziska schluckte, sie wusste nicht, was sie sagen sollte, ihr Kopf war leer. Sie hatte nichts gemerkt. Nichts!

„Liebst du sie?“ Die Frage war in der Welt, bevor Franziska darüber nachdenken konnte, was sie damit anrichtete.

„Also, das sind jetzt große Worte, die du hier ins Spiel bringst, Liebe ist ... wir sind ...“

„Liebst du sie, ja oder nein?“

„Ja.“

Wie in Trance atmete Franziska einmal tief ein und wieder aus. Dann stieg sie aus dem Wagen und ließ Heiner einfach zurück. Es war alles gesagt.

***

„Oh, du bist hier“, sagte Tessa als sie die Tür zum Büro öffnete. „Alles in Ordnung?“

Franziska verzog das Gesicht. „Lass uns jetzt nicht darüber reden. Bitte. Sonst heule ich gleich los.“

„So schlimm?“, fragte Tessa.

„Schlimmer.“

„In Ordnung“, sagte Tessa. „Aber heute Abend erzählst du mir alles. Ich bin eine gute Zuhörerin und mir fällt auch sicher was ein, um dich wieder aufzubauen.“

„Solange wir nüchtern bleiben“, sagte Franziska und versuchte sich an einem Lächeln. Seit sie aus dem Auto gestiegen war, fühlte sie sich wie betäubt, wie in Watte gepackt, als ob die Welt um sie herum nicht real wäre und jeden Moment jemand kommen und sie aus ihrem Traum aufwecken würde. Sie hatte versucht, sich mit Arbeit abzulenken, driftete mit ihren Gedanken aber immer wieder zu Heiner und ihrer zwanzigjährigen Ehe zurück. War es das jetzt? Sollte es so enden? In einem Auto?

„Alles klar", sagte Tessa. „Ich mixe die besten alkoholfreien Cocktails der Stadt."

„Was macht unser neuer Gast?", fragte Franziska, um von sich abzulenken.

„Schmollt und wartet auf seinen Anwalt. Aber er muss sich da wohl bis morgen gedulden." Sie warf einen Blick auf Franziskas Bildschirm. „Was machst du?"

„Ich hab mir diese Berliner Escort-Agentur mal angesehen, von der Dana vorhin gesprochen hat."

Tessa nickte. „Courtigiana. Die italienischen Kurtisanen."

„Das ist interessant. Ich würde gerne deine Meinung dazu hören."

„Was ist denn an denen besonders?", fragte Tessa, setzte sich neben Franziska und schaute auf den Monitor.

„Das ist so eine Art Escort-Kolchose", erklärte Franziska. „Die teilen sich die laufenden Kosten für alles Organisatorische und verzichten dafür komplett auf Provision."

„Das hatte Dana ja erzählt. Keine schlechte Sache", sagte Tessa. „Normalerweise streicht die Agentur um die dreißig Prozent ein. Dabei machen die eigentlich nicht viel. Bisschen telefonieren und eben die Miete für das Büro, die Webseite. Aber bei 1000 Euro sind das 300. Das ist eine Menge, finde ich."

Franziska klickte die Fotogalerie der Agentur an. Die Frauen auf der Homepage sahen aus wie Models, waren Künstlerinnen, Schauspielerinnen, eine sogar Managerin. Sie alle boten einen Service an, der als *High Class* bezeichnet wurde. Treffpunkte mit den Kunden waren 5-Sterne Hotels oder öffentliche Orte wie Restaurants, Bars, Clubs, Theater et cetera. Privatwohnungen waren tabu, ebenso Yachten und Privatjets.

„Die wissen schon, was sie tun", sagte Tessa. „Viel mehr Sicherheit geht kaum in dem Gewerbe. Und schau mal, auch die Anzahl der Kunden ist begrenzt. Die lassen sich nicht auf Bums-Partys ein."

„Mich erinnert das Design ein bisschen an die 20er Jahre. Burleske oder Cabaret", sagte Franziska. „Alles in Schwarzweiß gehalten. Sieht edel aus."

„Mir imponiert deren Selbstverständnis", sagte Tessa. „Escort wird hier verkauft als Lebensgefühl, weniger als Service." Sie las laut die Beschreibung unter der Überschrift vor: *High Class Escort ist kein Euphemismus.*

„Nur eine Frau, die begriffen hat, dass sie sich selbst gehört, kann wirklich über sich verfügen und ihre Gesellschaft auch verkaufen. Eine Courtigiana hat das Recht, für ihre Liebeskünste Geld zu verlangen. Wir sind keine passiven Objekte der Begierde, sondern qualifizierte Gesellschafterinnen. Wir vertreiben die Langeweile der Berühmten und Mächtigen und bringen sie dazu, die Welt mit anderen Augen zu sehen."

„Ach, die spinnen doch", schimpfte Franziska. „Von wegen High Class Escort ist kein Euphemismus. Die ganze Beschreibung ist ein einziger Euphemismus. Da wird was beschönigt, was so nicht existiert. Glauben die wirklich, dass sie die Mächtigen dazu bringen, die Welt mit anderen Augen zu sehen?"

„Keine Ahnung“, sagte Tessa achselzuckend. „Warum so kritisch?“

Franziska verzog das Gesicht. „Hat dir dein Bruder vielleicht mal seine Theorie der drei Typen von Männern unterbreitet, die die Dienste von Prostituierten in Anspruch nehmen?“, fragte sie.

„Dass Prostitution immer auch eine Nötigung ist und aus verschiedenen Gründen von den Freiern ignoriert wird? Ja, die kenne ich. Wieso?“

„Die Courtigiana sprechen da einen Männer-Typ an, der bei Paul so nicht vorkommt. Das wäre dann Typ 4.“ Sie las den nächsten Abschnitt vor. *„Sie haben anderen Männern etwas voraus. Die Selbstbestimmtheit der Frau ist Ihnen wichtig und Sie erwarten Erotik auf hohem intellektuellem Niveau. Sie haben Selbstachtung.“* Sie übersprang ein paar Zeilen. *„Sie wollen den Menschen sympathisch finden, der Ihnen nach dem Liebesspiel aus dem Spiegel entgegenblickt.“*

„Passt doch“, sagte Tessa ein. „Die Typen 1 bis 3 sind nicht willkommen.“

„Aber das hat überhaupt nichts mit gesellschaftlichem Status oder Bildung zu tun. Meiner Erfahrung nach sind es gerade die Berühmten und Mächtigen, die sich über die Regeln zwischenmenschlichen Miteinanders hinwegsetzen, die ihre Grenzen nicht kennen, weil sie so weit oben angekommen sind, dass niemand sie mehr kritisiert.“

„Hast du die Preise gesehen?“, fragte Tessa. „Kennenlern-Dinner 600 Euro, zwei Stunden 1000 Euro, Overnight 3000 Euro.“

„Nicht schlecht“, gab Franziska zu, „und das ganz ohne Provision. Aber gefährlich bleibt es trotzdem.“

Tessa runzelte die Stirn. „Wenn ich mir das so anschaue, dann glaube ich vor allem nicht, dass Dana und ihre Claire das Konzept so ohne weiteres imitieren können.“

„Was meinst du?“

„Versteh mich nicht falsch“, sagte Tessa. „Aber Dana und Claire sind einfach nicht der Typ Marguerite. Ich denke, die machen sich ganz schön was vor. Die beiden sind weder mondän noch geheimnisvoll und qualifizierte Gesellschafterinnen sind sie schon gar nicht. Da geht man ins Theater, in die Oper oder auf Kunstausstellungen und redet hinterher drüber. Das setzt ein gehöriges Maß an Bildung voraus, das die beiden nicht haben.“

„Da kannst du Recht haben“, bestätigte Franziska.

„Aber es muss ja auch keine 1:1 Kopie der *Courtigiana* sein“, lenkte Tessa ein. „Vielleicht so ähnlich. Nicht ganz so edel. Köln ist auch nicht Berlin. Aber die Idee und den Ansatz finde ich auf jeden Fall gut. Ich habe in den letzten Tagen mehr über Prostitution erfahren, als mir lieb ist. Von Freiheit oder Selbstbestimmung war da nie die Rede, im Gegenteil. Und so was hier“, sie zeigte auf die Webseite, „klingt geradezu paradiesisch.“

„Aber auch in einem 5-Sterne-Schuppen kann der Typ lauern, der dein ganzes Leben zerstört. Und du weißt ja, bezahlt wird vorher und wenn du Geld nimmst, sagst du Ja. Auch wenn er sich nicht an die Abmachungen hält.“

„Das ganze Leben ist gefährlich“, entgegnete Tessa. „Du kannst in zwanzig Minuten vom Bus überfahren werden und im Rollstuhl landen. Das ist kein Argument.“

Franziska schüttelte den Kopf. „Unfälle sind Pech. Bei Escort mit Fremden gehe ich bewusst ein Risiko ein. Dein Bruder beschreibt das sehr gut in einem seiner Artikel."

„Du hast sie gelesen?", fragte Tessa überrascht.

„Natürlich hab ich sie gelesen", rechtfertige sich Franziska und ärgerte sich über Tessas wissendes Grinsen.

„Welchen meinst du?"

„Den über das Escort-Girl Maria."

„Ist das die, die sich als Studentin was dazuverdienen wollte und dann in einem Hotel von drei Männern vergewaltigt wurde?"

Franziska nickte. „Sie war danach lange depressiv. Ich fand es interessant, was sie über das Thema Missbrauch und sexuelle Nötigung ausgesagt hat."

„Ich war immer schon der Meinung, dass es keinen Unterschied macht, ob sich Frauen für Geld anbieten oder nicht. Wenn es um abstoßende Handlungen geht, die dem Körper einer Frau aufgezwungen werden, dann sind die Erfahrungen oder Gefühle die Gleichen. Nämlich Erniedrigung, Scham und Angst."

„Doch, es gibt einen Unterschied, sagt diese Maria."

„Und der wäre?", fragte Tessa. „So genau hab ich den Artikel nicht mehr im Kopf."

„Wenn du einwilligst und Geld akzeptierst, dann knebelst du dich selbst und verwirkst damit dein Recht, deine Sichtweise zum Ausdruck zu bringen."

„Das wäre dann ja sogar doppelter Missbrauch", sagte Tessa.

Franziska nickte. „Maria sagt, sie hätte jahrelang verdrängt und verheimlicht, dass ihr Leben von routinemäßigem Missbrauch geprägt war. Sie wollte es einfach nicht wahrhaben. Sie hat den Job ja freiwillig gemacht und geglaubt, sie hätte alles im Griff. Hatte sie aber nicht. Nach der Vergewaltigung ist ihr klar geworden, dass sie sich jahrelang einer Wahrheit verweigert habe."

„Die da wäre?"

„Wenn du drinsteckst in der Prostitution, willst du nichts hören von Missbrauch oder Nötigung. Das zerstört deine Illusion, dass du stark bist und alles unter Kontrolle hast. Diese Einsicht zuzulassen ist einfach zu schmerzhaft. Du bewegst dich in einer Parallelwelt und in der kannst du nur funktionieren, wenn du es schaffst dir einzureden, dass alles in Ordnung ist. Sie hat erst nach der Vergewaltigungserfahrung verstanden, dass sie auch vorher schon traumatisiert war.

„Hat sie die Typen nicht angezeigt?"

„Eben nicht. Sie war da überhaupt nicht drauf vorbereitet, hat es weggeschoben und sich eingeredet, dass es nicht so schlimm ist. Schließlich hatte sie einen Batzen Geld als Ausgleich bekommen. Aber irgendwann später wurde ihr klar, wie sehr diese Männer ihr vor Augen geführt haben, dass sie eben nicht in der Lage war, Grenzen zu ziehen und Kontrolle auszuüben."

Tessa nickte. „Ich habe vor ein paar Tagen eine Abhandlung über Dissoziation und die Abspaltung vom eigenen Selbst bei Prostituierten gelesen. Darin stand, dass viele Frauen ein sehr erfindungsreiches und komplexes System entwickeln, mit dem sie Grenzen ziehen, um ihr wahres Ich vor Zerstörung zu schützen. Das fängt ganz praktisch an mit einem falschen Namen und einer Verkleidung, geht aber bis zur totalen Verleugnung der eigenen Realität. Dissoziation ist der psychologische Prozess, bei dem traumatische Erlebnisse aus dem Bewusstsein verbannt werden, also emotionales Dichtmachen, wenn du so willst. Das ist auch bei Vergewaltigungs- oder Folteropfern weit verbreitet."

„Klingt nicht ungefährlich."

„Im Gegenteil", bestätigte Tessa. „So notwendig es vielleicht ist, um den Job machen zu können, so desaströs können die Auswirkungen auf die mentale und emotionale Gesundheit sein. Denn wenn du eine schmerzhafte Lebenswirklichkeit verleugnest, läufst du Gefahr, dich vom eigenen Selbst zu trennen."

„Du redest jetzt aber immer noch von Prostituierten?", fragte Franziska und lächelte schief.

Tessa lachte. „Keine Sorge. Ich analysiere nicht dein Verhalten gegenüber deinem Mann."

„Da gibt es auch nichts zu analysieren. Er liebt eine Andere. Das war's dann wohl." Franziska atmete schwer ein und aus und versuchte, die aufsteigenden Tränen zu unterdrücken.

Tessa sah sie an. „Komm", sagte sie. „Wir machen Feierabend für heute. Und ich will jetzt keine Ausreden hören. Du hast das Recht, dich jetzt scheiße zu fühlen und du musst weinen und fluchen. Aber nicht hier." Sie stand auf, nahm Franziskas Jacke vom Haken und schmiss sie ihr zu. „Auf geht's."

Kapitel 40

Man sollte meinen, dass moderne Krankenhäuser ihre Patienten besser vor unerwünschtem Besuch schützen, vor Eindringlingen, die, wie er, nichts Gutes im Schilde führen. Eine einfache Personenkontrolle vor den Stationen wäre vollkommen ausreichend. Oder eine Anmeldung mit einem Passierschein, den man nur gegen Vorlage des Personalausweises bekommt. So wäre zumindest sichergestellt, dass man die Personalien der Besucher hat. Aber jeder, der schon mal in einem Krankenhaus gewesen ist, weiß, wie frei zugänglich sie sind. Jedes Altersheim ist besser gesichert.

Er hatte sich einen Arztkittel besorgt und war damit so gut wie unsichtbar. Niemand beachtete ihn. Die Intensivstation war schnell gefunden und es dauert nicht lange, bis ein Pfleger herauskam, so dass er unbemerkt hineinschlüpfen konnte, bevor sich die Tür wieder schloss. Er zog eine OP-Maske über. So würde ihn niemand erkennen.

Andis Bett stand direkt hinter einer Scheibe. Alles war ruhig, bis auf die blinkenden Lichter der Apparate und das Brummen der Maschinen. Andi sah wirklich übel aus. Die Blutergüsse in seinem Gesicht hatten sich dunkelviolett verfärbt, eine Reihe von Schläuchen führten in seinen Körper hinein, andere wieder heraus. Er war an mehrere Geräte angeschlossen, eins davon eine Beatmungsmaschine.

Er merkte, wie eine alte Wut in ihm hochkochte, die er lange nicht mehr gespürt hatte. Wer hatte seinen Freund so zugerichtet? Diesmal hatte er den kleinen Andi nicht beschützen können. Hatte er eine seiner Nutten nicht bezahlt oder schlecht behandelt? Das konnte er sich beim besten Willen nicht vorstellen. Seit der Nummer mit Löckchen hatte sich Andi nichts zu Schulden kommen lassen. Er war zwar ein Voyeur, aber keiner, der selbst Hand an Frauen legte. Er schüttelte den Kopf. Armer Andi. Er strich Andreas Koch zum Abschied ein letztes Mal über den Handrücken, nahm die Spritze mit dem Insulin aus seiner Jackentasche und ...

„Wer sind Sie und was machen Sie da?"

Sein Herz setzte einen Moment aus. Er drehte sich langsam um. Eine Krankenschwester mittleren Alters stand im Türrahmen und musterte ihn streng. Sein Gehirn lief auf Hochtouren. Was jetzt?

„Ich mache einen Krankenbesuch", sagte er blasiert. Die Spritze ließ er unauffällig in die Kitteltasche gleiten. Hatte die Frau sie gesehen?

„Sie müssen das anmelden", erklärte sie. „Wie sind Sie überhaupt hier hereingekommen?"

„Doktor Kollmann", stellte er sich förmlich vor. „Ich hab gerade erst erfahren, dass Herr Koch hier eingeliefert wurde und wollte nach ihm sehen. Wir sind alte Freunde, wissen Sie?" Er setzte ein gewinnendes Lächeln auf, vergaß aber, dass man das unter der Maske nur schwer erkennen konnte.

„Doktor Kollmann?", fragte die Schwester.

„Forschungseinheit Tumorgenetik und Immuntherapie“, erklärte er und betete zu Gott, dass die Frau sich damit zufriedengab.

Aber Gott erhörte ihn nicht. „Diese Forschungseinheit wurde vor drei Monaten nach Bonn verlegt“, sagte sie.

„Ich hatte noch ein paar Dinge zu erledigen ...“, setzte er zu einer lahmen Erklärung an, aber die Schwester schüttelte den Kopf.

„Ich hole jetzt den Sicherheitsdienst“, sagte sie streng und machte Anstalten, den Raum zu verlassen.

„Das lassen Sie besser“, zischte er und die Kälte in seiner Stimme ließ die Frau zögern. Aber dann wurde ihr wieder bewusst, welche Verantwortung sie trug und sie setzte sich in Bewegung. Er erwischte sie an der Schulter, zog sie in den Raum zurück und schlug ihren Kopf mehrmals hart gegen die Scheibe. Ihr Nasenbein knackte und als sie zu Boden ging, hinterließ sie eine Spur aus Blut und Schleim. Jetzt war Eile geboten. Er zog die Spritze aus der Kitteltasche und vollendete sein Werk. Als die Geräte anfingen zu piepen und zu blinken, war er schon auf dem Weg zu seinem Wagen.

Draußen kam ihm Elisabeth Koch entgegen, zusammen mit ihrer Tochter Andrea. Er erkannte sie sofort. Sie waren sich zwar nie persönlich begegnet, aber Andi hatte ihm mal ein Foto gezeigt. Eine attraktive Frau, keine Frage und die Kleine war ihr wie aus dem Gesicht geschnitten. Er nickte knapp zur Begrüßung und wünschte den beiden einen guten Abend. Dann waren sie aneinander vorbei und er lief zielstrebig in Richtung Parkplatz. Was er nicht mehr sah, war, dass Elisabeth Koch wie erstarrt stehenblieb und sich nach ihm umgedrehte.

Kapitel 41

Franziska stand neben Tessa im Schwesternzimmer der Intensivstation der Uniklinik und sortierte ihre Gedanken. Um einen Tisch herum saßen Ehefrau und Tochter des ermordeten Steuerberaters und die Krankenschwester, die versucht hatte, den Mord zu verhindern. Ihr Name war Anke Hase, sie hatte ein geschwollenes Gesicht und ihr Nasenbein war gebrochen. Sie hatte einen Wattepfropfen im rechten Nasenloch und starrte finster vor sich hin.

Den Anruf hatten Franziska und Tessa bekommen, keine fünf Minuten, nachdem sie zu Hause angekommen waren. Sie hatten sich sofort wieder auf den Weg in die Uniklinik gemacht. Franziska fühlte sich matt und ausgelaugt. Am liebsten hätte sie sich jetzt unter einer Decke verkrochen. Stattdessen musste sie sich einer Situation stellen, für die sie viel Kraft brauchte.

„Er war es, da bin ich ganz sicher." Elisabeth Koch sah Franziska aus verweinten Augen an. „Die Stimme", sie schnäuzte in ihr Taschentuch, „ich hab Ihnen doch davon erzählt, er hat mal angerufen, erinnern Sie sich?" Sie warf ihrer Tochter einen Blick zu, die blass neben ihr saß und ihre Hände knetete. „Die würde ich unter Hunderten wiedererkennen."

Anke Hase nickte grimmig. „Diese Stimme werde auch ich mein Lebtag nicht mehr vergessen."

„Haben Sie gesehen, wohin er gegangen ist?“, fragte Tessa und sah Elisabeth Koch erwartungsvoll an.

„Er ist Richtung Parkplatz gelaufen, glaube ich.“

„Konnten Sie sein Auto sehen?“

Aber Elisabeth schüttelte den Kopf. „Wir sind reingegangen. Ich war ja auch nur kurz irritiert. Verstehen Sie? Ich hab nicht richtig geschaltet. Das ist so lange her und“, sie sah ihre Tochter traurig an, „wir wollten doch Papa besuchen. Wer rechnet denn mit sowas?“ Sie schluchzte laut auf und Andrea nahm ihre Mutter in den Arm. Die Szene ging Franziska nah. Auch sie kämpfte mit den Tränen.

„Ich kenne den Mann“, sagte Andrea Koch leise.

Alle starrten sie an.

„Wie bitte?“ Elisabeth Koch umklammerte die Hände ihrer Tochter, aber Andrea befreite sich aus ihrem Griff.

„Ich hab ihn mal bei Papa im Büro gesehen. Ich weiß gar nicht mehr, was ich da wollte. Bin einfach vorbeigefahren und da war er. Papa war kurz draußen, glaube ich, deswegen war ich eine Weile mit ihm allein. Nicht mal Gabriele war da.“ Sie atmete tief durch. „Das war voll schräg. Der saß da und hat mich angestarrt. Ein unangenehmer Typ. Er hat mich mit seinen kalten Augen fixiert und ich kam mir sehr klein und nackt vor.“

„Warum hast du das nie erzählt?“ Elisabeth Koch war starr vor Entsetzen.

Andrea sah ihre Mutter traurig an. „Weil Papa mich darum gebeten hat. Es war ja auch nur kurz. Er kam zurück und hat mich sofort aus dem Raum gezogen. Ich hab mir damals nichts dabei gedacht. Ich war davon ausgegangen, dass es sich um einen Mandanten handelt."

„Wann war das?", fragte Tessa.

„Vor zwei Jahren ungefähr."

„Weißt du zufällig, wie der Mann heißt?"

„Er hat gesagt, dass er Klaus heißt."

„Klaus?", fragte Franziska. „Bist du sicher?"

Andrea nickte.

Franziska warf Tessa einen vielsagenden Blick zu. Es gab Hinweise auf einen *K* im Kalender des Steuerberaters. Das war ihr Mann, ganz sicher.

„Kannst du dich an eine Nickelbrille erinnern?", fragte sie weiter.

Aber zu ihrer großen Enttäuschung schüttelte Andrea Koch den Kopf. „Ich glaube nicht. Aber ich würde ihn auf jeden Fall wiedererkennen, wenn ich ihn sehe. Er sieht Papa ein bisschen ähnlich, nur größer und mehr Haare."

Elisabeth Koch sah aus, als würde sie jeden Moment ohnmächtig werden.

„Ich hab vollkommen versagt", schluchzte Anke Hase und ließ den Kopf hängen. Sie atmete schwer.

„Das haben Sie nicht", sagte Franziska, griff die Hand der Frau und tätschelte sie. „Im Gegenteil, Sie waren unglaublich mutig."

Die Krankenschwester starrte Franziska an und zog ihre Hand wieder zurück.

„Ich meine es ernst. Der Mann, den wir suchen, ist gefährlich. Es hätte für Sie weitaus schlimmer ausgehen können."

„Oh Gott, oh Gott", jammerte Elisabeth Koch.

„Darf ich Sie noch etwas fragen?“ Andrea Koch sah Franziska an.

„Aber natürlich.“

„Warum Papa? Wer ist dieser Mann und was hat Papa ihm getan?“

Franziska wechselte einen kurzen Blick mit Elisabeth, die fast unmerklich den Kopf schüttelte. Sie hatte noch nicht mit ihrer Tochter über Papas kleines Geheimnis gesprochen und Franziska hatte nicht vor, ihr diese Arbeit abzunehmen. Nicht zum jetzigen Zeitpunkt.

„Das kriegen wir raus“, sagte sie daher ausweichend. „Wir gehen davon aus, dass dein Vater diesen Mann von früher kannte. Wahrscheinlich noch aus seiner Kindheit.“

„Hat Papa was Schlimmes getan?“ Die Augen von Andrea füllten sich mit Tränen.

Elisabeth nahm sie in den Arm. „Papa hat nichts Schlimmes getan, Liebes. Mach dir keine Sorgen. Die beiden Kommissarinnen hier werden ihre Arbeit machen und alles wird sich aufklären.“

Tessa nickte. „Sobald wir mehr wissen, melden wir uns.“

***

„Habt ihr etwas gefunden?“, fragte Tessa Heribert Wallmann, als sie zurück in dem Intensivzimmer waren, wo die Leiche von Andreas Koch noch immer im Bett lag.

Der Leiter der Spurensicherung drehte sich um. „Nä“, sagte er gedehnt und blickte von einer zu anderen.

„Keine klitzekleine Rekonstruktion, was hier los war?“

„Wat soll schon losgewesen sein?“, blaffte Wallmann. „Der Mörder war hier los und hat sein Werk vollendet. Er hat dem Koch was gespritzt. Wahrscheinlich Insulin. Warten wir die Laborergebnisse ab.“

„Schlechte Laune?“, fragte Tessa.

„Ich hatte eigentlich mein freies Wochenende, aber ist mal wieder einer krank geworden. Verdammtes Schlitzaugen-Virus.“

„Wie meinen?“, fragte Tessa.

„Guckt ihr keine Nachrichten. China? Wuhan? Da kommt was auf uns zu.“

„Das ist noch weit weg“, antwortete Tessa. „Das hier aber“, sie zeigte auf Andreas Koch, „ist ganz nah und darum sollten wir uns jetzt kümmern.“

Wallmann zuckte mit den Schultern. „Der war eh schon so gut wie hinüber.“

Franziska, die bis dahin danebengestanden und über das Leben nachgedacht hatte und wie schnell es vorbei sein konnte, riss sich vom Anblick des toten Steuerberaters los. „Was geht nur in deiner Matschbirne vor?“, zischte sie leise und starrte den Kollegen mit unverhohlenem Abscheu an. „Das hier ist ein Tatort und gerade ist das Schrecklichste passiert, was man sich vorstellen kann. Ein Mensch hat einem anderen das Leben genommen, eine Ehefrau hat ihren Mann und eine Tochter ihren Vater verloren. Was stimmt nicht mit dir, Heribert?“

Tessa beobachtete die Szene mit angehaltenem Atem.

Wallmann wollte etwas erwidern, aber Franziska schnitt ihm das Wort ab. „Lass gut sein. Ich will deine lahmen Ausreden nicht hören."

„Du kannst mir nicht ..."

„Doch, ich kann. Mach deinen Job und halt ansonsten den Mund." Sie sprach so leise, dass nur Wallmann und Tessa sie verstehen konnten. „Wenn ich noch ein weiteres unprofessionelles Wort von dir zu hören bekommen, dann werde ich eine Dienstaufsichtsbeschwerde gegen dich einleiten. Haben wir uns verstanden?"

Sie standen sich jetzt Auge in Auge gegenüber. Für wenige Sekunden herrschte angespanntes Schweigen, dann entlud sich Wallmanns Anspannung.

„Du kannst mich mal", blaffte er so laut, dass der Kollege, der an der Tür Fingerabdrücke nahm, verwundert den Kopf hob. „Du hast mir gar nichts zu sagen. Glaubst wohl, du kannst Bermann einfach so ersetzen. Aber die Wahrheit ist, du bist nur ein billiger Abklatsch von Frank. Das wissen alle."

Franziska schnaubte verächtlich. „Wir beide sprechen uns noch, Wallmann. Ich hab deine dummen Sprüche endgültig satt. Ich hab im Laufe der Jahre so viel Material gegen dich gesammelt, das füllt ganze Ordner." Dann verließ sie den Raum. Tessa folgte ihr.

„Du bist doch vollkommen übergeschnappt", schrie Wallmann hinter ihr her. „Du blöde Kuh. Du und deine kleine Muschimaus, ihr könnt mich mal kreuzweise." Er untermalte seine Worte mit einer eindeutigen Geste seines Mittelfingers.

Die letzten Sätze hatten alle gehört, auch die Kollegin auf dem Flur. Sie schüttelte den Kopf und verdrehte die Augen. Franziska blieb kurz stehen. Ein Lächeln huschte über ihr Gesicht. Sie hatte erreicht, was sie wollte. Dann setzte sie ihren Weg fort.

„Hast du wirklich Material gesammelt?“, fragte Tessa neugierig, als sie vor dem Krankenhaus standen. Sie wollten sich noch auf dem Parkplatz umsehen und dann mit der Krankenhausverwaltung sprechen wegen der Überwachungsvideos.

„Ach Quatsch“, Franziska schüttelte den Kopf. „Das war nur ein Bluff.“

Tessa kicherte. „Aber ein guter. Der ist ja völlig ausgerastet.“

„Wurde auch Zeit.“ Franziska lächelte.

Es hatte sich gut angefühlt, Wallmann endlich mal die Stirn zu bieten. Sie wusste, dass der Kollege sich nicht so einfach geschlagen geben würde. Aber die verbale Entgleisung konnte er nicht wegdiskutieren und sie würde diesmal nicht nachgeben. Das Dinosauriersterben hatte begonnen.

Kapitel 42

Er hatte es tatsächlich getan. Fast wäre die Sache noch schief gegangen wegen dieser blöden Fotze von Krankenschwester. Aber jetzt war es vorbei. Er fühlte sich besser.

Er war auf dem Weg in seine Wohnung, um ein paar Sachen zu packen und dann würde er Köln bis auf Weiteres den Rücken kehren. Er war fertig mit der Stadt, hatte aber noch nicht ganz entschieden, wie es weitergehen sollte. In Deutschland bleiben oder das Land verlassen. Die Mädchen konnte er nicht mitnehmen und noch war ihm niemand auf den Fersen. Also warum in Panik geraten?

Vielleicht war es sogar klüger, sich für eine Weile auf dem Hof zu verstecken. Gar nicht erst versuchen, abzuhauen. Damit würden sie rechnen und Bahnhöfe und Flughäfen überwachen. Niemand wusste von dem Haus. Er konnte dort leben, ohne Verdacht zu erregen, schließlich war er der rechtmäßige Besitzer. Er hatte Sicherheitsvorkehrungen eingebaut, es gab keine direkten Nachbarn und der nächste Ort war einige Kilometer entfernt. Vorräte würde er auf dem Weg dorthin besorgen. *Keine so schlechte Idee*, überlegte er. Das fühlte sich richtig an. Er war ja noch nicht mit Momos Ausbildung fertig. Er hasste es, Dinge unerledigt zu lassen. Wo er so lange auf sie warten musste. Nein. Er würde bleiben und sein Werk vollenden.

Er parkte den Landrover direkt vor seiner Wohnung und stieg aus.

Kapitel 43

Richard saß in seinem Auto und nippte an einem heißen Tee. Er hatte vor ein paar Stunden vor dem Haus, in dem der Entführer seiner Tochter wohnte, Stellung bezogen. Die Adresse war in der Kölner Südstadt in einer Häuserzeile mit wunderschönen Altbauten, die seiner Frau Corinna so gut gefallen hatten. Sie hatte immer davon geträumt, dort mal einzuziehen. Was für eine Ironie. Laut Klingelschild wohnte sein Mann im zweiten Stock. Aber es war niemand zu Hause. Die Wohnung war dunkel. Wie lange würde er warten müssen?

Er hatte sich für eine mehrtägige Überwachung ausgerüstet. Im Kofferraum lagen sein Daunenschlafsack, ein paar Klamotten zum Wechseln, eine Kiste Mineralwasser, Kekse, Obst, Gouda und reichlich Schwarzbrot. Das würde fürs Erste reichen. Er hatte sogar an einen Ersatzkanister Benzin gedacht, damit er die Standheizung benutzen konnte. Claire und Finn waren für eine Weile mit allem versorgt, denn eins war klar. Seinen Posten würde er so schnell nicht verlassen. Nicht auszudenken, wenn er den Mann verpasste, damit Finn nicht verhungerte.

Aber was sollte er tun, wenn es länger dauern würde als zwei oder drei Tage? Wann würden die Anwohner auf ihn aufmerksam werden und die Polizei rufen?

Vielleicht wohnte der Mann auch gar nicht mehr hier, war weggezogen oder hatte längst das Land verlassen.

Richard atmete tief ein und wieder aus. Er durfte sich jetzt nicht verrückt machen. Diese Adresse und das Foto waren alles, was er hatte. Das hier war seine einzige Chance. Er hatte das Foto von Finns Handy abfotografiert und, seit er vor der Tür parkte, bestimmt schon hundert Mal draufgeschaut, um sich den Mann, der sein Kind gestohlen hatte, in sein Gedächtnis einzubrennen. Der Kerl sah eigentlich ganz normal aus. Nur seine Augen verrieten ihn. Sie waren das Fenster zur Seele und diese Seele war kalt. Seelenkalt. Der Mann war ein Serienkiller. Er kaufte oder verschleppte Frauen, die danach nie wieder auftauchten. Richard konnte sich denken, was mit ihnen passierte. Er war nicht naiv. Aber seine Antonia würde dieses Schicksal nicht teilen. Nicht, solange er am Leben war.

Um sich die Wartezeit zu verkürzen, hatte er den Namen, den Finn ihm genannt hatte, gegoogelt. Vielleicht würde er so mehr über den Mann zu erfahren, der seine Tochter in seiner Gewalt hatte. Klaus Kastner. Davon gab es in Köln und Umgebung nicht viele. Eine Massagepraxis, eine Anwaltskanzlei, in der der Name auftauchte und eine Consultingfirma mit Sitz in Deutz. Auf deren Webseite wurde er fündig. Klaus Kastner, selbständiger IT-Berater. Allerdings wirkte die Seite für jemanden, der sich angeblich mit Software auskannte, etwas angestaubt. Vielleicht war sie auch nur Tarnung. Für Richard war das nicht relevant. Ihm war egal, womit der Mann seine Brötchen verdiente. Er wollte nur sein kleines Mädchen aus den Klauen dieses Ungeheuers befreien.

Das Scheinwerferlicht eines Wagens blendete ihn. Er rutschte etwas tiefer in seinen Sitz, um nicht gesehen zu werden. Und als der Wagen aus dem Gegenlicht kam und direkt vor ihm in die Parklücke einparkte, blieb ihm fast das Herz stehen. Das war der Geländewagen von dem Foto und der Mann, der ausstieg, das war er. Richard hielt die Luft an. Jetzt wurde es ernst.

Er hatte darüber nachgedacht, wie er vorgehen sollte. Alles hing davon ab, wo er Toni versteckt hatte. Die Altbauwohnung fiel aus. Die Gefahr, entdeckt zu werden, war viel zu groß. Er hatte Toni irgendwohin verschleppt und diesen Ort musste er finden. Daher hatte er sich in einem Elektronikmarkt ein GPS Tracking System besorgt und als der Mann im Haus verschwunden war, befestigte Richard mit klopfendem Herzen den Sender unter dem rechten hinteren Kotflügel des Geländewagens. Danach setzte er sich wieder in sein Auto, richtete den Empfänger ein und wartete. Das Licht im zweiten Stock ging an.

Es juckte ihm in den Finger einfach zu klingeln, Kastner zu überwältigen und alles aus ihm rauszupressen, was er wissen wollte. Aber er riss sich zusammen. Eine übereilte Aktion konnte alles verderben. Er war seinem Ziel so nah. Unkontrollierte Gefühlsausbrüche waren jetzt fehl am Platz.

Nach einer Stunde war der Mann wieder draußen, schmiss ein paar Koffer in seinen Wagen und fuhr los. Dank des Ortungssystems konnte Richard ihm in großem Abstand und ohne Sichtkontakt folgen. Es war so gut wie unmöglich, dass Kastner misstrauisch wurde.

Die erste Station war ein Bürohaus in Deutz, auf der anderen Rheinseite. Die Büroadresse. Von da aus ging es nach kurzem Aufenthalt weiter auf die A4 Richtung Olpe. An der Abfahrt Overath/Much fuhren sie ab. Kastner hielt noch einmal an einer 24-Stunden-Tankstelle, tankte seinen Wagen voll und kam mit ein paar Tüten Lebensmitteln wieder heraus. Richards Magen knurrte, aber dafür war jetzt keine Zeit. Er hatte es während des kurzen Zwischenstopps gerade mal geschafft, in die Büsche zu pinkeln. Er folgte dem Geländewagen auf immer schmaler werdenden Landstraßen durch dicht bewaldetes und dünn besiedeltes Gebiet. Dann brach das Signal plötzlich ab.

Verdammter Mist, was war das jetzt für eine Scheiße? Richard klopfte und hämmerte auf die Anzeige des GPS-Trackers, aber nichts passierte. Das Signal war weg. Es war fast drei Uhr morgens und stockdunkel. Richard überlegte fieberhaft, wie er weiter vorgehen sollte. Seine Intuition sagte ihm, dass er seinem Ziel sehr nah war. Aber jetzt einfach hin- und herzufahren machte keinen Sinn. Er hatte den Mann verloren. Ihm blieb nichts anderes übrig. Er musste bis zum Morgen warten. Im Dunkeln konnte er nichts ausrichten.

Ein Schild kündigte einen Wanderparkplatz an. Den steuerte er an, holte seinen Schlafsack aus dem Kofferraum und seine Essensvorräte und richtete sich ein. Hier draußen war es noch um ein paar Grad kälter als in der Kölner Innenstadt, aber er hatte keine Wahl. Das Leben seiner Tochter stand auf dem Spiel.

Kapitel 44

Franziska sah auf die Uhr. „Ist gleich acht“, sagte sie zu Tessa. „Wie geht`s dir?“

„Schlafen wird überbewertet.“ Tessa grinste und reckte ihre müden Glieder. „Wann kommt der Anwalt vom Seifert?“

Franziska warf einen Blick auf ihre Notizen. „Halb zehn. Ein bisschen Zeit haben wir noch.“

„Was für eine Nacht.“

„Das kannst du laut sagen.“ Franziska gähnte.

Seit sie aus dem Krankenhaus zurück waren, hatten sie kein Auge zugemacht. Denn jetzt war der Fall Andreas Koch ein Mordfall. Franziska konnte sich nicht daran erinnern, je so eine vertrackte Ermittlung erlebt zu haben. Sie hatten ein Opfer, sie hatten ein Bild vom Täter und seinen Vornamen, sie wussten, was für ein Auto er fuhr, aber sie waren ihm durch all dieses Wissen nicht einen Schritt näher gekommen. Der Mann war wie ein Geist. Er tauchte auf, nur um dann wieder zu verschwinden.

Tessa starrte zum wiederholten Male auf die Aufnahmen vom Krankenhausparkplatz. Auf dem Videoausschnitt sah man den Mörder von Andreas Koch, wie er zu einem Landrover eilte, Kittel und Maske in den Kofferraum schmiss und sich dann frontal in die Kamera drehte, ein zufriedenes Grinsen auf dem Gesicht.

„Ich werde ja das Gefühl nicht los", sagte sie, „dass der uns verarscht."

„Du meinst, er wusste von der Kamera? Aber warum dann so geheimnisvoll auf der Station mit Maske und Kittel?"

Tessa zuckte mit den Schultern. „Um reinzukommen, hat er sich getarnt. Jetzt ist er wieder draußen, sein Werk ist vollbracht und er ist davon überzeugt, dass wir keine Chance haben, ihn zu schnappen."

„Ohne das Nummernschild wird das auch schwierig", brummte Franziska. Sie hatten 152 Landrover für den Raum Köln gefunden, aber keinen Halter mit Vornamen Klaus. „Wir müssen die Suche unbedingt bundesweit ausdehnen. Vielleicht ist der Wagen woanders gemeldet."

„Oder der heißt gar nicht Klaus und hat der Tochter vom Koch einen falschen Namen genannt", gab Tessa zu bedenken.

Franziska schaute auf die Uhr und gähnte. „Susanne müsste jeden Moment hier sein, dann geht es hoffentlich schneller."

„Die Ärmste hat aber auch noch ein paar andere Themen auf ihrer To-do-Liste", gab Tessa zu bedenken.

„Aber dafür haben wir doch unsere Prios." Franziska grinste und hielt einen handgeschriebenen Zettel hoch, auf dem Stichpunkte notiert waren, zum Teil rot umkringelt und mit mehreren Ausrufezeichen versehen. „Und außerdem kann Neumann ihr helfen."

Die beiden Kommissarinnen hatten in den letzten Stunden das gesamte Ermittlungsmaterial anhand der Fallakte noch mal einer genaueren Prüfung unterzogen. Bahnbrechende neue Erkenntnisse hatten sich daraus zwar nicht ergeben, aber sie hatten einen besseren Überblick über das, was noch fehlte.

Unter anderem hatten sie sich endlich mal die Partylisten aus dem *Temple of Love* und dem *Paradies* vorgenommen. Aber abgesehen davon, dass ein paar Frauennamen doppelt auftauchten, war nichts dabei herausgekommen. Ebenfalls eine Sackgasse waren die Berichte der Spurensicherung aus Kochs Kanzlei, die endlich gekommen waren und die Befragung der anderen Hausbewohner. Franziska hatte noch mal einen Beamten losgeschickt, um gezielt nach den Prostituierten und diesen Mittwochstreffen zu fragen, aber niemand hatte irgendwas mitbekommen.

Ein Punkt, den Tessa rot umkringelt hatte, war die Suche nach Momo, deren richtiger Name Antonia war. Damit war Susanne seit gestern beschäftigt, ebenso wie mit der Analyse des zweiten Handys, das Neumann hinter einer Wandverkleidung in Kochs verstecktem Raum gefunden hatte. Weiter unten auf der Liste standen noch Themen wie Polen und Leipzig und dieser Red Room, von dem Susanne gesprochen hatte.

„Was hältst du davon, wenn wir eine Fahndung rausgeben", schlug Tessa vor. „Wir haben ein Bild, ein Auto und einen Namen."

„Zu früh", entschied Franziska. „Wenn wir ihn jetzt aufscheuchen, bringt er die Mädchen um, bevor er sich absetzt und wir werden ihn nie wieder sehen." Sie schüttelte den Kopf. „Nein. Lass und noch ein paar Stunden warten."

Franziskas Telefon brummte. WhatsApp von Neumann.

„Noch einer weniger“, knurrte sie frustriert, nachdem sie die Nachricht gelesen hatte.

„Was hat er?“, fragte Tessa.

„Angeblich hohes Fieber und Schüttelfrost.“

„Du glaubst ihm nicht?“

„Keine Ahnung. Wer meldet sich denn per WhatsApp krank? Das hat immer ein Geschmäckle.“

„Die jungen Leute machen das heute so. Wenn du das nicht möchtest, muss man ihm das bei Gelegenheit erklären.“ Tessa sah Franziska an. „Der macht nicht blau. Vielleicht hat er sich das komische Virus aus China eingefangen, von dem Wallmann gestern gesprochen hat.“

„Erinnere mich bloß nicht an den.“ Franziska lachte und verdrehte die Augen. „Ich sag dir, was er hat. Dem ist das alles zuviel geworden.“

Aber Tessa schüttelte den Kopf. „Flo ist mit Feuereifer dabei. Ich glaube, du tust ihm Unrecht.“

Bevor Franziska antworten konnte, flog die Tür auf und eine strahlende Susanne betrat den Raum.

„Guten Morgen, ihr Schönen“, rief sie gutgelaunt und stutzte, als sie in zwei lange und müde Gesichter sah. „Was ist los? Wo sind die anderen?“

„Paul ist unterwegs, Florian krank, Müller auf der Beerdigung seiner Tante, Chef ist über alles informiert und telefonisch erreichbar.“

„Also wir drei?“

„Sieht so aus.“

„Dann freut es euch vielleicht zu hören, dass ich mit einem echten Knaller aufwarten kann.“ Susanne holte ihren Laptop aus der Tasche, schloss ihn an und wenige

Minuten später hatten sie auf der Leinwand das Bild eines jungen Mädchens mit dunklen Korkenzieherlocken.

„Darf ich vorstellen", sagte Susanne und grinste breit. „Antonia Luise Erdmann, geboren am 21. April 2000 in Köln, Tochter von Richard und Corinna Erdmann, wohnhaft in der Rautenstrauchstraße 17."

„Ist das Momo?", fragte Tessa. „Sie sieht so anders aus."

Susanne nickte. „Sie ist auf dem Foto erst fünfzehn. Kurz bevor sie in die Prostitution abgerutscht ist."

„Wo hast du das her?"

„Richard Erdmann hat vor ein paar Jahren seine Tochter als vermisst gemeldet."

„Was heißt vor ein paar Jahren?", fragte Franziska.

„Drei", antwortete Susanne.

Eine Welle des Mitgefühls mit der Familie, die ihr Kind an einen Loverboy verloren hatte, überrollte Franziska mit solcher Wucht, dass sie die Tränen nicht mehr zurückhalten konnte.

Susanne sah ihre Chefin besorgt an. „Alles in Ordnung?"

Franziska schniefte und wischte die Tränen aus dem Gesicht. „Großartige Arbeit. Das versüßt mir den Tag." Sie lachte peinlich berührt.

Tessa reichte ihr ein Taschentuch und sie schnäuzte sich dankbar die Nase. „Ich bin ziemlich müde", sagte sie zu ihrer Entschuldigung. Und mein Mann liebt eine andere, fügte sie stumm hinzu. „Ich schlage vor, dass wir der Familie Erdmann so schnell wie möglich einen Besuch abstatten. Ich will mir diesen Vater mal aus der Nähe anschauen."

„Ich hab noch was“, rief Susanne. „Ich bin mit dem Handy durch, dass der Flo gestern in der Kanzlei gefunden hat.“

„Und?“, fragten Franziska und Tessa aus einem Mund.

„Zuerst die gute oder die schlechte Nachricht?“

Franziska verdrehte die Augen. „Die gute“, entschied sie. Sie hatte sich wieder unter Kontrolle und schämte sich für ihren Gefühlsausbruch.

„Das ist definitiv das Handy, mit dem der Koch seine Stelldicheins vereinbart hat.“

„Das ist doch was“, sagte Tessa.

„Ich hab Chats mit Prostituierten gefunden, von denen wir ein paar schon kennen. Dolly zum Beispiel und diese Claire.“

„Ist auch was von Momo dabei?“

„Ja, mit der gab es auch Verabredungen, ist aber schon ne Weile her. Das letzte Mal im Juli.“ Susanne holte Luft. „Außerdem gibt es einen Eintrag für einen K.“

Franziska war wie elektrisiert.

„Aber jetzt kommt die schlechte Nachricht. Bei diesem K handelt sich um ein Prepaid-Handy und die Leitung ist tot.“

„Scheiße!“, fluchte Franziska und schlug mit der Hand auf den Tisch. „Der ist uns immer einen Schritt voraus. Der entwischt uns. Verdammt!“ Sie starrte ihre beiden Kolleginnen wütend an. „Irgendwelche Vorschläge?“

Bevor jemand antworten konnte, klingelte Franziskas Handy. Sie schaute auf das Display, runzelte die Stirn und nahm den Anruf entgegen. Sie hörte zu, ließ erschöpft die Schultern sinken und notierte sich eine Adresse. „Wir sind in zwanzig Minuten da. Danke."

Sie legte ihr Handy hin und hob den Kopf.

„Was ist denn los?", fragte Tessa. „Schlechte Nachrichten?"

„Gabriele Kramer ist tot", erklärte Franziska. „Sie wurde ermordet."

„Ach du Scheiße", entfuhr es Tessa. „Was ist das denn jetzt?"

Franziska schüttelte hilflos den Kopf. Sie hatte das Gefühl, ins Bodenlose zu fallen. „Du musst das Verhör mit Seifert verschieben", sagte sie dann nach einem kurzen Moment zu Susanne und zog sich ihre Jacke an. „Und versuch bitte, diesen verdammten Landrover zu finden. Wir hatten bisher kein Glück. Steht alles in der Fallakte."

„Klaro. Kein Thema", sagte Susanne. „Ab mit euch. Ich halte hier die Stellung."

Kapitel 45

Richard erwachte ein paar Stunden später durch das Piepen des GPS-Geräts. Das Signal. Es war wieder da. Er schaute auf die Uhr. 07:30 Uhr. Es war immer noch dunkel. Das Signal kam auf ihn zu. Er ließ den Wagen an und fuhr damit hinter einen großen Busch, damit man ihn von der Straße aus nicht sehen konnte. Dann schaltete er das Licht aus und wartete. Nach drei Minuten fuhr der Geländewagen an ihm vorbei. Wo wollte Kastner so früh am Morgen hin? Sollte er ihm folgen? Oder warten, bis er zurückkam? Kein Risiko eingehen, entschied Richard und lenkte sein Fahrzeug auf die Straße.

Die Fahrt endete im kleinen Ort Much bei der Bäckerei. Als Richard dort ankam, kam Kastner gerade mit einer Tüte Brötchen heraus, setzte sich in seinen Wagen und fuhr die gleiche Strecke wieder zurück. *Brötchen holen*, dachte Richard. Auf so etwas Profanes wäre er im Leben nicht gekommen.

Diesmal verringerte er den Abstand zum Geländewagen auf Sichtkontakt, damit er ihn nicht noch einmal verlor. Nach ungefähr zehn Minuten bog Kastner von der Landstraße ab und kurze Zeit später verschwand auch das Signal wieder. Aber diesmal hatte Richard alles gesehen. Er fuhr an der Stelle vorbei, an der Kastner abgebogen war, ein schmaler Feldweg, kaum zu erkennen, wendete ein paar hundert Meter weiter und fuhr zurück. Er hatte Schweißperlen auf der Stirn. Was, wenn der Mann ihn doch bemerkt hatte und ihn in eine Falle lockte? Aber er hatte keine Wahl. Seit Monaten war er auf der Suche nach seiner Tochter und nie war er seinem Ziel so nah gewesen wie jetzt. Er hatte viele Gesetze gebrochen, um genau an dieser Stelle zu sein. Also bog er in den Feldweg ein. Aber nach nur wenigen Metern war der Weg für ihn unpassierbar. *Daher der Geländewagen.* Richard stellte den Motor ab und stieg aus dem Auto. Dann würde er eben zu Fuß gehen. Weit konnte es ja nicht mehr sein.

Kapitel 46

Der Kaffee gurgelte leise in der Maschine und verströmte einen angenehmen Duft in der Küche. Er freute sich auf sein Frühstück. Zufrieden lächelnd schaute er aus dem Fenster. Er hatte endgültig entschieden, wie es weitergehen würde. Die schöne Bäckerin hatte den Ausschlag gegeben. Sie war jung, drall und hatte diese bezaubernden Löckchen. Er konnte es kaum erwarten, sie wiederzusehen.

Natürlich war sie tabu. Er würde auf keinen Fall noch einmal in seinen eigenen Vorgarten scheißen. Das hatte ihm in seiner Jugend fast das Genick gebrochen. Die Moni. Bei der Erinnerung an den feuchten Waldboden und die schreiende Frau, bekam er eine Erektion. Zu seinem Glück hatte die Schlampe geschwiegen. Danach hatte er es nur noch mit osteuropäischen Nutten gemacht. Die nahmen sein Geld, steckten die Prügel ein und hielten das Maul. Und wenn eine verschwand, dann krähte kein Hahn nach denen.

Momo war die große Ausnahme in seiner Sammlung. Ein deutsches Mädchen. Aber sie war auch etwas ganz Besonderes. Sie leuchtete von innen, schwer zu beschreiben. Sie strahlte eine Kraft aus, die ihn vom ersten Moment an fasziniert hatte. Nicht, weil er mit ihr viel Geld verdienen konnte. Das war ein angenehmer Nebeneffekt. Sie zu brechen, war der viel größere Anreiz. Es dauerte jetzt schon über drei Monate und sie war immer noch stark. Das Geld, was er für sie gezahlt hatte, hatte er längst wieder eingespielt. Die Filme verkauften sich sehr gut. Kein Wunder. Momo war die geborene Sklavin. Schön, stolz und wild. Und seit seiner grandiosen Idee, die beiden Puppen miteinander tanzen zu lassen, floss die Kohle in Strömen.

Er goss sich eine Tasse Kaffee ein und setzte sich an den Küchentisch. Er hatte gerade seinen ersten Bissen im Mund, als der Alarm losging. *Scheiße. Was war das denn jetzt?*

Er sprang auf und rannte in die alte Abstellkammer, die er zur Überwachungszentrale ausgebaut hatte. Im Keller und auf dem ganzen Grundstück waren Kameras installiert, die ihm auf großen Monitoren nicht nur Einblick in die Zellen seiner Sklavinnen gewährten, sondern rund um das Haus alles aufzeichneten, was sich bewegte. Auf dem Hauptweg war ein Bewegungsmelder versteckt, der gerade Alarm ausgelöst hatte.

Er setzte sich vor die Monitore, drückt ein paar Knöpfe und beobachtete Feldweg und Hofbereich. Ein Mann näherte sich zu Fuß. In wenigen Minuten würde er vor seinem Haus stehen. Wer zum Teufel war das? Er zoomte auf das Gesicht. Blonder Vollbart, Mitte, Ende fünfzig, normale Alltagskleidung, gesteppte Winterjacke, Boots, Mütze. Der sah nicht aus wie ein Bulle und auch nicht wie einer von Seiferts Männern. Wer also war er?

Der Mann trat aus dem Wald, blieb einen Moment unschlüssig stehen und sah sich um.

Mist! Der Rover stand noch vor dem Haus. Warum hatte er ihn nicht in den Schuppen geparkt, wie sonst immer? Jetzt wusste der Eindringling, dass jemand zu Hause war. So war das auf dem Land.

Der Mann ging auf das Haus zu und klingelte. Obwohl er vor seinem Monitor jede Bewegung mitverfolgen konnte, erschrak er, als der Ton die Stille zerriss. *Was jetzt?* Sollte er einfach abwarten und hoffen, dass der Typ wieder abhaute. *Was will der hier? Verdammt.* Es klingelte erneut und nach einer kurzen Pause ein drittes Mal. Dann trat der Mann einen Schritt zurück, sah sich um und ging ums Haus. Er rüttelte an der alten Dielentür, schaute durch ein paar Fenster im Erdgeschoss, versuchte es am Scheunentor und auch an der Hintertür. Aber alles war fest verschlossen. Niemand kam hier einfach so rein. Dafür hatte er gesorgt.

Der Fremde war zurück auf der Vorderseite des Hauses.

„Hallo, ist hier jemand? Bitte, ich habe eine Autopanne. Kann ich bei Ihnen telefonieren?“

Autopanne? Wo denn? Und wieso ausgerechnet hier? Das Haus war von der Straße aus nicht zu sehen. Das konnte doch alles nicht wahr sein. Sein Hirn lief auf Hochtouren. Sein Puls ebenfalls. Sollte er rausgehen und den Eindringling verjagen? Er konnte ihn ja schlecht hereinbitten und ihn einfach telefonieren lassen. Das kam überhaupt nicht in Frage. Er entschied, sich weiter tot zu stellen. Sein geparkter Wagen vor dem Haus bedeutete rein gar nichts. Er konnte mit dem Rad unterwegs sein oder mit dem Hund. Er hatte zwar keinen Hund, aber das wusste der Mann ja nicht.

Dann fing das Hupkonzert an. *Verdammte Scheiße. Dieses dämliche Arschloch.* Das Fahrerfenster des Rovers war offen und der Mann drückte die Hupe, wieder und wieder. Es war nicht zum Aushalten. Er wurde wütend, sprang auf und holte das Gewehr aus dem Stahlschrank. Dann stürmte er nach draußen.

„Runter von meinem Grundstück", knurrte er, das Gewehr im Anschlag.

Der Mann versteifte sich und starrte ihn an.

Er beobachtete seinen ungebetenen Gast aus zusammengekniffenen Augen. Er war gut in Form. Schlank und durchtrainiert. Er wirkte gelassen, aber konzentriert. Kein Anzeichen von Feindseligkeit.

„Ich wollte Sie nicht stören," sagte der Mann und lächelte.

„Tun Sie aber", brummte er. „Finger weg von meinem Auto."

Der Mann lachte und zog den Arm zurück. „Hören Sie", sagte er in versöhnlichem Ton. „Ich hab nur eine Autopanne vorn auf der Straße und mein Handy hat keinen Empfang."

„Ist hier so."

„Haben Sie kein Festnetz?", fragte der Fremde und machte einen Schritt auf ihn zu.

„Nein, hab ich nicht. Brauch ich nicht und jetzt runter von meinem Grundstück." Er wedelte mit dem Gewehr in Richtung Waldweg.

„Ja, ja, ist ja schon gut", sagte der Mann. „Aber nehmen Sie das verdammte Gewehr runter. Bitte. Ich will nicht aus Versehen von Ihnen erschossen werden."

Der Mann hatte, während er sprach, einen weiteren Schritt auf ihn zugemacht. Für seinen Geschmack stand er jetzt etwas zu nah. Aber sein Instinkt sagte ihm, dass von dem Typ keine echte Gefahr ausging. Er ließ das Gewehr sinken.

Eine fatale Fehleinschätzung.

Denn plötzlich griff sein Gegenüber mit der rechten Hand nach etwas in seinem Rücken, sprang auf ihn zu und versuchte, ihn mit einer Ladung Strom aus einem Elektroschocker außer Gefecht zu setzen. Aber er konnte im letzten Moment ausweichen und schlug seinem Gegner mit dem Gewehrlauf den Schocker aus der Hand. Das Gerät fiel zu Boden. Dann ging alles sehr schnell.

Der Mann bückte sich, um seine Waffe wiederzuerlangen. Aber er überlegte nicht lange und schlug ihn mit dem Kolben nieder.

„Verdammter Mistkerl“, brummte er als der Mann zu Boden ging.

Kapitel 47

Als die beiden Kommissarinnen bei der Wohnung von Gabriele Kramer ankamen, war das Team der Spurensicherung schon fast fertig. Die Kollegen in den weißen Anzügen waren ausgeschwärmt und die Gerichtsmedizinerin packte gerade ihren Koffer zusammen. In der Wohnung stank es bestialisch nach Verwesung.

Franziska nickte der Gerichtsmedizinerin grüßend zu. „Hallo Karlotta. Was haben wir?"

„Hey Franzi. Guten Morgen. Ganz klar ein Tötungsdelikt", antwortete sie. „Die arme Frau wurde zu Tode geprügelt."

„Wann ist das passiert?" Franziska hatte sich vor den Fernsehsessel gestellt, in dem die Leiche saß und das Leichentuch angehoben. Das zerschlagene Gesicht der Sekretärin bot keinen schönen Anblick. Sie versuchte, flach zu atmen. An den Geruch von Leichen würde sie sich nie gewöhnen und diese hier war in einem fortgeschrittenen Verwesungsstadium.

„Kann ich natürlich erst nach der Obduktion sagen, aber ich schätze mal vor zwei oder drei Tagen. Hier im Raum war es ziemlich warm, die Heizung war voll aufgedreht, was den Verwesungsprozess beschleunigt hat."

„Erklärt den Gestank", sagte Tessa. „Was ist mit ihrem Oberarm?"

„Wie es aussieht, eine Humerusfraktur."

„Bevor er sie in den Sessel bugsiert hat, hat sie vielleicht versucht zu fliehen“, überlegte Tessa, „er hat sie gepackt, zu Boden geworfen und ihr den Arm nach hinten gedreht und dabei gebrochen?“

„So könnte es gewesen sein“, bestätigte Karlotta.

„Wann ist die Obduktion?“, fragte Tessa.

„Eigentlich nicht vor Montag.“

„Und uneigentlich?“, fragte Franziska und sah die Kollegin bittend an.

„Gehört die Dame zu dem anderen, der bei mir auf dem Tisch liegt?“

„Leider ja“, antwortete Franziska.

Karlotta verdrehte die Augen. „Weil du es bist“, sagte sie und schaute auf die Uhr. „Jetzt haben wir halb zehn. Ich mach erst den Mann, dann sie hier“, sagte sie. „Um eins. Wollt ihr dabei sein?“

Franziska nickte. „Bei Andreas Koch nicht. Aber bei Frau Kramer schon. Ich versuche es. Danke, Karlotta. Hast was gut bei mir.“

Karlotta Mühlenbach zwinkerte ihr zu und nahm ihren Koffer.

„Wer hat die Leiche eigentlich gefunden?“, fragte Franziska.

Karlotta Mühlenbach zeigte auf einen jungen Polizisten, der mit grünem Gesicht am Fensterbrett lehnte. „Eine Nachbarin hat die Polizei verständigt, weil ihr der Geruch eigenartig vorkam und niemand auf ihr Klingeln reagiert hat.“

Franziska ging zu dem jungen Mann. „Geht’s wieder?“

Er nickte tapfer.

„Hat die Zeugin sonst noch was ausgesagt? Hat sie in den Tagen vorher etwas gesehen oder gehört?“

Der junge Mann schüttelte den Kopf. „Hier im Haus sind alle in den Ferien. Die Dame von nebenan ist heute zurückgekommen und hat uns gleich alarmiert. Ich war als Erster hier und hab alles in die Wege geleitet."

„Ist Ihnen etwas aufgefallen?"

Er nickte. „Es gibt keine Einbruchsspuren. Die Tote muss ihren Mörder gekannt haben oder er hatte einen Schlüssel."

Franziska sah ihn an. „Gute Arbeit. Gehen Sie raus hier. Sie müssen das nicht aushalten."

Der junge Mann nickte und war wenige Sekunden später durch die Tür.

„Wenn ich mir das Durcheinander so anschaue, dann würde ich sagen, hier hat jemand etwas Bestimmtes gesucht", sagte Franziska.

„Du meinst, die Kramer hat doch etwas aus dem Safe von ihrem Chef genommen?"

Franziska nickte. „Darauf würde ich tippen. Sie hat uns angelogen."

„Das Gefühl hatte ich auch", bestätigte Tessa.

„Wo ist eigentlich Wallmann?", fragte Franziska einen der Männer im weißen Overall.

„Der ist krank."

„Wallmann ist nie krank", entgegnete Franziska verwundert.

Der Mann zuckte mit den Schultern.

„Und wer hat hier das Kommando?", fragte sie.

„Das bin dann wohl ich", antwortete eine Frauenstimme aus dem Nebenzimmer. Und einen Moment später stand eine Frau mittleren Alters im Türrahmen.

„Miriam", rief Franziska überrascht. „Was machst du denn hier? Ich dachte, du arbeitest in Bonn."

Miriam Laufer war eine ehemalige Kollegin, die lange bei der Spurensicherung in Köln gearbeitet hatte. Als es vor ein paar Jahren darum ging, die Leitung neu zu besetzen, hatte sie sich beworben. Es wurde gemunkelt, dass Wallmann ein paar Strippen gezogen hatte, um den Posten selbst zu bekommen.

„Ich wurde kurzfristig als Interimsleitung der Spurensicherung abgestellt. Die Stelle ist gerade vakant und wird neu ausgeschrieben." Dann zwinkerte sie Franziska zu. „Hab gehört, was passiert ist mit Wallmann."

Für einen Moment war Franziska in Sorge, dass der Mann sich vielleicht was angetan haben könnte. „Was meinst du?", fragte sie.

„Er hat seinen vorzeitigen Ruhestand eingereicht."

„Im Ernst?" Franziska war überrascht. Damit hatte sie nicht gerechnet.

„Wurde echt mal Zeit, dass jemand diesem Idioten was entgegensetzt. Ich bin ja nicht ohne Grund aus Köln weg."

„Seinetwegen?", fragte Franziska erstaunt. „Ich hab immer gedacht, du wolltest den Ortswechsel."

„Das auch, ja. Aber die Personalie Wallmann war schon ausschlaggebend. Stell dir mal vor, du arbeitest jeden Tag mit so einem zusammen?"

Tessa verdrehte die Augen.

„Als er die Leitung übernommen hat, musste ich einfach gehen. Der war als Kollege schon grenzwertig. Als Chef wollte ich mir den echt nicht antun."

„Kann ich verstehen. Ich bin froh, dass du jetzt da bist." Franziska klopfte Miriam freundschaftlich auf die Schulter. „Ich fand sowieso immer, dass du damals die Leitung verdient hattest."

„Olle Kamellen", winkte Miriam ab und wurde rot.

„Habt ihr schon etwas Brauchbares gefunden", wechselte Franziska das Thema.

„Wonach suchen wir denn?"

„So genau wissen wir das leider nicht", antwortete Tessa. „Geld vielleicht oder ein Speichermedium."

„Nichts gefunden, bisher", antwortete Miriam. „Aber wir sind auch noch nicht durch."

„Suchen Sie nach einem Safe oder einem Geheimfach", schlug Tessa vor. „Wir sind nicht sicher, ob die Dame bei ihrem Arbeitgeber nicht etwas mitgenommen hat, was all das hier verursacht hat."

„Hatte die Frau eigentlich Familie?" Franziska sah sich suchend um. Auf einer Anrichte standen Fotografien.

„Sieht aus wie ihre Mutter", sagte Tessa. „Ich schick das mal an Susanne, wir brauchen die Adresse."

Die Antwort kam drei Minuten später.

„Ich frage mich, wie sie das immer macht?", sagte Franziska schmunzelnd. „Das ist schon ein bisschen unheimlich."

„Sie ist eben gut", antwortete Tessa.

„Komm", sagte Franziska. „Hier können wir nichts ausrichten."

Sie sah auf die Uhr. „Wir teilen uns jetzt auf", entschied sie. „Ich fahre in die Gerichtsmedizin und du nach Gummersbach zu Mutter Kramer. Aber sei bitte behutsam, die Frau ist 87."

„Und die Erdmanns?"

„Das mache ich nach der Obduktion, die wohnen ja um die Ecke vom Krankenhaus."

„Können wir tauschen?", fragte Tessa. „Ich hab noch nie einer Leichenöffnung beigewohnt."

„Bist du sicher?" Franziska grinste. „Das ist nichts für zarte Gemüter."

Tessa lachte. „Ich krieg das schon hin. Irgendwann ist doch immer das erste Mal, oder?"

Franziska nickte. „Also gut. Wenn du unbedingt willst. Dann werde ich dir nicht im Wege stehen."

Kapitel 48

„Können wir loslegen?“ Die Gerichtsmedizinerin Dr. Karlotta Mühlenbach reichte Tessa Mundschutz und Kittel und Tigerbalsam. „Das hilft ein bisschen gegen den Geruch“, sagte sie grinsend.

Tessa nahm das Döschen dankbar entgegen, denn der Geruch in der Pathologie war wirklich schaurig. Ein besserer Begriff fiel ihr nicht ein. Sie schmierte sich etwas Balsam unter die Nase, streifte den Kittel über und nickte. „Kann losgehen.“

„Prima“, sagte Dr. Mühlenbach. „Mein Kollege hat alles in Saal 2 vorbereitet.“

Als sie die Tür zum Sektionssaal öffnete, wurde der aufdringliche Geruch, der in der ganzen Rechtsmedizin vorherrschte, noch stärker. Tessas Magen rumorte. Sie atmete flach und presste ihren Mundschutz fest gegen Nase und Mund. *Das ist der Gestank des Todes*, dachte sie. Kein Putzmittel der Welt könnte den jemals überdecken. Sie versuchte, sich abzulenken, indem sie die Umgebung studierte. Gekachelte Wände, Metallregale, Untersuchungstische und allerlei Werkzeuge wie Scheren, Zangen und Pipetten. Auf einem dieser stählernen Tische lag die Leiche von Andreas Koch, daneben die von Gabriele Kramer.

Tessa zwang sich, genauer hinzuschauen.

Die Haare der Toten sahen aus wie trockenes Stroh, die Bindehaut war schwarz und ihre Lippen waren auffallend trocken. Der Verwesungsgeruch, den die Leiche ausströmte, war trotz des Tigerbalsams unerträglich.

„Was Sie riechen, ist die sogenannte Autolyse", erklärte die Gerichtsmedizinerin. „Die Leiche wurde ja erst Tage nach dem Verbrechen gefunden und es war sehr warm in der Wohnung. Die Verwesungsprozesse sind also schon in vollem Gange. Die inneren Organe und Teile des Bindegewebes dürften bereits verflüssigt sein. Das erklärt den starken Geruch."

Tessa betrachtete den breiigen Körper der toten Frau. Sie war zu Lebzeiten stark übergewichtig gewesen. Die innere Verflüssigung, von der die Ärztin gerade gesprochen hatte, hatte die arme Frau noch schwammiger werden lassen. Sie war sozusagen dabei, auseinanderzufließen.

„Warum sind ihre Adern grün?", fragte Tessa, um sich abzulenken.

„Das sind Fäulnisprozesse", erklärte Dr. Mühlenbach. „Sie fangen im Darm an und beim Abbau des Blutfarbstoffs Hämoglobin zu Schwefelverbindungen kommt es zu einer grünlichen Färbung der Adern. Hier", sie zeigte auf schwarze Verfärbungen des Unterbauchs, „diese Verfärbungen sind ebenfalls Fäulnisprozesse, wohingegen diese hier", sie zeigte auf verschiedene Flecken im Bauch und Brustbereich, „Blutergüsse sind. Sie wurde geschlagen und getreten."

In dem hellen Licht des Sektionssaals wirkten die vielen Blutergüsse von dem Überfall wie Mahnmale. Tessa konnte den Anblick kaum ertragen. Da lag ein Mensch vor ihr, jemandes Tochter, Freundin, vielleicht eine Geliebte. War sie bei Bewusstsein gewesen, als sie ermordet wurde? Hatte sie um ihr Leben gebettelt oder ihr Schicksal klaglos angenommen? Wem hatten ihre letzten Gedanken gegolten? Ihren Eltern, einer Freundin?

Eine Welle des Mitgefühls überrollte Tessa und sie fragte sich, warum sie diese Gefühle nicht schon am Tatort gehabt hatte. Bis jetzt war es ihr mühelos gelungen, professionelle Distanz zu wahren. Aber hier in diesem kalten Sektionssaal war alles nur auf das Eine reduziert: Den Tod!

„Wir beginnen mit der äußerlichen Leichenschau", diktierte Karlotta Mühlenbach in ihr Aufnahmegerät und holte Tessa damit zurück in die Gegenwart. Dann dokumentierte sie in ruhigem Tonfall und nüchterner Fachsprache, was sie feststellen konnte. Die Tote wurde gemessen, gewogen, auf ihren Ernährungszustand untersucht, die Totenflecken lokalisiert und festgehalten, wie stark die Verwesung ausgeprägt war. Karlotta untersuchte auf Narben, alte OP-Wunden und andere sichtbare Verletzungen und sie nahm einen Abdruck vom Gebiss. Sie zählte insgesamt 14 Hämatome an Armen, Beinen, Brustkorb und im Bauchbereich, die von Faustschlägen und Fußtritten herrührten und definitiv auf den Überfall zurückgeführt werden konnten.

„Da war aber einer mächtig sauer", stellte Tessa fest.

„Würde ich auch sagen", bestätigte Karlotta. „Es gibt ein paar wenige Abwehrverletzungen," sie zeigte auf die Unterarme des Opfers. „Die Frau hat versucht, ihren Kopf zu schützen, aber der gebrochene Arm hat sie daran gehindert."

„Das heißt, sie lag tatsächlich am Boden, bevor er sie in den Sessel gesetzt hat?“, fragte Tessa.

Die Rechtsmedizinerin nickte. „Ja, das passt. Es gibt Abdrücke auf dem Rücken, die darauf hindeuten, dass jemand auf ihr gekniet hat.“

„Und ihr den Arm gebrochen hat.“

Die Ärztin nickte. „Definitiv ist das ein Drehtrauma. Die Röntgenbilder bestätigen das. Ich nehme jetzt noch Blutproben und dann können wir Phase zwei starten.“

Tessa hatte sich von Minute zu Minute mehr entspannt und je länger die Prozedur andauerte, desto weniger sah sie in dem Leichnam vor ihr einen Menschen aus Fleisch und Blut. Das routinierte Vorgehen von Karlotta Mühlenbach half ihr dabei. Nach ungefähr einer Dreiviertelstunde war die äußerliche Leichenschau abgeschlossen. Die Ärztin klappte ihren Gesichtsschutz hoch und verkündete: „Jetzt wird es unappetitlich. Ich öffne gleich Kopf, Brust und Bauch, in dieser Reihenfolge. Es ist keine Schande, wenn Sie rausgehen wollen.“

Tessa schüttelte energisch den Kopf. Sie hatte sich längst wieder unter Kontrolle, ihr Mitgefühl war einer professionellen Distanz gewichen und an den Verwesungsgeruch konnte sie sich zwar nicht gewöhnen, aber er verursachte ihr zumindest keine Übelkeit mehr. Bis hierher hatte sie durchgehalten und den Rest würde sie auch noch überstehen. Wie gebannt beobachtete sie die Handgriffe der Ärztin.

Um den Schädel zu öffnen, machte sie einen Hautschnitt oberhalb des Nackens. Anschließend zog sie die Kopfhaut nach vorne in Richtung Gesicht, wie bei einem Pullover, den man auf links dreht und dann griff sie nach einer kleinen Kreissäge, um damit den Schädel zu öffnen. Als das Instrument aufheulte, bekam Tessa einen Schweißausbruch, sie fing an zu zittern, ihr Magen drehte sich um und mit einem letzten verzweifelten Blick auf den Sektionstisch verließ sie fluchtartig den Raum. Sie schaffte es gerade noch rechtzeitig auf die Damentoilette.

„Es tut mir so leid", sagte sie kläglich und immer noch blass um die Nase, als Karlotta Mühlenbach nach einer Stunde zu ihr in den Wartebereich kam.

Karlotta winkte ab. „Das ist kein Beinbruch, ehrlich. Sie haben länger durchgehalten als die meisten bei ihrer ersten Leichenöffnung, und die sind in der Regel nicht in einem fortgeschrittenen Stadium der Verwesung."

„Wäre mir aber trotzdem lieber, Sie behalten es für sich. Für viele meiner männlichen Kollegen ist das ein gefundenes Fressen. Ich hab keine Lust auf monatelange Sticheleien."

Dr. Mühlenbach nickte verständnisvoll.

„Keine Sorge", sagte sie. „Von mir erfährt niemand was."

„Danke." Tessa atmete erleichtert auf. „Dann schießen Sie mal los. Was hab ich verpasst?"

„Die Todesursache sind die Kopfverletzungen. Sie wurde mit bloßen Händen totgeschlagen. Das Toxgutachten bekommen wir in ein paar Tagen, aber ich gehe nicht davon aus, dass da was gefunden wird. Andreas Koch ist an einer Überdosis Insulin gestorben. Es gibt eine Einstichwunde am rechten Unterarm. Der Befund ist eindeutig. Der Rest steht in meinem Bericht."

Kapitel 49

Paul Anders parkte sein Motorrad vor einem kleinen windschiefen Fachwerkhaus mit einer roten Holztür. Hier wohnte Marliese Klemmroth, eine alte Lehrerin, die Andreas Koch in der Grundschule unterrichtet hatte. Much hieß der Ort im Bergischen Land, in dem Andreas Koch aufgewachsen war.

Paul schaute sich um. Der Ort war wie ausgestorben. In den Fenstern der Häuser leuchtete die Weihnachtsdekoration und alles wirkte heimelig und friedlich. Er stieg von seinem Motorrad, ging zu dem Haus und drückte den vergilbten alten Klingelknopf.

Es dauerte ein paar Minuten, bis die Tür geöffnet wurde.

„Frau Klemmroth?", fragte Paul und setzte sein charmantestes Lächeln auf. „Paul Anders." Er streckte der Frau seine Hand entgegen. „Wir hatten telefoniert."

Frau Klemmroth musste mindestens 80 Jahre alt sein, aber sie sah keinen Tag älter aus als 65. Sie war eine zierliche Person, trug ihr weißes Haar modisch kurz und betrachtete ihren Besucher aus sehr wachen dunklen Augen. Sie gab Paul die Hand und bat ihn herein. Ihr Händedruck war erstaunlich fest.

„Wir gehen in die Küche", entschied sie. „Sie wollen sicher einen Tee, nicht wahr?"

Tee klang gut. Draußen herrschten Minusgrade und die Fahrt hatte 40 Minuten gedauert.

„Ein Tee wäre wunderbar“, antwortete er daher. „Und danke noch mal, dass Sie mich so spontan empfangen.“

„Ich bin von Natur aus neugierig“, erwiderte Frau Klemmroth und kicherte leise.

Paul setzte sich an den Küchentisch und während die alte Dame mit dem Geschirr hantierte, schaute er sich um.

„Gemütlich haben Sie es hier“, sagte er und meinte es so. „Ich mag ihre Möbel.“

„Das meiste ist Jugendstil, noch von meinen Eltern.“

„Sehr gut erhalten.“

„Die sind unverkäuflich, Jungchen.“ Sie lachte.

Paul stimmte in das Lachen ein. Die alte Dame gefiel ihm. Sie lief geschäftig und flink in ihrer Küche hin und her und bereitete neben dem Tee, der bereits in einer gusseisernen Teekanne zog, auch einen Teller mit Keksen zu. Ihr Kleidungsstil fiel ihm auf. Seine Oma hatte immer Kittel getragen, darunter Stützstrümpfe und irgendwelche Gesundheitsschuhe. Nur zu besonderen Anlässen hatte er sie mal in einem Kleid gesehen, niemals in Hosen.

Frau Klemmroths Füße steckten in Sneakern von Adidas und unter einer langen Strickjacke, die auch Tessa gut stehen würde, trug sie Jeans und ein Leinenhemd. *Wie ich wohl mal aussehe, wenn ich so alt bin*, überlegte er und wusste genau, dass er niemals seinen Klamottenstil ändern würde. Was seine Haare anging, war er nicht sicher. Noch war alles in bester Ordnung, aber ob das immer so bleiben würde, wie bei seinem Vater, war fraglich. Irgendwo hatte er mal gelesen, dass der Haarwuchs über die mütterliche Linie vererbt wurde und Opa Johann war schon kahl gewesen, als Paul noch Windeln getragen hatte.

„Leben Sie hier allein?“, fragte Paul, um Konversation zu machen.

„Warum denn nicht?“, kam die prompte Gegenfrage.

Paul lächelte verlegen, aber Frau Klemmroth schüttelte den Kopf. „Nix für ungut. Ihr Jungen denkt immer, dass man mit spätestens 75 ins Heim muss. Aber schauen Sie mich an, ich bin 83 Jahre alt und komme sehr gut zurecht. Und wenn ich mal Hilfe brauche, dann bin ich mir nicht zu fein, danach zu fragen.“

„Haben Sie Kinder?“

Frau Klemmroth schüttelte den Kopf. „Keine eigenen. Das war uns leider nicht vergönnt. Aber ich war hier über 40 Jahre Lehrerin. Ich kenne fast jeden. Ich bin sehr gut eingebunden.“

Der Tee war fertig und Frau Klemmroth stellte eine dampfende Tasse vor ihn auf den Tisch.

„Zucker? Sie haben am Telefon gesagt, Sie brauchen Informationen zu einem alten Schüler. Andreas Koch?“

Paul Anders nickte. „Ja und ja. Herr Koch wurde Opfer eines Verbrechens und wir suchen nach möglichen Tätern auch im privaten Umfeld.“

Frau Klemmroth stellte Zucker und Milch auf den Tisch und setzte sich. „Das ist ja furchtbar. Wie geht es ihm denn?“

„Nicht so gut“, log Paul. „Er liegt derzeit im Koma und wir wissen nicht, ob er wieder aufwacht.“ Tessa hatte ihn gestern Abend noch über die Ermordung von Andreas Koch informiert. Aber er sah keine Notwendigkeit, die alte Dame unnötig zu erschrecken.

Die Lehrerin schüttelte den Kopf. „Der Arme. Aber Sie sind nicht von der Polizei?"

„Ich arbeite als externer Berater für die Polizei."

„Spannend." Sie stand wieder auf und stellte ihm den Teller mit Keksen vor die Nase. „Die hab ich selbst gebacken."

Paul überlegte, wann er das letzte Mal selbstgebackene Plätzchen bekommen hatte. Es fiel ihm nicht ein und er griff dankbar zu. Frau Klemmroth lächelte, als sie sah, wie gut es ihm schmeckte.

„Der kleine Andi Koch. Ich kann mich gut an den erinnern."

„Obwohl das wie lange her ist? 54 Jahre?", fragte Paul mit vollem Mund.

„Das war meine erste Klasse. Ich kenn die alle noch". Die alte Frau stand auf und verschwand im Flur. Nach kurzer Zeit kam sie zurück und hielt Paul ein vergilbtes Klassenfoto hin.

„Hier. Das ist er." Sie zeigte auf einen Jungen mit hellen Haaren, der fröhlich in die Kamera lächelte. „Ein tolles Kind. Sehr aufgeweckt und freundlich. Die Eltern waren auch nett. Der Vater war einfacher Landarbeiter und die Mutter hat mit Näharbeiten ein bisschen was dazu verdient. Brave Leute."

„Können Sie sich erinnern, mit wem der Andi so befreundet war?"

„Der hatte eigentlich keine richtigen Freunde."

„Warum nicht?", fragte Paul. „Sie haben doch eben gesagt, dass die Familie so nett war."

„Aber die waren nicht von hier. Verstehen Sie?"

Paul verstand nicht.

„Die Kochs sind nach dem Krieg aus Schlesien gekommen. Das war damals wie heute Gastarbeiter oder Flüchtlinge. Die waren nicht willkommen." Frau Klemmroth senkte den Blick. „Der kleine Andi hatte es schwer. Er wurde immer gehänselt. Heute würde man sagen, er wurde gemobbt. Das ging solange, bis ..." Sie machte eine Pause und Paul konnte sehen, wie es in ihr arbeitete. Er entschied sich dazu, ihr die Zeit zu geben, über die Vergangenheit nachzudenken und nach ein paar Minuten räusperte sie sich.

„In der dritten Klasse kam der Klaus zu uns."

„Welcher von denen ist es?", fragte Paul.

Frau Klemmroth zeigte auf einen größeren Jungen, der in der hintersten Reihe auf dem Foto stand. Er lächelte nicht, wie die meisten anderen, sondern blickte ernst und irgendwie abwesend in die Kamera.

„Wo kam der her?"

„Vom Kastnerhof, ein paar Kilometer von hier. Sitzengeblieben."

„Was hat sich dadurch verändert?"

„Der hat den Andi beschützt. Vom ersten Tag an. Ich weiß nicht warum." Dann schwieg die alte Frau wieder und Paul griff nach einem Vanillekipferl, schob ihn sich in den Mund und leckte den Puderzucker vom Finger.

„Ich wusste immer, dass eines Tages mal jemand kommen würde, um sich nach dem Klaus zu erkundigen", sagte Marliese Klemmroth nach einer kurzen Pause.

„Sie mochten ihn nicht?"

„Ich bin kein Freund davon, Menschen in Schubladen zu stecken, wissen Sie. Ich glaube auch eigentlich nicht daran, dass jemand von Geburt an böse ist. Aber Klaus war so ein Kind. Der war anders."

„Wie meinen Sie das?"

„Emotionslos, ohne Empathie. Es hat ihm Spaß gemacht, anderen weh zu tun."

„Wie hat sich das geäußert?"

„Er hat jeden verprügelt, der dem Andi zu nah kam. Aber der hat auch andere Sachen gemacht. So sexuelle."

„Was zum Beispiel?" Sie kamen langsam zum Kern der Sache. Ein empathiegestörtes Kind mit Hang zur Gewalt und sexuellem Fehlverhalten. Paul überlegte, ob er noch ein Plätzchen nehmen sollte, entschied sich aber dagegen. Er wollte nicht gierig erscheinen.

„Er hat einer Mitschülerin unter den Rock gefasst."

„Wie alt war er da?"

„Zehn oder elf."

„Was war so schlimm daran?", fragte Paul. „Ich kann mich erinnern, dass wir ständig die Röcke der Mädchen im Visier hatten und ihre Zöpfe."

„Er hat das Mädchen mit einem Messer bedroht, damit sie still hält, und dann hat er sie unzüchtig berührt."

„Okay", Paul kratzte sich am Kopf, „das ist in der Tat etwas anderes."

„Und kurze Zeit später wurde der Hund der Familie totgeschlagen. Das konnte man ihm zwar nicht nachweisen, aber jeder wusste, dass er es war."

„Warum?", fragte Paul.

„Das Mädchen war die Tochter des Bürgermeisters und der Vorfall hat hohe Wellen geschlagen. Klaus hat alles abgestritten, es gab ja keine Zeugen, aber dem

Mädchen hat man geglaubt und ihm nicht. Er war halt *nur* der Sohn vom alten Kastner, einem üblen Säufer."

„Gewalttätig?", fragte Paul.

Marliese Klemmroth nickte. „Ich bin mir sicher, dass der Frau und Sohn misshandelt hat. Damals hat sich ja um sowas keiner geschert, wissen Sie? Die Kastners waren Bauern. Klaus musste viel auf dem Hof helfen. Geld war knapp, das Leben war schwer, so kurz nach dem Krieg. Heute würde man sagen, der alte Kastner war traumatisiert. Russische Kriegsgefangenschaft und wer weiß, was sonst noch. Aber damals war er einfach nur der Kastner, der sich am Ende totgesoffen hat."

„Gab es noch mehr solcher Vorfälle?", wollte Paul wissen, dem der kleine Klaus für einen kurzen Moment leidtat. Er schob seine Gefühle zur Seite. Er wusste aus eigener Erfahrung, dass ein gewalttätiges Elternteil Kinderseelen zerstören konnte. Es rechtfertige aber nicht, anderen wehzutun. Man hatte immer eine Wahl. Er war sich mittlerweile sicher, hier auf der richtigen Fährte zu sein.

„Ein paar Jahre später wurde ein junges Mädchen aus dem Ort vergewaltigt. Sie war erst vierzehn! Sie hat damals behauptet, dass sie den Täter nicht erkennen konnte, weil er eine schwarze Maske getragen hat. Aber ich weiß, dass er es war."

„Wie kommen Sie darauf", fragte Paul.

„Ich habe sie gefragt, ob er es war, und sie hat mich angelogen. Ich sage doch, ich weiß, wenn jemand lügt."

Paul hatte eine Idee. „Wissen Sie noch, wie das Mädchen ausgesehen hat?"

„Was meinen Sie genau?"

„Körpergröße, Haarfarbe, Augenfarbe, sowas."

„Ja klar, die Moni war eine ganz Hübsche mit dunklen Korkenzieherlocken. Sowas gibt es nicht so oft. Und zierlich war die. Wie ein Püppchen hat die ausgesehen."

Bingo! Korkenzieherlocken, Vergewaltigung einer Minderjährigen im Alter von ...? „Wie alt war Klaus damals?"

„Ich würde sagen, siebzehn, vielleicht auch schon volljährig. Der war gerade mit der Schule fertig und ist kurz danach weg nach Berlin."

„Lebt diese Moni noch?", fragte Paul, aber Frau Klemmroth schüttelte den Kopf.

„Ist letztes Jahr an Brustkrebs gestorben. Sie war nach der Vergewaltigung nie wieder dieselbe. Schwer depressiv, viel in Kliniken. Das arme Ding."

„Und Andreas Koch? Was war mit dem?"

Frau Klemmroth zuckte mit den Schultern. „Er ist aufs Gymnasium nach Overath gegangen. Aber er und Klaus blieben befreundet. Der Andi ist sogar nach dem Abitur hinter dem her nach Berlin. Zum Studium."

„Was ist aus Klaus geworden?", fragte Paul.

Frau Klemmroth zuckte mit den Schultern. „So genau weiß ich das nicht. Aber man sagt, er ist zu Geld gekommen. Ich glaube, er hat eine Firma gegründet, irgendwas mit Computern. Ich versteh nicht viel von solchen Sachen. Auf jeden Fall hat er immer seine Mutter unterstützt. Die hatte zum Schluss sogar eine private Pflegerin."

„Wann ist sie gestorben?"

Frau Klemmroth dachte kurz nach. „Vor fünf oder sechs Jahren."

„Und was ist mit dem Hof passiert?"

„Erst stand der leer, aber dann hat der Klaus ihn renoviert und manchmal verbringt er die Wochenenden dort."

Paul kribbelte es im Nacken. Er spürte instinktiv, dass er einer großen Sache auf der Spur war.

„Wo ist dieser Hof? Hier in Much?"

Marliese Klemmroth schüttelte den Kopf. „Außerhalb, eine halbe Stunde mit dem Rad, mit dem Wagen geht es schneller. Aber das letzte Stück muss man zu Fuß gehen. Der Zufahrtsweg ist in sehr schlechtem Zustand. Da kommt man nur mit einem Geländewagen durch."

Da will einer ungestört bleiben, überlegte Paul und bat die alte Lehrerin, ihm den Weg aufzuzeichnen. Dann verabschiedete er sich und machte sich auf den Weg zum Kastner-Hof.

Kapitel 50

Er war in Panik. Wer war der Mann? Was wollte er? War er ein Bulle? Waren da noch mehr? Ihm blieb nicht viel Zeit. Er schnappte sich den Elektroschocker, schleppte den bewusstlosen Mann ins Haus und bugsierte ihn die Treppe hinunter in den Keller und in seine Folterkammer. Dann atmete er ein paar Mal tief durch. Was sollte er mit ihm machen?

Erstmal dafür sorgen, dass er nicht abhauen kann.

Er holte das Fläschchen mit dem Haloperidol und injizierte seinem neuen Gast eine ordentliche Dosis. Das würde ihn für eine Weile ins Land der Träume schicken und wenn er aufwachte, mit wunderbaren Halluzinationen beglücken. Anschließend fesselte er den Mann an Händen und Füßen. Zum Schluss durchsuchte er seine Kleidung, fand ein Handy, das er sofort zerstörte, und die Geldbörse.

Richard Erdmann. Das sagte ihm nichts. Kein Dienstausweis. Nur Führerschein, eine Versichertenkarte, EC- und Kreditkarte und 150 Euro in bar. Dann fand er das Foto. Zusammengefaltet und ganz zerknittert. „Na sieh mal einer an“, murmelte er und ein zufriedenes Lächeln umspielte seine Mundwinkel. „Jackpot!“

Er überprüfte die Fesseln, ging zurück nach oben, setzte sich vor die Monitore und kontrollierte jede einzelne Kamera. Eigentlich wusste er, dass Richard Erdmann allein gekommen war. Aber er wollte trotzdem auf Nummer sicher gehen, dass da draußen nicht noch jemand lauerte. Als er sich davon überzeugt hatte, dass niemand ums Haus oder durch den Wald schlich, lehnte er sich zurück und schloss die Augen. Er war aufgeregt wie ein Schuljunge vor einer Prüfung. Daddy war gekommen, um sein kleines Mädchen zu holen. Und er konnte es kaum erwarten, ihm zu zeigen, was für eine gehorsame Sklavin seine Tochter unter seiner fachmännischen Anleitung geworden war. Ob Daddy es genießen würde, wenn er ihre Fotze folterte?

Er bekam eine Erektion. Der Gedanke daran, Momo vor den Augen ihres Vaters zu vergewaltigen, geilte ihn so auf, dass er sich zusammenreißen musste, nicht sofort in den Keller zu rennen und loszulegen. *Nicht so hastig.* Er hatte alle Zeit der Welt und es sollte der perfekte Auftritt werden. Denn so eine Gelegenheit bekam man nur einmal im Leben.

Kapitel 51

„Kannst du das noch mal wiederholen?“, fragte Tessa und sah Franziska ungläubig an.

„Sie hat gesagt *Nehmen Sie das und gehen Sie* und dann hat sie mich rausgeschmissen.“

„Nicht zu fassen. Aber jeder reagiert anders auf die Nachricht vom Tod eines geliebten Menschen.“

Franziska nickte. „Wo bleibt nur Susanne mit dem Videorekorder?“

„Bin schon da“, rief Susanne. „Kann gleich losgehen. Ich bin ehrlich gesagt etwas nervös.“

„Warum?“

„Der Rekorder ist alt, das Band noch älter. Was, wenn wir Bandsalat produzieren?“

„Das überlegen wir uns, wenn es so weit ist.“ Franziska brannte ungeduldig darauf zu sehen, was auf der Videokassette war und hatte keine Lust, sich mit technischen Details auseinanderzusetzen. Sie gähnte. „Film ab“, entschied sie und lehnte sich zurück.

Dreißig Minuten später saßen die drei Frauen im Halbdunkel des Großraumbüros und schwiegen. Der Weg nach Gummersbach zur Mutter der ermordeten Gabriele Kramer hatte sich gelohnt. Aber nach Freudentänzen war Franziska nicht zu Mute. Sie war viel zu erschöpft und die Bilder von den Qualen einer jungen Prostituierten und ihrer Ermordung lagen ihr schwer im Magen. Das Mädchen hatte noch versucht zu fliehen, und verzweifelt um ihr Leben gebettelt. Am schlimmsten aber war *sein* Gesichtsausdruck gewesen, als sie ihren letzten Atemzug nahm, während er ejakulierte. In dem Moment hatte sie verstanden. Dieser Mann würde niemals damit aufhören, Frauen zu quälen und zu töten.

„Manchmal muss man einfach Glück haben", unterbrach Tessa das Schweigen. „Das ist ein mega Durchbruch."

„Wie kannst du das so wegstecken?", fragte Franziska gereizt.

„Gar nicht", war die prompte Antwort. „Mir wird schlecht, wenn ich sowas sehe. Und ich werde sicher Alpträume davon haben. Aber wir haben jetzt eine reelle Chance, das Schwein aus dem Verkehr zu ziehen. Komm schon. Wir haben den Film, seinen Namen und seine Adresse. Worauf warten wir noch?"

„Du hast Recht", sagte Franziska. Dann stand sie auf. „Los geht's. Und du Susanne, hältst hier die Stellung."

„Wollt ihr da etwa ohne Verstärkung hin?", fragte Susanne besorgt.

„Das SEK anzufordern, würde jetzt viel zu lange dauern", sagte Franziska.

„Aber ihr seid beide total übermüdet und dieser Kastner ist ein skrupelloser Serienmörder. Ich komme mit", entschied Susanne und lächelte tapfer. „Dann sind wir zu dritt."

„Alles gut, Susanne. Wir schaffen das schon." Franziska sah die junge Kollegin an. Sie war gerührt von so viel Sorge und Empathie. „Du hilfst uns hier mehr als da draußen. Wir brauchen einen Haftbefehl, Durchsuchungsbeschluss und die Spurensicherung. Die sollen sich aber zurückhalten, bis wir grünes Licht geben. Außerdem wüsste ich gerne mehr über diesen Kastner. Sieh mal, was du findest."

„Alles klar", rief Susanne und drei Sekunden später war sie schon wieder hinter ihren Monitoren verschwunden.

Die beiden Kommissarinnen zogen sich ihre kugelsicheren Westen an und machten sich auf den Weg in die Südstadt zu der Adresse, die Gabriele Kramer auf einen Zettel notiert und in der Video-Kassette versteckt hatte.

„Die Namen fangen hier alle mit einem K an", sagte Tessa. „Irgendwie lustig." Sie zeigte auf das Klingelbrett. „Hier, Kastner, zweiter Stock." Sie trat einen Schritt zurück auf die Straße und schaute nach oben. „Da sind die Vorhänge zugezogen. Soll ich klingeln?"

Franziska nickte.

Nichts geschah.

Sie klingelten ein zweites Mal, diesmal länger.

Wieder keine Reaktion.

„Schätze, das Vögelchen ist ausgeflogen", sagte Franziska. Dann drückte sie den Klingelknopf von Kuller im Erdgeschoss und wenige Sekunden später brummte der Summer.

„Kriminalpolizei", erklärten sie einer verschreckten Dame mittleren Alters. „Kennen Sie Ihren Nachbarn, Klaus Kastner?"

Frau Kuller riss die Augen auf. „Mit dem will man nichts zu tun haben", flüsterte sie mit einem furchtsamen Blick auf die Treppe. „Ein unangenehmer Mensch."

Franziska nickte. Den Rest konnte sie sich denken. Die Stimme, die Augen. Sie hatte den Mann in Aktion erlebt.

„Der ist aber nicht da." Frau Kuller setzte ein wichtiges Gesicht auf. „Der ist gestern Abend mit ein paar Koffern hier raus. Hatte es ziemlich eilig, wenn Sie mich fragen."

„Und er ist bisher nicht zurückgekommen?"

„Das hätte ich mitbekommen. Der stampft so, wissen Sie? Ich bin immer froh, wenn der nicht da ist. Das Haus ist alt und alles so hellhörig."

„Sie haben nicht zufällig einen Schlüssel?", fragte Franziska, aber Frau Kuller schüttelte erwartungsgemäß den Kopf.

„Was hat er ausgefressen?", fragte die Frau neugierig.

Tessa sah sie an. „Darüber dürfen wir nicht sprechen. Das ist geheim." Sie legte den Finger an die Lippen. „Bitte gehen Sie in ihre Wohnung zurück", forderte sie die Frau auf. „Es könnte sein, dass es gefährlich wird."

Frau Kuller trat instinktiv einen Schritt zurück und schloss schnell die Tür.

„Was sollte das denn?", fragte Franziska.

Tessa grinste. „Ach, nichts. Solche Menschen gehen mir einfach auf die Nerven."

Als sie vor Kastners Wohnung standen, klingelten sie zur Sicherheit noch ein letztes Mal. Aber nichts rührte sich.

„Und jetzt?", fragte Tessa.

„Ich hab was gehört? Du nicht?", fragte Franziska, hob vielsagend die Brauen und zog einen Dietrich aus ihrer Jackentasche.

„Was du alles drauf hast", sagte Tessa beeindruckt.

„Hat Bermann mir beigebracht. Ist eigentlich kinderleicht, wenn man weiß, wie es geht. Ich zeig's dir bei Gelegenheit." Franziska zog ihre Handschuhe über und machte sich dann an dem Schloss zu schaffen, das ähnlich alt war wie die Tür. Keine wirkliche Herausforderung und nach wenigen Sekunden war die Tür offen und sie betraten die Wohnung. Nachdem sie sich davon überzeugt hatten, dass Kastner nicht zu Hause war, gaben sie grünes Licht für die Spurensicherung und sahen sich in Ruhe um.

„Der Mann hat einen exklusiven Geschmack", sagte Tessa beim Anblick der teuren Inneneinrichtung, die vornehmlich aus Holz, Chrom und dunklem Leder bestand.

Franziska nickte. „Das hier trägt die Handschrift eines pedantischen Mannes. Es ist sehr sauber und aufgeräumt."

„Vielleicht hat er geputzt, bevor er gegangen ist", mutmaßte Tessa.

Aber Franziska schüttelte den Kopf. „Das glaube ich nicht. Der ist zwanghaft. Sieh nur, wie er seine Bücher geordnet hat. Nach Farben, nicht alphabetisch." Sie stand vor dem Regal und studierte die Buchrücken.

Sie musste an Heiner denken und seine Unmengen von Büchern und Zeitschriften, die jeden freien Zentimeter Wand und auch große Teile des Bodens in seinem Arbeitszimmer bedeckten. Er wäre niemals auf die Idee gekommen, sie nach Farben zu sortieren. Im Gegenteil, er verachtete Menschen, die das taten. Seiner Meinung nach waren Bücher kein Dekor. Franziskas Herz wurde schwer. Was er wohl gerade machte? War er bei IHR? Oder saß er traurig zu Hause auf dem Sofa und dachte über seine zerrüttete Ehe nach? Sie schob die Fragen beiseite. Sie waren zu schmerzhaft und sie musste sich konzentrieren.

„Na, sieh mal einer an“, rief sie und zog ein gebundenes Buch hervor. „Da haben wir sie ja, die tolldreisten Geschichten von Balzac.“ Franziska blätterte darin zu der Erzählung *Die schöne Imperia*, von der Susanne berichtet hatte. Es war deutlich erkennbar, dass Kastner diese Geschichte mehrmals gelesen hatte. Die Seiten wirkten abgegriffener als beim Rest des Buches.

Sie ging weiter ins Schlafzimmer. Das Bett war unberührt und ordentlich gemacht, wie in einem Hotel. Sie öffnete eine Schranktür und staunte über die akkurate Ordnung darin. Gürtel, Krawatten und Uhren lagen fein säuberlich in jeweils eigenen Schubladen, alle Hemden und Pullover waren ordentlich gefaltet, so wie sie aus der Reinigung kommen, Hosen und Jackets hingen auf Kleiderbügeln. Und wie schon im Bücherregal, war auch hier alles nach Farben sortiert. Einige Bügel waren leer und auch bei den Stapeln von Pullovern und Hemden gab es Lücken. Im Badezimmer das Gleiche. Alles pikobello, aber einiges fehlte. Keine Zahnbürste, Rasierzeug, Duschzeug oder Ähnliches. Auch der Kühlschrank in der Küche war leer und die Tür stand einen Spalt offen.

„Der hat nicht vor, so schnell zurückzukommen“, sagte Tessa. „Er hat sogar noch den Kühlschrank abgetaut.“

„Und gereinigt“, ergänze Franziska. „Alle Achtung. Der ist wirklich zwanghaft und gut organisiert.“

Es klopfte an der Tür. Miriam und ihr Team waren eingetroffen.

Franziska erklärte der Kollegin in groben Zügen, womit sie es zu tun hatten.

„Alles klar“, sagte Miriam. „Dann legen wir mal los. Suchen wir nach einem versteckten Zimmer?“

„Gute Idee“, antwortete Franziska. „Obwohl ich es für unwahrscheinlich halte, dass er hier in der Wohnung eine Frau gefangen gehalten hat. Die Nachbarin von unten hat ausgesagt, dass das Haus ziemlich hellhörig ist.“

„Du glaubst nicht, was man mit Spezialmaterial alles gedämmt bekommt“, sagte Miriam. „Ich seh mal, was wir finden.“ Dann verschwand sie im Flur.

„Ich frage mich die ganze Zeit, wie viel der Koch gewusst hat“, sagte Tessa.

„Du meinst von der dunklen Seite seines Freundes?“

Tessa nickte.

„Schwer zu sagen“, antwortete Franziska.

„Sie haben eine Frau gemeinsam getötet.“

„Nicht ganz. Der Koch ist auf dem Video so zugedröhnt, dass er gar nicht mitbekommen hat, was da passiert ist. Und nach allem, was wir wissen, ist er danach weg aus Berlin. Ich könnte mir vorstellen, dass die beiden jahrzehntelang keinen Kontakt hatten.“

„Und dann plötzlich wieder?“, fragte Tessa. „Ich finde das alles sehr merkwürdig.“

„Was hältst du von folgender Theorie?“, fragte Franziska. „2013 kann eines der Opfer von Kastner in Leipzig entkommen. Der Osten wird für ihn zu heiß, er bricht dort seine Zelte ab und kommt nach Köln. Vielleicht sind sie sich zufällig irgendwo begegnet. Zum Beispiel in einem der Saunaclubs.“

Tessa runzelte die Stirn. „Und du denkst, die treffen sich nach so langer Zeit wieder und alles ist wie früher? Der Mord an dem armen Mädchen vergessen und verjährt?"

„Verdrängung. Als ich siebzehn war, hat meine beste Freundin mit meinem Freund geschlafen."

Tessa zog fragend eine Augenbraue hoch.

„Ich hab ihr irgendwann verziehen. Wir sind heute noch befreundet. Aber erstmal hatten wir jahrelang keinen Kontakt."

„Ich würde sagen, der Vergleich hinkt etwas", sagte Tessa trocken.

„Ein bisschen", gab Franziska zu. „Aber was ich sagen will, ist, dass Freundschaft ein sehr starkes Band sein kann. Zumal die beiden ja auch eine besondere Beziehung zueinander hatten. So ein Fetisch verbindet. Und ein Abhängigkeitsverhältnis wird da sicher auch mit reinspielen."

„Der Kastner ist der Dominante?"

„Da geh ich von aus", sagte Franziska. „Außerdem steckt der Koch um 2014 rum in einer Ehekrise. Seine junge Frau ist nicht mehr jung genug und er fängt wieder an, zu Prostituierten zu gehen. Wir haben Frau Koch gar nicht danach gefragt, aber ich wette, dass er das jahrelang nicht gemacht hat."

„Und dann ist Kastner plötzlich wieder da und alles ist wie früher?"

„Ja. Er versorgt ihn mit BDSM-Videos, die der Koch toll findet. Er schaut gern zu. Das weiß Kastner. Und wo geht das besser als in den eigenen vier Wänden?"

„Also sucht er sich Kanzleiräume, die seinen Vorstellungen entsprechen.“ Tessa atmete tief durch. Langsam ergab das Ganze einen Sinn.

„Du hast Frau Kramer gehört. Sie hat den Umzug nie verstanden.“

„Du glaubst also, der Koch war nur ein Voyeur, kein Mittäter?“

Franziska wiegte ihren Kopf hin und her. „Wäre doch möglich.“

„Aber wenn die beiden keine *richtigen* Partner waren, wozu dann das mit diesem Rosenmuster? Warum zwei Räume, die gleich aussehen?“

„Vielleicht weil die Videos von Kastner dieses Ambiente haben. Und er will das auch?“

Tessa schüttelt den Kopf. „Und der Kastner hatte noch was Tapete übrig? Sowas in der Art?“

„Manchmal ist es so einfach. Und das gleiche Bett zu bestellen, ist ja nun wirklich ein Kinderspiel.“

„Okay“, sagte Tessa. „Dann gehen wir mal davon aus, dass der Kastner bereits einen Raum hatte, in dem er sein, was auch immer, ungestört ausleben konnte und der Koch baut sich den nach. Stellt sich die Frage, wo ist dieser andere Raum?“

„Dafür müssten wir mehr über den Kastner wissen“, sagte Franziska. „Susanne läuft sicher schon heiß.“ Sie sah auf die Uhr. „Was ist eigentlich mit Paul? Hat der sich mal gemeldet? Der war doch heute bei der alten Lehrerin.“

Tessa schüttelte den Kopf. „Bisher nicht.“ Sie holte ihr Handy raus und wählte Pauls Nummer. „Er geht nicht ran“, sagte sie und packte ihr Handy wieder weg. „Der wird sich schon melden.“ Sie sah Franziska an. „Eines ist mir noch nicht klar“, sagte sie. „Was meinst du? Wusste Andreas Koch, dass der Kastner reihenweise Frauen umgebracht hat?“

Franziska zuckte mit den Schultern. „Seit Natalia müsste er eigentlich eins und eins zusammengezählt haben. Er hat ein Video von ihr und dann ist sie tot. Das stand doch in der Presse.“

„Und er ist nicht zur Polizei gegangen?“, fragte Tessa.

„Um was auszusagen? Dass er vor 30 Jahren einen Mord nicht gemeldet hat? Vergiss das Video aus Berlin nicht. Was, wenn es ein zweites gibt. Die beiden hatten sich vielleicht gegenseitig in der Hand.“

Tessa nickte. „Elisabeth Koch hat ausgesagt, dass ihr Mann seit Jahren Albträume hatte.“

„Da hast du es. Gewissensbisse. Aber will er deswegen auf die Prostituierten verzichten? Auf keinen Fall.“

„Der Koch misshandelt aber selber keine Frauen“, gab Tessa zu bedenken. „Das hat Dolly bestätigt.“

„Mag schon sein, aber er geilt sich an der Vorstellung auf. Unterschätze niemals die Kraft der Imagination.“

Tessa nickte. „Er hat ihm sogar Mädchen zugespielt. Momo zum Beispiel.“

„Und damit ist er für mich nicht nur ein Freier, sondern ein Mittäter.“

„Wusstest du eigentlich, dass das Wort *Freier* aus dem Mittelhochdeutschen kommt und einen Mann bezeichnet, der eine Frau *freit*, also um sie wirbt.“

„Und das ist jetzt wichtig, weil?“, fragte Franziska.

„Weil es ein Euphemismus ist, der verschleiert, was in der Prostitution wirklich passiert.“

„Und welchen Begriff soll ich deiner Meinung nach stattdessen verwenden?“

„Es gibt keinen“, antwortete Tessa. „Es ist aber an der Zeit, finde ich, dass der Begriff umgedeutet wird. Ein Freier ist ein Mann, für den das System Prostitution überhaupt erst existiert. Er begründet es durch seine Nachfrage. Würde kein Mann Sex kaufen, müsste sich auch keine Frau dafür anbieten.“

Während Franziska mit halbem Ohr Tessas Ausführungen zum Thema Freier lauschte, schaute sie sich eine Reihe von Fotos im Flur an. Auf den ersten Blick sah man nur leuchtende Farben, ein buntes Durcheinander von Blumen- und Tiermotiven. Dann entdeckte sie es und ihr Herz blieb stehen.

„Was ist?“, unterbrach Tessa ihre soziologischen Ausführungen. „Du siehst aus, als hättest du ein Gespenst gesehen.“

„Das ist seine Opfergalerie.“

Tessa widmete ihre Aufmerksamkeit den Fotos. „Die sind vor allem kitschig“, sagte sie. „Was meinst du?“

„Hier“, Franziska deutete auf ein Foto mit überlebensgroßen Vögeln, einem Tukan, einem Pfau, dazwischen große Blumen ... und fast unsichtbar, das Gesicht einer Frau, versteckt in der bunten Blüte einer exotischen Blume.

Tessa erschrak, als sie erkannte, wen sie da vor sich hatte. „Das ist doch ...“

„Natalia Maskovska“, vollendete Franziska den Satz. „Die Tote aus dem Rhein.“

„Auf jedem Bild ist so ein Gesicht“, rief Tessa, die sich jedes einzelne Motiv genauer ansah. „14 sind es insgesamt. Ein paar davon erkenne ich wieder.“

„Und er hat sie datiert“, sagte Franziska. Sie hatte das Foto von Natalia von der Wand genommen und umgedreht. „08. Januar 2014 bis 14. Juli 2016“, las sie vor. So lange war sie in seiner Gewalt.

Die beiden Kommissarinnen drehten ein Foto nach dem anderen um. Auf jedem standen Daten.

„Warum hat er die hiergelassen?“, fragte Franziska mehr zu sich selbst.

„Vielleicht sind sie für ihn nicht wichtig.“

„Das sind seine Trophäen. Die sind bestimmt wichtig für ihn.“

Tessa widersprach: „Das will ich gar nicht abstreiten. Aber das ist Photoshop.“

„Was willst du damit sagen?“

„Dass er die Bilder als Datei auf seinem Computer hat. Der braucht die hier nicht.“

„Aber deswegen sind sie ja nicht gleich unwichtig“, gab Franziska zu bedenken. „Nein, ich glaube er hat sie hiergelassen, um uns sein Werk zu zeigen.“ Sie atmete tief durch. „Das ist eine Machtdemonstration.“

„Du meinst, er hat gewusst, dass wir kommen würden?“

Franziska nickte. Er war ihnen schon wieder einen Schritt voraus. Sie gab der Kollegin von der Spurensicherung ein Zeichen. „Die hier bitte alle einpacken und sofort zu Susanne.“

Die Frau nickte und Franziska schickte Susanne eine WhatsApp mit allen Infos und der Bitte, mal zu checken, ob sich noch mehr in den Bildern verbarg, als mit bloßem Auge sichtbar war.

„Ich weiß ja nicht, wie es dir geht“, sagte Franziska und schaute auf die Uhr. „Ich bin hundemüde und muss mich jetzt ein paar Stunden aufs Ohr hauen. Ich fall sonst um.“ Sie gähnte.

Tessa lachte. „Komm, ich fahr dich nach Hause.“

„Was ist mit dir?“

„Ich bin jünger“, sie zwinkerte Franziska zu. „Nein im Ernst. Ich kann noch ein bisschen. Ich fahre ins Büro und helfe Susanne. Und wenn du wieder fit bist, tauschen wir.“

Kapitel 52

Paul fuhr langsam über die Landstraße, die die alte Lehrerin ihm auf der Karte gezeigt hatte, auf der Suche nach der Abzweigung, die ihn zum Kastner-Hof führen sollte. Es wurde schon dunkel und fast hätte er den Weg übersehen. Er wäre ihm niemals aufgefallen, wenn er nicht gezielt danach gesucht hätte. Er bog ab, stieg von seinem Motorrad und wunderte sich über den geparkten Audi mit Kölner Kennzeichen. Die Kühlerhaube war kalt. Der Wagen stand also schon eine Weile hier. Er machte ein Foto von Auto und Nummernschild.

Vor ihm lag ein schmaler Feldweg mit tiefen Schlaglöchern. Er verstand, warum der Fahrer des Wagens vorne an der Straße geparkt hatte. Hier kam man wirklich nur mit einem Geländewagen weiter und es sah so aus, als wäre vor kurzem jemand hier langgefahren. Der Schnee war matschig und breite Reifenspuren führten ins Innere des Waldes. Daneben Fußspuren, die bestimmt von dem Audi-Fahrer waren. Mit dem Motorrad könnte er theoretisch durchkommen, aber der Motorenlärm würde ihn verraten. Wer wohl der Besitzer des Wagens war? Kastner selber eher nicht. Warum sollte er sein Auto hier parken? Das ergab keinen Sinn.

Rechts und links war der Wald dicht und dunkel. Kein Laut war zu hören. Paul schnappte sich seine Taschenlampe, die er für Notfälle immer dabei hatte, aber bevor er sich auf den Weg machte, holte er sein Handy heraus. Es wurde Zeit, Franziska und seiner Schwester Bescheid zu sagen, wo er steckte. Er hatte ein schlechtes Gewissen, weil er nicht gleich nach seinem Treffen mit der Lehrerin eine Rückmeldung gegeben hatte. Immerhin hatte er einen Namen ermittelt.

Was machen schon ein paar Minuten mehr oder weniger aus, beruhigte er sich, tippte die Nachricht und drückte auf Senden.

Er sah auf den Wald vor sich und ging los.

Nach wenigen Minuten blieb Paul stehen. Ein Gegenstand an einem Baum hatte den Strahl seiner Taschenlampe reflektiert. Er ging vorsichtig näher und erkannte rechtzeitig, was das Ding war, das da am Baumstamm befestigt war. Ein Bewegungsmelder. *Na sieh einer an*, dachte Paul. Diesen hatte er gesehen. Wie viele hatte er übersehen? Würden noch Weitere kommen? *Zwei sind es mindestens*, überlegte er. Für den Fall, dass einer entdeckt wird. Was hinter ihm lag, war nicht mehr zu ändern. Was vor ihm lag, darauf kam es jetzt an. Er entschied sich, den Hauptweg zu verlassen, umging den Baum mit dem Bewegungsmelder und schlug sich durchs Unterholz. Hier lag der Schnee höher, was das Fortkommen schwieriger machte, aber dafür war es sicherer.

Nach einer Weile hörte der Wald auf und Paul hatte freie Sicht auf den Hof. Er schaltete die Taschenlampe aus und blieb unschlüssig im Schutz der Bäume stehen.

Vor ihm lag ein kleines Fachwerkhaus aus dem 19. Jahrhundert. Im Erdgeschoss brannte Licht. Der Rest des Hauses war dunkel. Zu seiner Rechten stand eine halb verfallene Scheune. Das Tor hing schief in seinen

Angeln und das Dach war an mehreren Stellen eingestürzt. Neben der Scheune gab es einen provisorisch gezimmerten Unterstand für allerlei landwirtschaftliches Gerät, unter anderem einen Traktor, ein paar Stützbalken, verschiedene Schaufeln und Metallstangen. Bis auf den Traktor sah alles relativ neu aus.

Vor dem Haus stand der Geländewagen. Der Schnee war an der Fahrerseite niedergetreten und hatte eine dunkle Färbung. War das Blut? Paul hielt den Atem an. Er wäre gerne näher an den Wagen herangeschlichen, aber es war zu riskant.

Er zog sein Handy aus der Tasche, um nachzusehen, wie nah seine Verstärkung schon war.

Aber er hatte kein Netz. Nicht mal das ohnehin sinnlose E-Netz. Seine Nachricht war gar nicht gesendet worden. Er fluchte leise, steckte das Telefon wieder in die Tasche und überlegte, wie er weiter vorgehen sollte. Der gesunde Menschenverstand sagte ihm, dass er Verstärkung holen musste.

Denn wenn dieser Kastner wirklich der Mann war, für den Franziska und Tessa ihn hielten, einer, der seit Jahrzehnten Prostituierte entführte, folterte und tötete, dann war er gefährlich. Und es sprach einiges dafür, dass er es war. Die Aussagen der alten Lehrerin hatten den Verdacht bekräftigt. Ein misshandeltes und emotional unterentwickeltes Kind, das als Erwachsener seine kranken Gewaltfantasien an Prostituierten auslebte.

Aber Verstärkung zu holen würde ewig dauern und Pauls Instinkt sagte ihm, dass er diese Zeit nicht hatte. Vielleicht hatte er ja Glück und das Handy verband sich noch mit einem Netz. Sonst würde er es später noch mal versuchen.

Er suchte mit den Augen das Gelände nach weiteren Sicherheitsvorrichtungen ab, konnte aber keine entdecken.

Wo würdest du Kameras postieren?, fragte er sich, *und welchen Bereich würden sie abdecken?*

Auf jeden Fall den Hauseingang, sicher auch den Hof und möglicherweise die verfallene Scheune. Paul überlegte, wie er vorgehen sollte. Wenn er einfach auf das Haus zulief, würde irgendwo ein stiller oder nicht so stiller Alarm losgehen. Besser er schlich über den Umweg der Scheune von der Seite ans Haus. Dort konnte er sich an der Hauswand entlangdrücken. Und vielleicht gab es ja sowas wie eine Hintertür. Er glaubte zwar nicht, dass die weniger gesichert war, aber irgendwas musste er tun, sonst konnte er gleich wieder umkehren.

Dann schlich er im Schutz der Bäume zur Scheune.

Kapitel 53

„Ich habe eine Überraschung für dich."

Sie zuckte zusammen, als seine Stimme plötzlich über den Lautsprecher knarzte. Sie hatte heute nicht mehr mit ihm gerechnet. Erst gestern hatte er sie und Magali zu einem *Stelldichein*, wie er es nannte, in seine Folterkammer gebracht. Ihr wurde übel, wenn sie daran dachte, was sie Magali auf seinen Befehl hin alles angetan hatte.

Sie wollte leben. Überleben. Und wenn überleben bedeutete, einen anderen Menschen zu misshandeln, dann war das eben so. Sie hatte sich einmal geweigert und das war ihr eine Lehre gewesen. Es war nicht ihre Schuld. Er war das Tier, der Vergewaltiger, der Folterer, der Teufel. Nicht sie. Sie war ein Opfer, sie beide waren es. Und wie sicher konnte sie sein, dass er nicht morgen wieder die Rollen tauschen würde, Magali den Rohrstock oder die Zangen bekam? Niemand konnte das vorhersagen. Er war unberechenbar. Das Einzige, worauf man sich bei ihm verlassen konnte, war sein Sadismus. Noch hatte sie nicht entschieden, ob sie die Andere töten würde. Er hatte, Gott sei Dank, das Thema auch nicht mehr angeschnitten.

„Mach dich bereit, ich komme gleich zu dir."

Das war ihr Stichwort. Sie legte ihren Kittel ab, kniete sich in ihre Ecke und wartete. Irgendetwas war passiert. Sie hatte Geräusche gehört. Dumpf und weit entfernt, sowas wie eine Autohupe und einige Zeit später ein Poltern. Aber sie war aus den Geräuschen nicht schlau geworden.

Er ließ sie fast eine Stunde warten. Ihre Knie waren gefühllos, als endlich die Tür aufging, die Schmerzen unerträglich. Aber kein Laut kam über ihre Lippen. Diese Genugtuung würde sie ihm nicht geben.

„Ich bin so aufgeregt“, rief er, als er sie auf die übliche Art fesselte und dann auf die Füße zog. Fast wäre sie gestürzt, weil ihre Beine ihr nicht gehorchten. Er fing sie noch rechtzeitig auf.

„Wir haben Besuch bekommen, meine Schöne. Du wirst begeistert sein.“

„Wer ist es denn?“, fragte sie und erschrak. Sie hatte unaufgefordert gesprochen. Das war ein Regelverstoß.

Er griff ihr an die Kehle und zog sie fast von den Füßen. „Du bist zu neugierig“, zischte er. „Warte es ab“. Dann ließ er sie los. Sie hustete und senkte devot den Blick. Er stülpte ihr eine schwarze Tüte über den Kopf und band sie unter ihrem Kinn lose zusammen. Jetzt war sie blind und bekam schlecht Luft.

„Auf geht’s.“ Er schubste sie vorwärts und sie trippelte mit winzigen Schritten voran in die Folterkammer. Er kettete sie an das Andreaskreuz. Das Metall war kalt auf ihrer nackten Haut. Dann entfernte er sich. Als Nächstes hörte sie klatschende Geräusche, wie Ohrfeigen und dann den Satz, der ihr Herz stillstehen ließ.

„Richard, mein Freund. Schau, wer hier ist.“

„Papa?“ Ihr Atem beschleunigte sich. Niemand antwortete. Was war hier los? Richard, ihr Vater? War er gekommen, um sie zu befreien? War er ebenfalls ein

Gefangener? Sie schrie und riss an ihren Fesseln. Die Tüte klebte an ihrem Gesicht. Sie röchelte.

„Sachte, sachte, meine Schöne. Du wirst noch ersticken." Er zog ihr die Tüte vom Kopf und nachdem sich ihre Augen an das Dämmerlicht gewöhnt hatten, sah sie ihn. Ihren Vater. Er saß keine drei Meter von ihr entfernt auf dem Boden, an Händen und Füßen gefesselt. Seine Lippe war aufgeplatzt, das linke Auge zugeschwollen und er blutete aus der Nase.

„Papa?", rief sie.

Aber ihr Vater rührte sich nicht.

„Papa, sag doch was?" Sie konnte ihre Tränen nicht mehr zurückhalten. Ihren Vater so zu sehen, machte sie wütend. „Was hast du mit ihm gemacht, du Schwein?" Sie verstieß gerade gegen alle Regeln, aber das war ihr egal.

Er antwortete nicht, sondern traf seine üblichen Vorbereitungen für einen Livestream. Latexoverall, Handschuhe, Maske, Umhang. Zum Schluss überprüfte er die Kameras und legte die Fernbedienung breit. Er sah auf die Uhr. „Noch fünf Minuten."

Sie zerrte an ihren Fesseln. „Das ist alles meine Schuld", wimmerte sie. „Es tut mir so leid, dass ich nicht auf euch gehört habe."

„Das ist alles meine Schuld", äffte ihr Gebieter sie mit piepsiger Stimme nach. Er war mittlerweile fertig umgezogen, stand jetzt dicht hinter ihr und umfasste ihre Kehle mit beiden Händen. „Das ist verdammt richtig, Süße", hauchte er ihr ins Ohr. „Du hast dich mit den falschen Leuten eingelassen. Warst geil auf den niedlichen Finni mit seinem coolen Auto. Was hat er dir alles eingeflüstert, dein Loverboy? Dass du hübsch bist? Wie sehr er dich liebt?" Er drückte ihre Kehle zu, bis sie fast das Bewusstsein verlor. „Du bist eine Schlampe. Und du weißt, was mit Schlampen passiert."

Ihr liefen Tränen die Wangen hinunter. Angst und Wut wechselten sich ab und pushten ihren Adrenalinspiegel in schwindelerregende Höhen. Sie hatte das Gefühl zu zerspringen. Sie riss an ihren Fesseln, aber es war zwecklos.

„Du hast noch jede Menge Kampfgeist, das freut mich. Den wirst du heute brauchen." Er lachte sein dreckiges Lachen. „Ich würde sagen, wir beide begrüßen schon mal unser Publikum. Ich hab deinem Daddy leider etwas zu viel von den Drogen verabreicht. Aber das macht nichts. In ein paar Minuten ist er ganz bei uns."

Dann griff er nach der Fernbedienung. „Showtime."

Kapitel 54

„Ich hab's“, schrie Susanne und Tessa verschüttete vor Schreck den Kaffee, den sie sich gerade eingegossen hatte.

„Was hast du?“

„Den Red Room. Scheiße! Ich fass es nicht.“

Tessa war mit einem Satz neben ihr. „Zeig.“

„Ja, warte. Ich muss erstmal ...“ Sie hörte auf zu sprechen, ihre Finger flogen über die Tastatur und wenige Sekunden später erschien eine schwarze Webseite, auf der mittig eine rote liegende Acht pulsierte.

„Ist das echt?“ Tessa war wie elektrisiert.

„Keine Ahnung. Wir müssen bezahlen, um einen Link zu bekommen?“

„Wieviel ist das?“, fragte Tessa. Die Bitcoin Angabe sagte ihr nichts.

„Fast 3000 Euro.“

„Hast du so ein Konto?“

Susanne nickte. „Das nennt man Wallet.“

„Mach's“, entschied Tessa.

„Aber wenn das ein Fake ist, dann ist das Geld weg.“

„Sieht nicht aus wie ein Fake.“ Die liegende Acht war Tessa Beweis genug. „Mach's“, rief sie erneut. „Ich übernehme die Verantwortung und geb's dir wieder.“

Wenige Sekunden später war die Transaktion abgeschlossen und sie starrten mit klopfendem Herzen auf den Bildschirm.

Nichts geschah.

„Shit", brüllte Susanne und schlug mit der Faust auf den Tisch. „Die haben uns abge ... nein, warte, ich glaub ..."

Ein Link blinkte auf mit einem Zähler. Drei, zwei, eins. Dann war er wieder verschwunden. Aber Susanne hatte den Link kopiert und war raus aus dem Darknet, bevor Tessa überhaupt begriffen hatte, was gerade passiert war.

„Jetzt wird's spannend", sagte Susanne. „Ruf Franzi an!"

Tessa sah auf die Uhr. „Sie hat sich doch grad erst hingelegt."

„Die wird stinksauer sein, wenn sie das verpasst."

„Lass und erstmal sehen, ob wir reinkommen."

Susanne warf ihr einen abschätzigen Blick zu. „Voilà!"

Auf einem schwarzen Bildschirm erschien erneut die pulsierende Lemniskate. Sie fing an, sich zu drehen, wirbelte schneller und schneller und wurde dabei immer größer, bis sie fast den ganzen Bildschirm ausfüllte. Dann war sie verschwunden und gab den Blick frei auf einen langen Gang, an dessen Ende eine Tür war, auf der ein goldenes Fragezeichen prangte.

„Ich werd verrückt!" Tessa drückte Franziskas Nummer. „Wie öffnen wir die Tür?"

„Wir brauchen ein Passwort. Und zwar schnell. Ich habe nur dreißig Sekunden, dann sind wir draußen."

Tessa wagte kaum zu atmen. Mit klopfendem Herzen starrte sie auf den Monitor. „Versuch es mit *IMPERIA*", rief sie und erschrak zu Tode, als Franziska am anderen

Ende den Anruf entgegennahm und ein schlaftrunkenes *Wie bitte?* murmelte.

„Wir sind drin", flüsterte Tessa ins Handy. „Susanne hat den Red Room gefunden." Dann legte sie auf.

Der Raum, der sich vor ihren Augen auftat, war eingerichtet wie eine mittelalterliche Folterkammer. Der größte Teil davon lag im Dunkeln. Im grellgelben Spotlight war eine nackte Frau, gefesselt an etwas, das aussah wie ein Andreaskreuz, neben ihr stand ein Mann in einem ... Taucheranzug? Nein Latex. Er trug eine Maske, Handschuhe und einen schwarzen Umhang.

Tessa hielt den Atem an. War das Antonia Erdmann? Die Frau drehte ihnen den Rücken zu. „Kannst du das aufzeichnen?", fragte sie.

Susanne nickte.

„Liebe Zuschauer", begrüßte der Mann sein Publikum und als Tessa die Stimme hörte, hatte sie keine Zweifel mehr. Das war Klaus Kastner. Sie hatten ihn gefunden.

„Daddy ist heute zu Besuch, um seine kleine Tochter zu sehen." Kastner drückte einen Knopf auf einer Fernbedienung und ein zweiter Spot beleuchtete ein Bett, auf dem ein bärtiger blonder Mann saß. Er war an die Bettpfosten gefesselt und halb bewusstlos. Sein Kopf hing schlaff zwischen seinen Schultern.

„Mach die Augen auf, Daddy", befahl Kastner und als der Mann der Aufforderung nicht nachkam, ging Kastner zu ihm herüber, zog seinen Kopf hoch.

„Ich glaubs ja nicht", rief Tessa. „Die Rosentapete, schau mal."

Jetzt war auch der letzte Zweifel ausgeräumt.

Susanne entfuhr ein leiser Zischlaut.

„Kannst du irgendwie rausbekommen, wo das ist?“, flüsterte Tessa und fragte sich, warum sie so leise sprach.

Susanne schüttelte den Kopf. „Nicht über den Stream. Alles tausendfach gesichert. Aber ich hab eine andere Idee“, sagte sie und drehte sich zu dem zweiten Monitor um. Tessa starrte weiter wie gebannt auf das, was in der Folterkammer geschah.

„Er kann sich nicht bewegen und nicht sprechen, aber alles sehen“, erklärte der Mann mit der Maske und Tessa hatte das Gefühl, dass er ihr dabei direkt in die Augen sah.

„Bist du bereit, Sklavin?“

„Ja, mein Gebieter.“

„Dann lasst die Spiele beginnen.“

Mitansehen zu müssen, wie die Frau ausgepeitscht und nach dreißig Hieben blutend vom Kreuz genommen wurde, wie sie fast leblos zusammensackte, wie sich die Blicke von Vater und Tochter trafen, sein unendlicher Schmerz, ihre Angst. Das alles war kaum auszuhalten.

Dann gab es eine kurze Unterbrechung. Kastner schleppte Antonia ins Dunkle. Einen Moment lang geschah nichts, dann ging das Licht an.

„Oh mein Gott“, keuchte Tessa und krampfte sich an der Tischkante fest.

Antonia saß breitbeinig auf einer Art Thron und ihr Peiniger hatte etwas in der Hand, das wie ein Multischleifer aussah, mit einem runden Ball an der Spitze, der surrend anfing, sich zu drehen, als das Gerät eingeschaltet wurde.

„Ich nenne es den Muschi-Wärmer“, rief er, hielt das Gerät einmal hoch für die Zuschauer und demonstrierte dann seine Wirkung.

Antonia schrie wie am Spieß.

Tessa würgte und hielt sich ihre Kaffeetasse vor den Mund.

„Soll ich den Ton ausstellen?“ Susanne war kalkweiß im Gesicht.

„Auf keinen Fall“, keuchte Tessa. „Vielleicht gibt er uns einen Hinweis.“

Aber die nächsten fünfzehn Minuten vergingen und sie mussten tatenlos zusehen, wie Antonia Erdmann gefoltert wurde.

„Ich halt das nicht mehr aus“, rief Tessa und verließ den Raum. Draußen stieß sie mit Franziska zusammen, die sie erschrocken ansah.

„Wie siehst du denn aus?“ Aber statt einer Antwort fiel Tessa ihr in die Arme und weinte.

Kapitel 55

Paul hatte sich im Schutz der Bäume zur Scheune geschlichen und überlegte, wie er vorgehen sollte. Über das Erdgeschoss gab es keinen Weg rein, ohne Lärm zu machen. Alle Fenster waren vergittert, Haustür und Hintertür mit Sicherheitsschlössern fest verschlossen. Aber auf dem Dach gab es eine Luke. Wenn er da hinauf kam, konnte er vielleicht ins Haus gelangen. Er musste es nur bis zur Dachrinne schaffen. Die sah zwar schon etwas altersschwach aus, aber mit ein bisschen Glück würde sie halten. Sein Blick fiel auf ein altes Fass, das am Rand der Scheune langsam der Vergessenheit anheimfiel.

Er versuchte, das Fass anzuheben. Es war zwar schwer, aber er konnte es drehen und als es an seiner Position stand, kletterte Paul hinauf und griff mit beiden Händen die Dachrinne. Sie war eiskalt und voll mit Schnee. Paul zog seine Hände wieder zurück, um sich Handschuhe anzuziehen. *Jetzt zeig mal, was du drauf hast, Anders*, motivierte er sich und zog sein ganzes Gewicht in einem Klimmzug hoch, bis er ein Bein auf die Dachrinne schwingen konnte. Das alte Metall ächzte und knackte, aber es hielt. Paul stemmte und schob sich hoch, bis er mit beiden Füßen in der Dachrinne stand. Die Dachluke war jetzt genau über ihm. Und sie war nicht verriegelt. Paul konnte sein Glück kaum fassen. Oder war es eine Falle? Wurden auf diesem Weg unliebsame Eindringlinge in einen tödlichen Hinterhalt gelockt? *Werd jetzt mal nicht paranoid,* schalt er sich, schob die Luke auf und glitt ins Innere des Dachbodens.

Hier war es dunkel und es roch muffig. Paul klopfte sich den Schnee aus der Hose, schaltete seine Taschenlampe ein und hätte sie vor Schreck fast fallenlassen. Ein Mann und eine Frau starrten ihn finster an und hielten Revolver auf ihn gerichtet. Er brauchte einen Moment, um zu begreifen, dass er die Pappversionen von Warren Beatty und Faye Dunaway als *Bonni und Clyde* vor sich hatte. Die schrägen Wände waren tapeziert mit Plakaten von Filmen wie *Der eiskalte Engel* oder *Bullitt.* Wer auch immer hier gewohnt hatte, war ein Fan von Gangsterfilmen gewesen.

Zur Einrichtung gehörten ein schmales Bett, ein Schreibtisch, ein Schrank. Alles verstaubt und in die Jahre gekommen, aber gut erhalten. Nur am Boden des Fensters, durch das er hereingekommen war, war der Boden wellig. Wahrscheinlich hatte es dort mal reingeregnet.

Paul kam sich vor wie ein Zeitreisender. Auf einem Nachttisch lag ein kleiner Stapel Comic-Hefte, obenauf eine Ausgabe von *Nick der Weltraumfahrer* und in einer Ecke fristete ein altes Modellflugzeug ein einsames Dasein.

Ein Schrei zerriss die Stille. Paul blieb das Herz stehen. Wo war das hergekommen? Definitiv von unten. Er öffnete vorsichtig die Tür und lugte hinaus. Eine steile Stiege führte hinab in den Wohnbereich des Hauses. Er eilte so lautlos wie möglich hinunter und landete direkt in einer großen Wohnküche. Unten angekommen, hielt er den Atem an und lauschte. Aber es war kein Geräusch zu hören, nur das Knacken eines ausgehenden Feuers im alten Kaminofen. Als er sicher war, dass niemand ihn bemerkt hatte, schaltete er die Taschenlampe ein und sah sich genauer um. Auch hier hatte sich seit den 1960er oder 70er Jahren nicht viel verändert. Ein moderner Kühlschrank war der einzige Einrichtungsgegenstand, der aus diesem Jahrhundert zu sein schien. Pauls Lichtkegel erfasste einen großen Tisch, auf dem ein Gewehr und ein Elektroschocker lagen. *Na, sieh mal einer an. Das ist ja wie in einem Adventure Videospiel. Der Held streift durch das furchteinflößende Haus und sammelt Gegenstände, die er später brauchen wird.* Gewehr und Schocker wechselten den Besitzer.

Ein weiterer Schrei trieb Paul zur Eile an.

Es musste einen Keller in diesem Haus geben. Paul schlich auf einen Flur und öffnete nacheinander zwei Türen. Aber hinter der ersten befand sich ein kleines Wohnzimmer und hinter der anderen eine Art Überwachungszentrale. Auf fünf großen Monitoren waren Bilder des Grundstücks, aber auch von zwei Gefängniszellen zu sehen. Eine war leer, in der anderen lag eine Frau auf einer schmalen Pritsche. Von hier aus war nicht zu erkennen, ob sie schlief oder tot war.

Paul ging zurück auf den Flur. Sein Herz wummerte so stark in seiner Brust, dass er seinen eigenen Herzschlag hörte. Wo war dieser verdammte Keller? Er lief nach rechts, dann wieder nach links. Nichts. Die Frau schrie wieder. Er tastete die Wand ab, vor der er stand und dann endlich fand er sie, die Kellertür. Sie war mit derselben Tapete beklebt wie die Wand und damit fast unsichtbar. Er legte sein Ohr an und lauschte. Im Moment war alles still. Er drückte vorsichtig die Klinke und betete, dass die alte Tür nicht quietsche. Aber sie ließ sich ohne Probleme öffnen. Vor ihm führte eine Treppe hinab ins Dunkle. Er wagte es nicht, das Licht einzuschalten, und schlich so leise wie möglich Stufe für Stufe hinunter, das Gewehr entsichert und fest umklammert, den Elektroschocker wie eine Knarre hinten im Hosenbund. Unten angekommen, wartete er noch ein paar Sekunden, bis er ganz sicher war, dass niemand ihn gehört hatte. Dann knipste er seine Taschenlampe ein.

Er befand sich in einer Art Vorratskeller. An den Wänden standen Regale, vollgestopft mit alten Einmachgläsern und Flaschen, die, der Staubschicht nach zu urteilen, seit Jahrzehnten hier unten lagerten.

Ein weiterer Schrei ließ Paul das Blut in den Adern gefrieren. Wo war der hergekommen? Seine Taschenlampe erfasste eine Tür. Sie war nur angelehnt. Eine innere Unruhe trieb ihn zur Eile an. Wer so schrie, war in Lebensgefahr. Aber er musste vorsichtig sein. Er war vielleicht die einzige Chance für die Frau hinter dieser Tür. Und wenn er entdeckt wurde, bevor ...

Er schob den Gedanken beiseite und drückte die Tür einen Spalt breit auf. Das rostige Quietschen der Scharniere schrillte in seinem Kopf. Er blieb mit klopfendem Herzen stehen und lauschte. Aber das Einzige, was er hörte, war das Wummern seines Herzschlags in seinen Ohren. Nichts geschah. Wer auch immer hinter dieser Tür was auch immer tat, er hatte nichts mitbekommen.

Paul zwängte sich durch den Türspalt und fand sich in einer Art Höhle wieder, die durch rötliches Licht gespenstisch beleuchtet wurde. Er konnte nicht ausmachen, woher das Licht kam. Er schaltete seine Taschenlampe aus und steckte sie in die Jackentasche. Dieser Teil des Kellers war nachträglich gebaut worden. Die linke Wand und der Boden bestanden aus blankem Fels und die Decke hatte jemand mit Bauträgern abgestützt, die zum Teil abenteuerlich alt aussahen, zum Teil ausgebessert waren. Paul blieb stehen, das Gewehr fest umklammert. Und dann verstand er es. Er stand in einem alten Luftschutzbunker, der wahrscheinlich während des Zweiten Weltkriegs angelegt worden war. Paul zählte drei Türen. Massive Eisentüren mit großen Hebeln statt Klinken, die den Raum dahinter fast luftdicht abschlossen zum Schutz vor Rauchentwicklung. Er kannte die Konstruktion, weil sie auch bei seinen Eltern im Keller verbaut war und ihn als Kind immer fasziniert hatte. Denn die Tür und der fensterlose Raum dahinter hatten nur einem Zweck gedient: Die Menschen, die im Haus lebten, bei Bombenangriffen zu schützen. Aber eine Sache war anders. Im Unterschied zu der Tür im elterlichen Keller, hatte hier jemand aufklappbare Sichtfenster in die Türen gefräst und von außen eine löchrige Plexiglasplatte draufgeschraubt. So war sichergestellt, dass die Insassen ausreichend Luft bekamen.

Die erste Tür stand offen. Er ging näher und hielt den Atem an. Nichts. Der Raum dahinter war leer, bis auf eine Pritsche und einen Eimer. Nur eine halbleere Flasche Wasser, ein Tablett und ein Kleidungsstück wiesen darauf hin, dass dort sonst jemand eingesperrt war.

Der zweite Raum war leer. Unbewohnt. Aber in dem letzten lag eine junge Frau auf einer Pritsche. Ihre Augen waren geschlossen und sie hielt sich mit beiden Händen die Ohren zu. Ihr Anblick zerriss Paul das Herz. Sie war abgemagert, für die Temperaturen hier unten viel zu spärlich bekleidet und an Kopf und Oberschenkeln hatte sie Blutergüsse. Als sie sein Gesicht hinter der Scheibe sah, riss sie die Augen auf. Er legte warnend einen Finger an die Lippen, damit sie nicht losschrie. Sie verstand und zeigte nach rechts. Dort war eine weitere Tür, die er bisher übersehen hatte, weil sie im Halbdunkeln lag. Keine Stahltür wie die anderen, sondern eine alte Holztür, auf der mit roter Farbe die liegende Acht aufgemalt war, darunter der Schriftzug *Imperia*.

Pauls Nackenhaare stellten sich auf, sein Puls beschleunigte sich. Er hatte Angst und den starken Drang einfach abzuhauen, diesen Ort so schnell wie möglich zu verlassen, zur Straße zu laufen und Hilfe zu holen. Aber ein weiterer Schrei zwang ihn zum Handeln. Er näherte sich der Tür, hinter der er Klaus Kastner und die Bewohnerin der ersten Zelle vermutete. Mittlerweile bestand kein Zweifel mehr, dass er den Serienkiller und Frauenschänder gefunden hatte. Für einen kurzen Moment zögerte er. War es nicht wirklich klüger, die Polizei anzurufen? Er könnte oben warten und den Keller verriegeln. Sollten sich die Jungs vom Spezialkommando doch um den Monstermann kümmern. Die waren schließlich für sowas ausgebildet.

Paul hatte diesen Gedanken noch nicht zu Ende gedacht, als der nächste Schmerzensschrei die Stille zerriss und ihn in die Gegenwart zurückholte. *Scheiß auf das Spezialkommando.* Bis die hier waren, war die Frau da drin vielleicht schon tot. Er öffnete die Tür und versuchte die Szene, die sich ihm bot, mit seinem Verstand zu begreifen.

Kapitel 56

„Ich hab was gefunden", rief Susanne. „Der Kastner besitzt einen alten Hof in der Nähe von Much."

„Wieso hat das so lange gedauert?", fragte Franziska und bereute ihren gereizten Ton sofort. Es war nicht Susannes Schuld, was sie gerade live mit ansehen mussten. „Sorry, war nicht so gemeint." Sie legte Susanne die Hand auf den Arm. Eine warme emotionale Geste, die der jungen Kollegin sofort die Tränen in die Augen trieb.

„Schon gut", flüsterte Franziska. „Mach eine Pause. Ich kümmere mich um das SEK und informiere die Kollegen vor Ort."

Ein paar Minuten später kam Tessa zurück. Sie hatte draußen frische Luft geschnappt und sich wieder beruhigt.

„Gibt's was Neues?"

Franziska drehte sich zu ihr um und lächelte. „Wir haben ihn", sagte sie. „Er hat einen Hof in Much. Abgelegen, von der Straße aus nicht einsehbar. Der perfekte Ort. Ist alles in die Wege geleitet. Wir sollten aufbrechen. Am besten ist ..."

Weiter kam sie nicht. Tessa war alle Farbe aus dem Gesicht gewichen und sie zeigte auf den Monitor. Franziska drehte sich um.

„Was zum Henker ...", rief sie. „Ist das Paul?"

Tessa zitterte am ganzen Körper. Soeben war ihr Bruder auf der Bildfläche erschienen, einen Elektroschocker in der Hand. Kastner stand mit dem Rücken zu ihm, aber Antonia hatte ihn gesehen und brüllte plötzlich wie am Spieß, beschimpfte ihren Peiniger und zerrte an ihren Fesseln.

Im Schutz dieser Geräuschkulisse sprang Paul von hinten auf Kastner drauf, jagte ihm eine Ladung Strom durch den Körper, dann noch eine und zur Sicherheit noch eine Dritte.

Susanne, Tessa und Franziska starrten gebannt auf den Monitor.

„Das glaub ich jetzt nicht." Franziska war die Erste, die ihre Sprache wiederfand. „Lebt der noch?"

Kastner lag bewegungslos am Boden. Paul stieß ihn mit dem Fuß an, dann bückte er sich, um den Puls zu fühlen. Offenbar war der Mann noch am Leben, denn Paul schnappte sich Handschellen und ein Seil und fesselte den Mann an Händen und Füßen. Dann befreite er Antonia. Sie sackte zusammen und stöhnte. Er wollte sie hochheben, aber sie schlug nach ihm und er ging auf Abstand. Wie ein gehetztes Tier starrte sie abwechselnd zu Paul und den am Boden liegenden Kastner.

Auf einer Truhe lag ein Kimono. Paul reichte ihn ihr. Sie zog ihn über, humpelte zu ihrem Vater und schmiegte sich eng an ihn. So verharrten sie, bis Paul sie sanft zur Seite schob, um Richard Erdmann loszubinden.

Antonia flüsterte irgendwas und zeigte mit dem Finger in eine Richtung. Paul nickte und verschwand dann aus dem Bild.

„Unser Paul“, rief Susanne mit einem Blick auf Tessa, die immer noch sprachlos auf den Monitor glotzte. „Ein echter Tausendsassa.“

Tessa erwachte aus ihrer Starre. „Dieser verdammte Mistkerl“, fluchte sie. „Komm Franzi. Nichts wie los. Der kann mich kennenlernen.“ Sie bebte vor Zorn und war schon halb aus der Tür. Franziska stand auf und eilte hinter ihr her.

In dem Moment wurde der Bildschirm schwarz.

Kapitel 57

Sie hatte ihren Augen nicht getraut, als der blonde Mann in der Tür aufgetaucht war. Sie hatte sofort verstanden, dass er ein Freund und kein Feind war, und versucht, ihren Peiniger abzulenken. Dann war alles sehr schnell gegangen. Und jetzt lag der Mann, der sie in den letzten Monaten gefoltert und erniedrigt hatte, gefesselt auf dem Boden.

Sie löste sich aus der Umarmung ihres Vaters, der langsam wieder zu sich kam. Sie hatte noch etwas zu erledigen. Schwankend stand sie auf, griff nach der Fernbedienung und schaltete mit einem wütenden Knurren die Kameras aus. Dann packte sie das Messer, mit dem er vor nicht allzu langer Zeit ihre Vagina berührt hatte, und kniete sich neben ihn. Er war noch immer bewusstlos. Sie hob die Hand, um ihm das Messer mitten ins Herz zu stechen, wie man's mit Vampiren macht. Aber ihr Vater intervenierte: „Nicht Liebes, bitte. Tu das nicht." Er streckte unbeholfen seine Hand nach ihr aus, aber sie schüttelte den Kopf. Sie bebte vor Zorn.

„Lass nicht zu, dass er dich mit in den Abgrund reißt. Du hast so lange durchgehalten. Gib jetzt nicht auf, Puhbär."

Tränen liefen ihr über das Gesicht. So viel Leid, so viel Schmerz. Zu viel für ein Leben. Der Kosename aus ihrer Kindheit wirkte fehl am Platz hier unten, wo alles schmutzig und verdorben war. Aber er bedeutete auch Hoffnung. Sie ließ das Messer fallen und sah ihren Vater an.

„Kannst du aufstehen?“, fragte sie. „Wenn ich noch länger mit dem Wichser in einem Raum sein muss, kann ich für nichts garantieren.“

Richard lächelte, froh darüber, dass sie es sich anders überlegt hatte. „Hilf mir auf und dann verschwinden wir von hier.“.

Der Blonde war zurück.

„Was ist mit Magali“, fragte sie.

„Sie will nicht rauskommen. Besser du regelst das.“

Antonia nickte und humpelte hinaus.

***

Paul atmete tief durch. Das Ganze hier war total surreal. Vor kurzem hatte er noch draußen im Schnee gestanden und darüber nachgedacht, wie er am besten in das Haus kommt, und jetzt hatte er das Monster außer Gefecht gesetzt und die holde Maid befreit. Er fühlte sich wie ein Ritter, nur ohne Rüstung.

Er warf einen Blick auf Kastner, der immer noch reglos am Boden lag und zuckte leicht zusammen, als ihn der andere Mann an der Schulter berührte.

„Ich heiße Richard“, sagte er. „Wir stehen für ewig in deiner Schuld. Wie heißt du?“

„Paul.“

„Danke Paul. Du hast meinem Kind und mir das Leben gerettet.“

Paul lächelte verlegen. Er wusste nicht, was er sagen sollte. Der Ritter war verschwunden und zurück blieb ein erschöpfter Journalist, der mit der Situation überfordert war. „Am besten, wir gehen nach oben", sagte er. „Ich hab irgendwo eine Flasche Grappa gesehen. Die können wir trinken, während wir auf die Polizei warten. Hier unten will ich keine Sekunde länger bleiben."

In dem Moment tauchte Magali im Türrahmen auf, das Gewehr auf den gefesselten Kastner gerichtet. Paul hatte es draußen gelassen, als er sich als Waffe für den Elektroschocker entschieden hatte. Das andere Mädchen stand hinter ihr und grinste. Und noch bevor sein Verstand die Szene vollständig erfasst hatte, fiel ein Schuss.

Der erste traf Kastner in den Kopf, mit dem zweiten tötete Magali sich selbst.

***

„Wieso hast du uns denn nicht sofort angerufen?", fragte Tessa und streichelte ihrem Bruder sanft über den Kopf. Die beiden Kommissarinnen waren erst vor wenigen Minuten eingetroffen und gemeinsam warteten sie auf Miriam und ihre Truppe sowie den Notarzt. Zwei vollkommen überforderte Dorfpolizisten aus Much hatte sie zur Straße zurückgeschickt, damit niemand die Abzweigung verpasste.

„Wollte ich ja", Paul sah seine Schwester aus müden Augen an. „Aber diese Schreie. Du warst nicht dabei. Ich musste doch was tun, sonst wären die jetzt alle tot." Er saß zusammengesunken und angetrunken auf einem Küchenstuhl und zitterte am ganzen Körper. Er hatte die Flasche Grappa bereits zur Hälfte ausgetrunken. So fertig hatte Tessa ihren Bruder noch nie erlebt und ihr Zorn über seinen halsbrecherischen Alleingang war längst verflogen. Paul musste unbedingt in ein Krankenhaus. Er hatte einen Schock erlitten. Sie nahm den Grappa und stellte ihn zur Seite.

„Wo sind DIE denn eigentlich hin?", fragte Franziska und setzte sich. Die Bilder aus dem Keller des alten Bauernhauses ließen sie noch nicht los. Zwei Leichen mit zerschossenen Gesichtern, eine Folterkammer und Gefängniszellen. Ein Szenario wie aus einem Horrorschocker. Seit Jahren hatte hier, verborgen vor der Welt, ein Monster sein Unwesen getrieben. Franziska hatte Angst vor dem, was die genauen Untersuchungen alles zu Tage fördern würden. Sie nahm Pauls Hand und streichelte sie.

Paul sah auf und lächelte sie an. „Keine Ahnung", log er. „Ich war draußen, um euch anzurufen, und als ich zurückkam, waren die beiden weg."

In Wahrheit hatte Richard ihn dazu überredet, ihn und seine Tochter ziehen zu lassen. Wenn man ihn schnappte, würde er wegen schwerer Körperverletzung und Freiheitsberaubung für Jahre ins Gefängnis gehen und seine schwer traumatisierte Tochter wäre auf sich gestellt. Er hatte neue Pässe, einen Fluchtplan und brauchte nur etwas Vorsprung, um sich ins Ausland abzusetzen. Er hatte Paul glaubhaft versichert, dass er Claire kein Haar gekrümmt hatte, dass es ihr gut ging und ihm die Adresse aufgeschrieben, wo man sie und Finn finden würde. Paul hatte entschieden, dem Mann zu glauben und den beiden eine Chance zu geben. Er war schließlich kein Polizist und konnte das mit seinem Gewissen vereinbaren. Die beiden hatten genug gelitten. Sollte sich doch die Polizei darum kümmern Flughäfen und Bahnhöfe zu überwachen. Vielleicht ging Richard ihnen ja noch ins Netz. Aber irgendwas am Verhalten des Mannes ließ Paul daran zweifeln. Richard sah aus wie jemand mit einem wirklich guten Plan und er war schlau genug, in Deutschland in kein Flugzeug zu steigen.

„Er hat dir also nur die Adresse hiergelassen und dieses schwarze Büchlein", fragte Tessa.

Paul nickte.

„Zum Stavenhof sind die Kollegen schon unterwegs", sagte Franziska. „Ich erwarte da jeden Moment eine Antwort." Hoffentlich lebten Clair und Finn noch. „Und das hier", sie wedelte mit dem Buch, „kann sich unsere Code-Knackerin mal ansehen. Sie findet bestimmt was raus."

Paul warf einen verstohlenen Blick auf die Uhr am Backofen. Mittlerweile hatten Richard und seine Tochter über eine Stunde Vorsprung. Er hoffte, dass das ausreichen würde. Er stand auf, holte sich die Flasche Grappa zurück, nahm noch einen großen Schluck und ließ sich anschließend wieder auf seinen Stuhl fallen.

Epilog

Franziska stand in Tessas Küche und rührte gedankenverloren in ihrer Tomatensauce. In wenigen Minuten würden die Kollegen eintreffen und gemeinsam mit ihr und Tessa ins Neue Jahr feiern.

Drei Tage waren seit dem Tod des Serienkillers Klaus Kastner vergangen. Drei sehr ereignisreiche Tage, in denen fast stündlich neue Erkenntnisse über den Mann ans Tageslicht kamen, der vierzehn Frauen auf dem Gewissen hatte. Leichenspürhunde hatten zwei Frauenleichen auf dem Grundstück gefunden, deren Identität mithilfe eines digitalen Tagebuchs eindeutig bestätigt werden konnte. Es handelte sich bei beiden um Frauen aus Russland, die als Prostituierte in Deutschland gearbeitet hatten. Magali sollte, laut Tagebucheintrag vom 25. Dezember, die Nächste sein. Ihre Ermordung war für die Silvesternacht geplant gewesen.

Das Tagebuch, das Susanne auf einer Festplatte gefunden hatte, war wirklich der Schlüssel zu allem und lieferte Antworten auf tausend Fragen. Kastner hatte darin akribisch zwanghaft sämtliche Opfergeschichten beschrieben und es gab ausreichend Foto- und Videomaterial. Jede Geschichte hatte in einem Bordell, Laufhaus, Saunaclub oder auf dem Straßenstrich begonnen. Kastner hatte im Milieu gezielt nach den Prostituierten mit den Korkenzieherlocken, vorzugsweise aus

Osteuropa Ausschau gehalten. Von der ersten Begegnung bis zur Entführung vergingen meistens nichts mehr als zwei Wochen. Einzige Ausnahme war Antonia Erdmann, an die er nicht rankam, weil Finn sie nicht verkaufen wollte. Monatelang musste er warten, bis Finn endlich einlenkte. 50.000 Euro hatte er bezahlt. Geld, das er mit Videos und Livestreams aus seiner Folterkammer verdiente. Seine Consultingfirma war seit Jahren nur Fassade gewesen. Sobald er die Frauen in seiner Gewalt hatte, wurden sie von ihm zu Sexsklavinnen ausgebildet. Manche von ihnen waren jahrelang in Gefangenschaft, bevor er sie tötete. Eine hatte sogar ein Kind von ihm zur Welt gebracht. Seitdem verabreichte er den Frauen die Antibabypille über die Nahrung. Welches Schicksal das Baby genommen hatte, war unklar. In den Aufzeichnungen stand nichts darüber. Susanne war noch dabei, rund um das Datum in Leipzig die Waisenhäuser anzufragen. Sie machten sich aber wenig Hoffnung. Franziska war in ihrer ganzen Laufbahn noch nie ein so kranker Geist begegnet. Sie hatte allerdings auch nie vorher mit einem Serientäter zu tun gehabt.

Vor zwei Tagen hatte die Spurensicherung in der mittleren Zelle Kinderzeichnungen gefunden. Sie waren mit einem harten Gegenstand, vielleicht einem Löffel, an verschiedenen Stellen in die Wand geritzt worden. Sie zeigten alle ein ähnliches Motiv: eine große Figur mit riesigen Händen und großen Zähnen und eine sehr kleine, kaum mehr als ein Strichmännchen, die in einer Art Ei saß und weinte. Bei einer Darstellung hatte der Riese ein Messer in der Hand und das Ei zeigte deutliche Risse. Bei einer anderen hielt der Riese das Ei in der Hand, aber es war leer. Die Spurensicherung war noch dabei, die Zeichnungen zu digitalisieren und anschließend sollten sie einer Kinderpsychologin vorgelegt werden.

Da außer den Kastners nie jemand anderer auf dem Hof gewohnt hatte, ging Franziska davon aus, dass die Zeichnungen von Klaus waren. Was genau geschehen war, ob er als Kind da unten gespielt hatte oder eingesperrt gewesen war, würde wohl für immer ein Geheimnis bleiben. Denn über seine Vergangenheit und Kindheit stand leider nichts in dem Tagebuch.

Es klingelte an der Tür und Franziska zuckte zusammen.

„Ich geh schon", rief Tessa.

Wenig später standen Florian Neumann und Susanne in der Küche und hielten jeder eine Tüte Chips und eine Sektflasche in die Höhe.

„Dauert noch ein paar Minuten", sagte Franziska und schob Susanne lachend beiseite, als sie neugierig in den Topf guckte. „Lasst euch von Tessa doch die Wohnung zeigen, bis Paul da ist. Den Sekt stellt ihr am besten auf den Balkon."

Als sie wieder allein in der Küche war, setzte sie das Nudelwasser auf und schmeckte ein letztes Mal die Soße ab. Dann öffnete sie den Kühlschrank und holte die Vorspeise heraus. Zwei Platten mit Insalata Caprese, den sie zur Feier des Tages mit Büffelmozzarella angerichtet hatte. Zum Schluss entkorkte sie eine Flasche Rotwein und dekantierte ihn, damit er atmen konnte.

Die vertrauten Handgriffe weckten Erinnerungen an gemeinsame Kochabende zu Hause und eine kleine

Welle der Einsamkeit überrollte sie. Sie würde Silvester das erste Mal seit 20 Jahren nicht mit ihrer Familie verbringen, sondern im Kreise ihrer Kolleginnen und Kollegen.

Sie hatte in den letzten Tagen nicht viel Zeit gehabt, über sich und ihre Gefühle nachzudenken, aber eine Sache war ihr klar geworden. Ihre Beziehung mit Heiner war nicht erst in ihrem kalten Auto vor dem Polizeipräsidium zu Ende gegangen, sondern schon vor längerer Zeit. Jeden Abend im Bett, wenn ihr Körper zur Ruhe kam, schweiften ihre Gedanken in die Vergangenheit ab und immer neue Erinnerungen drangen an die Oberfläche, die sie über viele Jahre verdrängt hatte. Es war paradox. Auf der Arbeit galt sie als durchsetzungsstark, taff, nicht aus der Ruhe zu bringen. Sie war psychologisch geschult, hatte jede Menge Fortbildungen gemacht und an der Seite von Frank Bermann gefährliche und gewalttätige Verbrecher zur Strecke gebracht. Sie war eine richtig gute Polizistin und der Rabe hatte ihr die Leitung seiner Abteilung in Aussicht gestellt.

Aber zu Hause hatte ihr eigener Ehemann ihr das Gefühl gegeben, für ihn keine vollwertige Partnerin zu sein, weil sie sich nicht für klassische deutsche Literatur begeistern konnte, nur selten mit ihm ins Theater ging, die Gegenwart anderer Lehrer anstrengend fand, lieber Bergtouren unternahm, statt in der Toskana von einem Museum zum nächsten zu hetzen und bei Konzerten in der Philharmonie einschlief. Er hatte sie regelmäßig herabgewürdigt, auch in Gegenwart von Jenny, indem er sie immer wieder subtil daran erinnerte, wie ungebildet sie im Vergleich zum ihm war.

Und er hatte ihr unterstellt, dass sie keine gute Mutter war und somit ihr schlechtes Gewissen gegenüber ihrer Tochter jahrelang gefüttert, statt sie zu unterstützen.

Sie hatte all das einfach geschehen lassen. Und noch schlimmer: mit der Zeit hatte sie angefangen, ihm zu glauben.

Das WARUM war die eigentliche Frage, mit der sie sich in der nächsten Zeit beschäftigen musste. Ihre Ehe war vorbei und ein Teil von ihr, war darüber erleichtert. Natürlich vermisste sie ihre Familie, vor allem ihre Tochter. Und es hatte ja auch viele schöne Momente gegeben, die zu erinnern ihr zwar gerade nicht so leicht fiel, weil die negativen Aspekte übermächtig waren. Aber das würde sich hoffentlich legen. Auf jeden Fall hatte sie sich vorgenommen, sich unaufgeregt und zivilisiert von ihrem Mann zu trennen. Sie würde bei Tessa einziehen, dann konnten Heiner und Jenny in der alten Wohnung bleiben und Jenny konnte jederzeit die paar hundert Meter zu ihr rüberkommen, wenn sie Sehnsucht nach ihrer Mutter hatte. Das Kind war fast siebzehn. Da brauchte es keine Wochenendregelungen mehr.

Heiner hatte sich seit dem Gespräch im Auto nicht mehr bei ihr gemeldet und Franziska war das nur Recht. Sie wollte erstmal den Fall abschließen, das alte Jahr verabschieden und sich dann ein paar Tage Urlaub nehmen. Sie war froh, dass Jenny weit weg war. Sie hatte die Nachricht von der vorläufigen Trennung ihrer Eltern ohnehin nicht so gut aufgenommen und Franziska die Schuld an allem gegeben. Aber deswegen nach Hause kommen? *Warum denn?*

„Setzt euch schon mal hin", sagte Tessa und holte Franziska wieder zurück in die Gegenwart. Die Wohnungsbesichtigung war abgeschlossen und Susanne hörte gar nicht mehr auf zu schwärmen. „Geile Bude", rief sie. „Und die gehört diesem Musikjournalisten?"

„Jep", sagte Tessa.

„Du hast ein Glück. Echt. Ich hab grad mal 45 Quadratmeter und zahl dafür ein Vermögen." Dann grinste sie. „Aber lassen wir das jetzt. Heute wird nicht gejammert, heute wird gefeiert. Ich hab richtig Lust, mich zu betrinken."

„Dann gieß doch schon mal jedem ein Glas Rotwein ein", bat Franziska. „Oder wollt ihr lieber Sekt. Steht draußen auf der Terrasse kalt."

„Ne, Rotwein ist gut. Passt zu Pasta."

Es klingelte erneut und Tessa öffnete die Tür. Als Franziska die Stimme von Paul Anders im Flur hörte, regte sich ein leises Kribbeln in ihrem Bauch. Die Schmetterlinge waren zurück. Sie hatten ein paar Tage friedlich geschlummert. Seit dem Abend auf dem Kastnerhof, als sie Paul Anders zitternd und mit den Nerven am Ende dort angetroffen hatte, hatte sie ihn nicht gesehen. Sie drehte sich um, um ihn zu begrüßen.

Er sah gut aus und sie konnte nicht anders, als ihn in den Arm zu nehmen. Sie war noch immer erleichtert, dass ihm nichts zugestoßen war. Die neugierigen Blicke der anderen ignorierte sie. Nach dem kleinen Einsamkeitsflash von vorhin brauchte sie das jetzt einfach.

„Lasst uns anstoßen", sagte sie und alle hoben ihr Glas. „Auf euch. Ihr seid ein tolles Team. Ihr habt so unglaublich gute Arbeit geleistet, dass ich gar nicht weiß, wo ich mit dem Loben anfangen soll." Sie grinste.

„Dann lass es einfach", rief Susanne. „Das ist unser Job. Schon vergessen? Wir werden dafür bezahlt." Alle lachten.

„Nicht alle", sagte Franziska augenzwinkernd mit einem Blick auf Paul, der eine Verzichtserklärung unterschrieben hatte. „Nein, im Ernst. Ihr wart alle toll."

Dann hielt sie ihre kleine Rede, die sie vorbereitet hatte.

„Susanne. Ohne deine Zauberkräfte am PC hätten wir den Fall nicht so schnell lösen können. Ich bin von deiner Präzision und Schnelligkeit ziemlich beeindruckt und hoffe, dass du uns noch sehr lange erhalten bleibst. Du bist meine Geheimwaffe."

„Jetzt übertreibst du aber", sagte Susanne, aber man sah ihr, an, dass sie sich über das Lob freute.

„Ich finde nicht. Ohne dich hätten wir diesen Red Room niemals gefunden. Du weißt schon, dass dank deiner Hilfe ein paar Idioten richtig Stress bekommen?"

„Die waren aber wirklich dämlich, ihre IP nicht zu tarnen."

„Und sie hat den Code aus Finns schwarzem Büchlein geknackt", rief Tessa. „Die Kollegen der OK sind dran, die verkauften Frauen ausfindig zu machen."

„Ach Leute", winkte Susanne ab. „Das war doch gar nichts."

„Du hast nicht das Pentagon gehackt, das stimmt", witzelte Paul.

„Das wäre in der Tat eine Herausforderung." Susanne grinste breit.

„Untersteh dich", rief Franziska und hob ihr Glas. „Auf dich."

Franziskas Augen richteten sich jetzt auf Neumann, der schon mal prophylaktisch rote Ohren bekam. „Herr Neumann, oder soll ich besser Florian sagen?“

Der junge Mann nickte erfreut.

„Also gut, Florian. Ich war von Anfang an davon überzeugt, dass du für uns eine hilfreiche Unterstützung sein würdest. Dein Ruf als schlauer Kopf war dir vorausgeeilt. Das ist beachtlich, wenn man bedenkt, dass du noch gar nicht mit der Ausbildung fertig bist. Danke vor allem für deinen Einsatz im *Paradies*. Ich weiß, dass dir das schwergefallen ist, aber du hast das super hinbekommen. Auf dich, Florian. Wir werden dich vermissen und darauf hoffen, dass du eines Tages zu uns zurückkommst.“

Die Gläser klirrten und Florian erhielt aufmunternde Kommentare reihum.

„Danke euch“, flüsterte er verlegen. „Danke, dass ich dabei sein durfte. Das waren die zwei coolsten Wochen in meinem Leben.“

„Und du, lieber Paul“, Franziskas Blick ruhte jetzt auf dem Journalisten und für einen Moment spielten die Schmetterlinge in ihrem Bauch verrückt. „Ich bin froh, dass Tessa so hartnäckig war. Ich wollte dich eigentlich nicht im Team.“ Sie zwinkerte ihm zu. „War nichts Persönliches.“

Alle lachten.

Paul hob sein Glas und prostete ihr zu. „Hab ich gern gemacht“, sagte er und grinste. „Vielleicht darf ich ja mal wieder mit euch spielen.“

„Aber nur, wenn du das nächste Mal nicht so eine Harakiri-Aktion abziehst“, rief Tessa. „Du hättest dabei draufgehen können.“

„Jetzt übertreibst du aber“, entgegnete Paul entrüstet.

„Nein, sie übertreibt nicht“, widersprach Franziska streng. „Das war knapp.“

„Ich gelobe Besserung“, rief Paul und hob erneut sein Glas. „Edler Tropfen übrigens“, er griff nach der Flasche und pfiff anerkennend durch die Zähne. „Barolo. Ihr wisst, was gut ist.“

„Hat der Chef spendiert“, sagte Tessa. „Ganze Kiste. Weil er nicht mitfeiern kann. Er lässt euch alle grüßen.“

„Die Kiste hat Tessa ihm aus den Rippen geleiert“, stellte Franziska die Situation richtig. Das war die perfekte Überleitung. „Und das ist nicht das Einzige, was wir dem Dickschädel dieser klugen jungen Frau zu verdanken haben.“ Franziska lächelte. „Unser Einstieg war nicht der Beste, Tessa. Du redest viel, du redest schnell und hast einen fixen analytischen Verstand. Da komme ich als alte Frau manchmal nicht so gut mit.“

Alle lachten, aber es war ein freundschaftliches Lachen.

„Ich habe über zwanzig Jahre Polizeiarbeit auf dem Buckel, von denen ich die meisten an der Seite von Frank Bermann verbracht habe. Er hat mir alles beigebracht und als er so überstürzt in den Ruhestand gegangen ist, habe ich mich im Stich gelassen gefühlt. Vielleicht war ich deswegen ein bisschen zickig am Anfang. Frank war mein Arbeitsehemann, wenn ihr so wollt, und er hat mich für eine andere sitzen lassen.“ Das hatte jetzt theatralischer geklungen, als es gemeint war, und wurde von allen am Tisch mit einem mitleidigen *ohh* goutiert.

Franziska lachte. Dass ihr richtiger Ehemann gerade das Gleiche getan hatte, wussten nur die Geschwister

Anders und so sollte es auch erstmal bleiben. „Und dann bist du aufgetaucht und hast alles durcheinandergewirbelt."

Tessa grinste schief. „Das tut mir leid. Das wollte ich nicht."

„Ich bin froh darüber. Wir kennen uns erst seit zwei Wochen, aber es fühlt sich an wie Jahre. Keine Ahnung, wie du das machst."

„Das geht uns allen so mit Tessa", sagte Susanne. „Sie ist eine weiße Hexe. Sie kann mit ihren grünen Augen den Menschen in die Seele blicken. Eine gruselige Superkraft."

„Das war schon immer so", bestätigte Paul. „Unsere Mutter hat das regelmäßig in den Wahnsinn getrieben, weil sie nichts vor ihr verheimlichen konnte."

„Das ist keine Superkraft, sondern sechs Semester Kriminalpsychologie" rief Tessa lachend. „Das kann jeder lernen. Und jetzt ist gut. Wenn ihr so weitermacht, werde ich noch verlegen."

„Auf euch", rief Franziska und hob ihr Glas. „Ihr seid das beste Team, das ich je hatte." Sie wischte sich eine Träne der Rührung aus dem rechten Auge.

„Fang nicht an zu flennen", scherzte Susanne.

„Nein, im Ernst. Wir haben einen Serienmörder aus dem Verkehr gezogen, eine Reihe bisher ungelöster Vermissten- und Mordfälle gelöst, einschließlich unserer beiden eigenen ..."

„Drei", unterbrach Paul.

„Richtig." Franziska nickte. „Natalia."

In seinem Tagebuch hatte Kastner genau beschrieben, wie er Natalia mit Ketamin vollgepumpt und dann einfach in den Rhein geworfen hatte. Dass sie gefunden wurde, war nicht geplant gewesen. Nach ihr hatte er angefangen, die Leichen seiner Opfer auf seinem Grundstück zu vergraben, so wie er es auch schon zu seiner Leipziger Zeit getan hatte. Auf der alten Industriebrache, die er damals für wenig Geld erstanden hatte, hatten die Kollegen acht Frauenleichen gefunden. Drei weitere waren rund um die Stadt in Waldstücken verscharrt worden. Leider hatte Kastner die genauen Koordinaten nicht in seinem Tagebuch festgehalten. Die Suche dauerte noch an.

„Wir haben mit nur sechs Leuten ein Monster zur Streckte gebracht", sagte Franziska. „Darauf können wir stolz sein."

„Wir sind ja auch alle Superhelden", gluckste Susanne. Sie hatte ihr erstes Glas Rotwein schon leer und war leicht beschwipst. „Es ist an der Zeit, auch dich mal zu loben, Chefin."

Franziska winkte ab. „Chefin wird nicht gelobt."

„Doch", rief Susanne. „Du hast den Fall souverän gemeistert. Okay", sagte sie lachend, „du hattest etwas Hilfe, aber du hast nie den Überblick verloren und, was viel wichtiger ist, nicht die Nerven. Das muss dir erstmal einer nachmachen."

„Dem kann ich mich nur anschließen", sagte Paul. „Einen Serienmörder zur Strecke bringen in nur zwei Wochen ohne die Hilfe einer größeren Behörde, alle Achtung."

„Und", übernahm Tessa das Wort. „Danke dir dafür, dass du uns Wallmann vom Hals geschafft hast. Ich weiß, was dich das gekostet hat."

„Ach kommt", wiegelte Franziska ab. „Wir hatten auch viel Glück."

„Na und“, sagte Neumann, „ist nicht immer ein bisschen Glück im Spiel? Ich finde, das zählt nicht.“

Er hob sein Glas und alle stießen an.

„Wo ist eigentlich der Müller?“, fragte Susanne.

„Der hat sich auf der Beerdigung erkältet“, erklärte Franziska. „Er hat hohes Fieber und liegt im Bett.“

„Auf das wandelnde Lexikon“, rief Susanne. „Kommt“, sagte sie. „Wir machen ein Selfie und schicken es ihm.“

Sie rückten zusammen und Susanne machte ein Foto.

Der Wecker für das Nudelwasser klingelte und Franziska stand auf, um die Spaghetti abzugießen.

„Ich soll euch übrigens von Claire grüßen“, sagte Paul in die Runde.

„Wo ist sie jetzt?“

„Dana und sie machen einen längeren Urlaub in Bulgarien, so lange dieser Nick noch auf freiem Fuß ist.“

„Das wird sich ja hoffentlich bald erledigt haben“, brummte Tessa. „Ich freue mich schon, wenn wir ihm endlich Handschellen anlegen können.“

„Der wird nicht mehr als drei Jahre kriegen, da wette ich drauf. Genau so wie dieser andere Widerling, dieser Finn.“ Susanne stierte düster in ihr Glas. „Obwohl, bei dem kommt ja noch Menschenhandel dazu. Dann vielleicht fünf Jahre.“

Franziska hatte keine Lust, über das Für und Wider der deutschen Rechtsprechung rund um das Thema Prostitution zu debattieren. Alle wussten, sie war zu lasch. Karl Müller hatte das mehr als deutlich gemacht. Sie sah Susanne an. „Ich find es viel wichtiger, dass Claire ein neues Leben anfangen kann“, sagte sie. „Sie hat einiges an Geld zurückgelegt, das sie jetzt für sich verwenden kann, und wenn sie ihre Pläne wirklich durchzieht, hat sie, wenn Nick rauskommt, ihren Schulabschluss und eine Ausbildung in der Tasche."

„Sie will Jura studieren", eröffnete Paul und alle starrten ihn an. „Sie ist ziemlich klug", schob er hinterher. „Sie hatte nur nie eine richtige Chance. Aber das könnt ihr in ein paar Tagen alles im SPIEGEL lesen", er grinste und legte den Finger an die Lippen. „Bis dahin muss ich euch leider vertrösten."

„Im SPIEGEL", rief Susanne, „alle Achtung. Das ist cool."

„Herzlichen Glückwunsch", sagte Franziska. „Ist der Artikel denn schon fertig?". Sie war von der Ankündigung überrascht, freute sich aber auch für Paul.

Paul schüttelte den Kopf. „Noch nicht ganz", sagte er. „Und keine Sorge. Du bekommst ihn vorab zu lesen. Nicht dass ich mir noch strafrechtliche Konsequenzen einhandel", fügte er schmunzelnd hinzu.

„Steht da auch was über die Erdmanns drin?", fragte Susanne.

Paul schüttelte den Kopf. „Nur das, was wir bereits wissen, warum fragst du?"

„Würde mich schon interessieren, was aus den beiden geworden ist", sagte sie.

„Der hat seine Flucht von langer Hand gut vorbereitet", sagte Tessa. „Erdmann hat schon vor Monaten seine Wohnung verkauft und sein ganzes Geld auf ein Offshore Konto transferiert. Ich bin sicher, dass der auch falsche Pässe hat machen lassen und wenn er sich nicht mit dem Auto über den Balkan abgesetzt hat, dann hatte er vielleicht ein Privatflugzeug irgendwo."

„Ihr habt wirklich nichts gefunden?“, fragte Paul interessiert.

Tessa schüttelte den Kopf. „Leider nein. Du hast ihn entwischen lassen.“ Sie grinste schief und zuckte mit den Schultern.

„Ich find’s irgendwie gut, dass denen offenbar die Flucht gelungen ist“, sagte Susanne.

„Das findest du gut?“, fragte Florian. „Der hat zwei Menschen entführt und misshandelt und den Steuerberater ins Koma geprügelt.“

„Wir sind ja hier unter uns“, sagte Susanne. „Dass er Claire eingesperrt hat, tut mir leid. Ehrlich. Sie ist ein unschuldiges Opfer. Aber bei Koch und Finn fällt es mir schwer, Mitleid zu haben. Über Finn müssen wir nicht reden. Und Koch. Der hat für diesen Widerling von Kastner die Frauen besorgt. Dafür hat er regelmäßig Geld bekommen. Und er war Dauergast in Kastners Folter-Streams. Von wegen nur leichte Kost. Wir haben nur deswegen die zusammengeschnittenen Videos bei ihm gefunden, weil er sich den Rest live angesehen hat und zwar umsonst.“ Susanne schüttelte sich. „Hast du das Tagebuch nicht gelesen?“

„Doch“, entgegnete Florian. „Aber Selbstjustiz darf nicht die Lösung sein.“

„Erdmann war bei der Polizei, aber die hat nichts unternommen“, entgegnete Susanne. „Er hat versucht, das Richtige zu tun.“

Franziska hatte genug. „Lasst mal gut sein für heute, ihr beiden Streithähne. Ihr könnt euch gerne ins Wohnzimmer zurückziehen, um das Thema weiter auszudiskutieren. Wir anderen fangen dann schon mal an zu essen.“

Susanne grinste. „Ich muss nichts ausdiskutieren. Ich weiß, dass ich Recht habe."

Florian wollte noch was erwidern, aber Paul brachte ihn mit einem strengen Blick zum Schweigen.

„Was gibt es denn eigentlich zu essen?", fragte er. „Ich bin am Verhungern."

„Spaghetti alla Puttanesca."

ENDE

Nachwort

Ich bin 2017 über die Novellierung des sogenannten Prostitutionsgesetzes oder kurz ProstG auf das Thema aufmerksam geworden. Das ProstG trat 2002 in Kraft und hatte zum Ziel, die Rechtsverhältnisse von prostituierten Frauen zu klären und zu stärken. Abgeschafft wurde die Sittenwidrigkeit, womit es den Frauen ermöglicht wurde, ein legales Vertragsverhältnis mit Freiern einzugehen. Das bedeutet im Klartext, dass ein vom Freier nicht gezahltes Honorar vor Gericht eingeklagt werden kann. Die Arbeitsbedingungen sollten sich verbessern, indem der *Tatbestand der Förderung der Prostitution* wegfiel, wodurch die Frauen legale Arbeitsverträge mit Bordellbetreibern eingehen konnten. Dadurch wurde der Zugang zum Sozialversicherungssystem ermöglicht, sprich Krankenversicherung und Altersvorsorge. Es war das erklärte und gut gemeinte Ziel des Staates, Prostitution aus der rechtlichen Grauzone herauszuholen, um die in ihr agierenden Frauen und Männer rechtlich zu stärken und ihre gesellschaftliche Stellung zu verbessern. Insgesamt sollte es sicherer werden, sich zu prostituieren, Kriminalität im Milieu abgebaut und der Ausstieg erleichtert werden.

Vereinfacht ausgedrückt: der Staat hat Prostitution zu einem ganz normalen Beruf erklärt. Aus Prostituierten wurden Sexarbeiterinnen, die eine Dienstleistung anbieten, aus dem Bordellbetreiber ein Vermieter, aus dem Zuhälter ein Geschäftsmann und aus dem Freier ein Kunde.

So viel zur Theorie.

Schon fünf Jahre später kam das Familienministerium in einer Studie zu dem Schluss, dass die Ziele, die man mit der Liberalisierung der Prostitutionsgesetze verfolgt hatte „nur zu einem sehr begrenzten Teil" erreicht worden seien.

2019 waren gerade mal 76 anschaffende Frauen sozialversichert. Huschke Mau fragt zu Recht: Wer unterschreibt schon einen Arbeitsvertrag bei einem Zuhälter oder Bordellbetreiber?

Die meisten osteuropäischen Frauen sind ohnehin nicht krankenversichert und somit von der Gesundheitsversorgung weitestgehend abgeschnitten.

Das Ziel, die mit dem Milieu verbundene Kriminalität einzudämmen, ist nachweislich gescheitert. Die Liberalisierung der Prostitution hat in Deutschland nicht zu weniger Kriminalität im Milieu geführt, sondern zu einem Wachstum.

Und damit nicht genug: Legalisierung und Liberalisierung verschleiern, was in der Prostitution wirklich geschieht.

Prostitution ist eben kein normaler Beruf, auch wenn die rechtlichen Rahmenbedingungen dafür geschaffen wurden. Die Qualen und psychischen Schäden der sich prostituierende Frauen und Männer sind nach wie vor real und vielleicht schlimmer denn je. Denn der Machtmissbrauch, bei dem sich Männer sexuellen Zugang zu Frauen durch ökonomische Machtungleichgewichte erpressen, wurde nicht nur liberalisiert, sondern auch entproblematisiert. Wenn man Gewalt legalisiert,

macht man sie unsichtbar und spricht den Opfern ab, sie überhaupt zu erleben.
Deutschland gilt mittlerweile als „Bordell Europas". Denn dort, wo es erlaubt ist, Sex zu kaufen, führt das automatisch zu einem Mehr an Freiern. Es ist schließlich nichts dabei, es ist nicht verboten. *Mann* muss nicht einmal mehr ein schlechtes Gewissen haben. Aber wenn mehr Männer Sex kaufen, pumpt das auch mehr Geld in das Rotlichtmilieu und die angekoppelte Sexindustrie, was wiederum mehr „Geschäftsmänner" und „Vermieter" anlockt. Mehr Bordelle öffnen ihre Pforten, für die immer mehr Frauen gebraucht werden, die in diesen Bordellen ihre *freiwillige Dienstleistung* anbieten. Aber da es nie genug Frauen geben wird, die freiwillig anschaffen, muss ein großer Teil von ihnen dazu gezwungen werden, um die riesige Nachfrage zu befriedigen.
Wer für die Liberalisierung der Prostitution stimmt, muss sich darüber im Klaren sein!
Seit Inkrafttreten des Gesetzes 2002 und seiner Anpassung 2017 hat sich die Lage in Deutschland in Bezug auf die sich prostituierenden Frauen nicht verbessert, sondern verschlechtert. Der Altersdurchschnitt der Frauen liegt bei 21 und darunter. Fast alle kommen aus den ärmsten Regionen Osteuropas und für viele von ihnen ist der erste Freier auch der erste Mann. Sie sind leichte Beute für Zuhälter*innen und die Freier verlangen nach immer jüngeren Frauen. Nicht wenige Polizeibeamte bezeichnen das Prostitutionsschutzgesetz (wie es seit 2017 heißt) daher mittlerweile als „Zuhälterschutzgesetz". Denn nicht die soziale und rechtliche Situation

der prostituierten Frauen und Mädchen hat sich verbessert, sondern die der Bordellbetreiber und sonstigen Profiteure im System.
Aufgrund der Situation werden in Deutschland immer wieder Stimmen laut, die eine Abschaffung der legalen Prostitution fordern nach dem Vorbild Frankreichs oder Schwedens. Ihre These lautet: nicht nur die Prostituierten verlieren in so einem freizügigen System, sondern alle Männer und Frauen. Denn die gesellschaftliche Akzeptanz der Prostitution ist unvereinbar mit der Gleichberechtigung der Geschlechter. Ein Freier sieht alle Frauen mit einem Freier-Blick, auch seine Freundin, Ehefrau oder Kollegin.
Wie auch immer die Geschichte weitergeht, eines habe ich bei der Beschäftigung mit dem Thema gelernt: Das von der Prostitutionslobby propagierte Bild der selbstbestimmten glücklichen Hure ist ein Mythos und eine Lüge. „Mitten in unserer Gesellschaft besteht ein Sklavinnenmarkt, der an Grausamkeit nicht mehr zu überbieten ist. Internationale Studien belegen, dass ein Großteil von prostituierten Frauen Symptome von posttraumatischen Belastungsstörungen zeigen, die vergleichbar sind mit denen von Kriegsveteranen, Vergewaltigten und Flüchtlingen oder KZ-Überlebenden." (Zitat aus dem Vorwort von *Was vom Menschen übrigbleibt*).
„Seelenkalt" ist ein fiktiver Roman und die Figuren sind frei erfunden. Normalerweise folgt jetzt der Teil, an dem auch darauf hingewiesen wird, dass die Handlung frei erfunden ist. An dieser Stelle muss ich leider ein paar Einschränkungen vornehmen.

Die von mir geschilderten Erlebnisse der sich prostituierenden Frauen, beruhen auf Tatsachenberichten. Alle Beispiele, die ich beschreibe, sind aus Zeitungsartikeln, Blogs oder Büchern, in denen betroffene Frauen zu Wort kommen. Das gilt auch für die Forenbeiträge von Freiern aus der Saunaclubszene, an die man übrigens durch simples Googlen kommt. Sogar die Szenen im Folterkeller des Serienmörders haben ein reales Vorbild. Ich habe lediglich von meiner künstlerischen Freiheit Gebrauch gemacht und Erfahrungsberichte neu zusammengesetzt und natürlich die Namen geändert.
Wer sich weitergehend mit dem Thema beschäftigen möchte, dem empfehle ich zwei sehr besondere Bücher. Beide sind von Aussteigerinnen geschrieben, die nach ihren jahrelangen furchtbaren Erfahrungen in der Prostitution den Absprung geschafft haben und in beeindruckender Weise davon berichten, wie das Milieu wirklich funktioniert. Die Rede ist von Rachel Moran und ihrer Abhandlung *Was vom Menschen übrig bleibt. Die Wahrheit über Prostitution* und von Huschke Mau und ihrem Buch *Entmenschlicht. Warum wir Prostitution abschaffen müssen.* Aus letzterem sind auch weite Teile des Nachwortes oben entlehnt.
Beide Autorinnen berichten sachlich, aber auch schonungslos (!) über eine Lebensrealität, über die sehr wenig bekannt ist und über die noch immer beharrlich geschwiegen wird.

Danksagung

Nicht alle Figuren sind frei erfunden. Wie auch bei meinem letzten Buch gibt es eine Szene im *Durst* mit Proffi, dem Besitzer. Wenn ihr in Köln seid und Lust auf richtig gute Musik habt, dann geht da mal hin. Die Kneipe hat Kultstatus. Dort trefft ihr an zwei Abenden in der Woche den Proffi und wer weiß, vielleicht auch mich.

Vielen Dank an Jürgen meinen treuen Kölsch-Flüsterer. Die Szene mit der alten Prostituierten Leni Hermsen hatte ursprünglich noch viel mehr *Kölsche Tön*, aber ich habe mich von meiner Lektorin überzeugen lassen, dass zu viel Mundart für all diejenigen anstrengend zu lesen ist, die nicht aus dem Rheinland kommen.

Neben Proffi und Jürgen gilt mein Dank auch meinen Freunden Nicole und Tomasso. Ihr habt mir über Monate zugehört und mitgedacht und auf diese Weise zu der ein oder anderen Wendung im Text beigetragen haben.

Und dann ist da noch Ali, der beste Ehemann der Welt. Du hast mir den Rücken freigehalten und allen selbstzweiflerischen Stürmen getrotzt, wie es für einen alten Seemann Sitte ist. Danke dafür. Ich liebe dich sehr.

Mein Dank gilt natürlich auch all den Profis, die um mich herum dafür Sorge tragen, dass aus einer Idee am Ende ein fertiges Buch wird. Zu nennen wäre da meine liebe Agentin Christine Härle, die immer alles gibt, stets

ein offenes Ohr hat und in Krisensituationen dafür sorgt, dass ich in der Spur bleibe.
Und meine Lektorin Claudia Wuttke, die meinen Text wirklich nach vorne gebracht hat. Vielen Dank, für deine konstruktiven Verbesserungsvorschläge und deine wunderbar motivierenden Worte. Ich habe sehr gerne mit dir zusammengearbeitet und hoffe, wir werden noch einige spannende Projekte miteinander haben.
Und last not least sind da noch die Mitarbeiter*innen des Verlags. Ihr seid toll und kreativ und wunderbar und ich liebe eure Buchcover.

Eva Geßner im Juli 2023